U0529035

# 人民艺术家·王蒙
## 创作70年全稿

讲谈编

## 对话录
（二）

王蒙王干对话录　王蒙郜元宝对话录

王　蒙

人民艺术家·王蒙
创作70年全稿

# 目 录

## 王蒙王干对话录

文学这个魔方 …………………………………………（3）
文学与宗教 …………………………………………（17）
文学的逆向性：反文化、反崇高、反文明 ……………（27）
感觉与境界 …………………………………………（38）
说不尽的现实主义 …………………………………（48）
何必"走"向世界 ……………………………………（71）
今日文坛：疲软？滑坡？ ……………………………（85）
自由与限制：当代作家面面观 ………………………（108）
且说"第三代小说家" ………………………………（129）
十年来的文学批评 …………………………………（139）
《活动变人形》与长篇小说 …………………………（164）
王蒙小说的背反现象 ………………………………（186）
聊以备考 ……………………………………………（200）
致读者 ………………………………………………（204）

## 王蒙郜元宝对话录

我讨厌所谓"中国文学正在走向世界"的说法 ………（209）
关于"海外华文文学"及其他 ………………………（236）

勿舍本逐末 …………………………………………（265）
恐怕要令精英学者们气得发昏 ……………………（293）
中国文学的命运：从旧诗到新诗 …………………（317）

后记 ………………………………… 郜元宝（337）

# 王蒙王干对话录

# 文学这个魔方

**王干**：文学是什么？虽然有一些人写了论著和文章，关于文学的性质、文学的功能、文学的位置、文学的价值，但文学到底是什么并没有搞清楚。有人曾经说过，文学是个什么也说不清楚的东西，这是一个非常模糊、非常省事的办法。文学确实是一个怪物。我觉得文学是一个魔方，它是一个多面体，你看到这一面是这一种色彩，放在另一面看是另一种色彩，如果进行旋转的话，那变化就很多。说文学是社会生活在作家头脑中的反映，这也没错，这里面既谈到主体，也谈到了客体，既有作家，也有生活。但我觉得这个概念仍然是一个非常模糊的概念，如果我们把作家换成其他职业的人，这个概念似乎仍然成立，所以它缺少独特性，太宽泛化。而用魔方来比喻文学，虽不是定义，但比较形象。魔方由各种各样的色彩、色块组成，文学也是由各种各样的社会的非社会的、审美非审美的多重因素构成。如果把文学仅仅理解为一种审美的载体的话，那肯定是有局限的，因为文学还有认识功能。同时，文学的审美功能的实现，似乎还必须借助于阅读者自身的文化结构、知识结构。只有拥有一定的文学修养的人才能感受到文学的审美功能，也就是说，首先必须有审美这样的预结构才可能在文学作品中去完成审美的精神活动。可以这样说，审美实际是一种文人的阅读需求和价值取向，并不足以概括所有文学作品的本质特性。

文学魔方始终在不断地旋转，老是出现各种不同形式不同结构的色调和图景,它往往与时代保持着极为和睦的关系。它的轴心有时转向认识功能,有时趋向审美,有时则强调教育性。近年来,有人否认文学的教育功能,我觉得文学的教育功能否认不了,当然这种教育功能是一种潜移默化的,而不是以直接灌输与训导方式进行的。这种教育功能在战争年代环境里往往显得突出,而到了和平岁月里则淡薄,人们有更多的理由去娱乐、游戏,而不必接受什么教育,但不能把教育功能从文学的价值系统里剔除出去。其实审美也是对心灵的一种教育。儿童阅读安徒生童话,那本来就是接受教育。

由于中国文学受载道意识的长期影响,所以文学这个魔方在中国的色彩往往比较单调,如果把教育功能比做红色色块,认识功能比做黄色的,审美功能比做蓝色的,那么中国文学这个魔方则偏红,有时甚至是一片红(比如"文革"时期)。而现在片面强调审美功能以至取消其他色块的存在,那么文学这个魔方只能剩下蓝色一面,纯粹是纯粹了,但单调的蓝色与单调的红色一样令人讨厌和腻味。这么说,好像文学是可以按照某种比例配备色彩、色块和组合结构的,其实这只能是一种美好的设想。文学的无定性决定了它这个魔方必须时时刻刻进行旋转变化,你不想让它转,它自身也在自转,它随着整个时代在转,不是以哪个人的意志为转移,作家也顺应魔方在转,当然要排除政治性或政权性的干扰因素在外。文学这个东西是非常脆弱的,如果要对它进行政治性的干扰的话,它很快便失去正常运转的功能。应该说,它怎么转都是正常的,文学从来不按照什么规律进行机械运行。比如我们今天看抗战时期的一些文学作品,会大不以为然,但时代需要文学以那样的形象出现。文学究竟是怎样的形象,谁也不能规定死。你说田间的诗是口号诗也行,标语诗也行,你能说它不是文学吗?

**王蒙**:还有《放下你的鞭子》,这也是文学。

**王干**:我们不能把文学搞得狭隘,你可以搞纯粹文学、个人文学、先锋文学、精英文学,赵树理等人的创作可以说它是"政策文学""方针文学",但仍然是一种文学。因为文学的魔方在旋转,时代会造就各种各样的文学,文学的最大特点就是无规律性。现在强调文学的生命意识,就是因为以前扼杀、抹掉了个体性的东西,影响了文学内在的丰富性和复杂性。作家就是旋转魔方的人,作家的创造性就在于他能够组合出别人组合不出的结构、色彩、画面,要与众不同。文学最忌讳搞成六面一个色。当然,我把文学比做一个魔方仍只是一种比喻,因为魔方还是比较机械的东西,用电脑一算,就可以统计出有多少色的块面、色的结构、色的组合。由于作家在创作过程中投入了更多的情感因素,我们不能简单地对文学进行定量、定型、定时分析,但原理是一样的,作家就是要把生活中的各种各样的色彩,社会上的各种各样的因素,人的各种各样的情感经验,欢乐、忧伤、痛苦、惆怅、悲哀、沉思、辛酸、苦辣等等,进行一种独创的组合。因为每个作家与别人旋转得不同,他的组合就使人感到新鲜。如果过几年、过几十年甚至几百年之后,还有人觉得这样的组合很有意思,那就是大作家、大作品。

**王蒙:** 我非常希望能和你争论,但到现在为止,我还找不出和你争论的理由。我常常感觉到对文学的各种解释、各种说法都有一定的道理,而又都不能让人完全满意。比如,我们常常听到的也很流行的说法,曾经很时髦的说法,"文学是人学"。"文学是人学"在文学对人的关注,在文学表达人的思想、情感、内心世界和经验方面不失为一个很好的说法,而且这种说法与目前还没有过时的人本主义、人道主义思潮相呼应。但是,我也常常对这个定义感到不满意,可能我这个想法太可笑,从经验的角度来讨论"文学是人学"这个问题。我觉得体育更是人学,体育体现人的健康、素质、灵敏、反应,这是绝对的人学,而心理学作为人学来说要比文学"学"得多,你看许多许多的文学作品,你的脑子里可能会搞得四分五裂,片断和各种互相冲突的记忆使你不知道对人有多少认识,而你要认真读完一本心理学著作,总会有相当的收获。在某种意义上,甚至于政治学也是人学,它研究人们如何利用自己的集团、阶级,维护自己的利益,相互之间进行斗争,力量的消长,以至于人对人的支配,社会的组合、秩序等等。我总觉得"文学是人学"这个定义也不完全。

**王干**:说"文学是人学"实际是把文学作为一种补偿工具,因为人们在呼唤人性、人情、人道主义、人的尊严、人的价值,但用文学来呼唤是非常软弱无力的。我在学校读书时,老师讲"文学"为什么是"人学"呢?一、文学是人写的,二、文学是写人的,三、文学是人看的。非常好笑。

**王蒙**:那好多东西都是文学。历史也是文学。

**王干**:其实,我们现在缺少真正的"人学",对人缺少足够的注意和研究。文学被当做人学是一种越位,把文学当做主体精神解放的产物,实际上是生活中主体所不能实现其价值,到文学中来做"白日梦"。当然,人在文学中的位置是相当重要的,但文学不是人学。你刚才提到的体育、政治也不是人学。其实,真正的人学要研究人的物质性因素、心理性因素。

**王蒙**:医学更是人学。当然还有兽医,不在其内。(笑)

比如还有一种说法,好像是高尔基讲过的,说文学是阶级的触角,阶级的感官,这个说法也不能抹杀,但不仅仅是这样的。在阶级斗争非常激烈的时候,它是这样的。即使阶级斗争不那么尖锐的时候,你从各种文学现象中能够看出社会的变革,社会上各种思潮的涌起,相互之间的冲撞和消长,包括那些自称对政治毫无兴趣的或者自以为文学是一种纯形式的东西的说法,实际也是在一定的社会条件、一定的时代条件、一定的背景下所产生出来的,但是你仅仅把文学说成阶级斗争的触角、感官,又感到遗漏了一大片作品。

**王干**:对。

**王蒙**:我常常想,各种对文学的议论,包括我们的对话仍然是一种"摸象",只是摸到一部分,但试图全面阐述、什么都承认时往往又失之空泛,最后什么也没有告诉别人。我见到过美国著名的女作家格瑞斯·培丽,她是一个白俄后裔,她的短篇小说在美国非常有名。一九八〇年我在衣阿华大学,看到她讲演时地上都坐满了人。她讲演时的一个特点,就是嘴里含着口香糖,不停地讲演不停地嚼着口香糖。据说她好像是一个左派,曾在五角大楼前面进行反对美国干涉越南战争的游行,被警察拘捕过。一九八五年世界笔会第四十八次会议,她带领一批美国作家来嘘舒尔茨,而且敲着桌子大喊大叫。我亲眼看见的。这是一个政治意识、社会意识相当强烈的作家。但她讲过一句,文学就是智力游戏。这就非常有趣。她非常关心社会生活,很关心政治,而且有她自己的倾向性,但她谈到文学时认为文学是游戏。这就又牵涉到另一个问题。现在,"玩文学"的名声很不佳。好像"玩文学"是黄子平提出的,起码与黄子平有关。

**王干**:可能还有吴亮、张辛欣。

**王蒙**:我倒想为"玩文学"辩护一下。就是不能把文学里"玩"的因素完全去掉。人们在郁闷的时候,通过一种形式甚至很讲究的形式,或者很精巧、很宏大、很自由的形式来表达自己的郁闷,是有一种自我安慰的作用,甚至游戏的作用。过去很多中国人讲"聊以自娱",写作的人有自娱的因素,有多大还可以再说,至于读文学的人有自娱的因素更加难以否认。也就是你我都有"玩文学"的因素,但是完全把文学看成"玩"会令许多人通不过的。

**王干**:我曾碰到几个写诗的青年人,他们写作很难说不是一种"玩"。比如他们发现文字有一种巫术的作用,他们把文字排列组合的过程中就能得到一种满足。我们搞文学的人十有八九都有一种文字癖,特别喜欢玩弄文字,这样排列、那样组合,常常趣味无穷。而中国文字的象形特征,又是一种方块体,很适宜排列,而且中国语法又不那么严格,排列、组合时常常会产生一种奇异的效果。特别是诗歌,简直就是一种文字宗教和语言宗教,诗人沉浸在一种语言的游戏里面、文字的巫术里面,整个身心就非常愉快。

**王蒙**:是的,要承认有"玩"的因素。第二,"玩"是否和严肃对立,或绝对排斥?我觉得很难说。我不知道这是哪一个大哲人讲过的话,说儿童的游戏非常严肃,非常认真,而大人所做的一些非常认真、非常严肃的事情往往更像游戏。这样的例子非常多,儿童游戏的认真性、严肃性无需我去举例子,大人有些非常严肃的事情最后办得像游戏,如开会、评奖、样板。"文化大革命"很残酷,但"文革"当中有很戏剧性的东西,比如抓国民党反动派的残渣余孽,抓到一个"余孽"之后,让他戴上那种"双翅"的赃官帽子,让他自己拿着簸箕敲着去游街,脸上再抹着各种颜色,确实是一种游戏,但这是一种恶作剧。

**王干:**《雨花》最后搞了个"新世说"的栏目,就是专门收集"文革"时类似玩游戏的"掌故"的。

**王蒙:**"文革"中的掌故太多了。我记得鲁迅杂文里说清朝政府的某些县太爷接见外国人时,让外国人走旁边的小门,外国人稀里糊涂地就从小门进来了。他自己走大门,就高兴得不得了,用现在的话说,就叫捍卫了自己的尊严,捍卫了国家的尊严。这确实和游戏一样。把"文革"完全说成游戏当然不够全面,那么多人遭迫害,那么多人被迫害死,但它的游戏性质非常明显。

**王干:**"文革"就是一场很残酷的游戏。

**王蒙:**"文革"一开始,所有电影院都不演电影,所有的戏院都不演戏,所有的文学刊物都不出了,但人民为什么忍受得了?就因为那个时候生活里有这些游戏,人们每天出去看游街,看批斗,看按脖子,业余生活被这些东西丰富起来。甚至于我还有过这样的离奇的想法,中国人有一段时期这么喜欢搞运动,是不是和业余生活不够丰富有关系。如果有更多的时间去航海,去打球,去下棋,去滑雪,去冲浪,也许觉得开过多的会是一个负担。但在业余生活非常不丰富的情况下,开开会,而且开一个会揪两个人来,不但揭露他政治上的问题,而且揭露他生活的隐私,就起了一种娱乐的作用。所以说文学是一种智力游戏以至于说文学可以起一些"玩"的作用,也同样是如你所说的魔方当中的一个角,或某一个颜色。但要膨胀起来,认为一切文学都是游戏,除了游戏以外就没有文学,那就差之千里了。还有一种说法是说文学是一种纯粹的形式。这至少是用一种形式的观点来看待文学,这在中国最有传统,我感觉中国古代恰恰是把文学当做一种形式,所谓"言之无文,行之不远"。中国的纯文学并不发达,往往文学就是历史,比如《史记》,或者文学就是政论,比如唐宋八大家,有许多政论文。为什么说它是文学,就因为他们的文采比较好,有对仗、有比兴、有抒情排比句,而且讲究汉字的铿锵悦耳。在这种意义上说文学是一种形式也没错,但把形式说成一切,形式以外什么都没有,这本身是把本来开放状态的文学变成一种封闭状态的文学的徒劳企图,是为了保护文学的纯粹性而割掉它和生活、政治、科学、思潮、思想、文化、心理诸多方面的联系。文学是一种开放的东西,而不是封闭的,但文学仍然有它的核心,这个核心是非常难说的,如果我们只承认开放的一面,就等于承认一切都是文学。如果用一种泛文学的观点的话,杂文也是一种文学。那么请假条是不是一种文学呢?那很难说。如果一个人的请假条写得很俏皮、很有文采、很感人,也可能是文学。我在新疆的时候,碰见一个国民党时期留下来的小官员,在"文革"中给斗得一塌糊涂,定成"历史反革命",下乡劳动,工资也取消了。林彪事件后,那个时候已经开始落实政策了,这个人就用半文半白的语言写了一份申请,说家庭困难,一个人带着未成人的小女儿,恳求领导"垂怜",我当时一看,觉得是一篇很好的散文。这篇散文在当时看是抒情的,在现在看是黑色幽默,也许再过五百年以后剩下的便是纯形式了。也许五百年以后,人们不会写这种半文半白的乞怜求饶的文字,批评五百年前的中国发生的"文化大革命"的兴致也没有了,就变成了纯形式。我们在强调文学的多方面的开放性意义时,如果抓不住核心,就有这种危险,请假条甚至说话都是文学。

**王干**:有时可能是我们本身的阅读结构的问题,比如火车站留言牌上的留言,往往能读出文学的意味。有一次,我和苏童在宜兴丁山镇的大街上看到一份"迁坟通告",这份通告是用毛笔写的,而且是用繁体字,就显得非常有历史感,里面的文字也富有人情味,把它当做一种文学作品读完全可以。其实,大字报也可能是文学,比如骆宾王讨武则天的檄文,今天看就是大字报的形式,但却作为文学作品流传下来了。

**王蒙**:是的。

**王干**:中国古代的文学作品实际都是实用文体,实用性很强,比较纯粹一点的诗词亦是一种实用文体,唐朝便以考诗作为科举的方式。中国文学的源头是史学、志怪,后来的律诗也被作为一种升官的工具,实用性很强。但我们今天理解文学,总觉得文学的功利性、实用性非常薄弱。

**王蒙**:文学产生的时候很可能有它很强的功利性和实用性,但我们今天如果试图为宽泛无边的文学找到一个核心,这个核心也是不很稳固,因为出现一个大的文学现象或文学天才,就会把你的理论推翻。我想,非具体实用性还应该是文学的特征。诗歌能够有利于科举,这并不是诗歌本身的性质所决定。人们欣赏诗歌还是从审美出发,至于作诗为什么会成为做官的途径,是当时的科举制度和人事制度所决定的,不是诗歌本身所决定的。它的审美价值是文学里面不可缺少的内容。

**王干**:我觉得文学里还有一种很重要的因素。便是情感性的因素,是不可否认的,文学里各种各样的情感是按照各种各样的方式排列组合起来的。

**王蒙**:很好。你谈到这个问题时,我想打个岔,你对小说的议论怎么办?比如你对莫言作品的批评文章里面,对议论提出了批评,这种批评不光对莫言了,很多人,包括我,也都受到过这种批评。议论多少能够决定一篇小说的特征、价值吗?它一定是成反比例的关系吗?

**王干**:小说中有议论不一定有什么不好。比如托尔斯泰的作品中就有大段大段议论。我为什么说莫言《猫事荟萃》的议论不好,就觉得它议论的结果使它不像小说了。

**王蒙**:我不想为《猫事荟萃》辩护,但看了你批评的逻辑,并没有使我得到满足。问题在这里,它是不是一篇特别有艺术价值的杂文?如果有,那就非常成功。

**王干**:我认为那是一篇很好的杂文或小品文。中国人一般写散文都很纯粹,风花雪月,花草鱼虫,然后抒一点情,西方的小品往往把很杂的东西糅合在一起,然后找一条链子牵起来。而莫言的《猫事荟萃》就是这样一种小品的写法。但它已经是一篇小品,为什么还要当做小说呢?当然,议论在小说中的位置相当难说,法国出现的新"新小说派"就是把议论大量糅进小说,一边叙述一边议论。这样一来,文学的形象性、情感性就受到冲击了。我现在也有点弄不明白,像你、莫言和新"新小说派"为什么对议论那么感兴趣呢?是不是对世界的好多看法没法表示,通过一点情节或小故事来大发议论呢?

**王蒙**:对用非常含蓄的形象的写作方式来说,议论常常起消极破坏的作用。我有些作品里的大量的或许是过多的议论,我也完全会写,也写过一点议论也没有的小说,比如我很得意的短篇《在我》,题目也是学五四时期,用头二字做题目。写练拳的,没有任何的议论。议论可能对形象性有破坏,但议论不妨碍情感性。因为这种议论不是一种冷静的逻辑的推论,也不是考证一个古物,它所议论的恰恰是人物内心最深处的那些东西,而这些往往是一般人没有表露出来,他生出的爱和恨用一种喷发的议论形式表达出来。所以我认为这种议论也完全是文学,有极强的情感性,如果议论有文采,也不乏形象。

**王干**:但它未必是小说。一部小说不在于能不能议论,而在于议论的结果。比如你的《一嚏千娇》,我就很喜欢。你议论的点不是在说一个问题,如果说一个问题就变成论文了。你在《一嚏千娇》里的议论是一种散发性辐射,而且议论本身也有很多机巧。我曾经认为《一嚏千娇》是一九八八年最先锋的小说。以往寻根派现代派小说也好，都有人物、故事、冲突，不过换一种方式来讲，但《一嚏千娇》里这些都消解了，情节不连贯，断断续续，也不完整，人物老坎和老喷以及女秘书只是一种框架，小说的主体就是议论。你这些文字当成一种批评性的文字大家都喜欢看，但文学圈以外的人来看，就可能看不进去，就会有一种隔膜感。他不知张辛欣、吴亮、刘心武何许人也，妙趣就不能体会到。这可能是议论带来的局限，至少在阅读面上有它的规定性或局限性。

**王蒙**：现在我们不谈《一嚏千娇》，回到问题的本体上来。我想起了一个说法，好像是从一个英国人写的一本书上看来的。他的这个提法起码在中国很新鲜，他说，小说是与生活的竞赛，就非常有趣。我们每个人都有自己的生活，生活本身就很吸引人，在某种意义上说，对生活的厌恶也是生活的一种味道。但写小说仅仅有我们已经看到的生活还不满足，我们还希望有一种生活，还希望在小说里创造出一种生活和生活进行竞赛。这个比"再现说"更俏皮更有魅力。当然再现的作品非常伟大，甚至于恩格斯认为在巴尔扎克的作品里学到的经济学比读经济学学到的还要多。我完全赞成巴尔扎克的这种伟大。"和生活竞赛说"在直觉上就感到非常可爱，哪怕它不严密，甚至也经不起科学的论证。

**王干**：你的"竞赛"指什么？

**王蒙**：指在我的笔下又创造一个生活，这个生活和现实又相像又不像。和现实一点都不像的作品也是有的，比如某些现代派的绘画。一点都不相像，接受起来是困难的，但也有价值。但也有一些又相像又不相像的，就变成了一种竞赛，恰恰是给人们在现实生活中所得不到的那些向往、愿望、好奇心，那些思想包括思索所没有达到的东西。这就牵涉到你刚才说的诗人语言上的排列组合。排列组合我也常喜欢用。我认为对一个作家来说，他的排列组合，不仅是语言，语言往往是最后的排列组合，首先他还是对各种生活材料、各种经验（包括内心体验）的排列组合，这种排列组合的方式是无穷无尽的，它实际的经验比如是按 A、B、C、D、E……这样的序号排列下来,但当你表现它的时候,你完全可以 A 和 D 组成一组,然后 B、C、E、F 又组成一组。

王干:组合当中便有一种"无限可组性"。文学实际不能一下子穷尽,就像文学的定义不能一下子下得很完整一样,因为文学处于不断组合的过程,在不断发展。

王蒙:与"竞赛说"比较相似的,还有一种说法,就是文学就是一个作家的梦。

王干:文学就是作家的白日梦。一般说来,这说法对浪漫型、幻想型的小说比较容易讲得通,好像写实性作家不是写梦。其实,写实也是表现一种梦。从心理学看,所有的文学都是记忆的倒流。记忆倒流本身就是梦。

王蒙:我非常赞成这种说法。我想插一句,如果说排列组合的话,文学首先是记忆的排列组合,梦本身也是记忆的排列组合。

王干:你在中英作家五人谈时说过,文学总要表达人生有意味的经验。人生的经验也是一种记忆,情感经验、社会经验、生活经验都是一种记忆。记忆中很重要的因素就是情感,没有情感的浸入就很难存在记忆之中。即使是机械记忆也是由于一种外加情感的作用。所以,是不是可以换一种说法,文学是从情感出发通过记忆的方式任意排列组合的结果。写实性的小说就是一种记忆的再现,想象也是以记忆为基础的。

王蒙:绝对是这样。

王干:而且想象是一种记忆的错乱组合。

王蒙:想象是记忆,又加上愿望和欲望,往高层次上说,是理想、追求,往低层次上说,主观的、政治的、经济的、思想的、社会的、生理的、心理的各方面要求把记忆激活,把记忆搅乱以后所产生出来的一种新的东西。

王干:对游戏说我补充几句。所有游戏都讲究一种规则,但现在有人谈文学是游戏时往往忽略规则。在一定范围的活动才可能形成游戏,如果没有规范和规则加以限定,就形不成游戏。大家为什么觉得游戏非常有趣呢?就是好玩,这种好玩与规则的限制有很大的关系。承认文学的游戏性的同时也要承认它的规则性。当然规则也不是固定不变的,有一种作家在规则之内写作得非常好,比如陆文夫就把中国从五四以来的"问题小说"做得很圆满、很精致,差不多可以说,"问题小说"到了陆文夫手里已经很完美了。这种作家也是可以成为大作家。这种作家在既定规则里活动得很潇洒、很自在也比较美丽动人。另一种作家就是自己创造出一套游戏规则来,使人感到这样游戏比那样游戏更加有趣、新鲜。这也是一种了不起的作家。

**王蒙**:不但自己能够按已有的规则游戏,而且能够创造新规则,创造新的规则就是创造新的游戏。比如扑克牌,你可以会打桥牌,还会赶猪,不但会赶猪还会百分,不但会百分,还会争上游,不但会争上游,还会用扑克牌算命。

我还想补充对文学的两种说法。一种是非常崇高的说法,在我们这儿是比较熟悉的,说文学是生活的教科书,它的教育作用是潜移默化的,古往今来的历史事实非常多。文学对人的影响是无法否认的,这完全不决定于你作家自己的宣言,你作家说我写这个就是写着玩儿的,它也可以教育人、影响人。比如说好莱坞的电影本来是最讲商业性、娱乐性,但好莱坞的电影对美国生活方式、思想方式一直到时装、音乐、汽车、快餐店等所起的传播扩散作用未必低于美国那些官方的文件以及真正的宣传小册子,影响着他们的生活方式、感情方式。说文学是生活的教科书则当之无愧。这里又常常涉及到另一个问题。我们在谈到泛文学的时候,谈到请假条、检讨书、大字报,但我们今天谈文学主要是指作家的作品。在可以预见的将来,我仍然认为文学要有一种超常性,它还不是每一个人都写得出来的,它总是由在智商上或者敏感上或者在经历上有特殊之处的人写出来。有的作家以特殊经历取胜,比如他长期从事反间谍的工作,他一辈子就写一本书,也能够非常轰动。或者他在监狱里的生活使他写出一本书来,也许他的文学水平泛泛,但他也有超常性。

王干:海明威这个作家与他的人生经历有很大关系。

王蒙:海明威不光是经历的问题,他还是一个大的风格家。

王干:海明威如果没有参加过二战,就甚至会没有我们今天谈到的海明威。

王蒙:还有经验的超常性、智商的超常性、美感的超常性和语言能力的超常性,没有这些东西,海明威成不了海明威。我想再说一种说法,也就是我经常喜欢援引的"文学是大便",这种说法非常难听,马上就引起作家和读者的极大反感。我想这样说话的人无非也是极而言之。我从来主张对我所不赞成的主张尽量去体会它的意思,看它是怎么发生的。他话里包含几层意思,一是对贵族化文学的一种抗议,对那种装腔作势的文学、矫情的文学、救世主的文学、圣人的文学的一种抗议。莫言最近讲一个道理,这个道理如果不把它绝对化,不妨说有一定的道理,他说不要在文学里面随便摆出一副批评的架子,因为批判往往是双刃的剑,当你批判别人的时候,你很可能在批判当中流露出你的羡慕和嫉妒哩,就是人家得到这些东西你没有得到。尽管这话说得刻薄些,会使好多作家反感,但我在《一嚏千娇》里也有这样的意思,不过不像莫言说得那么露骨。说"文学是大便",这对撕破文学的贵族化、自我神圣化有意思。第二,这种说法实际上是按弗洛伊德的心理学说来解释文学,所谓大便无非是一种淤积之物,一种需要发泄、排泄、缓冲、调整的东西。因为有很多东西要写的时候憋得非常难受。

王干:"文学是大便"并不是莫言发明的,昆德拉在《生命中不能承受之轻》里有类似的说法,因为大便使很多神圣东西都变得世俗起来。

王蒙:对这样的说法,我在很大程度上不赞成,但我理解文学发泄的意义,移情的作用,补偿的作用。我自己也有这种体会,不是大便的体会,而是说我的文学活动对于我的精神状态起着很重大的作用,可以说文学是保持我自己身心健康非常重要的因素。有人认为我一边做着这些行政工作,一边写东西,苦得不得了,但如果我不写,我就更苦。我只有写作的时候,才能知道天是蓝的,茶是好喝的,而且能尝出多种不同酒的味道来。而我在不写作的时候,往往丧失这方面的感觉。所以说,文学能够表达人的内心情绪淤积的东西是肯定的。但问题是把这些东西表达出来后对你的读者们有没有一定的意义。我们按照"大便说"的逻辑推论一下,你排泄出来的大便究竟是作为肥料排泄出来的,还是作为对贵族化、自我神圣化的揶揄而排泄出来的;你排泄出来的东西里面还有珍贵的微量元素,也许拉出来的不仅仅是大便,还有黄金。当然,也可能排出的只有大肠杆菌、霍乱菌乃至艾滋病毒。这就决定于作家的资质了,不同的作家、不同的人格都有发泄,品位仍有高低之分,仍然有有价值、无价值或者负价值之分。我实在是感到非常抱歉,讲到这个问题时居然用大便来结束我们对文学的讨论。

# 文 学 与 宗 教

**王干**：从泛宗教的角度来看，每个民族都有自己的信仰，尽管说中国人没有宗教感、宗教意识，但如果宗教作为一种精神理想和精神幻象，或叫终极关注，是有的。

**王蒙**：这是刚刚时髦的说法，也译为终极眷注。

**王干**：中国人缺少的是西方那种程式化、逻辑化宗教，中国人关于天堂地狱的理解是一种生命意识的宗教，中国文化的道德伦理感特别强。中国的道教比西方的宗教芜杂得多，里面的炼金术、养生术好像有自然科学的成分，还有气功。

**王蒙**：佛教也有气功、打坐、瑜珈。

**王干**：道教里还有哲学。中国的道教实用性强，而西方的宗教完全是精神性的，从这个意义上来看道教，也可以说它不是宗教。从泛宗教的角度来看，文学就是一种宗教，就是一种对语言文字的崇拜。文学是心灵的框架，是情感的载体。人的惆怅、欢乐、追求、苦恼、对生与死的执着，都需要一种形式来承载它，而文学则是最好的选择之一。一个人在生活中有好多不满足，好多失落的东西要寻找，要对一些东西进行抗拒，有时还要追求一种比生活更美好、更灿烂的人生，于是借助文学来表现他心灵的幻象，在这种意义上，文学也是一种宗教。为什么我国的话本小说、戏曲有那么多大团圆的结局？就是因为生活里太缺少喜剧性的圆满、欢乐性结局，人就把理想性、幻想性的东西通过戏剧、小说来体现。文学主要满足人的心灵的渴望。中国真正描写宗教的小说很少,你的《十字架上》好像是第一次涉及这个题材。

**王蒙**:香港有一个编宗教杂志的撰稿人给我写信,说他非常喜欢这个小说,已经把它翻译成英文准备发表,和南京的主教也联系过,这个主教也喜爱这部小说。我一开始写这个小说的时候还怕引起宗教界的误解,以为我在这个小说对宗教乱讽刺,实际小说本身没有对基督教进行什么批评,也没有对基督教进行赞扬,它根本不是这个内容。

**王干**:只是借它的框架。

**王蒙**:让我惊讶的是他居然感到满意。在这一点上,我感到基督教比较宽容。历史上以耶稣为题材的文学作品很多,有电影、音乐剧、歌剧,美国有个音乐剧叫《超级巨星》,写耶稣诞生时的情景,人们敢于用文艺作品来表达自己对耶稣、圣父、犹大故事的各种各样的理解和各种各样的借题发挥。

**王干**:南京好像也有人说你亵渎了基督教。

**王蒙**:我也听人说过,但我没有收到信。我收到的恰恰是宗教界本身的赞扬。

**王干**:奇怪的是西方好多小说都是批判宗教的阴暗、虚伪的,如《巴黎圣母院》。

**王蒙**:多着呢,那一年得奥斯卡奖的意大利的一部特别沉闷特别可怕的电影,名字记不清了,比《巴黎圣母院》还要可怕,写精神的禁锢对人性的扼杀。

**王干**:我们最近的文学创作和批评开始出现宗教热情,有人认为中国文学缺少的就是宗教精神和宗教感。如果把文学的宗教感理解为狭义的宗教的话,那就非常肤浅。其实在雨果的浪漫主义情绪里就是有一种宗教情绪。

**王蒙**:《悲惨世界》里的冉·阿让一下子改邪归正,就是因为一个好神父对他的教育,使冉·阿让一下子有了真正献身于基督的精神。

**王干：** 李洁非也是我的朋友。他那篇文章的内容实际还是参照了西方文化发展过程。他认为尼采说上帝死了，是因为宗教对人的压抑太沉重，长此以往压得人活不下去了，所以尼采高叫一声。中国人现在也讲上帝死了，但与此不一样。他觉得中国作家要有终极信仰、要有宗教感才能产生好的文学、好的文学精神。李劼最近也在谈文学的宗教感，中国文学缺少宗教。史铁生最早谈到这个问题。我与李洁非交谈时说过，中国本来就没有严格规范的宗教，中国的古典文学没有宗教感，也没有哥特式的尖顶，能说中国古典文学不好吗？比如屈原，他就没有宗教，不也很伟大吗？如果宗教感是尖顶文学是塔的话，那么还有好多的东西在支撑尖顶，也不是每个作家每部作品都要表现宗教情绪。我觉得用宗教还不如叫精神理想更好一些，因为现在用宗教这个词相当模糊。文学上的宗教热与社会上的宗教热也有关系。

**王蒙：** 我觉得现在对宗教问题难以进行较深入的讨论，解放以后这几十年，宗教学、神学研究很不发达，每个人心目中的宗教指的并不是同一个东西。比如具体的宗教，三大宗教、四大宗教，这是具体的宗教。还有指宗教所体现出来的具体的人、组织和活动，比如西藏的喇嘛是宗教界人士，北京西什库的天主堂也是具体的宗教，道士画符捉妖，和尚化缘做法场，也是宗教。《文化神学》这本书非常时髦，和一九八五年的《百年孤独》，一九八七年、一九八八年的《生命中不能承受之轻》一样时髦。我个人可以讲点小的经验。解放以后我们学习唯物主义、马列主义，带有强烈的无神论倾向和一种对宗教的相当严峻的批判，我的小说《青春万岁》里就把我参加打击一贯道，揭露帝国主义利用天主教来残害我们的同胞，把天主教作为侵略的工具的经验写进去了。这在历史上也有过。鸦片和天主教几乎同时推到中国来。教会是世俗的东西，而宗教是超俗的东西，这是一对矛盾。和尚也一样，和尚也有花和尚，也有当间谍的和尚，也有国民党特务,也有非常好的和尚,还有少林寺的武和尚。《青春万岁》里可以说有相当浓厚的反宗教情绪,但是一九八二年,我到纽约圣约翰大学参加当代文学讨论会,有一位学者找我聊,说他最有兴趣的是研究我的作品里的宗教色彩。我一听就特别惊讶,我的作品出了宗教色彩,那太可笑了。他说我的《杂色》里写一个人在那样一种精神不振百无聊赖毫无希望自轻自贱的情况下,喝了一点哈萨克人的马奶酒,唱了几个歌,在长途跋涉经风雨的情况下,忽然感到世界已经完全不一样,感觉到那匹可怜的马化作一条神龙,接着许多描写,鲸鱼在蓝色海浪里穿行,众星辰在身边退去,老马变成神骏,他说这无非是一种宗教显灵的描写。他说我的类似显灵描写很多,他说正在做这个题目。当时听了我也没往深处想,只是觉得西方用词古怪,他怎么把一种理想、信念都当做宗教呢?所以对宗教的解释也有一种泛解释。我虽然没有研究宗教神学,我觉得起码有这样几种意思,比如宗教有永恒性,艺术追求永恒的境界、表达对永恒的向往,这也是艺术特色。陈子昂的诗,"前不见古人,后不见来者。念天地之悠悠,独怆然而涕下。"这是一种对永恒的期望,既向往又不可能达到,这就是终极关注。如果这么理解,"天地之悠悠"就是他的宗教,也就是他的永恒。我不知道别人走向写作道路是怎么样的,反正我走上写作道路的各种情绪因素之一,就是痛感生活的转瞬即逝,我总觉得生活当中要留下一点东西,留下一点痕迹,因为许多岁月过去了。我开始写作的时候才十几岁,但我想许多日子过去后,等我四十岁、五十岁、六十岁翻过来看看,我还能回到青年少年的时代。所以我为《青春万岁》写的序诗第一行就是:"所有的日子,所有的日子都来吧。"人们对艺术的追求是包含着一种永恒的向往。最近我写一篇文章,非常讨厌"过时"这个说法,我说真正文学的特点就有永恒性。我举一个例子"昨夜星辰昨夜风"。时间给你规定了,就是"昨夜",你唐朝读是昨夜,你一九八九年读的时候还是昨夜,给你的体验就是"昨夜星辰昨夜风"。

**王干**：永远是昨夜。

**王蒙**：你读的时候不会想昨夜是什么时间。假如算算李商隐说的昨夜,已经离现在一千几百年几月几天,那就不是读诗。比如林黛玉的年龄永远是十三四岁,十五六岁,林黛玉的年龄绝不是八十八岁,你绝不想象林黛玉二百八十岁,或者五百四十岁。

**王干**：这就是情感因素在起作用。我上小学的时候,觉得一位女教师特别年轻、特别美丽,对我比较好,现在已想象不出老师什么模样,但觉得那位女教师永远年轻、永远漂亮,连名字也记不清了。人的情感里存在一种永恒性。

**王蒙**：再比如献身的东西,可能在基督教最明显,基督最后为人类而钉在十字架上。

**王干**：佛教也有,普度众生。

**王蒙**：但它有没有为普度众生甘愿受一切苦难的情操,我不知道,我们都是门外汉。

**王干**：所有的宗教都教人行善。

**王蒙**：这说法中国也有,如文天祥的"人生自古谁无死,留取丹心照汗青",还有"朝闻道,夕死可矣",可以把"道"和"死"联系在一起。如果这样泛论下去,描写共产党人的作品的献身精神最厉害最厉害就是《国际歌》,那种唱着《国际歌》走向刑场的场面,不但在小说里有,生活里也确实有。

**王干**：比如《刑场上的婚礼》。

**王蒙**：那就到了至高无上的程度。

**王干**：真是一种终极。

**王蒙**：但我觉得如果说这是宗教,它和我们一般所说的宗教仍有很大的不同。所有的宗教至少有两个致命的弱点,比如讲到永恒性,讲到献身精神,用你的语言就是塔尖精神,这可以把宗教和艺术联系在一起。但艺术与宗教对立方面,宗教的反世俗性和禁欲主义,对世俗生活是贬低的,世俗生活的一切悲欢离合特别是人的欲望,都被宗教贬为无意义或被排斥，而艺术恰恰充满了世俗性。文学有塔尖，同时也有塔基，有世俗精神，我们不可以设想整个文学里没有一点永恒的献身的终极的东西，但也不能设想整个文学里没有卿卿我我，没有成败利钝，没有生老病死，没有各种具体的阴谋、斗争、挫折、奋斗、享受。文学里提倡禁欲主义也很多，但文学总的来说表现人的各种欲望，不是对所有的欲望抱谴责的态度。

王干：弗洛伊德主义与文学联盟那么紧，就是反禁欲的表示。弗洛伊德强调力比多对文学的作用。好像浪漫主义文学更富于宗教性，因为浪漫主义要寻找人的精神理想，而现实主义的世俗性很强，要求现实主义作家也在作品中表现这种对理想的宗教性的虔诚是不实际的。而现代主义作家更多是对宗教的绝望，带有调侃的成分。

王蒙：这是一种嘲讽，因为原来那些至高、至善、至真、至极事实上就不存在。看文学，哪怕是用泛宗教的观点，也绝不可能用宗教的精神来解释一切文学现象。如果解释屈原还能勉强讲，因为屈原有一种忠君爱国精神，这也是一种宗教情绪。有许多东西是不能解释通的。

王干：当代作家中张承志的宗教感极强。

王蒙：这是你说的宗教感，不是神学的宗教感。

王干：真正神学的宗教感那很难说。当然文学与宗教联系还是相当密切的，像但丁的《神曲》。

王蒙：所以，把有没有宗教感——哪怕是从最广泛的最唯物的意义上——作为解释判断文学价值的一个主要标准，这和其他的、我们在第一次谈话中分析的现象是一样的简单，都是用价值标准的单一化来衡量文学作品。这和过去所说的文艺能不能体现时代精神有什么两样呢？你可以说时代精神就是我的宗教。

王干：最近人们开始强调作家作品的宗教性、宗教感，表明人们希望作家在小说里能投注更多的人生内容、精神内容，能投注更多的情感性内容，这就比强调观念、强调技巧更有意义。这里所说的宗教,据我理解就是要投注自己的情感、精神,是对人格完善的要求,这比片面讲观念、讲形式、讲技巧更有意义。

王蒙:对。

王干:如果换一种说法也许会少些误会,用我的说法就应该叫作家应该有自己的精神建构。用宗教容易引起歧义。我觉得中国作家需要强化精神建构意识,要有终极眷注。

王蒙:我说过文学上最容易悖论,你可以没有任何思想,就听别人说,然后想办法反驳他,他的每一句话都可以反驳。如果说宗教情绪构成作品的特征的话,那我立刻说反宗教是一切文学作品或相当多的文学作品的价值所在。在文学作品里对宗教的虚伪性批判,对造物主的埋怨、责备、反抗,是很多的。中外作家恰恰在文学里表达了对当时在社会上占正统地位那种宗教压制的反抗,反宗教情绪怀疑宗教情绪无神的情绪非常厉害。另外,和宗教情绪不一样的是酒神精神。前一段"酒神"也很热闹。还有游戏精神。

王干:游戏是最反抗宗教情绪的。现在强调的是对前一段的玩观念、玩技巧所进行的调整。

王蒙:李洁非批评中国人学老庄学得热起来了,把一切都看成游戏,一切都飘飘然,一切都此也一是非,彼也一是非,一切无是非,连一点正宗的东西也没有,这是对的。但李洁非的文章一下子铺到他自己没有完全弄清楚的程度。

王干:他是强调一种形而上的东西。

王蒙:把一切形而上的东西都看成宗教,是非常狭窄的,哲学也可以是形而上的,数学也是形而上的。我曾经做过一个比喻,作为精神现象,宗教、艺术、哲学是有某些接近,但又有很大的区别。人生好比粮食,哲学、宗教、艺术都是粮食发酵的产物,粮食发酵以后分子式是非常接近的,有的成为酒,有的成为醋,有的甚至成为泔水。从分子式来看,泔水、醋、酒非常接近,但又有相当明显的区别。

王干:宗教说到底还是一种精神胜利。

王蒙：有时候非常矛盾。别人的作品还没有像托尔斯泰那样刻薄地揭露教会，但在《复活》里他一面揭露教会，一面又只能引用《圣经》的一些话，所以列宁说托尔斯泰是基督狂。

王干：牛顿是很伟大的物理学家，他没法解释宇宙的第一推力，说是上帝的手。

王蒙：宗教里还有忏悔意识。特别是基督教。刘再复在新时期文学讨论会上提出忏悔意识。忏悔也是文学当中的永恒母题。《红楼梦》从忏悔的角度来解释，也是完全可以的。鲁迅的某些作品也有忏悔意识，最强的是《风筝》。

王干：是写对弟弟的一种内疚。

王蒙：事情很小，但写得非常沉重。

王干：《一件小事》也是忏悔，它甚至带着知识分子原罪感。

王蒙：但没有《风筝》更强烈、更有情感。这一类的作品太多。包括我的作品里，也有。

王干：张贤亮的小说也有忏悔的倾向。

王蒙：至少有这个因素，但不是绝对。

王干：张贤亮的忏悔里有一种炫耀。

王蒙：忏悔也有炫耀成分。忏悔意识再解释一步就是拯救灵魂。我公开在文章里讲过，唯物主义也要拯救灵魂。有时候在文学上搞悖论，几乎成为搞文学的"捷径"——这是用的林彪的语言。一个对文学没有很多研究没有下过很深功夫的人，只要有一种逆向思维的热情和技巧，就可以在每一篇文章里针对他人的每一个论点提出相反的观点，总能占一部分理。

王干：这就叫深刻的片面。

王蒙：前一段讲，现代意识就是上帝死了，就是信仰主义破产，不但是信仰主义也是理想主义的破产，甚至是人文主义的破产，是真善美的破产，讲一种冷静的怀疑精神、批判精神、否定精神。我们的社会、我们的文化、我们的文学在近几年表现出来的否定精神是很突出的。比如五十年代作品里有一种盲目乐观的调子,在文学批评里也有这样一种绝对论、必然论、命定论,似乎一切都是铁的逻辑、斯大林式的逻辑。因为斯大林的文章有一种不容分说的从一个结论推出另一个结论的强硬逻辑。我记得最初看《辩证唯物主义和历史唯物主义》时还是解放前,还是一个小孩,我真是佩服极了。"由此可见什么什么",对一切都是全称肯定判断,都是不容置疑的,而且善恶、真假、黑白分明得很。曾几何时,这几年时兴否定,在否定的情绪下,也容易形成一种轻浮,形成一种玩世不恭,这种玩世不恭可以是中国老庄式的再加外国的嬉皮士式的再加上中国自古有之的游民意识。

**王干**:痞子。

**王蒙**:毛主席早在《湖南农民运动考察报告》里就讲,中国很多事一开始都以痞子运动的方式出现。流氓无产阶级这样一种情绪在我们的创作、评论里都有。

**王干**:流氓意识成为社会公害。

**王蒙**:流氓意识不仅在文学上,还在人与人之间,用耍无赖的方法搞政治、做生意。在这种情况下又产生悖反心理,又要求真诚,甚至要求狂热,要求有信仰,要求有信仰主义。现在忽然有几篇文章大谈宗教,这本身是悖反心理,又是对悖反心理的悖反。第一个悖反是因为我们国家宗教被简单否定,第二个悖反是这几年的嬉皮士意识、老庄意识以至流氓意识越来越泛滥。但整个来说,在文学上一下子捕捉到什么观念什么提法,往往最后都解决不了问题,留不下什么。我们可以设想一下,在一九七七年至一九七九年的时候,强调的就是讲真话,写真实。讲真话是有意义的,特别是当这个社会形成各种有意或无意地说谎的条件的时候,讲真话是有意义的,如果把讲真话当成文学的不二法门,也很不够。后来有一段时期把现代意识讲得非常凶,一九八五年的时候寻根一度也很厉害,讲寻根一直讲到批评五四运动的程度,说中国文化产生了两次断裂,一次是"五四",一次是"文革",把"五四"与"文革"放在一起说。所有的这样的想法、说法、提法都有一定的意义，也都反映了思想的活跃，但没有一个是文学的关键，用毛主席的说法叫主要矛盾。我很怀疑文学有没有主要矛盾，现在开一个药方想解决文学的所有问题是不可能的，片面强调宗教与寻根、改革的说法一样，都是一种把文学现象、文学生活简单化、一厢情愿的意见。看到这种种念头表现出来，也很有意思，这些观点的表达都带有急躁的情绪。那时候看寻根的文章也是相当急躁，我最近看了一些讲宗教观念的文章，也显得迫不及待，但文学的问题是很难用一种迫不及待的呼吁或棒喝解决的。

# 文学的逆向性：反文化、反崇高、反文明

**王蒙**：你在批评莫言的那篇文章里谈到了"反文化"问题，对你所批评的某些作品，我还没有看，有的我只看了开头，所以我不对那些具体作品发表什么意见。但是，如果我们承认文学的生命意识，包括在性的方面人的原始本能，实际上我们已经在一定意义上承认了反文化的倾向和要求在一定程度上的合理性。突出的是电影《红高粱》，《红高粱》引起的某些人反感的恰恰是高粱地里的那出戏。说《老井》表现中国人的落后还可以，对《红高粱》却不能这么说，因为《红高粱》说的不是现在的中国，说的是过去的中国。野合、往酒里尿尿、说一些很粗野的话、做一些很粗野的动作，我觉得很有趣。在文学、艺术当中反文化的出现是对古典的、贵族的、高雅的、封闭的文学世界的反抗，人们对这一种辉煌世界产生一种冲动，觉得它太贵族化。我不知道你有没有这种感觉，在绘画、在流行歌曲里都有这种倾向。比如意大利的美声唱法把人类的声乐发展到极致，当帕瓦罗蒂、多明戈在中国人民大会堂演唱时，我感觉只有用辉煌两个字才能形容，他们的声音一下子把整个空间占领了，那确实是艺术的高峰、艺术的极致。他的声音也是特别的辉煌，让你想到英雄，想到古典式的完满。但人类的感情不仅仅在这一方面，人生的经验还有另一方面，这就是摇滚乐、迪斯科、甲壳虫，戴着墨镜赤裸着胸膛弹吉他，露着胸毛在那儿喊叫、哭泣、呻吟，有的也确实在那儿抒情，有时在一种非常狂暴的节奏下用假嗓、用声音的控制来表达一种悲哀。我觉得这种

歌曲的流行也是一种反文化,包括在我国前不久达到高潮最近可能冷了一点的"西北风",也表达了人们一种反文化的情绪。在绘画雕塑里,当我们看意大利文艺复兴时的那些艺术作品,比如《大卫》,把男人表现得那样健壮、优美,画女人简直画得漂亮得不得了,雕塑用汉白玉或大理石,使人显得那么美;而现代的一些画家画的人体让你感觉到那是一种半人半兽的怪物,不符合比例,更不符合美的曲线要求,这也表现出一种反文化的东西。这算不算一种反文化,不知你考虑过没有?

**王干**:我觉得你刚才讲的不能全用"反文化"概括,有的属于另一种倾向,"反崇高"倾向。反文化与反崇高有联系,但又是两个范畴的概念。反文化是对人类文明的一种反抗和不满,尤其是对工业社会异化人性的一种挣扎,而反崇高则是审美形态上的一种变异方式。你刚才所说的那种生命冲动包括性的释放,都不仅仅属于反文化的范畴。你刚才说的反文化的"文化"可能是指中国的传统文化,西方近代哲学和美学对这种生命本能的冲动与爆发都给予了肯定,本身就已经是文化了,而这种"审丑"、这种对崇高的亵渎只是对古典美的一种破坏,与真正的反文化并不是一回事。当然从泛文化的角度也可以这么说,因为我们一般把文化与优雅、高贵、精致的东西联系甚至等同起来。你说的那些内容,也就是文化的范畴了,尼采的哲学实际已经将生命意志、原始力量都归入为一种文化,它是与古典美学相对抗的。我觉得反文化主要是一种后现代主义的产物,不承认历史感、深度感,甚至也不承认什么悲剧感、生命意识,认为世界是虚无的,因而要对已有的理性世界进行消解。应该说,反文化的产生有其合理性,特别是在后工业社会国家里,科学技术和知识的过度膨胀压缩了人类的生存空间,人完全被一种文化被一种技术所异化、所限制、所困缚,反文化不失为一种有效的反抗方式。但是莫言最近这几部小说里所体现出来的亵渎倾向无疑具有反文化的意义,它不但亵渎以前所有的优雅,甚至还亵渎它在《红高粱》里所表现的生命意识和性,反而觉得另外一些东西比这些更好,比如大便、月经。他在小说中曾经写道,大便像香蕉一样美丽、金黄,为什么不能对它歌颂呢?虽然叙述主体与作者本人不是一回事,但这显然是故作偏激状。而隐藏在这种背后的却是一种文化性的叙述态度,以文化的姿势反文化,只不过是一场无效的反抗,最终仍是文化的奴隶。近来随着西方学术文化著作和文学作品的翻译和传播,一方面对中国传统文化进行了消解,一方面也会变成一种新的"墙"来抑制我们生命的创造力和感受力。反文化是必要的,但采取怎样的态度很重要。莫言近期小说所体现的反文化实际是在"非此即彼"的思维模式中进行的,要把非文化和负文化的东西文化化以取代已有的文化。如果这样的话,是没有任何意义的,反而会造成文化的退化,使人更加非人化,而反文化的目的应是使人活得更像人。

**王蒙**:反文化也是文化的一种形式,正像反小说也是小说的一种形式,这是没有问题的。反小说只不过反对公认的、传统的写法,反对有头有尾,时间、地点、人物、情节和脉络大致清楚的写法。不过我不想讨论反文化的功过得失,我的兴趣在于这是文学作品中一个客观的存在,当文学致力于描写各种优雅、美丽的东西的时候,这种优雅、美丽、贵族化、理想化积累到高峰的时候是非常美的,比如泰戈尔,我到现在仍感觉到写人类美好的爱心几乎没有几个人能够超过泰戈尔的。如果一个作家能够达到泰戈尔这样一种境界,那真值得羡慕极了。但是它确实有另一面,人生经验里面有许许多多与这个优美、崇高、贵族化、理想化的东西相悖谬的东西,这些悖谬能给作家一种刺激,使作家产生某种逆反,希望在作品当中也写一写丑陋的、肮脏的、刺激的、粗鄙的、下流的东西,至于他对这些是不是欣赏,我倒非常怀疑。

**王干**:莫言至少是采取故意欣赏的态度。

**王蒙**:也许是和读者的心理、社会风尚故意对着干。我还想举点别的例子,比如残雪,她的作品也出现这类东西,喜欢写蟑螂、脓血、骷髅，还有人身上的疮，各种疾病。我看残雪的作品总感觉那是对丑恶东西的敏感，说带几分病态都可以，实际上是怕那些东西。她并不是为了欣赏才写这些东西，她用这些东西代替人生里的风花雪月、青山绿水、春花秋月，目的并不是为了代替，她对生活中的丑极为敏感，她是哭泣着来写这些东西。说到大便倒有一个小的事实，就是我作品里写大便也比较多的。

**王干**：我记得《蝴蝶》里的"大干促大便"。

**王蒙**：朱寨同志是很好的文学评论家，但他认为"大干促大便"之类的句子不堪忍受。在《悠悠寸草心》里面，我也曾经写到红卫兵把招待所砸烂以后就在一些房子里拉屎，连屎带蛔虫都保留在那里。也有一些作家同行跟我说，你无论如何不应该写这些东西。但我写这些东西主要是正视一下而已，我追求作品语言的反差，也是生活的反差。在中国，许多反差都达到了极致。所以，我多少可以理解莫言的"美女加大便"说，虽然他的表达未必准确，他的创作实践未必成功。我甚至认为"大便"的引入是一种考验，真正的优美与严肃不怕大便，也不怕荒诞或者嬉皮士，而是包容与消化它们。消化不了不怨大便本身，而怨作家主体的才力、学力、深刻性与气度。我总觉得反文化是文学当中无法避免的主题。我再举例子，刚才这类是"审丑"或"选丑"，而在西方国家里已不止一篇作品描写人们对科学、对技术、对城市文明的恐惧和被压迫感，描写科学主义的破产，也可以说是描写现代化的破产。当然我们国家现在正追求现代化。一九八五年，我参加西柏林地平线艺术节后，和著名作家楞次座谈时，他介绍了一九八四年在西德非常畅销的书，这本小说就是描写一些城市人受不了城市生活，跑到荒野里过穴居野人的生活、风餐露宿的生活，书名和作者我没记住。在美国，已经有人带着妻子离开城市去过野蛮的原始生活，也许过了一段时候又回来，这我就不知道了。当时西德的朋友说，这些事可能是中国读者无法理解的，就是为什么会对城市厌恶到这种程度，我当时就表示，能理解。当然，这还不可能成为中国社会上的主要思潮，但我认为没有什么不可以理解的，当电脑、各种技术遥控装置取消了人的个性，取消了人和大自然的生动关系以后，人产生一种这样反异化的愿望，没有什么不可以理解的。我不知道这算不算一种反文化。

**王干**：或者叫反文明也合适。

**王蒙**：更广泛一点，在文学家的笔下，怀旧往往是一个永恒的主题，而从社会发展的观点、从历史唯物主义的观点、从社会学、政治经济学的观点看，怀旧是没有意义的，是不应该怀旧的。比如，我们现在发展社会生产力，我们采用了拖拉机，但是我们老怀念不用拖拉机而用牛的岁月甚至刀耕火种的时期，那怎么行？我们现在有了电灯了，但我总是怀念没有电灯、点蜡烛的时光，这蜡烛还有点科学技术，更原始的就是用一个小盆子放点油然后放灯草或搓一个灯捻点燃起来也叫灯。我常常觉得分析不清楚，甚至也写文章稍微带有一点批评的意见，曾经责备有些作家的诗情、美往往是放到已经过去了的生活方式，比如李杭育的《最后一个渔佬儿》，比如王润滋关于木匠的描写，甚至张炜的《一潭清水》。《一潭清水》是得了奖的，我当时还在《人民文学》，发这个作品，非常喜欢。但它的意思甚至让人感觉到这个作者是不是对包产到户有什么微词？他写一个瓜地，承包以后人情变得很冷淡，不像以前那么融洽、亲切。我最近还看到有人批评我，认为我的《庭院深深》的情绪是不愿意国家改革，好像改革开放发展生产力，盖起了大楼，好像我最怀念一九七七、一九七八年"四人帮"刚倒、三中全会还未开的时光，那些被压迫的人刚抬起头来，甚至破衣烂衫、两眼发直，但幻想有一个新的时代的到来。按照这样的批评法，更应批评我的小说《惶惑》，《惶惑》更是这样一种情形，好像在无限怀念五十年代，甚至最后干脆提出一个问题，什么东西有用？什么东西可爱？拖拉机比马有用，但马比拖拉机可爱，小马比大马没有用，但小马比大马可爱，儿童最可爱，但推动历史发展生产力的责任不可能在儿童身上。这样一种怀旧情绪常常在文学作品里出现,渴望返璞归真、渴望过简朴的生活,甚至希望世界不要变得那么复杂、技术不要那么发达、人不要那么精明、人与人之间的关系不要那么精细。这和刚才的反崇高又不是一个劲,它是想回到另一种充满诗情的环境里去。我觉得反崇高、害怕城市文明和怀旧能不能说明文学在逃脱文化反抗文化呢?但反过来文学也有一种渴望文化的东西,也有写得很好的,古华的《爬满青藤的木屋》是他小说当中最成功的一篇。对不起,请古华原谅我,《芙蓉镇》都是别人捧起来的,《爬满青藤的木屋》实在是写得太好了。当我们肯定文学的反文化的心态时,完全可以同时来肯定文学当中对现代化、现代知识,对城市文明的一种召唤一种期盼,它们之间不应该是矛盾,因为这不是社会思潮,这不是在文学当中来讨论我们的社会在怎样进步,大概没有几个中国作家会认为回到自然经济、刀耕火种的年代最好。我认为怀旧是历史前进当中的感情补偿,我们中国的历史正在发生急剧的变化,我们国家在向现代化前进,不管走得怎么曲折,在历史前进过程中,人们在得到很多东西的同时总感到失去一些东西,所以在文学当中出现的许许多多的怀旧、感伤的作品,丝毫不意味着作家对现代化丧失热情,也不意味着对文明、对进步的否定。我不知道我是不是讲得太空泛了?

　　**王干**:刚才你说的反文化、反崇高、反文明以至反历史进步的情绪,我把它叫"还乡"。不但今天作家有浓重的还乡情绪,在现代文学史上也都有同样的情绪,国外的作家也有。十九世纪浪漫主义的作家包括批判现实主义作家都有一种深重的还乡情绪,都憧憬一种田园式的生活,对工业社会非常仇恨。屠格涅夫、莫泊桑、福楼拜等作家对工业文明持排斥的态度,福楼拜的《包法利夫人》就是批判资本主义,主题就是资本主义使女人(人)堕落。今天的小说家当中,汪曾祺的怀旧意识相当强烈,他写小城人和事都很有人情味,关系都很和睦,一片中世纪的田园风光。寻根小说有批判的一面,也有肯定的一面,像贾平凹小说的批判倾向就很不明显,对淳朴的乡风、民情基本持一种赞美的态度。前几天,我碰到李陀谈到文学批评当中的机械进化论,曾谈到这个问题,他说从一些人的评论文章里看到一种倾向,好像作家的观念越新小说就越现代。我认为文学作品的好坏从来不以作品观念的新旧为标准,历史上有好多作品是与时代的观念持抗拒态度反而流传下来的。比如本世纪初的意象派诗人,庞德、艾略特等诗人都是对工业文明不那么赞美的,为什么他们对中国的古典诗歌那么感兴趣,一方面是形式上的独特,另一方面中国古典意象诗歌有那么一种中世纪古典田园情趣,是对田园风光的留恋。工业文明把人际关系、自然面貌都改变了,失去了往日的和谐和宁静,诗人必然要到另一种与之相反的古典环境中实现一种心理补偿。文学好像与还乡情绪特别有关系。为什么今天描写改革的好作品极其少,可能和缺少这样一种情绪有关,还可能与我们谈过的文学是"记忆的倒流"有关。人对往事特别敏感,对眼下正在发生的事情反而缺少一种敏锐,而文学往往喜欢重温旧梦。人为什么喜欢还乡,主要是人在现代社会里失去精神家园的缘故,所以需要寻找新的心灵之所,还乡则是最两便最有效的方式。尽管作家也知道小农经济、田园风光并不是最美好的生活,他把它写得那么美丽、动人,其实是一种错觉。像你刚才说到的那些过原始生活的美国人,实际也是出于一种错觉,他们很可能会回来的。

**王蒙**:对。

**王干**:还乡情绪产生于作家体验上的错觉和移情,作家的创作不是依照理性逻辑进行的。人回忆童年,总觉得那时光非常美好,而实际上童年并非像他自己所写的那样,因为作家老是寻找一种精神家园,在现实生活中找不到,他就制造幻象来满足精神的需求。如果用进化论的情绪来衡量文学作品那确实是批评的失误,不能用现代观念去判断小说的主题是否"进化"。文学作品作为情感的载体是相当复杂的,如果这种还乡的情绪能够折射出我们时代的心理情绪,这部作品仍然是好作品。我看福楼拜的《包法利夫人》就仍然是一部伟大的作品，它是通过包法利夫人的命运来折射那个时代的，但它所呈现出来的情感经验、生活经验与我们今天的生活仍有某种联系。尽管可以说福楼拜对工业文明有抵抗情绪，说这部小说观念上如何不现代，但它丝毫没有影响《包法利夫人》的文学价值。

**王蒙：**我非常同意你的见解。对文学上的一些怀旧情绪施以机械进化论的尺度，或单纯的社会功利主义的尺度，或所谓面向未来、现代意识，这实际上是用一种很肤浅的表层的简单化的标准对文学加以抨击，只能暴露对文学的隔膜。曾经有过这样的意见，把所谓的"寻根小说"一笔抹杀，认为凡是写到过去、写到旧中国、写到历史的东西都是不足取的，都是缺少现代意识的。我觉得这种说法是非常皮毛的。因为小说或者诗歌所回答的往往并不是一个人对社会进步、科学进步采取什么态度，也不是一个人在历史当中扮演什么样的角色，它的回答是非功利性的。这种怀旧情绪不属于历史主义的范畴，而是属于心理学范畴，怀旧意识实际就是恋生意识，就是对生命的留恋。你现在非常年轻，但你也是在获得生命的同时开始失去生命，生命不断地获得又在不断丧失。不管童年多么痛苦，人为什么总觉得童年是美好的？因为童年是生命的开始，就像人们觉得朝阳是美好的一样。不管你童年多么痛苦，青年时代多么艰难，但你童年时代、青年时代所经历的一切对你来说特别新鲜，特别感到有希望，特别能唤起你的无限幻想，这一体验往往是在你成年之后尤其是老年的时候所不能得到的。问题不在作家本人，比如他也很愿意利用甚至于享受现代化所带来的一切，他也愿意坐汽车，也愿意使用冰箱和各种电器，但他同样仍会怀念在农村土路上跑来跑去或牧童骑在牛背上的生活，或者晚上摸着黑利用灶火的光亮来分辨来人是他的爸爸还是他的舅舅的情景，这不一定是对历史的评价，而是对自己生命历程的一种珍惜。另外一方面，它还反映出每个人对自己的生活都是不满足的，都有一种逆向的要求。比如说，一个人越来越富，生活变得越来越好的时候，他一定会有一种愿望，想过一过清贫的生活，他一定有一种对奢华、富足的厌倦和反感。当历史前进时,他一定会回想起他更原始状态的生活。一个人从农村来到城市,城市的一切条件都比农村好,但他仍然会特别想念农村。

**王干**:这是一种背反。世界实际是由背反构成。你所说的就是一种背反心理。也许人真应该生存在这样背反之中,如果没有这样的背反,人也许就不存在了。世界的形成也离不开背反。比如一方面要工业文明的发展,一方面要保持自然环境,保护森林资源、植被,而社会的进步恰恰是以自然生态环境的破坏为代价的。从心理学上来看,还乡反映了人的一种自恋倾向。弗洛伊德的精神分析学说认为,人人都有自恋倾向,这是一种隐性的轻度的精神变态。因为社会对人的心理要求是不允许怀旧、不允许人沉湎于往事的,因为怀旧对社会进步没有意义。而文学的非功利性正是对人的心理的一种补偿,文学在很大程度上是人自我营造的精神家园。

**王蒙**:下面我要反过来说,这种怀旧从社会功利来看也不是全无价值,它有时确实反映了现代文明带来的种种遗憾,最明显的是对环境的破坏,野生动物在消失,野生植物在消失,山林在消失,水土在流失。特别是像中国这样人口过分密集、森林面积很小的国家,城市里面的人都住到公寓式小格子似的楼房里面以后,人和大自然确实是疏远了,即使从健康方面来看对人也是不利的。一个人总是要有太阳晒,有风吹过他的身体。中国人有一种不科学的说法叫"地气",说住楼房住久了没有地气了,会影响人的健康。在过分城市化的生活中,功利特别是金钱在价值观念中占的比重使人的真情减少,而这在社会进步当中是很难解决的。我几年前到珠海宾馆去参观,里面所有的服务员态度特别好,见到每个人都笑容可掬让你感动,因为我们在北京已经看惯了冷若冰霜的服务员,一看到那样的服务员你会觉得艳若天神。经理给我们介绍说,是不是微笑是每月评比的重要因素,如果微笑不够,就要减少她的工资。所以说她的微笑是有价值的,微笑一次相当十分之一分或一厘,绝对是算得出来的。这种经济手段本身又是必须的，我不是一个空洞的清谈家，以为可以不要经济手段。现代生活、现代文明、市场经济会不会造成一些弊病，造成人的生活环境和人的心灵的枯燥，人的灵性受到排挤等，我认为都是有的。所以文学作品里表现一点怀旧并非没有现代意识，所谓现代意识并不是对现代的无保留认同。

**王干**：对。

**王蒙**：我们有的人认为现代意识就是对现代的认同，就是对古代的否定，就是历史的无情否定。其实不然。

**王干**：真正的现代意识是对古代生活、现代生活都采取同样客观的态度。

**王蒙**：读者的心理和作家的心理也是很复杂的，他的认同和背反往往并存，他既欢呼历史的前进，在我们国家当然不用说了，我们作家里有好多共产党员、共青团员，绝对有认同的一面，在他的公务活动当中更是认同的。有的批评家提得相当绝对，叫"和时代同步"。

**王干**：拥抱生活。

**王蒙**：但也有背反的一面，有这么两面才是一个完人。这丝毫不意味着一个人写一篇怀旧的小说，写到他儿时的蜡烛如何好看，回去以后就得把他的电灯拆掉。如果那样要求是不了解作家，也不了解文学。如果非得在小说里歌颂新式灯具才算有现代意识，写了萤火虫，写了灶火，写了星光就没有现代意识，我看还是让那种现代意识见鬼去吧！

**王干**：那就是把现代意识等同于工业文明了。工业文明是对农业文明的反动和消解，但农业文明里有好多东西是工业文明缺少的，比如人情味，人与人的和睦关系，田园风光，自然风貌，没有污染，没有噪音，没有公害。因此，我们评价一部作品切不可用工业文明的标准去衡量作家所描写的生活。

**王蒙**：不能用社会价值取代审美价值、艺术价值。如果就社会价值而言，写一个改革家，写一个科学家，或者写一个教师，都有社会价值,相反,你写一个病人,写一个残废人,你会觉得没有价值。但文学的价值不是这么衡量的。你刚才讲到的还乡情绪,这里面也有一个伟大的例外,这就是鲁迅。鲁迅的清醒往往表现在他既清醒地写了城市的卑鄙、腐烂,也特别写了他童年的苍白,他童年所经历的一切的可怜。这倒反映了在历史急剧变化中他作为一个作家的特殊清醒。

**王干**:鲁迅的《故乡》就是如此。写故乡一般有两种情感:一种是批判,一种是怀念、伤感。鲁迅一方面把童年写得很美好,另一方面很快又把这一梦幻冷酷地撕破了。老闰土苍凉的晚景格外沉重凄凉,祥林嫂、阿Q也是。鲁迅一方面浸透了对土地的理解和怀恋,另一方面又企图摆脱这样的还乡情绪,站在童年之外、故乡之外来审视。他对现代文明也不取歌颂的态度。所以鲁迅是一个非常冷峻的作家,他不像太阳社的人,太阳社的人很有热情、很进步、很革命,但他们的作品很快消失了。反而是鲁迅那些不特别革命、不怎么激情洋溢的小说流传下来。

**王蒙**:年轻时读鲁迅的作品在一个细节上印象特别深,我记不清是哪篇杂文了,里面提到家乡的小吃,罗汉豆这些东西,这在《社戏》里面也写到过,但这个细节不是《社戏》里的。他提到家乡的小吃,离开家乡后老想吃一次,他回乡后吃到了,觉得也不过如此,这特别煞风景。可以说鲁迅特别残酷无情,任何人都会有类似的体会。比如小时候在什么地方吃油炸糕、豆腐脑,现在远离故乡了,回去吃一次,一般善良的人(我不是说鲁迅不善良)哪怕吃得不很好,也要自己安慰自己,这和我三十年前吃的味道一样。鲁迅是特别的清醒,他告诉人们,三十年后再去吃,已经得不到原来的享受,即原来的享受的梦最终会破灭。当然文学是各种各样的,特别昏头昏脑的作家也特别可爱,你明明觉得人生根本不像他说的那么好,或者不像他说的那么坏,但他像发了疯似的写起来就没个完,也很可爱。

# 感 觉 与 境 界

**王蒙**:你评莫言的文章里,有两个问题我感兴趣,一是反文化,第二个问题是关于感觉,我同意你文章里的见解,但希望你能有所发挥,谈一谈感觉在文学创作中的作用和局限性。长期以来,我们不太重视艺术感觉,有时候根本就没有给感觉以应有的地位。你说莫言的感觉好,我也是这样看的。我曾经当着莫言的面讲过,尽管说我在年轻人的眼光里年龄也相当大,我从来不感觉自己老了。但我在读了莫言的某些作品,看了他那些细致的感觉后,我觉得我是老了。因为我年轻时候同样可以写得那么细,也许比他还细,但现在我已经没有那么细致的感觉了。你提出一个问题,就是不能光凭感觉,前不久我还在《文艺报》上读到一篇文章:《感觉的泛滥》,那不是你写的吧?

**王干**:李洁非写的。

**王蒙**:我觉得这是很有价值的见解。当代文学中单纯地凭感觉或驾驭不了感觉的情形恐怕是有的吧?

**王干**:我觉得"感觉"问题的提出,是与以前的"灵感"问题的讨论有联系的。"文革"时不承认作家创作时的灵感,认为只要有生活,有思想,有技巧,作家就能写出好作品来。"文革"结束后,人们开始讨论灵感的问题。我认为灵感是创作冲动的爆炸点,而感觉则是作家的一种状态。所谓这个作家感觉好,反映了作家对生活、人生、历史、世界和其他事物的敏锐能力。感觉往往与敏锐联系在一起,是一种非理性的直觉方式。感觉是作家对人生经验、情感经验、社会经验、生活经验等各种经验整合起来之后浮动在一般理性层次、经验层次之上的一种情绪、灵气和悟性。如果把整个文学比成河床的话,那么感觉无疑是浮动在整个河床上面最耀眼最灿烂最动人的浪花,但如果没有河水的流动,它就会很快消失或者枯竭。也就是说,如果缺少经验的层次的话,感觉就没有什么价值,甚至不可能存在。人生的各种经验和体验是感觉充分表现自由流动的基础,构成了文学最坚实的河床与有生命力的潮汐。我为什么要说"感觉救不了作家"呢?现在有些作家推崇感觉到了把文学等同于感觉的地步,有些人说我就是感觉好,没什么,对其他的东西不屑一顾。这种尊崇感觉、神化感觉、扩大感觉的背后隐藏着一种天才表现欲,他的真正意义在于说:我没看过什么书,就是感觉好。出现这种感觉迷狂症,一方面是由于我们以前不重视感觉这种直觉性的东西,另一方面也反映了很多人有点想走捷径的味道,用感觉来代替经验和知识的积累。感觉是作家各种情感、经验、体验蒸腾出来的,不是可以任意挥霍的,它不是取之不尽、用之不竭的文学之源。当然,一个作家良好的艺术感觉的形成有好多因素,天赋、遗传、地域文化的影响、读书的经历、学识都是发酵感觉的基本材料。我觉得我们有些作家对感觉已经到了痴迷的程度,以为只要感觉好就能写好作品。做一个好作家无疑要有足够的艺术感觉,但仅仅有感觉肯定成不了大作家。

王蒙:感觉一词在艺术里用得相当普遍。比如一个跳舞的人,同样接受舞蹈理论的教育和基本功的训练,他的各种姿势完全符合要求,但当我们说他缺少感觉时,他自己并不清楚自己最细致的地方到什么程度最合适。

王干:也就是分寸感。

王蒙:这些细致的分寸只能用感觉来表达。在艺术当中,舞蹈可以说是最有科学性的,你可以录下像来分析,甚至可以搞出数据来,比如手指到什么角度,但也不行,只能靠感觉。音乐也是这样。音乐是富有技巧性的,但只有技巧没有对声音的感觉以及对声音最细腻地方的分辨就永远成不了音乐家。过去很长一段时期,"左"的东西比较厉害的时候,完全不懂得感觉,完全排斥感觉,也不敢忠于自己的感觉,也不敢细致入微地把自己感觉的财富充分地调动起来使用起来。我说莫言的感觉好,就是看了他的《爆炸》,印象特别深。

**王干:** 我特别喜欢《爆炸》这部小说,它完全是感觉的大爆炸。

**王蒙:** 这个小说里写他父亲打他一个嘴巴,他连着写了几百字。我几年前看的,不知印象对不对。就是这一个嘴巴,整个世界在他的感觉当中写得相当好。类似的例子在作品中多极了。我觉得感觉有这样几个层面:一是对生活的感觉,一个作家可以写到风霜雨露,写到春夏秋冬,写到声音、形象、色彩等等,都是对生活、对外部世界的感觉。第二是内省力,就是对人的内心世界、对自我的灵魂深处的最细微变化的感觉。托尔斯泰作品里的感觉简直细致到像工艺品一样。第三,就是对艺术本身的感觉,一个作家在写作的过程中,很多时候是靠自己的感觉,这是事实,有时候似乎是很普通的概念,比如说你的作品不够精炼,说简洁是天才的姐妹,但有时候一泻千里、挥洒自如、汪洋恣肆也是可贵的,那么界限在什么地方? 只能靠感觉,没法靠字数。比如一个短篇写到万字以上是不是就过多了呢? 两千字以下是不是就过少呢? 绝对不可以这样说的。甚至在结构上也有一种感觉,有时候你觉得他太单纯,需要有一点闲笔,比如很短的小说要凭空说几句题外的话才能有空间,这些都要有感觉。感觉还是相当重要的,但是我也完全赞同你的意见。我觉得有没有感觉是艺术和非艺术起码的界限,如果没有最普通的艺术感觉,尽管你可以写很好的文章,有它的新闻价值、历史价值、社会效益,还有各方面的价值,但它不是艺术。艺术的高下不单纯是一个感觉的问题。这就回到了我们讲过的"文学是魔方"的说法,文学是整体的东西,是全局的东西。仅仅有了感觉的这一面,缺少另一方面的东西,比如经验、人格,包括哲理思辨,没有充足的人生经验与阅历,只有零零星星各种微妙的感觉,这种感觉就会像迷宫一样,作家就很可能迷失在感觉中。这里我愿意谈谈莫言。你的文章谈到了莫言的好多作品,但这些作品像《红蝗》我都没有看。莫言有非常出色的感觉,也有相当可观的艺术勇气,但他毕竟还没有成熟到把这一切感觉、勇气以及中国人常说的才、学、识和经验、经历并驾齐驱融会贯通的程度,所以就产生了一种倾斜。他在感觉上非常满足,但那些谈创作的文章就非常孩子气,实在不像一个大作家,他还不能够将这些东西融会贯通。又加上我们国家处在这样一种状况,刊物非常多,文学作品发表得异常容易,一个人有了名气之后,刊物纷纷要他的稿,他完全可能使自己包括感觉在内处于超负荷的支付状态,求大于供,就会造成"通货膨胀"、感觉膨胀,而其他方面跟不上来。我对莫言早有这种感觉,但这也不足为虑,他毕竟比较年轻,在他创作过程中有一些曲折非常自然。也许过一段他充分喷涌之后,就会感到枯涩,甚至感到恐慌。这样一种枯涩、一种恐慌完全可以成为他跨上新的阶梯的契机。

王干:感觉有神秘主义色彩,是非理性的东西,全靠一种莫名其妙的情绪在支配。用中国古代文论的概念,它是一种"气","文以气为主"。其实,不但搞文学的人要有感觉,工艺也需要感觉,特别是手工制作的,比如画画的。气功师发气也不是每时每刻都能发的,每发一次功,他们要休息一段时间才能发功。培养感觉便是"养气",我曾提到莫言现在需要"养气"。养气才能感觉得充沛和灵敏。(笑)

王蒙:"养气说"也很有意思。

王干:莫言现在就是气虚。

王蒙:消耗太大。

王干:感觉毕竟有很多先天成分,比如足球运动员的感觉,用我们球迷的话说,叫"球感"很好。但球感是建立在什么基础上呢?首先必须会踢足球才能有球感。假如你根本不会踢足球,或者技术很粗糙,或其他人与你不配合,那么即使你的"球感"再好也没有用。不过你《球星奇遇记》的球星是个例外。文学创作亦复如此,你的感觉再好,还需要其他的"力"使你的感觉发挥出来,使你的感觉综合起来,滋生出一种超乎感觉之上的东西。一个小孩的感觉特别好,但一个小孩却创造不出艺术作品。感觉甚至是一种儿童性的东西。

王蒙:对。儿童的东西,本能的东西。

王干:现在过分推崇感觉,与当前文坛的非理性思潮有关。某种程度上是一种反理性倾向。反理性是文学发展的必然。但把感觉的功能推到极致,用感觉完全取代理性是不可取的。

王蒙:如果只剩感觉,就不行了。文学的构成方面太多了,像上次我们说的"摸象",文学不是象的一部分,而是一个整体的"象"。感觉即使非常重要,比如说起着象鼻子的作用,但永远不是象的整体。虽然鼻子是象的主要特征,但光有鼻子还不是象。

王干:感觉完全是一种天赋。

王蒙:是一种天赋,你说是小孩的东西是很对的。人什么时候的感觉最好呢?就是他去掉了一切杂念的时候,他能恢复到最返璞归真、最年轻、对周围的事物最敏感的儿童态,感觉里最可贵的是新鲜感、分寸感,这是很难传授给别人的。

王干:不可言传。比如足球运动员在比赛当中突然就起脚射门,而且也就进了,他就完全由一种感觉在支配,只觉得可以而且必须射门了。有时守门员莫名其妙地将非常悬的球给挡住了、扑住了,完全是一种无意识。

王蒙:有时候甚至是一种本能。

王干:但是一个人即使素质再好,不经过训练,不经过比赛,还是成不了球星。

王蒙:作家是天生的,又不是天生的,他需要训练。如果没有学问,没有条件,没有时间,没有训练,没有巨大的劳动,没有人格,仅仅有感觉,是不行的。不过,我刚才说到的新鲜感也很有意思。作家最令人羡慕的地方,也恰恰在于他的新鲜感。比如大海,人类与它共存了不知多少悠悠岁月,写大海的诗呀文呀词呀不知有多少,但一个好的作家看到大海仍然有非常新鲜的感觉，以至于写出来的东西是让人感觉到第一次见到海、第一次认识海、第一次感觉海、第一次接触海，这种新鲜感非常值得羡慕。现在文艺评论喜欢用"陌生化"这个词，其实，依我的理解，与其说是陌生化不如说是"新鲜化"，完全的陌生与完全的烂熟都会倒审美的胃口，都是影响美的接受的。至于分寸感，那就更普遍了。可以说一切专家都有这种分寸感，甚至政治家。一个大政治家的决策当然有他的理论的根据、科学的根据、投票的根据、民意测验的根据，但只讲这些根据也可以找出相反的例子来，有的就力排众议。而大政治家往往力排众议，比如一百个人当中有九十人不赞成，但他还要坚持，而事实恰恰证明他是正确的，这才显出他的伟大来。

**王干**：这是一种直觉。

**王蒙**：这是一种直觉。为什么他有的时候力排众议，有的时候立刻做出调整做出转变？这里面也有感觉。

**王干**：牛顿发现万有引力定律，也是看到苹果落地一下感觉出来。但这种感觉与他在物理学上的造诣是分不开的。作家的感觉也需要一种积累的基础，包括多种多样的积累，知识的非知识的、文化的非文化的、经验的非经验的，这样萌生出来的可能是新鲜的别人所没有的感觉。

**王蒙**：对一个大作家来说，智慧和人格起码和感觉同样重要。一个有感觉而缺少智慧又缺少人格的人也可以成为一个作家，甚至可以成为非常出色的作家，但他仍是一个有相当欠缺的作家。

**王干**：不是一个伟大的作家。

**王蒙**：一个伟大的作家往往需要人格、智慧、感觉，如果再加上一个条件就是经验，他的遭际。智慧当然包括他的学识，智慧不光是天生，也包括后天的学习。

我还是从你评莫言的文章谈起。下面我想谈上次已经提到但没有展开讨论的问题，就是你说《猫事荟萃》应该算是杂文的问题。对此，我也不表示反对或赞成，因为我没看《猫事荟萃》。但这里面有一个问题，所谓体裁上的划分究竟有什么严格的标准？有的小说又像杂文又像小说，可以不可以？有的小说又像寓言又像小说，至于既像散文又像小说的小说就更多。

**王干**：那倒很多。

**王蒙**：甚至有的小说非常像诗。我看过一个英国女作家的文章，我特别喜欢她的话，她说把短篇小说和长篇小说归在一类是绝对错误的，短篇小说应该和诗一类，长篇小说则是单独的一类。她对体裁的论说，虽不是经典，但仔细琢磨也有道理。

**王干**：她是从另一个角度讲。

**王蒙**：是从它的精炼、集中、容量、信息量和放射弥漫的气氛、氛围等方面来说的。

**王干**：是从艺术审美的特点进行考察的。

**王蒙**：如果《猫事荟萃》是一篇读起来很精彩的杂文的话，我觉得你就不必批评他不是小说。我觉得这样批评并不重要，对读者来说，除了特别有偏见的读者只看小说不看别的，对一般的读者来说，他要求得到的并不是对某种文学体裁严格的符合规范和定义的范文，他要求的还是一种审美的享受，也包括信息和知识的获得，所谓某种教益。即使没有教育意义，但看了很有趣，看得很活泼，也是可以的。我只是从理论上说，要不要对小说在理论上进行界定？我觉得这个问题本身的提出就有弱点，如果这种界定去掉以后就什么都可以算小说，那也麻烦。

**王干**：当然，你说像杂文也可以。但是，小说要不要有个大致的规范呢？我认为需要。小说要有小说的思维方式，当然，如果一个作家因为他的一篇小说或一批小说改变了小说的规范，那我们就得承认他所建立的新规范，承认他是一个伟大的作家，问题是莫言的这篇作品本来就是一篇散文，是完全按照现行的散文思维方式写的，就不能被承认。当然，小说里面有杂文的因素、散文的因素、诗的因素，那当然很好,但如果把小说完全写成杂文,那就肯定不是好小说,只能是好杂文。我主要认为《猫事荟萃》的感觉变形了,他已经不是在叙述世界,而是在用理性的思维宣谕世界、解构世界。我觉得它尽管写得精彩、俏皮、幽默,但作为杂文发表更好。

王蒙:你认为散文式的小说呢?

王干:我觉得散文式的小说比杂文式的好些。

王蒙:觉得散文跟小说亲近些。

王干:现在的小说概念也很复杂。我原来比较喜欢诗化的小说,写文章鼓吹过。但我现在觉得诗化小说显然不是文学的最高境界,散文化小说也不是文学的最高境界。有一段时间我曾认为诗化小说是小说的极致,但我现在认为它只是小说的一种样式。只写这种小说不能说是最伟大的,一个大作家的小说要有诗、散文、杂文、音乐、绘画甚至相声、流行歌曲和摇滚音乐迪斯科霹雳舞乃至足球、体操、冲浪、滑雪的因素,要有超常的信息量和阅读量。我总觉得诗化小说、散文化小说的信息量不够大,还比较单薄,尽管从中可以看到心灵的颤动、灵魂的闪光、人性美的呈现,或者有一种愤怒、惆怅、感伤、欢乐,但格局仍嫌小,至少说明这个作家的胸怀还不十分宽阔。我希望文学作品能够达到一种混沌的境界,这是很高的层次,那里面的内涵一下子难以说清楚。而诗化、散文化的小说往往容易被把握,你能找出他的惆怅何在、愤怒何在、哀伤何在。我认为一般作家都可以达到这一境界,而混沌的境界只有少数人才能达到。

王蒙:你说的是一种更立体的小说,不是单纯地讲感觉、单纯地讲诗意、单纯地讲情节乃至单纯地讲幽默,甚至不是单纯地讲人物性格。但你所说的好小说仍然让人有点把握不住。

王干:散文化、诗化、杂文化的小说也是好小说,我也喜欢读,但不是最好的小说。

王蒙:最好的小说往往不止一个层面。

王干:有各种各样的层面,各种各样的色彩,甚至有各种各样的风格,是一种综合体。

**王蒙**:这也很难比,比如《阿Q正传》的认识意义、讽刺、幽默都达到了很高的境界。但反过来要求阿Q有诗意,你就觉得它不如《在酒楼上》《伤逝》,特别是《伤逝》这种用散文诗体写的小说,很难那么要求。

**王干**:我觉得鲁迅最大的遗憾是没能写出一种综合性的作品,没有把他分布在各篇小说中的各种风格因素、语言特点、审美因素全部综合起来形成一个高信息量的大型集成电路。

**王蒙**:这也太难了,整体上看也行。

**王干**:但仍有种不满足感。我觉得鲁迅思想的深刻、敏锐超过了同时代的人,甚至我们今天仍然要到他那里去取"火种"。但是鲁迅达到的文学的境界好像还不能完全与公认的世界文学大师、文学巨匠相比,他缺少一种超时空的艺术组合力量。我这话可能不太恭敬。鲁迅身上有被神话的成分。

**王蒙**:鲁迅的意义不是纯文学的,鲁迅作为一个启蒙主义思想家、革命家的伟大甚至超过文学家。当然从文学角度看,可以有另外的探讨。你刚才说的诗化小说、散文化小说,我想到了另外一个问题,有些风格特别特殊、特别鲜明的作家并不是最伟大的作家,他的语言、文体特殊极了,一下子给人深刻的印象,让你永远忘不了。作为风格作家,屠格涅夫比托尔斯泰、果戈理还要鲜明,但从整体上看就不能说屠格涅夫超过了后者。

**王干**:法国有一个作家梅里美,感觉、风格、语体简直太棒了。

**王蒙**:太棒了。

**王干**:但整体上的感觉还是不如巴尔扎克、雨果。

**王蒙**:没有那种磅礴、那种浑厚。熔万象于一炉只有大师才能做到。

**王干**:梅里美是一个很有风格、很有个性的作家,他的作品能够流传下去,但总觉得他不是大作家。

**王蒙**:诗歌也是这样。中国古代诗人当中,作为风格作家,李商隐、李贺都是无与伦比的,没有人能够与他们相比。

**王干**:词人里的吴梦窗。

**王蒙**:温庭筠也是。但更高的境界又超出这个境界。所以这涉及到文学价值,一种是把塑造人物当做最高任务,还有一种说法就是把形成自己的风格规定为作家的最高任务,对这两种说法我都既赞成也有一定的保留。

# 说不尽的现实主义

## 一 现实主义和后现实主义

**王蒙**：我不知道怎么会渐渐形成一种理论，这个理论有相当重要的根据，不能轻易推翻，就是人物性格高于一切，用话剧演员的说法，就是"最高任务"。比如一个角色只有一句台词"请进"，演员就要考虑"请进"所要达到的"最高任务"，要表达出多少情绪、多少情节、多少关联、多少呼应。这种理论便是把文学的最高任务归结为塑造人物性格。我对这个理论不完全赞成，但丝毫不意味着我不重视或不欣赏那些写得好的人物，我只觉得它不能成为普遍适用的和绝对的最高任务。

**王干**：人物性格决定论与现实主义的关系极为密切。很长一段时间内，一部小说、一部文学作品能不能塑造典型人物或有特殊性格的人物往往是衡量的标准，甚至成为唯一标准，这与现实主义的理论在中国被奉为圭臬有关。最近我在思考现实主义的问题，觉得现实主义在今天的文学生活里实际已经消失，尽管我们仍在用现实主义这个概念，但作为创作方法，本体的现实主义已经消失了。从现实主义发展的整个进程来看，现实主义经历了创立、分化、瓦解的几个阶段。现实主义形成的时期，主要是十九世纪中叶，这时候出现了一批以巴尔扎克为代表的优秀的现实主义作家。这批作家起初写作并没有打出一个旗号，而打出这旗号的是一位平庸的作家，叫尚弗勒里,他出版了一部题为《现实主义》的论文集,还和他的朋友编过一本《现实主义》杂志。但尚弗勒里并没有成为现实主义的代表人物,后来人们用他所树立的旗号来概括巴尔扎克、司汤达、福楼拜、莫泊桑这样一些作家的创作,并成为十九世纪最重要的最长久的文学潮流。随着俄国一批现实主义作家的出现,现实主义在十九世纪形成了一个巨大的文学高峰。现实主义主要是通过对浪漫主义的反动来建立自己的创作体系和理论体系。但到本世纪末,现实主义受到了新的挑战,遇到了新的劲敌,这便是现代主义文学潮流的出现。最初是意象派的诗歌,接着便有伍尔芙、乔伊斯这样一些意识流小说大家的出现,后来的现代主义文学的发展更是迅速多变,出现了各种各样的主义和流派。本世纪的文学主潮可以看作是现实主义和现代主义相对抗、相消长、相补充的世纪。二十世纪双方对抗的结果,现实主义并没有被现代主义挤出历史舞台,现代主义也没有因现实主义的顽强而失去行动的信念。现实主义为了保存自己的生命力,扩展自己的生命力,从现代主义那里融合了一些新的文学因素来充实自己丰富自己,以满足各种层次人们的审美需要。现实主义在与现代主义的对抗过程中出现了好多支流,比如心理现实主义、革命现实主义、社会主义现实主义、魔幻现实主义、结构现实主义。

**王蒙:**还有无边的现实主义、严格的现实主义,好像对现实主义的说法有五六十种。

**王干:**现实主义家族这时已经分化了。当我们来看待现实主义家族中那些分支时,就会发现它们都不是原初意义上的现实主义。我们把它叫做现实主义是因为它是从现实主义母体中分化出来的。就像一个家族一样,尽管儿子们已经脱离大家庭纷纷独立,人们还习惯称他们为"某某家",但实际上那个"家"已不存在了。我们可以说现实主义家族的存在,但却不能指出谁就代表现实主义。现实主义对生活采取一种"典型"的态度,用典型的态度来看取生活、看取人生、选取材料。刚才你说到我们的文艺理论为什么那么重视人物性格,这与现实主义的典型观很有关系,与恩格斯说的"除了细节的真实外,还要再现典型环境中的典型性格"有密切关系。典型人物论者强调人物性格的重要性,这是因为作家在支配人物、故事、情节,这时候的真实完全是作家的真实,实质是观念的真实。"典型环境中的典型性格"的涵义,按照卢卡契等人的解释,是指作品要能反映历史发展的必然趋势,要能体现时代精神,人物要体现出生活的本质。我认为生活没有什么绝对的本质,你读出这样或那样的"本质",是因为你的阅读结构里存有某种"本质"。比如你的意识里觉得生活是荒诞的,你看生活就会发现生活是荒诞的。如果你意识里觉得生活是光明而有前途的,你看生活就会觉得生活在前进而且很有希望。这样,真实只是观念的真实而不是生活形态的真实。为了实现这种观念的真实,就要塑造一种人物来揭示它。高尔基的《母亲》实际上是无产阶级革命学说的形象说明。柳青的《创业史》里的梁生宝实际上是当时农村社会主义革命理论的图解。现实主义是由理性的观念的力量来支撑作家,作家要按照观念去制造出人物来,特别是谈到典型人物时更是与整个观念联系在一起。现实主义家族解体之后,我觉得出现了一种后现实主义的文学倾向。后现实主义不是对现实主义的认可,而是反动、背叛。比如它强调对生活原型的还原,"还原"便是对"典型"的一种批判,后现实主义就是要消解典型,也就是消解支撑作家和人物的理性观念。还原才能保持真实,而典型往往是对生活的歪曲,因为典型的塑造完全是按照观念去摄取生活,摄取符合观念需要的生活,而不是对生活的真实形态进行客观的反映。"消解典型"是后现实主义的重要特征,比较典型的作品是《小鲍庄》。《小鲍庄》既不是现实主义的也不是现代主义的,它通过对淮北一个小村庄的生活形态还原,将这个"细胞"复现在读者面前。"复现"是后现实主义的一个重要概念。后现实主义的第二个特征是要"从情感的零度开始写作",也就是作家在写作时不带观念,尽量把生活赋予他的一切复现出来。在现实主义的作品里,这个世界是作家已经规定好了的,在我们读巴尔扎克的小说之前,小说世界已经形成,这种形成是由作家的观念构成的,读者只是去认识这种世界、这种真实而已,没有创造的可能。在这点上后现实主义恰恰相反,它强调作家和读者的对话,认为小说是作家和读者的共同作业,作家在叙述小说、叙述这个世界时是相当谨慎的,不敢轻易做出判断,他小心翼翼地描述,决不武断地说"世界就是这样的",非常保守地留下空白,留下很多问题由读者在阅读时进行"作业"去完成世界的构成。在后现实主义的小说当中,真实性存在于不断形成、不断增殖的过程中,而现实主义实际上是在向读者灌输某种观念,告诉读者世界就是这样的,必须按照某种模式去生活。现实主义在这一点上与现代主义别无二样,他们都认为生活有一种本质,只不过对本质理解不同而已,只不过在真善美或假恶丑具体形态上不同,它们在思维程序上是一致的,实际上源于一种观念。当然,现实主义和现代主义在历史上都曾经产生过巨大的作用,但如果要真正表现生活的真实,就不应该承认生活有什么本质,本质是由个人读出的,应该把本质交还给生活形态,由读者自己读出,也就是把本质还给读者。

## 二　反映现实不等于现实主义

**王蒙:**这个问题对我来说有相当的困难,我没有接受过严格的概念的训练,比如关于现实主义的发生、发展的过程,我不知道最经典的定义到底应该怎么讲。从我个人的创作的体会来说,我深深感觉到,很难讲哪样的作品不反映现实生活、不反映现实,不管它是荒诞派也好、意识流也好、神秘主义也好、唯美主义也好,说它们不反映现实是很难论证几乎是最难论证的命题。按照权威的定义,王尔德是唯美主义者,恰恰在王尔德的作品里,比如《快乐王子》,描写了社会上的种种不公正,《自私的巨人》描写了自私和孤独会造成人的心灵上的创伤。我们看到的一些作品包括用中国读者觉得奇奇怪怪的叙事方法写出来的作品都在反映着现实。《二十二条军规》在反映生活上是相当深刻的，那种悖论、那种摆脱不了圈套的境遇很有现实性。尽管《二十二条军规》写的是美国在二次世界大战中的情况，中国历史传统、文化传统、社会制度与它都不一样，但我们每个人在生活里都有这种体会、体验。有时候我们办一件事情的时候，根据这个制度要去找那个机关，根据那个机关又要找另一个制度，根据第三个制度又要找第四个机关，根据第四个机关又要找第五个制度，根据第五个制度又要找第一个机关，这种转圈的事情实在太多了。再比如残雪，她是拒绝用普通的方式写现实的，写的都是梦境一样、谜一样要破译的东西，但破译的结果发现仍是对现实生活当中某些被压抑的东西，侵犯别人的东西，强横的东西有感而发的一种特别敏感、特别神经质的感觉。至于我个人的作品，不论封成什么样的主义、什么样的路子，都是从现实当中来的，都用各种不同的方式来反映现实。当然对现实的理解也要宽泛，现实不仅仅是社会生活、阶级斗争、政治斗争，现实里也包含着个人的精神世界。人和人之间不仅仅是社会关系也还有其他关系，男女的关系、性的关系、代的关系，还有许多属于人的精神世界范围的东西，既和现实分不开，本身也构成现实的一部分。

　　谈到过分宽泛实际上消解现实主义的说法，我觉得很有代表性。一九八四年我访问苏联的时候，我问苏联科学院的一位汉学家对现实主义有什么看法，他回答得很有趣。他说，苏联是把社会主义现实主义规定在作家协会会章里，带有指导性甚至约束性。实际上苏联的作家也好，介绍到苏联的外国作家也好，作品的风格手法创作方法是各式各样的，但在出版时，往往都要说这部作品是现实主义。比如雨果一般称为浪漫主义，但出版《悲惨世界》时就要说这是一部现实主义作品。所以苏联有一种说法，什么叫现实主义？凡是我国允许出版的文学作品都是现实主义。这位汉学家讲这句话时有一种嘲弄的意味，也就是说现实主义没有严格的定义。但是我这样说也包括你刚才那样说倒不是对现实主义的轻率否定,相反,作为模模糊糊的认识,现实主义在文学史上所做出的巨大贡献是其他的主义没法相比的。创造一些真实的典型人物,我认为这是指现实主义小说,特别是指现实主义的长篇小说,它的成就往往表现在人物的深刻性、客观性上,所谓熟悉的陌生人,所谓似曾相识。

现实主义的另一大贡献在于描写,对细节的描写,环境的描写,肖像的描写,神态、动作、场面的描写都相当重要。比如当我们回想托尔斯泰写一次聚会、宴会、舞会、打猎、滑冰,哪怕是一次田间劳动,那种精美、精确、生动,令人感觉到他把文学的描写发展到极致,以至于让人感觉文学描写到了托尔斯泰几乎已经写尽了,你怎么写也无法逾越。是不是所有的现实主义都有一个观念的前提我还不敢说,因为我们常常说到的批判现实主义它的观念实际上并不是非常明晰,但是现实主义往往和人道主义有时甚至和民粹主义,就是对下层人民的关怀和同情是分不开的,很难设想一部现实主义的作品对人民抱着很冷漠的态度,或是站在少数上层人物的立场上。它的人道主义、民粹主义,它的要求社会公道、社会进步的愿望和理想确实如你所说使现实主义和社会主义最容易相互接受相互认同,历史也已经这样证明。但中国的情况到底是什么情况,恐怕一时还难以论证清楚。李陀曾提出一种观点,认为中国应该用另外的一套概念体系,就像中国未必有真正的现代主义一样,中国也未必有严格意义上的现实主义。他对这些话并没有具体的阐述,我觉得这也是值得深思的一个问题。中国的小说绝大多数很难说就是现实主义,章回小说表现帝王将相、才子佳人、武侠,一种是在道德上的两极色彩,忠与奸、侠义与小人、节烈与淫妇,对比鲜明,故事本身传奇性很强。这是现实主义的吗?难以苟同。我觉得人物典型,除了现实主义的典型外,还有另一种典型,我不知叫什么好,比如堂吉诃德这种典型就很难说是现实主义的。比如包公、诸葛亮、张飞这种典型甚至哈姆莱特、奥赛罗这种典型,我总觉得它不是现实主义的,按照你刚才的划分,可叫前现实主义的典型。

**王干:**这更接近古典主义。

**王蒙:**它们脸谱化、程式化又对比鲜明。

### 三 批判现实与指导现实

**王干:**李陀说中国没有现实主义也许对。因为现实主义这个概念很模糊。我们最初认可的现实主义恰恰是一种批判现实主义,巴尔扎克、托尔斯泰等人基本对生活持一种否定的态度。有一个非常流行的说法,说批判现实主义作家在批判现实时往往深刻有力,但不能指出新的生活方向,这种说法是对的。但后来的社会主义现实主义在注意对生活指明方向的时候,削弱了对生活的批判力,也影响了生活真实。这种指明方向是按照理想主义的模式来套生活。

**王蒙:**讲到批判现实主义作家的巨大才华表现在对社会生活的批判上,我想,在某种意义上这不仅是批判现实主义也是整个文学的弱点,如果我们能把它叫弱点的话。因为文学不是一种政治纲领更不是一种操作规程,我们不能想象仅靠文学使全体人民认清方向,知道自己该干什么。这样的文学作品也有,但不是文学最强大的部分。一个青年读了一部作品就改邪归正,从此孝敬父母、遵守纪律、努力学习、尊重师长、团结群众、奋勇前进,这当然好。但文学最有力量的恰恰是表达这种主观和客观的不和谐,这与政治上的非议是两个概念。比如爱情,某种诗意的爱情、得不到的爱情、痛苦的爱情在爱情的描写中占了主要的地位。相反,当写到一对情人经历过种种磨难,最后拥抱在一起,说我们再也不分开了,像狄更斯的一些小说,房子里的火炉是非常温暖的,证实了主人公的贵族身份,遗产也得到了,金钱也得到了,最美丽的女郎也到了他的怀抱里,文学到这儿也就为止了。罗密欧与朱丽叶由于误会也由于家庭的世仇,最后两人都死了,这是非常精彩的爱情。如果设想另一种结局,比如急救之后两人都活过来,家里也不再反对他们的婚事,他们就结婚了,这就是中国小说的结尾,大团圆,朱丽叶替罗密欧养了六个孩子,罗密欧洗脚的时候,朱丽叶替他打洗脚水。(笑)这是很刻薄的说法。文学是迷人的是伟大的,但文学本身就有的先天弱点——也许正因如此是可以原谅的弱点。它缺少实践性,它也缺少肯定性。以实践性和肯定性的标准来衡量,一部《百年孤独》远不如一部《时装剪裁一百例》更好。正像公鸡要丑小鸭打鸣、老猫要丑小鸭捉老鼠一样,丑小鸭因为完不成这样的任务而只能感到惭愧。从这个意义上讲,文学家基本上是满怀崇高理想和激情的清谈家而不是实行家。包括那些写社会问题写得洋洋洒洒乃至气壮山河的作家,未必真能够实际地解决什么社会问题——连他自己的问题也常常解决不好。我们执政的人往往对文学家不满意,往往希望文学有更多的实践性和肯定性,这也很容易理解,但这是另外一个问题。

**王干:** 为什么好多人讨厌现实主义,因为长期以来把现实主义文学作为一种指路的探照灯,有光明,能够指路,有些作家也是这样做的。五四以来的作家包括鲁迅提的"遵命文学"也是这个意思。"遵命文学"很大程度上是现实主义的一种方式。鲁迅希望文学是"国民精神的灯火",实际上夸大了文学的作用。但作为一个思想启蒙的先驱,他只有以文学为武器,只有这么说才能使文学变得更有力量。可是以后发展起来的现实主义就是要文学能作用于人们的活动、生产、生活乃至学习和交往,要文学指出一种方向,文学这时候的劝谕功能极强。为什么我们新文学史上的好多作品没有生命力?为什么文学会变成阶级斗争工具? 就与这种"指路意识"有关。

**王蒙:** 那基本上是高中一年级以下的学生对文学作品的希望。这个希望非常天真,比如在我非常年轻的时候,读完了《钢铁是怎样炼成的》,就非常满意,觉得这部作品给了我那么多的教益、那么大的热情。再读鲁迅的作品,我就觉得不满意,甚至觉得鲁迅的作品不够革命,觉得鲁迅的作品还没有巴金的革命。巴金的作品里也还出现了革命党,虽然闹不清是个什么革命党。而鲁迅的作品没有革命党,没有代表未来的英雄人物,指路意识。这是不是现实主义的要求,我觉得值得探讨。这是我们给现实主义增加的一些要求。

**王干**:现实主义在中国为什么一度变成宣传工具、政治工具,从这一点上很好理解。我们似乎有一种"典型癖""样板癖",开"现场会",有各种各样、各行各业的榜样。这样的社会机制和文化机制势必要求作家也能树立榜样,这恰恰违反了现实主义的本义。当然,我们没有必要恢复巴尔扎克时代的现实主义。

**王蒙**:这个问题也很难简单地说清楚,在"文革"中发展到极致的文学究竟是革命的现实主义发展到极致,还是反现实主义发展到极致,这是值得考虑的问题。在一九五七年、一九五八年特别是一九五八年以后,我国的现实主义变成了危险的东西,尤其害怕"写真实"这样一种提法,"三突出""高大全""高大完美",这一系列的东西都与现实主义的概念毫无共同之处。

**王干**:你这里的现实主义是指什么?

**王蒙**:用生活的本来面貌来反映生活。

**王干**:"文革"期间的文学作品除了观点错误,它进行的文学实践、思维方式乃至典型人物的塑造手段与卢卡契等人提倡的现实主义并不冲突。卢卡契强调现实主义要反映时代精神,而"文革"期间的文学在表达时代精神方面几乎到了难以想象的地步。所谓"两结合"的创作方法,实际上到后来革命现实主义就是革命浪漫主义,革命浪漫主义就是革命现实主义,革命现实主义发展到极端的时候,生活里不可能有的,作品也可能出现,这也就是革命浪漫主义。

## 四 中国有现实主义

**王蒙**:怎么区分确实也很困难,我觉得在革命现实主义、社会主义现实主义的旗号下,还有真货与伪品。譬如你提到的《母亲》《铁流》《毁灭》《青年近卫军》，中国也还有这样一些作品，比如《青春之歌》。许多经历过那个时代的人都认为《青春之歌》写得很真实，知识分子追求革命、追求救中国的道路，都写得很真实，这和阴谋文学以及"四人帮"搞的一些东西还是有区别的。不仅仅是政治上的东西，从作品来说，它也是有区别的。浩然的一部分作品特别图解政治，但浩然毕竟是一个真正的作家。在"四人帮"统治时期，我看过样板戏，看过《牛田洋》《虹南作战史》，看完这些以后，再看浩然的《艳阳天》，感觉真是艺术的享受，起码它里面还有许多细节、许多生活很动人。他写两头的人都很概念化，写中农弯弯绕、马大炮就很好，富有农民的生活情趣。谈到现实主义还有两个因素要考虑，一个就是一九七七年到一九七九年这三年的所谓"回归"的现实主义潮流，就是以刘心武为代表的作家开始揭露我们社会生活当中阴暗的一面，那些真实地困扰着人们的东西。写真实、说真话，这在中国即使今天也没有过时。一九八〇年我和艾青一起到美国去，艾青同志就在许多场合讲要说真话，说实话。有些美国研究艺术的人，包括一些华侨，觉得这实在太陈旧，这种语言太没有新的内容了，对这么一个伟大的诗人不能讲一点艺术上具有启发的东西而感到不满足。但艾青这么讲是有道理的。巴金到现在为止在他的《随想录》里仍谆谆地讲"说真话"，看来讲真话的现实主义仍然没有过时。在今天还有一批作家，哪些是现实主义，哪些是后现实主义，我觉得很难分析。反正我觉得张贤亮是一个突出的例子，尽管张贤亮试图在他的作品里搞了和马对话，和马克思的亡灵对话，但他实际上不可能摆脱反映严峻的事实而又大致符合他自己所理解的马克思主义基本道理的模式。他事先就规定了自己的中心，主旨很严格，要描写一个剥削阶级出身的知识分子怎么经过千辛万苦变成马克思主义者的过程，张贤亮是一个非常有代表性的现实主义作家。他的作品你喜欢也好，不喜欢也好，或者在某一方面不喜欢，但仍然有相当的分量。听说他一部新作品即将出来，估计也会引起各种争论。还有一位代表人物就是谌容,谌容也写过《减去十岁》《大公鸡悲喜剧》《玫瑰色的晚餐》等所谓荒诞或意识流的作品,从总体来说,谌容是相当客观地写社会生活发生的各种变化。我顺便讲一下,你说王安忆的《小鲍庄》没有观念,我觉得不一定是这样。我倒觉得有一种先验的东西、农民的一种自足半昏睡的状态,这样的气氛统治着小鲍庄,苦也不是大苦,乐也不是大乐,没有大善,也没有大恶,我觉得这个观念也很清楚,这非常符合知识分子以局外人的姿态眼光看待体力劳动者所获得的印象。你真参加进去,变成"局内人",会是另一种感受的。

**王干:**生活本来就是这样,悲喜善恶全是人为的。

**王蒙:**那就另说了。谌容与别人不一样在于,她也有明确的目的,但能用比较客观的语调来写生活。蒋子龙就更富有社会主义现实主义的劲儿,他不但揭露弊病,而且讴歌改革者、强者。最近两三年他的作品我还很难发表看法。还有刘心武。刘心武理性上对现代主义很有兴趣,但他的笔甩不出去,没有办法从反映现实生活、提出现实当中的问题并做出一定的解答这样一个大的框架中突破出去,可见现实主义还是有力量的。中国古代小说中几乎没有认真的现实主义,但有一个例外,就是《红楼梦》,它和任何小说都不一样,尽管它采取了章回体形式。噢,还有《金瓶梅》。不过我没好好看过,它的成就也谈不上来。有人认为它超过《红楼梦》呢!《红楼梦》真有点现实主义味儿,它已经不是用古典的方式把人分成善恶、忠奸。另外中国近代小说,也就是鸦片战争后所出现的"黑幕小说",《官场现形记》《二十年目睹之怪现状》等,虽然它的形式和文字比较旧,也比较浅,但它似乎有批判现实主义的特点,它的生命力不敢低估。《雨花》最近搞的"新世说",大部分是"文革"期间发生的事。

**王干:**"文革"掌故。

**王蒙:**它反映的"文革"掌故表面上看可笑,实际上很可悲,读者很多,作者也很多。很多人对此有兴趣,所以中国的传统形式是不可低估的。但是,我要就《红楼梦》这部作品发挥自己的想法。我觉得对于许多真正的作家来说,一种主义并不够用,他不会用某种创作的规则和守则来束缚自己。一个杰出的作家,一部杰出的作品,永远比一种主义、一种理论表述更丰富。他和它永远不会理会某种文学主张的不可侵犯不可调和不可逾越的性质。"超主张"性,是作家成就的一个标志。

王干:国外最近有人说《红楼梦》是象征主义。

王蒙:说《红楼梦》是象征主义同样能成立,它本身具有浓郁的象征色彩,又是石头又是金钗,又是和尚道士。《红楼梦》的主体是现实主义的,但也有象征主义、神秘主义的东西,甚至还有魔幻、荒诞、黑色幽默的东西。有时候一部好的作品比某种主义更高,它往往呈现出你说的混沌状态、主体的状态,往往能经得住几种不同的主义对它进行检验。我们可以用阶级斗争的学说来评价《红楼梦》,非常有代表性的就是毛主席,毛主席亲自讲《红楼梦》是四大家族的兴亡史,是封建社会的百科全书,《红楼梦》一开始就有多少人命。《红楼梦》也能经得住弗洛伊德主义的检验,比如对贾宝玉的心理进行分析,他的上意识、下意识,他的性变态,对男人的态度对女人的态度。

王干:贾宝玉还有同性恋的嫌疑。

王蒙:贾宝玉不仅仅是嫌疑,而且有行为动作。藕官和药官在戏里唱夫妻,在生活中也像夫妻一样。中国还有一种传统的研究法,就是索隐的方法、破译密码的方法,亦即把《红楼梦》当成《推背图》。用《红楼梦》来揣测各种各样的事情,你可以瞧不起它,它不是文学批评的正宗,但《红楼梦》确实给你提供了算卦、破译甚至破案、推理这样智力游戏、文字游戏的依据。它不像一些干瘪瘪的小说,只能在一个时期符合某一种要求,等过了这个时期或这个社会的要求、历史的要求已经不存在了,那么这小说就变得一点价值也没有了。比如这个小说突破了一个禁区,这在当时很伟大,但禁区突破以后小说就不算什么了。鲁迅是一个伟大的现实主义者,这是不容置疑的。如果用现实主义将鲁迅框起来，我总有些替鲁迅叫屈。《祝福》《伤逝》《孤独者》《在酒楼上》比较符合现实主义的规范，但《阿Q正传》就不怎么符合。

**王干：**还有《故事新编》。

**王蒙：**《阿Q正传》写得非常理性，非常观念化。阿Q这个典型与其说是阶级的、地方的、活人的典型即模范的现实主义典型，不如说是一种观念批判、一种完全超出阿Q的身世与个人性格规定之外的观念概括的载体。这种观念概括的独特性与深刻性，也是我说过的超常性，征服了读者。其实《阿Q正传》这篇小说的细节与情节，小说的文学描写并不那么重要，甚至其描写是可以更替、可以代换的。鲁迅先生完全可以用其他的人物身世和故事来表现同样实质的阿Q。这丝毫不影响鲁迅作品的伟大，也许他伟大就伟大在这里。显然是鲁迅对中国的国民性有了概括以后的产物，所以《阿Q正传》的情节和细节带有相当的随意性。

**王干：**它不完全符合当时的历史逻辑和生活逻辑，但大家又觉得很真实，主要是观念的真实。一个作家没有必要标榜自己是现实主义或完全按照现实主义去写作，如果他一定要按照自己理解的现实主义的理论规范去写作，那么他的成就说不定非常有限。我们已经有这样一批作家为之牺牲了，我觉得最大的牺牲可能是柳青，柳青对生活的理解力、观察力和熟悉的程度本可以使他创造出比现在更有力的作品，由于受现实主义紧箍咒的束缚，他不能真正地去面对现实，把生活的本来面貌真实地写出来。也许，现实主义作为一种理论，在批评或研究时可能是讲得通的，但一个作家创作切切不可只按照某种理论去写作。领导也不要用现实主义去要求作家，那样会限制作家。

**王蒙：**现在一般不用狭隘的态度要求作家一定要写现实主义。

**王干：**但有些作家仍然认为现实主义是正宗。

## 五 现实主义与读者

**王蒙：**那是另外一回事。你怎么考虑读者呢？能不能说最能打动读者的，最容易被读者接受的就是现实主义作品？

**王干：**这很难说。有的现实主义作品读者喜欢看，有的作品读者并不喜欢看。

**王蒙：**一个作品的好坏并不决定于你的旗号，即令打出最最时髦的旗号，搞出的作品也可能是很保守、狭隘、拙劣的。读者不在乎你是不是老牌现实主义或者是新牌现实主义，读者要看你的货色。在作品——真货色面前，一切旗号都会隐没。真正大师的作品，即没有被庸俗化、观念化的现实主义作品在认识价值上往往要超过其他作品。比如描写妓院，你如果是一个非现实主义的作家，只是怀着激情咒骂一通，或用感觉去写那种心理变态，往往不能使读者了解到妓院的真正环境，真正的气氛。有些现实主义作家是很严格的，不像我们有的作家按政策随便改变。衣服穿什么样，这个地区的天气是什么样的，都很讲究。

**王干：**现实主义最初出现的时候与实证主义的哲学有很大关系。

**王蒙：**为什么有些人说文学是生活的教科书？也许某一部作品出来以后，连服装、发型、饮食都受影响，连情书怎么写都受影响。现实主义在认识价值上是无可比拟的，另外，现实主义还有一个方便的地方，现实主义就是要按照生活的本来面貌反映生活，有更多的形象性，我喜欢用可触摸性这个词，就是作家写出来的生活，尽管必然经过作家的虚构，但让人感觉到它的存在。写到人物的头发、脸型、眼神、手指，又写到他的习惯动作和口头语。一般的现实主义很少写到那种莫名其妙的心理状态，那种原生的、几乎是突然进发的排斥、斥拒，像美国小说《伤心咖啡馆之夜》让你觉得莫名其妙，忽然爱起来了，忽然打起来了。而现实主义写到人的冲突往往是可以理解的，比如两个人利益的冲突,或者是性格的冲突。

**王干**:它有一种逻辑的过程。

**王蒙**:这种逻辑过程也是常人可以理解的。为什么现代主义热衷于写非逻辑,因为生活里除了有合乎逻辑的事件外,还有一些不是那么合逻辑的用逻辑解释不了的事情在发生。一个人的情绪往往不可能用逻辑说清楚,所以这是现代主义的方便之处。现实主义能给你一种可触摸的感觉,给你一种容易被世俗接受的感觉。

## 六　王安忆和张承志

**王蒙**:如果将王安忆和张承志相比较就很有趣,张承志那种热情、理想,那种非常有深度的对人生的感受和追求,这里包含着爱、憎恨、骄傲,有一种超常性,但看完以后又苦于抓不着、摸不住,写了半天到底这是什么呢?更多是一种内心体验、情感体验。而王安忆的作品写日常生活里的一些小事情,而这些小事情让你觉得有味道,富有可触摸性。当然,王安忆那种作品写得过多,不突破自己,就会产生一些缺陷,比如变得琐碎,过分的平淡化。张承志的作品有时像一个孤独的人在抒情,但有时抒情是非常痛苦的,抒情而找不到可以凸现的生活方式做你的情感载体时,抒了半天还是抒不出来,或不能为人理解。所以在这个意义上说,生活既是作家的创作客体,往往又成为作家主观思想情绪的载体,像张承志的写作很难说是现实主义。

**王干**:张承志采取一种独白方式,他完全是一种内心体验,完全不顾读者,而王安忆采取一种对话的方式,王安忆写作时老想象读者在她面前。

**王蒙**:向读者讲述生活的故事。

**王干**:张承志写作时会觉得世界上只有他一个人,张承志还很难算一个现代主义作家,我认为他是一个有强烈理想的富有诗人激情的浪漫主义作家。

王蒙:对。

王干:王安忆则可以称为现实主义作家,甚至我个人觉得她是后现实主义的,王安忆的小说没有理想,没有激情,也不给人目标,就是这样一种方式:咱们来一段生活吧。然后把那些琐琐碎碎的生活有趣地放在你的面前。我为什么说王安忆是后现实主义呢,因为我们理解的那种现实主义往往有一种理想模式在那里,或者通过人物体现出来,或通过人物说出来,或通过作者自己用议论、抒情把理想的蓝图勾勒出来,王安忆的小说没有这些。刘恒的小说也是这样,他叙述得更加不动声色,也很有可读性,不像张承志那么不可触摸。张承志实际是用一种情绪在支配你,为什么阅读张承志作品时老感到捉摸不住,或不愿读或读不懂呢?是因为读者不愿受这种情绪支配,所以你感到不可捉摸,很隔膜,当然也有人喜欢。

王蒙:很有趣。

王干:张承志可能是一个很孤独的作家,也可能是一个很先锋的作家,但张承志的灵魂里却是一个很古典的作家,当然张承志作品里面的内容相当复杂。我想写一篇《张承志现象研究》,张承志是一个信息量很大的作家,从《骑手为什么歌唱母亲》一直到今年的《海骚》,积淀了很多东西。他的作品里洋溢着一种红卫兵情绪,已上升为一种民族情绪、宗教情绪,而这种情绪正在被时代抛弃,被时代冷落,所以张承志与时代隔膜了,读者对他冷淡了。

王蒙:张承志的价值也就在这个地方。

王干:就是他对失落了的情绪和精神的怀念与重铸。如果把"红卫兵情绪"里的那种内容、那种政治目的去掉,我觉得"红卫兵情绪"完全是一种青春的情绪,是活力的象征、热情的表示,当然用红卫兵这个概念容易和政治联系在一起。

王蒙:不是一回事。

王干:而我们今天的时代恰恰对这种情绪进行嘲笑和讽刺,所以张承志的出现就格外有意义。他今天可能显得古典,但再过若干年以后就会觉得他很现代。他对生活保持警惕的姿势,我们读他时常有一种不可理喻的感觉。

**王蒙**:有人说张承志是最后一个理想主义者。

**王干**:文学有时还需要一点理想情绪,如果都是王安忆的作品,也受不了。

**王蒙**:那是另一种受不了。

**王干**:张承志在抗争整个时代,尽管这种抗争显得很微弱,有时显得可笑,有时天真可爱,有时也让人可怜,但它有可贵的一面。

**王蒙**:有时也显得很伟大。人们普遍变得更务实——当然作为历史的发展这是一个进步,因为中国曾经被种种革命口号、政治口号搞得神魂颠倒,甚至陷于歇斯底里。但文学里如果还能出现超乎日常生活之上的太阳,或你说的宗教情绪,其实也是一种追求更高尚、更伟大、更永恒的情绪,这是了不起的。从另一方面说,这也非常可怜。你谈到张承志时,会不会联想起约翰·克利斯朵夫?

**王干**:张承志可能受《约翰·克利斯朵夫》的影响,但他的抒情性和对本民族的热爱与艾特玛托夫极为相似。海明威对张承志也有影响,海明威的那种男人气、征服欲望、搏斗精神体现在张承志对理想的执着追求。我觉得,张承志可能是中国最后一个浪漫主义作家,也可能是最初的一个。

**王蒙**:那就太伟大了。

**王干**:以一种浪漫主义的情绪面对人生面对社会。张承志其实是把文学作为一种精神宗教、精神支柱。

**王蒙**:张承志对凡·高的迷恋很动人。

**王干**:有时也很可笑。

**王蒙**:也可笑,这很有意思。

**王干**:张承志这一现象相当复杂。

**王蒙**:那样的强烈、执着、痛惜,就是对生活中越来越非理想化非英雄化的痛惜。

**王干**：反世俗。正好与王安忆相反,王安忆体现出某种世俗化。

**王蒙**：我谈到张承志的作品时,曾用过一个词,说他对理想有一种愚傻的执着。后来张承志还跟我说,没有想到你用这个词,但他对这个词并没有反感。但我这里用"愚傻"是从这个词的最佳意义来讲的。

## 七　诗歌、散文、文学史与现实主义

**王蒙**：诗歌怎么区分现实主义和浪漫主义?杜甫是现实主义诗人。白居易是现实主义诗人,那么到底还有谁是现实主义诗人,我简直糊涂了。

**王干**：我觉得现实主义的概念好像只适用于叙述性的文学,尤其是小说。如果用到诗歌上,语码就对不上号了。诗歌是介于文学与艺术中间地带的艺术样式,诗歌的抽象性、符号性、音乐性、画面性、流动性,与艺术的家族更加亲近。如果以研究小说的理论概念去看待诗歌,就有点像用足球比赛规则来裁判乒乓球一样,根本对不上号。现实主义的概念产生于小说,浪漫主义与戏剧关系密切,后来也影响到小说、诗歌。当然,本世纪的中国也曾有诗人按照现实主义的规则去写作,但好像并不成功。如果把这一套理论概念用到古代诗人身上就更牵强,人们曾经认为杜甫是现实主义的,李白是浪漫主义的,那也很难说的。比如李白也有很强烈的批判现实的诗作,杜甫也有"无边落木萧萧下,不尽长江滚滚来"这样的豪放的浪漫的诗句。说屈原是浪漫主义诗人,但屈原的好多诗作的现实性相当强。诗歌这一文体是不能用小说理论对待的。

**王蒙**：应该另外有一套概念、一套语言。

**王干**：有另外的规范。因为每个人写诗时不可能把它当做小说来写。一首好的诗,就像音乐、舞蹈一样,是情感的雕塑,甚至会是一座非常漂亮的建筑。它跟绘画、电影似乎有更多的相通之处,是艺术型的。人类最初出现的文学样式便是诗歌。非常奇怪的是,人们似乎特别喜欢读富有浪漫情绪的诗歌,按照现实主义逻辑写的诗反而容易消失,大家反而不喜欢看。郭沫若的《女神》是受德国狂飙突进的浪漫主义诗潮影响的,尽管它有幼稚的一面,但有生命力,今天读来仍然会激动。如果用现实主义和浪漫主义的概念来研究散文,那就更加可笑。很难说这篇散文是用现实主义写的,那篇散文是用浪漫主义写的。

**王蒙**:文学最容易产生悖论,你叙述一个看来正确的道理,如果想抬杠,另一个人也可以找到另一面的道理。散文里的现实主义还是比较明显的,比如朱自清的《背影》,相当平淡地写现实生活,一点经历,一个人物的侧面。我们有写得相当不错的悼亡散文,回忆性的、怀念性的,像鲁迅的《朝花夕拾》里的作品,那种现实主义也是比较明显的。散文里面是不是有非写实的?我也不知道给它扣什么样的名义和帽子,但肯定有,写一种心境,写一种如你评朦胧诗说的那种人生的瞬间感受,或者写一种顿悟。很精彩的一篇,就是冰心的《笑》。我甚至叹息,现在没有什么作家会写这样的散文,人们把心灵的这一部分给堵住了,这根弦不响了,给扭松了。我们的诗人中还有人会写这样的诗,甚至小说家中也还有人会写这样的小说。令人感到悲哀的是,没有带有一种瞬间感受、带有一种悟的散文。

**王干**:禅。

**王蒙**:对,带有禅和悟的散文太少了。

**王干**:朱自清的《背影》可能是写实性的散文,但很难说是现实主义的,如果根据现实主义的理论来衡量它,就不符合,没有典型,没有性格,没有冲突,主题思想也没有时代精神。

**王蒙**:可能是印象主义的,又是写实的。把诗歌分成现实主义和浪漫主义两类比较困难,但诗歌有写得比较实的、有写得比较虚的。邵燕祥、公刘的诗都写得相当实,咏物、咏一个城市、咏一个事件、咏一个人,都有。也有那种诗不知是写的什么,而这样的诗,人们能慢慢接受,这确实是审美上的一个进展。回忆一下八十年代初期,人们对虚一点、概括性强一点、抽象性强一点的作品的拒斥力相当大,经过一段时间,人们慢慢接受了。

**王干:** 应该说,邵燕祥、公刘五十年代的诗写得相当好,但我对他们诗作的生命力表示怀疑。我们今天重读他们过去的诗,只能感受到他们作为共和国年轻公民的热情和心态,但不能接受,还觉得他们很天真、很幼稚,所以我希望诗歌与现实拉开距离。

**王蒙:** 读二三十年前的诗,还会让人那么激动,这很难。很难设想今天的朦胧诗三十年后给读者什么样的感受。

**王干:** 但闻一多五十年前的诗,比如《死水》,我们仍然喜欢读。郭沫若的《女神》,戴望舒的诗,朱湘的诗,今天读来仍然很有情趣。艾青在延安写了那么多写实性的诗歌,很少留下来的,留下来的反而是《大堰河——我的保姆》《雪落在中国的大地上》这样一些浪漫型、意象型的诗作,还有《光的赞歌》,《光的赞歌》是一首抒情哲理诗。

**王蒙:** 比较强烈的抒情诗。

**王干:** 但大家喜欢读。所以我固执地认为,诗歌不能完全写实。诗歌要有生命力,就要能反映大家意中有而言中无的情绪,比如"同是天涯沦落人,相逢何必曾相识",我觉得这是一种超越时空、超越地区、超越民族、超越文化的人类共同情绪。另外,就是意象诗也有生命力,就是你起初看的时候可能一下子把握不准,但悟一段时间之后就会有体验。意象诗的妙处就在于它的不准确性,在于它的"测不准"。

**王蒙:** 我倒觉得这个问题是这样的,真正好的诗,即使是写实的,也有一种强烈的情绪,有一种升华。而这种强烈的情绪本身都带有一种抽象性,它可以容纳许多情绪。"问君能有几多愁,恰似一江春水向东流。"它表现的具体情绪,本是一个亡国之君的情绪。今天的读者读它就不会联想这是亡国之音,因为每个人都有每个人的愁,当每个人愁闷的时候都会想到"问君能有几多愁,恰似一江春水向东流",就这么自我"酸"一下,好像也得到了无限的寄托。有一些纪实的诗,由于写得特别强烈,也被人传诵,如元稹的悼亡诗,悼亡妻的,里面有的写得很具体,但和他的情绪连在一起,最后概括为"贫贱夫妻百事哀",就变成一种人类性的(已不是个人性的),叫做人类性宇宙性的痛苦,人人在家庭生活中都会有这种痛苦。苏轼的也有梦见亡妻的诗词,他的诗中有那样一种深切、真挚、强烈,使他的诗变得更抽象、更有概括力的东西。我觉得我们谈一下诗歌,还有很大的必要性,就是我始终认为考虑中国文学传统的时候,不管你本人是写小说还是写电影的,哪怕是写相声的,绝不能忽视中国的诗歌传统,甚至要把中国的诗歌传统放在首位,中国长期以来是把诗歌、散文、政论放在雅文学的位置上,把小说放在俗文学的位置。文学的正宗是诗歌,地位高的人都写诗。皇帝也写诗,但不写小说。中国的诗歌传统特别丰富。如果谈中国文学的传统,就不能只看小说的传统,还应特别注意诗歌传统。中国的古代文论不大从文学作品和它反映的客观对象之间的关系来论述文学,更多的是从文学本身,从作家的主观状态、主观品格来谈。中国古人就不会说杜甫是现实主义,李白是浪漫主义,而说杜甫是诗圣,李白是诗仙,李贺是诗鬼。这是从创作主体的品格和风格上来划分的,更多的是划分主体的,这与中国艺术的传统观念有关。"诗言志","志"本来很宽泛,一种抱负、一种胸襟、一种感受都在"志"的范围,这就可以从创作主体上进行说明。所谓"圣"就是圣人,圣人的最大特点就是有仁爱之心,关心天下人,推己及人。"诗仙"则超然物外。这些都不需要解释了。词里的最大区分,是"婉约派"和"豪放派",把这些风格、品格的东西当做划分的标准。实际上中国的文艺观更重表现。你还可以参考一下中国画和中国戏剧,这在中国的艺术里特别源远流长,影响深远。中国画画石头也好,画山水也好,画人物也好,也是寄托作者本身的遭际、感慨、胸中的块垒,也有言志的成分。中国的戏曲更不讲究生活的真实,不但它表演的方式、舞台处理的方式是相当形式主义的,或者说是相当随意的,就是它的一些情节宁可让它脱离生活的实际可能而变成可以赏玩的对象。这并不排斥中国有现实主义传统,恰恰是一种不经意的现实主义,目的并不在于非常准确、客观、细致地表现客观世界,但它也必然表现了世界。

王干:现实主义在中国是个幽灵,它不但影响了作家的创作,也影响了文艺理论的建设,甚至影响了文学史的写作,中国现有的文学史差不多都是以现实主义和浪漫主义去把握古代文学的历史,这就非常奇怪。用现实主义和浪漫主义这样两条线索去概括文学史,一方面遗漏了好多文学现象,疏忽了好多作家和作品,另一方面已经概括进去的作家也难免不被歪曲。把现实主义变成一种文学史观,实际是不顾当时文学创作实际的唯心主义做法。

王蒙:有一些非常可敬的文学大家,甚至把中国的文学史归结为现实主义和反现实主义的斗争,这是相当困难的。

王干:也是非常笨拙、非常愚蠢的。

王蒙:你这样讲太激烈了。

王干:现实主义在中国被政治化、观念化、逻辑化甚至制度化,如果反现实主义就等于反革命。用现实主义与反现实主义去概括中国文学史的发展是行不通的,不用说诗歌,就是中国的小说也不能这么说,唐宋传奇是反现实主义的还是现实主义的?

王蒙:话本也不是现实主义,话本带有道德说教的性质,可能话本里面写实的成分多一些,反映人情世故多一点。

王干:不过,我想说一些另外的话。我们一直欣赏小说写得像诗,散文写得像诗,电影像诗,总以为诗是文学的最高境界,这其实是一种古典主义的情绪。

王蒙:是古典主义的。

王干:在古典主义看来,诗是文学的最高境界。

王蒙:是文学的极致。

王干:别林斯基把诗比做文学皇冠上的明珠。今天,我们仍然承认它的合理性和现实性。今天的好多作品写得像诗，人们喜爱读。尽管中国正在进入前工业社会或半工业社会的状态，人们对具有诗一样美感的小说、散文不是很喜欢的，但从整个文学发展来看，诗歌在人类发展史上功绩卓著，亚里士多德的《诗学》也是从诗的角度来谈论文学的，中国的古代文论实际也是以诗学来代替文学的，中国的文论就是诗论，都是对韵文的论说。中国古代文论没有小说理论。

**王蒙**：小说属于俗文学。

**王干**：是市民文学，不是士大夫文学。但今天占社会阅读中心的文学样式还是小说，可以这样说，小说已经取代了诗歌在文学中的霸主地位、中心地位。因此今天我们衡量一部小说不可简单地搬用诗学的观念，就像我们不能用现实主义去鉴别诗歌一样。这说起来容易，做起来很难。有时候我看到一部小说写得有诗意还是激动，还是要赞赏几句，写得像诗一样，甚至会觉得是最佳的。

**王蒙**：不一定是最佳的小说，也还算高的品格。

**王干**：我们不能绝对化，尤其在今天不能简单地用一种观念、一种方法、一种标准笼罩所有小说。

# 何必"走"向世界

**王干**:"走向世界"的问题比较复杂,我觉得"走向世界"首先是把文学当做一种竞技项目来看的,"走向世界"说法最先来源于体育界,好像与足球有关。由于中国原先处于一种封闭的格局之中,后来的改革开放一下子将这种封闭的格局打破了,中国人再也不像以往那样在狭小的天地中生活,开始面对整个世界了,眼光开阔了。体育运动率先成为国人精神的象征,好像体育走向世界中国就强大起来,民族就强大起来。这种心理定式可能与社会主义有关系,社会主义国家往往把体育、文化、教育作为国力的象征,国运的象征,球运兴国运也兴。再一个就是社会主义国家通过这些活动来激发人们的爱国激情,前天我看到《体育报》上有一条消息,苏联一位好像体育部长一类的官员讲,我们的体育可以促进生产。我看了就觉得很有意思,假如是美国或西欧国家的体育官员就不会这么讲,最多说体育可以强身健体,可以娱乐,绝不会把它和生产联系起来。苏联人则认为他们在汉城奥运会获得金牌总数第一,工人的生产效率提高了。这说明社会主义国家对"精神文明"一类的东西看得很重,跟整个国家政治、经济联系得太紧。在中国也有类似情况,好像女排输了、足球输了就像国家要灭亡似的。在文学界出现的"走向世界"热也是必然,因为中国的政治在走向世界,经济在走向世界,体育在走向世界,所以作家也希望走向世界,也希望到瑞典皇家学院争一席位置,争一份荣誉,争一份奖励和奖金,这是很正常的。但我觉得"走向世界"的

"走"字,至少用到文学上不恰当,科学一点的说法该叫"面向世界"。说"走向世界"好像中国在世界之外似的,另一点就是中国文学落后了好多世纪似的,"走"就有一种赶超的意义。用"走"就把文学竞技化了,而文学恰恰是一种非竞技性的,也不像政治、经济那样可以简单地分出优劣长短来。我们这个国家可能经济很落后,文化很落后,教育很落后,军事很落后,交通很落后,技术很落后,但不能说文学也很落后。

**王蒙**:这不一定。

**王干**:这之间没有比例关系,既不成正比,也不成反比。不能说经济文化发达,文学就一定很优秀。也不能说经济文化越落后,文学就越优秀。文学最有特殊性。"走向世界"的说法还意味着中国文学没有进入世界文学圈子当中,但如果用"面向"更好。现在中国作家有人希望到瑞典去领诺贝尔文学奖,有这样的雄心壮志很好,但更多人是采取一种面向世界的方式,是希望更多地了解世界,更多地了解世界文学的发展情况,也希望世界了解中国文学发展情况,更希望世界更多地了解中国。我觉得"面向世界"的说法更好一些。但是,无论是"面向世界"还是"走向世界",终究反映了中国作家的两种文化心态。因为到目前为止,中国没有一位作家获得过诺贝尔文学奖,好多人愤愤不平:中国有那么多的好作家好作品,为什么不能得奖?这是一种不被承认而愤愤不平的心态。另一种就是认为中国没有好作家好作品,与世界文学的距离大着哩,所以要赶紧"走"向世界。我觉得能否得到诺贝尔文学奖并不能代表一个国家的文学水平,一个国家有一个人领了诺贝尔文学奖,不代表这个国家的文学成就就很高。我觉得日本的文学成就不怎么样,尽管川端康成领过文学奖。即使中国已经有人领了诺贝尔文学奖,也不能认为中国文学的水平很高,已经走到世界第一的水平了。如果没有人获得诺贝尔文学奖,也不必悲哀,就认为中国文学的水平很低,甚至还不如非洲某些国家,不如尼日利亚、埃及,尼日利亚的索因卡、埃及的马哈夫兹一九八

七、一九八八年还获得诺贝尔文学奖。现在人们说"走向世界",实际是以诺贝尔文学奖作为尺度的。以诺贝尔文学奖作为唯一的尺度来衡量中国当代文学,可能是一种不妥当的做法。当然如果中国有作家能得到诺贝尔文学奖,那还是一件大好事,因为诺贝尔文学奖在本世纪很有影响,对整个世界文学创作的潮流有影响。一九八六年法国的克洛德·西蒙得奖以后对"新小说派"和其他的先锋文学确实是一种鼓舞。因为那个时候舆论一度说现实主义又受欢迎了,搞先锋的又被冷落了。但这种舆论传到中国不久,西蒙就得了奖。不过,我有一点奇怪,我个人认为新小说派得奖的不应该是西蒙,而应该是罗伯-格里耶。

**王蒙**:这也很难说。

**王干**:诺贝尔文学奖也常违背人们舆论,也许哪一天给一位名气很小谁也不会注意到的中国作家。

**王蒙**:也可能啊。

**王干**:现在把不能获奖的原因归于翻译,其实让中国文学在世界范围内被广泛理解,还是有一定的难度。特别是一些对语言特别讲究特别强调的小说家的小说和诗人的诗歌,要让外国人理解,困难更大。当我们把汉语的特性、美感全部表现出来的时候就几乎不能翻成外文,一翻译,那种语感、语性、语体的妙处就全部丧失了。我们现在看国外小说主要不是看语言而是看故事、人物这些非语言性的东西,如果看语言实际看的是翻译家的语言。我认为中国文学要让外国人理解最大的障碍就是语言。张承志说过一句话,叫"美文不可译",这很有道理。从这个意义上说,中国作家不能获得诺贝尔文学奖是必然的,是可以理解的。如果得了诺贝尔文学奖反显得有些反常,亚洲有两人得过诺贝尔文学奖,泰戈尔是用英语写作的,而川端康成得奖据说则是由于非文学的因素起作用。文学的地位还与整个国家的政治地位、经济地位、文化地位有关系,特别是文化地位相当重要。世界上有更多的人了解你,才可能对你的文学感兴趣。现在一些所谓走向世界的作家,也只是在汉学家圈中流传。而这些汉学家看到的当代文学作品也非常有限,况且他们的审美观、文学观、人生观也有局限性。中国将来肯定有人能得诺贝尔文学奖,现在不必那么焦虑,那么急于功利,对中国当代文学的成就不要看得太高,也不要持过低的冷调。

**王蒙**:甚至认为中国没有文学。

**王干**:我觉得中国的大陆文学比台湾文学强,小说、诗歌都比台湾写得好,甚至电影也比台湾的好。我认为中国文学在亚洲范围内还是相当好的,我所看到的日本文学都不能与中国文学比,甚至现在的苏联文学也不能与中国文学比。当然苏联战争文学要比中国棒,那种说不清楚的人道主义情调写得很美很动人。苏联的文学传统非常丰富,特别是俄罗斯文学的成就更成为世界文学宝库中的巨大财富。但如果在今天横向相比,苏联文学的成就未必比得上中国,特别是苏联近期的文学很类似我们已经有过的"伤痕小说",全是政治性特别强的反思小说。近几年的中国小说学习了不少西方小说的技术性东西,虽然观念也有影响,但影响更大的是技术性的、技巧性的,特别是近几年的第三代小说家的创作。如果能在这种影响的基础上创造出一种新的小说技巧、新的游戏规则,就会使中国文学的面貌发生新的变化。

**王蒙**:世界是非常大的,各个国家各个作家的走向都不同。我们现在常常讲现代意识,似乎经济愈发达、科学技术愈发达、社会组织机制愈完善的国家的作家的现代意识就愈强。我的印象有时是恰恰相反。在这些发达国家里见到的许多作家,他们最不感兴趣的就是现代科技的成果,他们身上保存着的是我们上次谈过的那种还乡情绪,那种维护自己作为一个很普通的人、作为一个不受现代文明技术成果干扰的人的权利。比如我最喜欢的美国小说家约翰·契弗,他是写纽约的,但你很难在他的笔下看到摩天大楼和最时髦的发式、服装、流行音乐,在他笔下恰恰是另外一个纽约,甚至让你感到纽约是一个古老的城市,好像他的笔正是为了留住昨天而在那儿挥动。有类似倾向的作家非常多,最突出的是福克纳。我甚至怀疑海明威有没有面向世界面向未来的观念。我的感觉是他们没有,他们从来不操心为了走向世界,要写人类所关心的共同问题。我看到一个消息,广东作家和香港作家座谈中国作家为什么得不到诺贝尔文学奖,结论是由于中国作家没有写人类普遍关心的问题。我想人类现在最关心的问题是战争与和平的问题,消除核武器的问题。

王干:能源问题、人口问题。

王蒙:环境保护问题。我们说的那些优秀作家恰恰没有这种观念,甚至有一种相反的观念。也许正是生活非常现代的国家反而不必这样。我在英国接触的那些作家是一些社会批判家,他们是左派,同情人民,同情工党,同情反体制力量,同情工人运动,他们社会责任感之强大大超过我们的许多作家。在西德也有这样一个阶段,西德在战后曾经有过废墟文学阶段,之后也出现了以干预生活、干预社会为己任的作家,其中突出的是得诺贝尔奖金的海因里希·伯尔。与此同时,他们也进行了一种自我调整、反省,认为文学对社会的作用是非常有限的,用不着把文学绑在社会义务、社会责任上,而应该更多追求形式的、间离的美的东西。这里面有些争论非常有意思。我碰到过德国的一些官员,有人认为伯尔很伟大,有人说伯尔这个人我们没有法办他,他就偏偏把我们的社会写得一塌糊涂,写得那么可怕,提起他实在感到头疼。也有人认为伯尔没有足够的艺术成就,他之所以获奖,就因为他是道德家,他从道德上抨击资本主义社会非正义的现象。他的在全世界最有名的中篇小说《被损害名誉的卡特琳娜·布鲁姆》里面,把新闻记者骂得狗血喷头,还拍成了电影。这里我顺便说一下,我对伯尔非常尊敬,他的一部新作叫《篱笆》,是写一个人当选为商会主席后处在暗杀的危险中,派了多种保镖对他进行安全保卫,结果也使他丧失了自由,这也是异化的主题。他的作品非常有价值,但绝不符合我国某些人心中的现代意识,他恰恰主张文学要对社会起作用,甚至喜欢援引狄更斯的例子,说是狄更斯的小说影响英国通过了一个关于童工的法律。这个细节我说得不一定准确,但类似的事情是有的,由于狄更斯的小说,英国的议会加紧讨论有关劳工保护的法律。这是狄更斯非常得意的,也是伯尔非常赞成的,而这恰恰是被我们新进的理论家和作家嗤之以鼻的。所以我在英国说了句玩笑话:"原来我们的青年作家比你们更西方化。"英国人也笑了。但世界非常之大,远远不止美国、英国、意大利、法国。我同意你的看法,苏联文学有自己杰出的成就,特别是俄罗斯文学有非常杰出的成绩,但多年来苏联把社会主义现实主义定在作家协会的章程里,变成一种法令性法规性的东西,所造成的损害至今还有。不能够说苏联的作品都写得好,苏联作家里我最佩服的是钦吉斯·艾特玛托夫,但我有一种感觉,就是艾特玛托夫太重视和忠于他的主题了,他的主题那么鲜明,那么人道,那么高尚,他要表达的苏维埃人的高尚情操、苏维埃式的人道主义、苏维埃式的对爱情、友谊、理想、道德的歌颂在一定意义上限制他,使他没能充分发挥出来。至于第三世界国家在世界上还占非常大的一片,比如阿拉伯国家,他们的文化形态与中国的文化形态相比很难说哪个更保守一点。这里的保守不是贬义,保守也可能是褒义,就是对自己传统的了解和尊重。刚才你还讲到日本。总的来说,中国的当代文学和我们看到的好多是第二手、第三手材料的外国文学作品相比,没有理由使我们那么丧气,自惭形秽到认为中国没有文学的程度。我们有一个年轻诗人到西德去,他讲演的第一句话,就是中国没有诗,中国从来没有诗,屈原也是失意的政客,他不是诗人;李白也是失意的政客,也不是诗人。这样一些讲法说着很痛快,但确实让全世界为之愕然。所以我们对现代意识、对走向世界的理解本身是不是就带有幼稚性,我非常怀疑。如果中国出现一个非常有深度而又非常保守的作家,他的作品同样可以走向世界。当然空话非常难讲。把中国的文学和世界的文学相比较,我赞成你刚才的说法,就是语言上的隔膜太大。但中国文学的优势也恰恰在语言上，几千年形成的汉字、汉文学历史有绝妙的东西。由于中国语言汉藏语系非常特殊，既不属于印欧语系的那种结构语言，也不属阿尔泰语系的那种后缀语言。中国语言的最大缺点就是不精确，特别是动词有时没有态，没有人称的变化，名词不加以说明的时候没有单数和复数的区别，没有主宾和从属的这样的特殊格，有人认为这造成了中国科学的不发达和逻辑学的不发达。关于这个问题没有办法讲，但在文学里却造成一些绝妙的东西。有些恰恰是西方现代文学先锋派所追求的，比如时间也消解，空间也消解，主动被动也消解。一个动词究竟是它主动，还是别人强迫的？所以中国人的作品翻译成外文后，他们向你问的问题，你觉得特别有趣。不止一个人，包括苏联人和美国人，要我回答《夜的眼》的"眼"究竟是单数还是复数？因为这里的"眼"可以有几种不同的解释，一种解释"眼"指的就是电灯泡，那就是单数，还有一种解释就是主人公陈杲观察各种事物的眼睛，那必须是复数，因为是人的眼，要加 s。还有一种可能就是抽象的，仅有数的概念，就是夜晚本身的眼睛，把夜晚拟人化，夜晚是没有单数复数之分，也是单数。当他们逼着我来考虑这个问题时，我感觉到实在是在受刑，在汉语根本没有这个问题。我当时起的名字就恰恰有这样一种神秘感，你可以说夜本身的眼睛，可以说夜里行人的眼睛，也可以说是电灯泡好像夜晚阴森孤独的眼睛，都可以。但翻译到其他民族语言的时候却要解决是一只眼还是两只眼的问题。可能我既回答过一只眼，也回答过两只眼。有时候还回答翻译家你看着办，是一只眼就一只眼，是两只眼就两只眼。关于杜甫的诗有一个非常著名的争论，写他战乱之后回家后"幼子绕我膝，畏我复却去"有两种解释，一是说我的小儿子绕我绕了几圈认生又跑掉了；还有一种解释，就是幼子绕着我的膝不肯走，为什么呢？因为我好不容易回来，幼子怕我走，怕我"却去"。这样的歧义在其他语言里不会出现，不可能有这样的争论，其他语言会表达得很清楚。如果是怕杜甫走，那么这里面的"我"是宾语从句里的主语，而"复却去"是宾语从句里的谓语。如果是小儿子怕"我"而自己走掉,那么就没有宾语从句,主要谓语是"复却去",中间又加了一个状态"畏我"。这可能被人认为是汉语的弱点,但恰恰造成文学的一些特色。

**王干**:这种争论在古典诗词研究里特别多。

**王蒙**:整天争个没完,甚至文人的乐趣也在这个争论。汉语还有非常明显的特点,就是简洁,还没有哪个语言能这么简洁。一个一百页的汉语作品翻译成日语也好,英语也好,法语也好,德语也好,西班牙语也好,阿拉伯语也好,波斯语也好,都变成了一百五十页左右,有的甚至更多。有时候你看见外国人写的书,到他家里一看,这么一书架都是他的书,你不必感到非常惭愧。第一,他的一百页实际是你的七十页;第二,他的纸张很厚,很精良。他的一百五十页的书就像咱们三百五十页的书那么厚,再加上各种精装的装帧,天地留得很大,真是漂亮极了,出书的质量真叫人服气。但中国语言的简洁是无可比拟的。中国文学也有非常好的传统。中国的文学这些年是走了不少的弯路,但情况远远没有那么悲观。我讲老实话,包括那些外国的吹得非常厉害的大家,我承认他们是大家,但绝不是高不可攀的,也不是不可逾越的。比如得诺贝尔奖的辛格的有些作品绝不是不可逾越的,还有川端康成的、海因里希·伯尔的,以至于海明威的。把海明威的作品认为不可逾越也是没有道理的,至于具体的中国作品怎么样被世界接受,无须乎太操心,实际上已经在开始接受,这必然会有一个过程。我对"走向世界"最不赞成的,也和你一样,也不赞成"走"字,最不赞成"走"字里面的迫切感,"走"字里面有轻举妄动的感觉。一个真正伟大的作家应该有信心让世界走向他。我相信这些伟大作家在写作时在面对读者面对世界时有一种信心,也有一种恬静的心情,就是说他对自己的作品充满信心,因此他最终会被接受,被世界承认,而用不着为了走向世界而拼命向世界认同。应该让世界了解他的作品价值,不论他是乡土派还是寻根派,还是保守派、新儒家老儒家,他的价值就在于他是他自己,而不在于他是世界。如果说这个作家表现的不是世界最关心的问题,表现的不是世界的问题,而是三明治加迪斯科或再加一个歌星的面貌的话,这个作家就一钱不值了。作家的可贵就在于他是他自己,比如说他是一个农民,一个中国的农民,知识当然可以非常丰富,但他保留了中国农民的许多特色,很可能更容易走向世界。他是中国的革命党、中国的农民、中国的一个作者,所以他引起了世界的兴趣。每个作家关心的是他的作品能不能最好地表达自己,表达自己对生活的感觉,也说不定走向世界的作家是一个抗拒世界的作家,是一个疏离世界的作家,是一个对世界并不睁眼看的作家。

王干:甚至可能是一个足不出户的作家。

王蒙:认为一个作家要走向世界就要到处活动翻译自己的作品,就要在自己的作品里列举在英、美、德、法发生的新鲜事,这肯定是非常可笑的。刚才你讲的西蒙,我可以讲一讲印象,我没有看过他的作品,但一九八六年一月在纽约参加笔会时见到他。西蒙是一个其貌不扬老老实实的小老头。世界各国的大作家也是各色各样的。西蒙不善辞令,但给人感觉是炉火纯青的小老头。西德的大作家君特·格拉斯就是一个演说家,留着很漂亮的胡子,画画也画得非常好,到处画毒蛇,画一些动物,他的家里挂的都是一些奇奇怪怪有的还显得挺凶狠的画。他写过《铁皮鼓》,艺术成就在联邦德国相当高。现在中国文学走向世界的讨论和中国文学与世界文学的差距的讨论,里面有价值的东西很少,相反,那种想当然的"西洋情结"非常多。

王干:"走向世界"就是把文学奥林匹克化,把文学等同于足球、体操,好像诺贝尔评委会就像奥运会的领奖台一样。(笑)我倒想向你提一个问题,就是你觉得中国的当代文学是不是还缺少些什么?或在你本人创作里还缺少些什么?

王蒙:缺少的东西多啦,但最缺少的还是深度。不管是什么类型的,当你有了一定的深度总会成为有价值的文学。也许这种说法太简单。再分析其他缺少的东西多了,比如中国作家没有受过足够的教育，眼界也有待拓宽，汉语一方面有好多美好的东西，但另一方面又是一面墙。刚才讲的，是指少数的天才足不出户穿着马褂留着长辫也能成为大作家。但对于多数作家来说，能够通晓一种汉语以外的语言，对他绝对有好处，使他多一个参照系，多一双眼睛，多一对耳朵，多一个舌头。

**王干**：甚至多一个脑袋。

**王蒙**：在这点上，有些作家还不如五四时期的作家。但这些东西都不是绝对的，这很难讲，有那种口若悬河、学贯中西的作家，也有那种很怪僻甚至在日常生活中都缺少常识的作家，孤立地讲文学的成就，很难说哪个比哪个更大。这因人而异，我刚才说缺少一定的深度，还可以这么说，中国既缺少勇敢的革新者，也缺少真正有深度的保守者。这不是我提出来的，是我前不久看到的一篇文章里说的。这话说得实在太对。中国许多真正值得保守的东西我们也没有保守。比如围棋，现在日本人比我们下得好，我们就仗着聂棋圣，没有这个聂棋圣简直就是一塌糊涂了。比如茶道这些值得保留的东西，日本人替我们保留。这样一种深度，这样一种深刻的自信，是中国作家需要的。所以对中国作家来说，各种盲目的、趋时的、急着认同别人的、急着来变化自己的价值趋向是不可取的。文字里面要有真实货色，我不知道这话怎么讲，有时看一篇作品非常喜悦，像你讲的第三代小说家的作品，但又觉得真货有限。还有一些作品混混沌沌一下子就把你抓住了，但你看完之后有一种醍醐灌顶的感觉，甚至仿佛做了大手术的感觉。这里面就是真货。真货到底是什么？我总觉得作品还要有作家的人格。

**王干**：你刚才讲的深度这个词过去用得比较滥，但深度对文学仍然是很重要的。深度可能有这样几层意思：一、作家的情感深度，这种情感是从灵魂里发出来的、从内心最深的地方流出来的，而不是那种很浮浅、很浮泛的矫情，也不是看了一两本外国哲学书以后就进行情绪演绎的东西，而是经过人生体验从灵魂核心处萌发出来的自我情绪。二、可以称为深邃感,就是一个故事、一个人物,哪怕是一个场景,或一片灯光,但不能让人一眼望穿。

**王蒙**:就是描写一个自然现象,同样写星、写树叶,深度都不一样,这里面凝结着人生经验和思考。

**王干**:也许叙述时你感到很透明,阅读之后却感到不那么一目了然。深邃并不是一定要把人物、故事写得颠颠倒倒模模糊糊才有深邃感。也可能写得很明了,很简单,很清楚,同样会有深邃感,全取决于作家情感的投注和经验的投注。三、深度还必须有凝聚力,一部作品、一首诗,要能凝聚多种多样的情感、经验,有深度就能凝聚其他的文学的非文学因素。同时要有一种张力,有向外辐射的力量。作家主体有了这种凝聚力,就可能达到情感的深度,表现出人生的各种各样喜怒哀乐悲欢离合、各种各样的情结、情愫。中国文学缺少深度是很重要的不可忽视的问题。近十年的文学基本是观念的不断更新技术的不断翻花样,缺少一种"啃死鱼头"的精神,我不知北京话怎么讲,我们家乡叫"啃死鱼头",这种"啃死鱼头"就是一种执着。对执着也不可笼而统之地予以称赞,执着有两种:一种是执迷不悟的执着,现在有些老作家就觉得他过去写的小说很好,不愿承认新的东西,这是执迷不悟。还有一种清醒的执着,这就是你说的深刻的自信,这种执着就有价值。那种执迷不悟可能是顽固、落后。目前前一种执着虽然不多,但那种清醒的执着者更少,大多数人在忙着变,忙着赶潮,忙着趋时。另外,我觉得语言的障碍简直无法逾越,不用说中国语言与外国语言难以沟通,我觉得我们家乡话与北京话有些词都不可译。

**王蒙**:文学上最明显的例子就是把文言文翻译成白话文,比如《庄子》,看古文时那么好,一看翻译的白话文就到令人作呕的程度了。还有人把古诗翻译成白话文,尽管做得很严肃的,比如郭沫若翻译屈原的《楚辞》,但已相当郭沫若化了。

**王干**:完全改写了。

**王蒙**：我有个信念，讲不出道理来。我完全相信文学观念是重要的，理论观念是重要的，叙述的技巧也是重要的，什么结构现实主义、魔幻现实主义也是重要的。尤其是语言的语感、语体也是非常重要的。但我老觉得文学有一种境界，到了这一境界，这一切都忘了，你不会想到语言、想到技巧，不会想到结构，不会想到什么现代感，也不会想到深度，而到了那样迸发的时候好像只剩下作家赤裸的灵魂赤裸的心，和读者赤裸的灵魂和赤裸的心，这样一种冲撞、搏斗，或者这样一种拥抱。我相信作家是有这样的境界的，而这种境界比那种最精致最讲究的境界无论如何要高得多。

**王干**：作家创作时要有一种混沌感，就是天地未开的感觉，只有作家首先进入混沌感，他的小说才会进入比较高的境界，才会进入混沌的境界，这就是海德格尔所说的"无"。如果一个作家老在想着现代观念、现代技巧、现代结构，反而会被这些东西束缚住了，异化了他。

**王蒙**：干扰了他，这些都是杂念。如果这时候还想着诺贝尔奖金那就更可怕。这就像在战场上和敌人拼刺刀的时候绝对不会想到我这次刺刀拼好了的话回去以后可能升两级。我想打球的人在他打得最精彩的时候什么全都忘了，也想不起出国以前国务院总理曾经接见过，或者体委主任临别的时候嘱咐了三点，我想当时这些全没有了，包括胜利以后可能发两万块钱奖金还发一个健力宝金罐，还有三室一厅的房子什么的。

**王干**：巴老讲过，最高境界无技巧。起初我不理解，后来慢慢体会出来了，发觉这是甘苦之言。

**王蒙**：到了最巧的时候就完全是笨拙的状态，在这个意义上，最精致的作品不一定是最好的作品。如果从精致的角度来考虑的话，陀思妥耶夫斯基有时是令人不能容忍的，他怎么能和屠格涅夫的精致相比呢？甚至都不能和蒲宁的精致相比。蒲宁美极了，但陀思妥耶夫斯基绝对是比蒲宁伟大得多的作家，两个人不是一个量级。

王干：把小说写得很精致、很精美是个好作家，但不一定是伟大的作家。大作家往往随心所欲，无视一切传统，无视一切规则，写作时想不到那么多规则技巧。大作家写作时不是面对世界，而是面对一片空白。如果他老觉得有东西干扰他，他肯定会写不下去，或写不好。

王蒙：过分关心走向世界，实际是长期封闭之后的一种自卑心态的表现。当你仰视世界、仰视诺贝尔奖金、仰视外国读者的时候，你的作品永远不会赢得他们。还有一点，我也讲不清道理，但我们前几次讲话已经涉及到，当一个作家的创作或技巧进入一个比较高的阶段，往往能有一种熔万象于一炉的成就、成果，这种成果可以说是弗洛伊德的，也可以说是尼采的、萨特的，也是阶级斗争的，也是唯美主义的，好像也是现实主义的，有一种古今中外无所不可熔化、无所不可接受的力量，而且你这么看就越像这个，你那么看就越像那个。

王干：就像我们旅游时看某处自然风景，比如一座山，可以看成猪八戒背媳妇，也可以看成孙悟空出世，还可以看成唐僧骑马，这完全是由于未经人工雕琢的天然混沌状态才可能给游客这多样的感受。如果真正把它搞成猪八戒背媳妇的准确形状，那就一点意思也没有了。

王蒙：那有什么意思，正因为你看得又像又不像，才有意思呢。

王干：我想把刚才谈到的语言问题再发挥一下，我甚至觉得中国的语言不适宜搞现实主义。

王蒙：你说得有意思极了。你可以研究一下中国的戏曲、中国的诗歌，都不那么现实主义。

王干：现实主义有一个重要的因素，就是强调科学实证，现实主义产生时受孔德的实证主义哲学影响很大，这个因素后来被人们忽略了，而道德说教的另一面发展到极致。这也是由于中国式的思维所决定的，由于中国语言缺少科学逻辑特性，不可能去"实证"生活，表现"真实"。第一，汉语言规则的模糊、名词和代词的模糊性、省略的模糊性、主格和宾格的模糊性,使它不适宜表达精确的内容意义。现实主义强调真实客观,绝不容许模糊,这是现实主义最根本的规则,现代主义则有模糊的一面。第二,方块字本身就有形象性,就有力量给人视觉上的冲击,而视觉的冲击往往影响语义的传达,改变语义传达的指向。(拿起桌上的一本杂志)比如我们看"批评家"这三个字,这三个字组合时在视觉上就有可能产生出其他的意象,而这种新的意象是与文字的语义意象相异的,这就影响了意义的准确传达,造成一种模糊效应。现实主义要求作家在小说里把各种环境、人物、细节弄得一清二楚,是主人公眼里看到的,就不能是想象出来的,也不能是梦幻,也不能是错觉。时间非常准确,空间非常固定,与周围的关系也非常逻辑,不容半点含糊。而中国的语言文字天生有一种主体客体混淆的特点,为什么中国缺少现实主义?原因很多人们也研究了好多,但忽视了语言文字这种文学最基本最重要的载体。我觉得现实主义在中国不发达与中国语言文字有一定的关系。中国的文字有一种天生的画面感,很容易制造出一种视觉效果。国外就不会有人说中国古典诗歌不好,庞德等人对中国的诗歌简直崇拜极了,而他们对中国的小说就可能不以为然。因为中国的诗词最大限度发挥了中国古代语言文字优势,到了一种登峰造极的地步。

**王蒙**:对。

**王干**:中国语言文字本身就可能是反现实主义的,语言文字是一种工具、一种载体,把现实主义载到上面,就可能变形异化了。中国当代文学要得到世界的广泛承认和认可,还必须充分发挥中国语言文字的优势。如果有一天,一位中国作家用英语或其他非汉语的语言写作而获得诺贝尔文学奖,那可能是叫人最伤心的。

# 今日文坛：疲软？滑坡？

## 一　观念不代表一切

**王蒙**：关于当代文学，我这里不重复那些尽人皆知的事实，譬如党的十一届三中全会以来，思想解放，人才辈出，多元化局面的出现，是建国以来最好的时期。我现在很有兴趣的是这一两年特别是今年出现了探讨当代文学不足的热情。这当然是好的现象，但是探讨当中，我想先讨论方法论的问题，就是我们以什么样的观念、什么样的模式作为我们衡量当代文学长短得失的依据？上一次你已经谈到了这个问题。现在有一种说法，就是看观念新不新，或者小说是不是有现代意识，似乎小说的成败在很大的程度上决定于作者有没有站在时代最前列，说得难听一点，这就是那种最时髦的思想，这样一种衡量作品的价值标准，从它的原则来说，和"左"的时候强调时代精神实际上是一个路子。

**王干**：就是人们常说的主题思想，过去说深刻不深刻，今天就是时髦不时髦。

**王蒙**：那时候讲时代精神、有高大完美的英雄人物，表现了时代的精神，表现了人民群众是历史的主人。现在就反其道而行之，你必须表现出人生是渺茫的，人民群众是无能为力的，生活是荒谬的，好像这才是新的观念。这是一种说法，我把它称为"观念"论。还有一种说法，我把它称为"局限"论，认为决定文学作品的成败得失在于它是不是能够突破所处的时代环境和社会以及文化的局限。常常有人在叹息，或者叫抱怨，或者是痛斥，认为中国的作家没有突破自己的局限，因为中国还是一个不发达的国家，中国就不能产生发达国家那样前卫的文学。似乎前卫的文学一定要和前卫的科学技术、前卫的商品、前卫的住宅或前卫的生产力联系在一起，或者讲由于中国文化的落后性、局限性，也成为作家身上的沉重的负担。或者从社会发展上、甚至于从地理环境、从语言上（汉语比较特殊，不像印欧语系）来论述局限性。这实际是一种决定论，是一种历史条件、文化传统和社会发达程度对文学的决定论。我对"观念决定论"和"环境决定论"持相当怀疑的态度，真正伟大的作家总是能够突破自己的观念，也能够突破自己环境的局限，这两种理论恰恰忽视了文学天才的伟大意义。一个伟大的文学天才必然在两方面都有突破。譬如《红楼梦》。说曹雪芹的观念有多新，我很难理解，觉得相当牵强，比如把曹雪芹的思想说成是中国资本主义萌芽，有个性解放的观念。我个人的看法是，曹雪芹并没有个性解放的观念，但他的小说客观上表现个性压抑的痛苦，人性被压抑的痛苦，但这决不等于曹雪芹有个性解放的观念，有人性的观念。就像我们上次谈到《红楼梦》里有好多地方可以用弗洛伊德的分析方法来评论，这丝毫不等于曹雪芹哪怕是已经半自觉地意识到这一点，他已经是先驱弗洛伊德主义者。中国人很愿意做这种考证，比如外国有什么新发明，我们考证一下，说这并不新鲜，我们周朝就已经有了。现在有人说电脑是根据咱们的八卦原理创造出来的。

王干：中国人有一种"自古就有癖"，比如中国足球的水平比较落后，但有人考证出宋朝就有足球，足球是中国人发明的。

王蒙：高俅就是踢足球出身。

王干：我相信高俅踢的球与现代足球完全是两码事。

王蒙：我觉得曹雪芹的天才恰恰表现在他生动地反映了生活，反映了作为一个人的心灵的痛苦，在爱情上、事业上、人与人的关系上、友谊以及仕途经济功名上灰心失望的情绪。这与其说是一种观念,不如说是他伟大的本能,是他的情感,是他的天才。有人甚至分析曹雪芹的作品表示了对歧视妇女的抗议,我觉得也很难说,《红楼梦》里面所说的"男人是泥做的,女人是水做的",与其说带有女权主义色彩或男女平等色彩,不如说表现了贾宝玉这样一个人物或叫典型的乖张的性格,甚至于水做的、泥做的表达的是贾宝玉的性心理。

王干:就是一种性心理。

王蒙:而且,贾宝玉还讲,为什么女人没结婚前那么可爱,结婚以后成了老婆子就变得那么混账?这里面有性心理,怎么可能是男女平等的观念呢?我这里想用一个可能相当现实主义的概念,生活永远大于概念。在没有弗洛伊德主义以前,人们早就有性意识、性心理。有人类就有性、性心理。在没有现代主义以前,人们早就有荒谬感、孤独感、错乱感,这些东西是先验的存在的,而现代主义则是后来的。在没有男女平等或女权主义的理论以前,早就有女人的叹息,我为什么生来就是一个女人?女人实在是太受苦了。这在民歌里也有。如果谈观念,《红楼梦》里凡是涉及到的观念都相当陈腐,丝毫不高于当时的其他人。不知道你同意不同意?

王干:《红楼梦》里那种封建没落文人的情绪很浓重。

王蒙:一遇到讲观念,连那些词儿都很陈腐。

王干:是仕途不得意的文人心理,没有一点现代意识。

王蒙:绝不是曹雪芹的思想观念特别新,不是有了观念就有了一切。恰恰是曹雪芹的文学天才,包括对生活的敏锐感受,也包括他的非常诚恳的心灵。尽管在讨论到社会问题、人生问题多么陈腐,但写到人生的悲欢离合时非常坦诚,可以说比任何一个作家都坦诚,没有把人生的悲欢离合屈服于封建模式。所谓"满纸荒唐言,一把辛酸泪。都云作者痴,谁解其中味","荒唐言"什么意思?就是对封建的陈腐观念而言是荒唐的,如果望文生义,曹雪芹就是荒诞派,因为他认为写的是荒唐,我们今天看起来一点也不荒唐,非常正常,发生那些事甚至是必然,但在曹雪芹当时看来是荒唐的。"一把辛酸泪",说明有他的痴情,有他的诚恳。所谓"作者痴",也就是作者遇到这种事以后无法用那些观念去回避、去忘怀、去概括。

**王干:** 去观照。

**王蒙:** 对,观照他在生活中的感受。"其中味"是什么味呢?就是人生的真味。人生的真味、艺术家的心灵、艺术家的天才远比观念更重要,文学毕竟不是哲学。我们无法期待我们的作家都留过学,都在世界最发达的资本主义国家放洋二十年以后,英语说得呱呱叫以后才有了现代观念,才能写出伟大的作品来。所以我认为观念决定论是相当幼稚的说法。

**王干:** 衡量文学不像考察企业的生产管理,现在中国引进国外好多设备和技术,必须按照现代工业的观念和方式来管理、来操作它们。文学的好坏太难说了,观念新也可能写好作品,但仅仅有新观念肯定写不出好作品。

**王蒙:** 仅仅有新观念,出现的必然是廉价的时髦作品。

**王干:** 很快就热过去了。现在的文坛和论坛有点像时装表演一样,特别是创作上,一会儿是意识流热,一会儿是萨特热,一会儿是黑色幽默,一会儿是荒诞派,一会儿又魔幻现实主义,一会儿是"新小说派",反正把西方已经有的小说流派全部在中国文坛上演一番。其实也没有真正搬进来,搬的只是观念性的东西。如果用观念决定论来看当代文学显然是幼稚的,甚至有点反文学。文学具有多重功能,多重效应,不能仅仅以一种社会价值观念去衡量文学的优劣得失。一部好的文学作品不在于观念的新与旧,甚至不在于技术的先进与落后,决定文学作品往往是一种情感性的东西。如果把内心的情感不带功利、不带杂念地写出来,就有可能是好作品,当然这里面还有其他因素在起作用,这种无功利观念的作品往往经得住多种批评尺度的推敲,经得住多种观念的衡量。曹雪芹写作《红楼梦》完全处于一种非功利性的状态,不想得诺贝尔文学奖,也不想创立一个流派、一个主义、一个文体。

**王蒙**:也不拉山头,也不想当作协理事。

**王干**:甚至也不想挣稿费改善生活。他写作《红楼梦》完全是出于一种内心的需要,他要把对整个人生、整个社会、整个生活乃至当时的科举制度的那种非常复杂、非常说不清楚的感情表达出来。

**王蒙**:一种不吐不快的对经验的重温。

**王干**:对。从这个意义上说,文学作为一种情感的表现或宣泄是有一定的合理性的。最近出现了对当代文学提出种种质疑和非难(我自己也参与了这种质疑和非难),尽管这种责难有它不公允甚至不正确的一面,我觉得这种批评性或批判性的文字对中国新文学的发展是有好处的。

## 二 "文革后文学"与三代作家

**王干**:所谓"新时期文学"其实是一个非常含糊、不科学的概念,我们一般认为新时期从粉碎"四人帮"以后,或党的十一届三中全会以后开始,但"新"到何时为止?

**王蒙**:当时用这个概念无非和过去相比较,实际上新时期文学是和年年搞运动、以阶级斗争为纲、为无产阶级政治服务的那个时期相比较而言,对今后怎么个说法,谁也说不上。

**王干**:我觉得有个概念比较好,"文革后文学",因为这一时期的文学与"文革"的关系太大了,它的主题、人物、故事、语言以及作家与"文革"的关系太密切。从这一时期作家的组成看,有两类作家支撑这一时期的文学:一部分是"文革"中受苦受难的作家,像你们这一代人,由于被打成"右派"到了社会的底层,"文革"时差不多都是对象,或至少不是动力,反正没过上什么好日子。还有一类作家就是所谓的知青作家。我把你们称作第一代作家,而把张承志、韩少功、王安忆、莫言、贾平凹这样一批作家称作第二代作家,在"文革"中这些差不多都是动力,都参加过红卫兵运动,差不多又经历了上山下乡,都到农村插队去了,这一代人的青春实际在"文革"当中度过。张承志最近的长篇《金牧场》里就写到了当时的红卫兵运动,但他把红卫兵大串联写出了一种朝圣的宗教感。这两代人构成"文革后文学"创作的主要阵容,所以,这两代人的作品从各方面与"文革"有着千丝万缕的联系。最初出现的"伤痕文学",就是都以否定"文革"批判"文革"为主题,是一种政治批判道德批判的方式,还没有人道主义,是用正义、善良这样最基本的道德观念去批判"文革"。后来出现了对历史的反思,出现了人道主义的潮流。反思的时间很远,从"文革"一直反思到建国前的历史,你当时的《布礼》便反思到建国前,李国文的长篇小说《冬天里的春天》也是。李国文的这部小说本来是描写"文革"的,但它反思更前一点的历史。最初出现的《伤痕》《班主任》并没有真正进入到很深的文学境界和艺术层次,特别是一些描写与"四人帮"斗争的作品,实际还采用"文革"文学的模式,只不过把走资派变成正面形象,把造反派变成反面形象。后来就发生了很大的变化。有些人便是在"文革"中走上文学之路的,像蒋子龙、刘心武、韩少功、贾平凹、张抗抗、谌容,在"文革"期间都发表过一些作品。甚至方之在"文革"期间也写过小说。这种"文革"文化不仅影响到每个人的政治灵魂,也影响到作家的文学精神。所谓"新时期文学"实际是从"文革文学"蜕变来的,这就决定"文革后文学"的不完整性和先天的不足,当它发展到一定的时候就必然会陷于一种很困惑、很迷茫、很滞顿的阶段。我觉得近两年文学确实是"低谷",这种"低谷"一方面是与前些年那种轰动效应比较而言,文学刊物的订数在下降,读者越来越少,作家的队伍也在发生分化,不少人感到没劲而"下海"淘金了,能够埋下头来写小说的人不是越来越多,而是逐渐减少。这是一种低谷。另一方面,创作本身也出现了低谷。第一代作家、第二代作家大多数处于疲软状态,已经丧失了早期的那种热情、冲动,那种敏感,那种良好的感觉,作品的情绪律开始呈衰弱态。评论界发出种种不满、非难是正常的。由于文学刊物太多,现在作家写作,随意性太强,自我感觉太良好。

**王蒙:** 对。

**王干:** 所以,这个时候泼点冷水,尽管比较刺耳,非常难听,甚至有人觉得是"骂",不过我不能接受"骂派批评"这种说法。

**王蒙:** 这种说法太俗气了。

**王干:** 这反映中国的文学批评讲好话讲惯了,讲些不中听的话,就有人觉得骂。当然,有些批判性的文章层次相当低,有的真是在骂。但泼一点冷水可能会让作家冷静下来进行自我反思和自我调整,积累新的力量、鼓动新的热情、写出新的作品。现在这种困惑、迷茫、滞顿、混乱,也可能是出大作家的时代,从这种困惑、迷茫、混乱、滞顿的低谷中走出来的肯定不是一般的作家。我在一篇文章里说过,中国新文学进入了爬坡状态,不进则退,小说界的一大批人在滑坡,非但没有在原有的基础上提高一步,甚至不能保持已经有的水平。像你们的这一代人当中,今年就是你的小说、谌容的小说还能保持势头,而不少人基本在滑坡,有的甚至到了令人不能忍受的程度。另一方面,第二代作家也是如此。当然,也有例外,张承志就没有滑坡。好多人的新作都叫人失望,所以,批评发出不满的呼声,是必然的。但怎么使我们的批评更有力量,真正能帮助作家找出症结所在,还是一个问题。有些批评文章非常皮毛、浅层次,有时以机械进化的情绪来看待文学现象,有时带有很大盲目。就像作家中出现那种创新的盲目一样,批评所进行的否定运动也有一种盲目性,有时为了批评而批评。

**王蒙:** 我对你所说的"文革后文学"和一九八七年以后新阶段的说法,很有兴趣,但我对此还得想一想。我抱着审慎的态度,我还没有足够的阅读经验来帮助我说明这个问题,我提几点质疑性的意见。大家都经历了"文革",包括一些最反对"文革"的人也会受"文革"

的影响，这是绝对正确的。这既表现在作家身上，也表现在官员身上，也表现在批评家身上。

**王干**：还有读者身上。

**王蒙**：如果"文革后文学"这样一个概念能够成立的话，实际上就是不断地突破、摆脱"文革"的影响，同时又自觉不自觉地受它的影响的过程。你把刘心武的《班主任》和那些写反"四人帮"的故事视为同类，我觉得不够公正。《班主任》在一九七七年的所有文学作品中脱颖而出不是偶然的，它没有简单地写成两个营垒，就是"四人帮"和它的爪牙是一个营垒，广大的革命人民又是一个营垒。《班主任》恰恰写出了谢惠敏这样既属于革命人民而又受到"四人帮"影响的人。类似谢惠敏这样的典型，张弦早在一九五六、一九五七年已经创造过，他写了一个中篇小说，叫《苦恼的青春》，就是写一个女团支部书记表现得非常之好但很教条，让人忍受不了，自己也受不了，与谢惠敏全无二致。但张弦的作品没等发出来就被定成"右派"，他定为"右派"，主要就是这部作品。后来他的作品到一九八〇年一九八一年终于发表出来了。

**王干**：是在《钟山》上发的。

**王蒙**：发表的时候已经毫无影响了。谢惠敏的专利权已经在刘心武那里了，这是开玩笑的说法。我现在还能回忆起我看《班主任》时的激动心情，那还早在一九七七年，我还在新疆，忽然又看到这样的小说，我心跳得不得了，我简直不知道是一个新的时代开始了，还是又一场大祸临头。当然，在今天回过头来看《班主任》的缺点就很容易，它主题先行的色彩等都容易看得出来。但无论如何，《班主任》对当时的文学是一个极大的突破。第二点我想质疑的就是把作家分成几代的说法，这个说法很简易，就是按年龄段分作家，但这到底能给我们带来什么？用这种年龄段划分作家能说明创作的特点吗？比如让我和我的同年龄段的人哪怕他是我最好的朋友，我们的创作是一种类型的吗？我非常怀疑。有些按年龄段分作家的论述，那种粗疏使我怀疑他根本没看过这些作家的作品。比如前不久，《读书》杂志上关于第四代的说法，论述五十年代的这一批作家只关心他们自己这一代人。我一看就知道他没看过我们的作品，第一他没读过邓友梅的作品，邓友梅最著名的作品恰恰不是描写他自己这一代人，而是描写的上一代，清朝的遗老遗少，《烟壶》《那五》，这些和小八路、知识分子毫不相干。在我的作品里，有大量写青年人的，而我的长篇小说《活动变人形》也是写的上一代人。你刚才讲的有些作家的随意性强，我感到现在评论家说话之随便，没有任何的根据就可以随便在那儿讲，而且立刻用语录体发表出来，也达到相当惊人的程度，这倒不是你搞评论我搞创作互相攻击一下。（笑）分代我一点也不反对，如果单纯地用年龄用经历划分作家，我觉得这本身的幼稚性比用观念划分作家还要廉价。第四代人是最新的人，他们有最新的观念、最新的艺术方法，第一代老了，所以过时了，第二代人正在过时，第三代人一半过时，一半不过，第四代方兴未艾，这样来划分就更可笑了。

**王干**：一个真正的大作家，他不但是跨代，也是跨时代。

**王蒙**：也是超地区。

**王干**：也超文化、超民族。我刚才说的那三代作家说，碰上你就比较麻烦，碰上马原、残雪也麻烦。刘心武也难说，他与你们不一样，与韩少功、张承志也不一样。刘心武、张洁在连接五十年代和八十年代两代作家起过很重要的作用，马原、残雪也是一个连接的枢纽。一个大作家用"代"说不清楚。

**王蒙**："代"代不住他，"主义"主义不住他，甚至用地区、用民族都划不住他。

**王干**：用"改革文学""乡土文学"概括不了他，这才是超群的作家，他超出了那一代人的局限。"代"是客观存在的，无论从年龄上、经历上，还是从文化上，都构成了一代人的特点。西方已出现了"代文化"研究。一个好的作家是超代的，如果一个第一代作家的作品第三代、第四代人能接受，或者不知他的情况，还以为他是新派作家，那么这个作家便已经超出了"代"对他的限制。至少目前文学创作界两代人的存在已不容忽视，他们的文学经历、文学精神、文学手段、文学语言，确确实实是不一样的。比如，张承志与你相比，尽管你也写过很充满理想、很充满激情的作品，像《青春万岁》，但你今天的作品与张承志完全是两样的。这倒不是说一代人比一代人好。

**王蒙**：你这么说，我觉得说明不了问题，同代人又有谁和我一样呢？邓友梅写得和我一样吗？茹志鹃写得和我一样吗？陆文夫写得和我一样吗？从维熙写得和我一样吗？

**王干**：那是说你是这一代的代表，张承志是那一代人的代表。

**王蒙**：代表那就更困难。

**王干**：代表不是典型，也不是所有个性相加的总和，不是共性、普遍性。代表不是微型胶卷，不能将所有人的特征都浓缩进来。一个时代的代表总是以这个时代突出的人物或杰出的人物为标志的。比如说，我们说鲁迅是五四文学的代表，并不是说鲁迅把所有作家的风采、个性都概括进去。

**王蒙**：我不否认代的存在。代和年龄段一样客观存在。第一，我们应该研究代以至年龄对创作的意义和它的限度，即年龄并不决定一切，有的人作品里非常鲜明地表达了他那个特殊年龄段的特殊感受，也有的人作品并不鲜明地表达这种东西，还有的人这篇作品里有所谓非常强的代意识，而在另外的作品里则没有代意识而是一种超代的意识。观念不是决定一切的，代也不是决定一切。第二，我同意你的说法，真正的好的作家往往有一种超越性，这种超越性包括对观念的超越，也包括对年龄、对"代"的超越。他有一种不可概括性，越是好的作家，越难概括。你用什么现实主义、浪漫主义难概括他，你用"代"也很难概括他，用观念也难概括他。

## 三 "局限论"的局限

**王蒙**：局限性问题也是这样，如果你以社会的局限、历史的局限、文化的局限来解释很多东西，有两点解释不通。第一，落后的社会形态也可能产生很好的文学，非常发达的形态也可能产生很差的文学，甚至社会生产力的发达在某种社会制度下或某种情况下是以牺牲文学为代价的，是文学的萧条。技术发达的结果使人们的性灵受到戕害，这样的例子非常多。西方的好多有识之士正为这个苦恼。再一方面，很多作家的经历也能推翻这个观念，比如美国的女诗人狄金斯，这个人从上完学以后，不出家门，足不出户，既不符合唯物主义，也不符合体验生活深入生活的原则，也不符合现代意识的原则，现代意识绝不能鼓励一个男人或女人足不出户。她也没有宇宙意识，也没有地球意识，也没有全人类的观念，也没有海洋蓝色文化的观念。她就在非常狭小的天地里，写她并不准备发表的诗，而她的诗至今盛行不衰，甚至认为她开了意象派诗的先河。王国维论说过两种作家，入世的和出世的，入世的他举曹雪芹，经历了各种事，越写越好；另一类像李后主，没有经历过什么事，出生在宫廷之中，然后变成了亡国之君，在很狭小的范围活动。如果李后主不是这种情况，而是有了现代意识，不但了解中国，而且还了解地球，而且还了解五大洲四大洋，那很难设想。所以局限性的观念也不是一个科学性的观念。我常常有一种说法，也许这种说法更廉价——如果我们的作品写不好，不怨天不怨地，不怨中国的历史，不怨孔夫子，也不能怨"四人帮"，只能怨我们自己。因为我们不是天才大作家，如果是天才大作家在这些情况下照样是大作家。把一切解释为社会环境决定论就更可怜了。如果把世界上的伟大作家和我国作家目前处境相比，起码我们的作家处境不是最坏的，我们的作家当然有过各种痛苦的经历，我也无意通过这个来替当权者开脱，似乎迫害作家有理。但我常常讲这个例子,不管是曹雪芹也好,托尔斯泰也好,契诃夫也好,他们是在什么样的民主、宽松、和谐的气氛下写作的呢?他们受到了领导或是政府什么样的关怀呢?他们出去旅行有谁给他们报销车费呢?他们参加过什么样的在风景胜地举行的笔会呢?住过几星级宾馆呢?当然托尔斯泰的生活优越一点,但他的精神更苦闷。所以,我不同意把对观念的探讨、对环境的探讨、对文化传统的探讨以至对代的探讨来作为自己创作不好的口实。反过来,我也不同意评论家用这些东西来否定作家,现在分析作家创作不理想的一些文章我很赞成,而且我也写了这方面的文章。但是,确实也有极少的文章就是用观念、用局限性干脆一笔抹杀,这样的评论家至少有三四个,这种一笔抹杀的潜台词是什么呢?是这样的:中国是落后的,中国的文化传统也是落后的,中国的文化是不可能走向世界的,因为世界是以最先进的西洋国家为中心为代表的。中国创造出来的作品如果努力吸收新东西,你就是假的,"伪现代派"。你要不努力接受新东西,那你就是旧的,是民族的,旧的、民族的是不能被世界所接受的。你是新的就肯定是假的,你不可能是真正的原装,就好像在中国装配的索尼牌东芝牌,或者是雪佛兰奔驰,你装完以后人家也不承认,是上海造的,虽然上面也有个牌子,但两个牌子,一边是上海,一边是联邦德国大众牌,这不是原装。用这样的观念就很轻率地认为我们的文学一无可取之处,认为我们的文学什么都没有。现在有这种说法,现在的中国文坛有什么,一切应该有的都没有,有的只是模仿的东西,或者是陈旧的东西。这些说法也完全脱离文学实际。而且我还有一个想法,这样评论的人实际反映了他们的西洋情结。可能我这话说得刻薄点。就正像我们可怜可爱的同胞向往东芝牌的电冰箱,向往奔驰牌的汽车一样,我们现在有那么几个评论家不停地向往博尔赫斯的小说、加西亚·马尔克斯的小说,实际是用东芝牌、奔驰牌的原装标准来观照中国的文学,所以是一片叹气、失望之声。发表这样评论的人恰恰对所谓的西洋文学了解得非常之少。还有一个很有趣的现象,凡是西方文学的专家都没有这种评论和意见。西洋文学实际是多种多样的,中国人整天在那儿喊走向世界,但我所接触的西方人没有一个人不认为中国不是世界的一部分。世界分好多大的块,苏联东欧是一大块,第三世界国家也是一大块。而西方的资本主义国家里,美国也是一个特例。西欧那些国家,跟美国完全不一样。他们保守情绪很厉害,有些美国捧得很高的东西被他们嗤之以鼻。反过来说,我所不赞成的并不是对当前文学的疲软、滑坡这些现象的探讨,我只是不赞成这种探讨以美国原装或拉丁美洲原装为标准,这样的标准实在是非常可笑的,那些讲原装的人实际从没见过原装货,他们所知道的原装货无非是第二手的原装货。据我所知,那几个最具有西洋情结因而认为我们国家的文学作品一无可取的人没有一个能从原文看小说的。所以,这种情结变得有点可怜了。

## 四　时间与滑坡

**王蒙**:还有一点,我与你说的想法略略有点不同。就是观察一个作家是不是滑坡,从一个年头或一个作品来看,也是很不可靠的。我主张对一些作家用滑坡这个词要慎重。任何一个作家的创作历程不可能是一帆风顺的,不可能像攀登珠穆朗玛峰一样。有时也不具有可比性,你很难说,他的这个作品比那个作品怎么样。有许多诗人的最好作品是在他年轻的时候,但他最深沉的作品和最简约的作品在年长之后,这很难比。对有些作家经过一段喷涌之后因而显出暂时的沉默或作品热度的减低,是不是一定要用滑坡这个词?我想跟你商量一下。

**王干**:我觉得滑坡是必然的,一个作家经过一段喷涌爆发后必然要从热到冷从情感丰富的状态、生命意识强烈的状态进入一种相对疲软、相对冷静或相对空虚的状态,这个时候就有可能进入一种滑坡。当然不是一定要叫滑坡,有的可能是一种小憩,有的则可能真的一蹶不振了。你刚才讲的,文学作品无可比性,年轻时比较热烈、奔放,年纪大了可能比较含蓄、冷峻、简洁,这是从风格上说的。但现在有那么一批人的作品确确实实在退化,感觉在退化,故事也在退化,不如以前讲得那么好了,语言也在退化。

王蒙:江郎才尽了。

王干:也不一定这么说。我为什么要用滑坡呢?因为滑下来以后,作家经过自我调整之后,也可能振兴起来。

王蒙:但这不容易。

王干:如果能从这种滑坡状态走出来,就不是一般的作家了。一个诗人年轻时有几首好诗,没什么了不起,年轻人的感觉都很好,都有激情,只要达到一定的文学修养、文学水平,都可能写出几首好诗。

王蒙:人人都是诗人。

王干:真正伟大的诗人就在于不但年轻时能写,中年时也能写,到了晚年还能写出有青春气息的诗来。一般诗人到了晚年就写不出像样的诗了,但中国有个诗人是例外的,这就是艾青。他三十年代写的《大堰河——我的保姆》、四十年代的《火把》,尽管我们现在看还比较单纯,但《火把》所隐藏的热情是青春的激动,五十年代艾青还写了不少好诗,特别是那些短诗,八十年代艾青重新出来歌唱,写出好多优秀的诗篇,艾青是很了不起的诗人。

王蒙:苏联有个汉学家说,当你们在议论哪个是年轻的诗人的时候,我想中国最年轻的诗人是艾青。

王干:有意思。

王蒙:这是"代"的超越性。

王干:艾青晚年的诗内容非常丰富,显得非常成熟,但语言非常简洁,甚至非常朴实,艾青的诗歌经过好多变化,到了晚年达到了高峰,进入了一种辉煌的境界。

王蒙:这也和他二十年的沉默有关系,客观上变成了一种蓄积。

王干:有些作家如能从滑坡中走出来,继续向前攀登,就有希望。

如果现在这样滑下去,就只能是一个小作家。文学非常无情,这些小人物很快会变成大作家的垫脚石。这有点叫人伤心,也很可怕。

**王蒙**:也不可怕。

**王干**:文学发展的历史表明,成为大作家的是少数人,小作家是大量的,写过几篇小说、几首诗的人如果不能继续保持青春的活力和敏锐以及良好的感觉,往往很快被文学发展潮流淹没,被人们忘记。现在指出这样一种滑坡的事实虽然残酷一点,但这仍是有意义的。当然,话又说回来,有的作家只有一部小说,就在文学史上占有很光辉的位置。

**王蒙**:现在很难说。需要反复,需要一段时间后回过头来看。经过一段时间以后,有些曾经轰动一时的作品,立刻变得黯然失色,也有的作品在当时是很平常的,经过一段时间以后反倒放出光彩来。所以,时间既有残酷的一面,对真正的作家来说,时间反倒是有情的。

**王干**:目前,不少人有一种情绪,我也有这种情绪:希望中国能够出大作家、大作品,能够与世界对话。这样一种情绪是一种急躁情绪呢,还是以西方文学作为参照系呢?我觉得这种情绪与社会心态有关系,因为人们现在希望中国很快富起来,能赶上发达国家水平。

**王蒙**:希望奥林匹克运动会能够多得金牌。

**王干**:如果对"文革"后十年的文学做个评价的话,我觉得这十年的成就是新文学所没有的,我不同意说今天的文学水平没有五四时期高,没有超过"五四"。今天文学不论是丰富还是多元,不论是锐气还是技巧,都已经超过了五四文学。也许由于时间没有拉开,容易造成一种障碍,还不能看到今天文学已经取得的成绩和价值。如果今后的文学还像前几年那么发展的话,中国文学就不会比哪个国家差。问题在于除了少数人外大多数作家都表现出一种疲软态,只剩下少数的精英在孤军奋战。也许真正的大作家、真正的先锋在孤军奋战时才能成就。前几年大家都在同一水平上跃进、跃动,当文学失去轰动效应之后,一个作家能不能继续作战,能不能把自己的创作调整到最佳状态,将各种生活经验情感经验饱满地表现出来,这是衡量一个作家创造力强弱的重要时刻。尤其外在的要求对一个作家相对高的时候,或者外在的反应比较冷淡的时候,这个作家能不能沉住气,继续保持那种良好的心态,这是出不出大作家、大作品的一个关键。为什么现在对文学的评价一片"冷色调"?这因为中国人喜欢看群体,看这一批第三代作家怎么样,那一批作家怎么样。尽管新近出现的这一批作家很聪明、很俏皮,但作品的厚度和容量还不如人意,甚至不能与他们的前代人相比。所以这新近的"热流"并没有影响到整体的冷色调的变化。我认为中国文学可能会出大作家、大作品,尤其这几代人逢上千年难遇的"文化大革命",就更应出大作家、大作品,不出才奇怪。不管怎么评价"文革",它是一种特殊的历史现象和文化现象,它那种特殊性,提供了极为丰富的文学土壤。如果没有"安史之乱",杜甫就不会这么伟大。

**王蒙:**这也很难说。这又变成了客观历史条件决定论。文学的才能、文学的胸怀也就是所谓主体的作用,很重要,有的是经历了社会的大动乱而成为伟大的作家,有的是由于足不出户而成为伟大的作家,这很难用一句话下结论。我对那种争论实在感到莫名其妙,据说白先勇预言:中国三十年内不可能出伟大作家。刘宾雁预言中国十年内就一定出大作家。他们原话不一定这么说的,但有类似的争论,我对这种算卦式的讨论以及他们的逻辑完全不能赞成。白先勇偏于悲观的论调就是局限决定论,如按照那个决定说的话,哪儿也出不了大作家,美国的现在环境适合出大作家,那才活见鬼呢!如果和美国人讨论讨论的话,他们认为这种社会环境是最反文学的环境,比中国还要"反文学"得多,它的技术主义、科学主义,整个人生机器的旋转就像旋转加速器一样,人们更喜欢看浅层次的、富有刺激的、富有形象感甚至富有肉感的那些东西。如果谈到社会环境,我听到的是一片咒骂声,不论是东方还是西方,所有的作家都在咒骂他们的环境,也许作家就是为了咒骂环境而被上帝创造出来的。

## 五　滑坡和并不滑坡的作家

**王蒙:** 从具体作家来论倒很有意思,也很难从年龄上看,比如张承志一直非常饱满,这是和他的人格、人生路线分不开的。张承志有一个非常可爱之处,他对文坛是抗拒的,像躲避瘟疫一样躲避文坛,他认为文坛非常黑暗,他不但诅咒环境,而且诅咒文坛。他对文坛的看法非常之阴暗,所以他喜欢独行,动不动跑宁夏、跑新疆,他的圣地是新疆、宁夏、内蒙古,他在一种忠于自己理想的追求之中进行了他的创造。最近,我觉得张抗抗的一些作品有意思。张抗抗写作非常早,她的作品一直处在评价不错的状态,但她也老没有特别突出的作品,像王安忆一度所得到的那样,或者像刘心武一度所得到的那样,或者像贾平凹一度那样红起来过。但张抗抗相当有后劲,她一直保持在她自己的水平线上。如果从长远的实力来说,张抗抗可能比某些人所预料的要好一些。贾平凹有相当的随意性,但在他身上很难说有滑坡的东西。

**王干:** 贾平凹没有神圣性。

**王蒙:** 他更多一点游戏的成分。

**王干:** 贾平凹可能有一种写作癖好,他不停地写,而且一个故事写完之后,还可能把它再写一次。他长篇《浮躁》,实际是他中短篇糅起来的,如果不看他其他的小说,《浮躁》还是不错的,但如果放到他整个创作里来看,尤其是比较熟悉他的小说创作进程的人,就会发现《浮躁》是他过去创作档案的集成。

**王蒙:** 每个作家都是特异的。贾平凹尤其特异。张贤亮也很难估计,据说他的一部新的力作《习惯死亡》已经写完了,老先生自己已经吹上了。即使你对张贤亮作品的某些描写,甚至于某些主题思想持异议,但在张贤亮的身上,很难看出滑坡的迹象来。

**王干:** 张贤亮最近没有作品。

**王蒙**：这也是一种严肃。但对他的《早安,朋友》我不敢恭维,实在是丢份儿的小说。也有让我感到特别失望的,最明显的是张辛欣。张辛欣处在逆境的时候,她写的作品透露出来一种压抑、苦斗,甚至一种歇斯底里、一种恶毒,但这种恶毒完全不是"文化大革命"所说的政治上的恶毒,就是一种激愤吧,不要说恶毒。那些作品写得比较好。直到看她的《封·片·连》的时候,我还觉得不错,《封·片·连》和《疯狂的君子兰》实际是一路作品。很客观地写人生的异化现象,但后来她真正撒开随意了以后,实在不敢恭维。我甚至说,作家和作家的气质是不一样的,有的作家写得相当随意,但仍不失作品的质量。比如古典作家陀思妥耶夫斯基既是极严肃的,也是极随意的。极严肃是他的思想、情感,那种真诚,那种替人类受难的感情,随意是他的结构,我感觉他就是兴之所至,我真服他这一点,他可以一连多少页连段也不分,真是像发了大水一样,写他的情感、感想。而且,他随时将报纸上看到的故事以及新闻就像写杂文一样塞进去了,一泻千里。如果用鲁迅的标准来要求陀思妥耶夫斯基,比如用"写完后至少看两遍,把一切可有可无的字、句、段落删去"来衡量的话,陀思妥耶夫斯基的作品连中学生作文都不能打很好的分数。但反过来我们设想一下,如果陀思妥耶夫斯基把作品改得像鲁迅的短篇,像《祝福》《伤逝》,或者像《在酒楼上》。

**王干**：像《孔乙己》。

**王蒙**：要改成那样,还有陀思妥耶夫斯基吗？但怕的是没有陀思妥耶夫斯基的才气,你的才气连陀思妥耶夫斯基的一根脚指头也赶不上,却要像陀思妥耶夫斯基那样写作,稀里哗啦往纸上胡扔,这样的东施效颦必然出洋相。我这不是专门指张辛欣,类似的现象显然可以看得出来是受了另外作家的影响、启发,这也不一定叫模仿,但才力不逮,就变成东施效颦。还有一些作家的作品,我觉得他可能是受了自己价值观念的影响,也可能是受了当前这种社会条件(我刚才反对社会条件决定论,但不是决定的总有影响)的影响,什么影响呢？不是我们作家的处境太坏，我这个说法可能会引起作家朋友特别是青年作家朋友的愤慨，我觉得是不是他们的处境太好了，为什么呢？现在的作家写了几篇小说以后很快就变成专业作家，不论你怎么抱怨物价飞涨，你已经可以什么事都不干，每月去领工资。这是全世界的作家做梦也难想到的事情。他不必为人生的俗务、生活里的搏斗而操心。王安忆讲过，当了专业作家以后，生活好像变成了副业。这是很可怕的一种感觉。反正我每天都在写，因为我是专业作家。所谓生活成了副业，就是我还要出去买一趟酱油，还要洗衣服，这些都是业余的用来调剂精神的，这究竟是好还是坏？还有你刚才说的由于现在文艺刊物比较多，所以有的作家喷涌了十年或者五年了，现在出现点滑坡现象并不惭愧，完全可以以一种恬淡的心情来对待，甚至说我想休息休息。上帝也会允许他休息的。恰恰是有些人刚写了几篇就马上升华了，升华到完全想入非非的境界、完全想入非非的气氛当中去了，而且用这种气氛来互相欺骗。这确实是非常现实的危险。

王干：你说的想入非非是指作品，还是生存状态？

王蒙：不是作品，作品想入非非是非常好的。中国的现当代文学如果说有什么缺陷的话绝不是想象力过分而恰恰是缺少想象力。我所说的那种想入非非就是那样一种脱离生活之外的感觉，也就是生活变成业余的感觉，那种被捧起来以后专门进行文字游戏、文字劳动或文字糊口的感觉。

王干：我觉得你刚才谈到的作家与环境的关系，很复杂。有时候作家在环境非常恶劣的时候写出了好作品，甚至作品里也看不出他生存的困难。有的作家生活改善以后，反而写不出好作品。也有的作家在养尊处优的生活中写出优秀小说、写出大作品。不过好像环境改善之后反而写得不如以前的作家更多一些。

王蒙：空虚了。

王干：从这种意义上，可以说生活大于文学，作家离不开生活。

另一方面有人讲,中国为什么出不了特别伟大的作家?中国没有中产阶级,没有贵族,作家在为生计问题发愁,不可能一心一意地从事文学写作。

**王蒙**:现在的专业作家为生计发愁的多吗?很难说。

**王干**:他说的是房子、小孩入托、升学的问题。

**王蒙**:这话不可靠。西方作家包括索尔·贝娄都是教授,因为按他的生活水平、社会地位,如果当专业作家专心致志地进行写作的话,是难以维持生计的。专业作家恰恰是中国多,全世界都没有那么多的专业作家。甚至在苏联、罗马尼亚等东欧国家,专业作家的含义也非常明确的,就是放弃你的工资,放弃你的职业。所谓专业,就是以写作为职业,靠写作来养家糊口,而靠写作来养家糊口在全世界都是很艰难的,没有一个地方靠写作养家糊口是很轻松的事情。就是靠爬格子生活。

**王干**:国外靠爬格子生活的人有,但不搞纯文学,而是给报纸开专栏,搞畅销书,这些人地位很低。刚才我们对当代文学发了一通议论,但从整体上看,这十年文学还是比较可观的,最近两年出现的相对平静的状态是正常的。希望文学一浪高过一浪是不可能的,文学创作往往几年或者几十年才能出现一次高峰。前些年出现的高潮是文学长期贫困、停滞的结果,也许如果文学一直正常发展还不能出现这样的高潮,不能出现那么多的好作品,前几年的文坛可以用"群星灿烂"这个词形容。

**王蒙**:是的。

## 六 亢奋与内驱力

**王干**:真正的大作家超时代,超群体,超文化,甚至超民族,超文学。在但丁出现之前,意大利好像没有文学似的,普希金出现之后,俄罗斯才有了现代文学。前几年的文学轰动是不正常的,现在的冷静,疲软,没有读者,是文学发展的正常状态。文学在今天的种种活动和表现,是一种非常正常的运转。只有在这样正常运转过程当中脱颖而出的才是超群出众之辈,才会是杰出的作家,所以人们有时对作家期望过分急切,失望也过分愤怒。中国文学发展到现在,出现了多元的趋势,同时也失去流向,这对每个作家都是考验,失去流向就没有规定的道路给你走。只有在失去航向、失去规定目标、失去别人指定的道路、失去创作路线,总之失去唯一选择的时候,作家怎么进行自己的选择,怎么把自己的生活经验、情感经验,包括阅读经验全部调动起来,然后在这样一种多元的局势当中突起,这就由他的才情、学识、天赋所决定。因为这个时候作家的创作活动基本上是个人选择的结果,尽管也受到环境的影响,但个人选择性更大了,推动他创作的力量比如社会潮流、文学潮流相对减弱了。

王蒙:靠他个人的内驱力。

王干:对,靠个人的内驱力向前走。而我们有些作家失去这种潮流的推动力之后就动不了,必须依赖别人的力量推他走。这非常奇怪,作家一方面需要主体力量,而今天文学时代已经把主体的选择交给了作家,创作自由度比较大,只要具备主体的选择力、创造力、表现力,一个作家就能充分表现出自己,但我们作家有一种惰性,习惯被某种潮流、走向推着走,或者靠某种社会力量支配他走。当失去了这种外驱力的作用,作家反而茫然了,反而六神无主了,有的人都不知怎么写好了。

王蒙:你刚才说的我是赞成的,我有一个小的补充。当我们谈到目前文学创作上某些疲软的现象的时候也不可能完全忽略它多少反映了当前人们精神生活的疲软。我们不要把疲软加贬义,正像不要以为过分的兴奋、不断的兴奋就是褒义一样。我这里讲的疲软是中性的词,它可能是好的,也可能是坏的,也可能有好的,也可能有坏的。中国近百年以来,都常常在万众一心的兴奋灶下面使人们精神亢奋。

王干：民族心理近百年是亢奋型的。

王蒙：比如"打倒列强锄军阀"，这是亢奋的；"中华民族到了最危险的时候""用我们的血肉筑成新的长城""大刀向鬼子们的头上砍去"，也是亢奋的；"团结就是力量""向着法西斯蒂开火"，也是亢奋的；"雄赳赳，气昂昂"也是亢奋的，一直到唱"社会主义好""右派分子想反也反不了"也还是亢奋的。应该承认，所谓"文革后"也是亢奋的，就是把这些摆脱了，也是亢奋的。所以这种疲软和我们的精神生活的疲软有关系，现在不光文学作品轰动效应少了，做政治报告能有轰动效应吗？比如回想一下五十年代的政治报告，回想毛主席在天安门广场接见红卫兵时那种全世界的轰动效应，不光红卫兵轰动，牛鬼蛇神也轰动。当时我不是革命动力，但我也整个被震荡，被冲击，好像社会的大浪不可阻挡地往前奔的那个劲，感到全身心的震惊。所以要考虑到全民的精神生活的状况。现在这种状况给人以机会，也有一种危险，在全民精神生活相对疲软的情绪之下，即使有真正好的作品也激动不起来。有两个危险。早在前五年我就说过，一两部好的作品淹没在平庸的作品当中，有时看一大堆文艺杂志，文艺作品越来越多，平均质量相反下降了。阅读上的困难超过五十年代，五十年代没有多少文学作品，一个省最多一个刊物，行政办法非常管用，比如《人民文学》就是较高水平的杂志，确实好作品都在《人民文学》上。可现在不知道好作品在哪里，《人民文学》上有好的也有差的，《十月》上有好的也有差的，《收获》上有好的也有差的，也可能哪个旮旯的刊物登了一篇好作品被批评家的眼睛忽略过去了，是非常可能的。所以在疲软的状态下，还存在另一种危险，就是有眼无珠，忽略了一些重要的文学现象。

王干：我和另一位同志写过一篇文章，即《疲软的时代》。说老实话，政治上也疲软，没有以往那种紧张，那种阶级斗争状态的紧张，所以这种疲软与那种紧张相比还是一种进步呢！

王蒙：是一种进步，老那么紧张，国家要乱套呢。

王干:经济上也疲软。文学失去轰动效应,对文学回归也许是个进步。文学轰动往往在文学之外轰动,而不是在文学之内运转。有时读者看作品不是看文学本身,而是看社会效应。当时批"四人帮",写冤案的,写落实政策的,写离婚的,所以文学变得很轰动了。这种轰动在报告文学领域仍然存在。报告文学的轰动靠"越位",它所承担的正是新闻必须负责的任务,而由于新闻的透明度和公开化没有到最理想的程度,报告文学在新闻"照射"不到的空隙进行疯狂的活动。这种报告文学完全是为了满足读者的新闻要求,丧失了报告文学的规范。当然,报告文学本来是新闻与文学联姻的产物。

王蒙:这反映了文人的参政意识。不应该用纯文学的标准来看待文学,就像杂文一样,一半是政论,一半是文学。

王干:但报告文学的文学性越来越差了。

王蒙:那又有什么不好呢?这些报告文学的作者一般都表示由于社会责任感,他不在乎十年以后他的报告文学收入不收入文学史。这也是一条路子。

王干:这也是疲软时代必然出现的现象。特别是政治改革、经济改革刚刚开始,多方面机制尚未健全时。所以报告文学非正常地"轰动"起来,也是可以理解的。

# 自由与限制:当代作家面面观

## 一 从优美到"放肆"

**王蒙**:有一个非常有趣的现象,就是不少作家在开始写作的时候,都是以他们的清新、诗意、真诚,那种欲说还休的含蓄、那种委婉动人来打动读者的心。但是随着他写得越来越多,其作品的风格开始发生变化,有的甚至变得令喜欢他们最初作品的人感到失望。比如张洁,现在有一些人在怀念《从森林里来的孩子》里面的那种对真善美的渴望。张洁变得很快,不久在那种真善美的作品中就弥漫了一种悲凉之雾,很快变成了《爱,是不能忘记的》《捡麦穗》,让人看了以后觉得一种无望的、生活所固有的苦难。她还有一部小说,写得相当刺激,写一个人被划"右派"以后,就抬不起头来。这种从来抬不起头的精神状态影响了他的儿子,使他的儿子从生出来以后便有一种先验的痛苦似的,非常自尊,结果小小的二十几岁就得病死了,写得甚至有点神秘,但作者暗示读者儿子的死是老子的被压抑、被扭曲精神状态的投影。这部小说的题目我想不起来了,也是在《北京文学》上发的。以后又写《沉重的翅膀》,以及那个期间写过的《场》,到《方舟》就开始发出一种"恶声",更多的是一种激愤,甚至是粗野,表现出来的是对丑恶的一种愤怒。往后就越写越放肆,放肆在艺术领域里并不带有贬义,也不是指为人。这使一些喜欢张洁作品的人感到迷惑。与之相近的但变化幅度没有这么大的是王安忆。王安忆自己也回答过这个问题,好多人说她当初的《雨,沙沙沙》《新来的教练》有诗味,后来的笔触就深入到人生之间的复杂关系,一些令人哭笑不得的精神状态。反正《雨,沙沙沙》的那种美感渐渐消失了,或者基本消灭了,相反,让人感到渐渐成熟。她们开始的那批作品好像受的是苏联文学的影响,我不知道对不对?

王干:浓重的苏联文学的影响,实际也是整个十九世纪文学的影响,那种浪漫的、人道的、诗意的情绪比较浓重。以前他们用诗意逃避严峻的冷酷的现实,后来则面向现实,不回避现实。

王蒙:也不见得是逃避。《从森林里来的孩子》也写得非常严峻,她把这些严峻的东西都用诗打扮了。好像是一个音乐家⋯⋯

王干:她实际写了两个故事,一个是音乐家的故事,一个是孩子的故事,两个故事搅和在一起。

王蒙:音乐家的死很有诗意。这很难说,人生当中确有非常有价值的崇高的死亡,也许更多的是说不上崇高也说不上价值的荒谬的死亡、荒谬的生活。我觉得这种现象非常有意思,张承志早期的《骑手为什么歌唱母亲》确实是青年人对人民、大地的歌颂,《北方的河》是这种调子的尾声。

王干:张承志的《黑骏马》我最喜欢。它有点像张洁的《从森林里来的孩子》,但更散开、更丰厚、更有诗意、更有混沌感。

王蒙:后来的《黄泥小屋》《九十九座宫殿》就变了。有人特别喜欢他后来的作品,就像一个人已过了心浮气躁的少年时期、青年时期,而进入了一种更平静、更坚忍、更冷峻、更自由的阶段。

## 二 变与不变

王蒙:有一些人创作过程中变化并不明显,尽管他写作的题材可能有很多变化,但总的调子的变化不像张洁、王安忆、张承志他们那么明显,给人一种基本稳定基本不变的感觉。

**王干**:是一种微调。

**王蒙**:谌容的《永远是春天》《白雪》《人到中年》,还有《散淡的人》《减去十岁》一直到今天的《懒得离婚》,她的风格基本是一以贯之的,既有一定的嘲讽,但更多的是叙述的调子,变化并不特别多。中间虽然有几次变奏,比如《错!错!错!》努力用一种更抒情的调子。

**王干**:有点类似《伤逝》。

**王蒙**:但基本稳定。刘心武的写作技巧总的说是越来越熟练了,但他最基本的模式就是思考一些生活现象,发现一些生活问题,并且树立解决问题的模式或者一种愿望,这几乎贯穿了他的全部作品。《班主任》提出了"内伤"的问题,《我爱每一片绿叶》提出尊重个性、个人隐私权的问题,《这里有黄金》提出了在落后青年、无业青年当中也是"有黄金"的问题。他还专门写过嫉妒,是以一个癌症病人的自述的写法,题目我忘了。写一个搞极"左"的人在他快死的时候回忆他的一生,主要写他对那些有业务专长的人的不能容忍的嫉妒的心理。《五·一九长镜头》提出了在改革开放环境下青年的心理反差,新蓄积的情感、精力、力比多的发泄问题,实际还是青年教育的问题。《公共汽车咏叹调》里提出了增强人与人之间的宽容与理解的问题,实际是理解万岁的主题。《白牙》写得还是相当巧妙的,中心意思特别清晰,也就是人与人理解的问题,人与人如何对话的问题,一个人能不能注意到旁人的存在而不仅仅为了自己的满足,这也很有趣。在作家当中,我觉得刘心武是最明白的人。文学理论也好,题材也好,讨论什么事也好,他最善于清清楚楚地把概念把意思讲清楚。但他小说如果有什么令人遗憾的地方,是不是恰恰在于这种明白呢?

**王干**:写得太清楚了。

**王蒙**:我回忆一下十年中很活跃或比较活跃的作家发生的变化,非常有趣。

**王干**:你刚才说不变的作家中,还有陆文夫。陆文夫从《献身》一直到他前不久的《清高》《故事法》,这中间还有《小贩世家》《门铃》《特别法庭》《临街的窗》《围墙》,都没有什么大的变动。其实陆文夫小说的模式比较固定,基本先找一个空间作为结构的点,比如临街的窗、门铃、围墙、饭店。小说的纵坐标是历史风云,各种各样的政治运动。横坐标是人物命运,因而历史风云的变化与人物命运的沉浮便构成了他小说的整体网络,相交点便是一个比较稳定的空间。苏州小巷的一条街、一座房子,乃至一口井一只门铃、一扇窗户,陆文夫往往用一种空间的东西把历史风云与人物命运笼括起来,因而陆文夫的创作几乎没有出现什么衰微,自始至今保持着那么一种火候、那么一种状态,但如果将他的《献身》《小贩世家》《井》《美食家》拿来一起阅读,就发现他的小说非常程式化,变化很小,非常稳定,小说的结构也比较相近。但人们很少觉得他在重复自己,甚至有人还说陆文夫少写多变,每篇都有变化。从微观上看,每个作家的每部小说都有一种变化。但从宏观上考察,陆文夫小说的模式化倾向极其明显,他只不过在一定的时期投进新的历史内容,体制改革时他写《临街的窗》《门铃》,个体户刚出现时他写《小贩世家》,批判传统文化他就有《井》及反官僚主义的《围墙》。他小说的外在框架没有大的突破,主要是主题的变换,说到底仍是一种社会问题小说。他的小说之所以引起人们的共鸣就在于他一下子能切到社会的共同兴奋点或敏感点上,他把这种社会问题写得十分精致、完美,艺术性很强。陆文夫长盛不衰的原因,还与他产量不高有关系。他写得很少,每年有数的几万字,当人们快要把他忘了的时候,他又写出了新的作品,再次引起人们的阅读兴趣。如果他一下子把这些小说在短期内写出(这也不可能),人们对他很快就会失望。这十年的小说不断变化,陆文夫创作时的严谨和认真使他的作品与作品有一种较长的距离,人们对各种风格、各种花样的选择也需要这样的小说。高晓声属于变化较大的作家,高晓声的短篇小说写得相当好,《李顺大造屋》《陈奂生上城》出来的时候，高晓声差不多快要成当代鲁迅了，后来他开始变了，他写了《钱包》《鱼钓》《飞磨》《绳子》。应该说这些小说写得相当有新意，但人们不能接受。高晓声后来的小说没有沿着《鱼钓》的路子走下去，回过头来又写社会问题小说，好像也不如起初好。高晓声在变化中并没有完全发挥出自己的潜力。高晓声的短篇创作已经取得很高的成就，我与他接触过，觉得他的思维与别人不太一样，有潜力，如果他从低谷中走出来的话，还是能写出好作品、大作品的。江苏还有一个作家张弦，他的变化也不大，故事大同小异，主要写女性的命运。

**王蒙**：我给他写的序叫《善良者的命运》，他老是写一些逆来顺受、在命运面前没有还手之力的女性。

**王干**：张弦后来好像不写小说了。我觉得有的作家就是能变，能不断变化是不简单的事情，王安忆是会变的，你也是变得快的作家。十年的小说创作像龙卷风一样，不断卷进一些新的人新的潮流进来，又不断地将一些人甩出来。像你好像始终没有被卷走，一直在中心作战，一个作家各领风骚三五月是可以，三五年也是可以的，但十年中始终在转、在变确实是很难。当然如果一个作家坚持不变，在他的范围里不断惨淡经营自己的文学理想、小说模式、语言格局，也不容易。林斤澜就是不大变化、惨淡经营的作家。这也很可贵的。当然，有的不变则不可取，刘绍棠创作的数量很大，但小说的故事结构大同小异，又没有投注新的内容新的信息新的思考，就属于一种重复制造，缺少创造性，可能是一种自我临摹，这容易引起读者的厌倦，也会在文学潮流之外而被人们忽略。

**王蒙**：林斤澜也很有意思。刘心武的优点在于他思想的条理、清楚和他的作品给人的思想启迪的作用，而他的不足也让人感觉到太清楚了，有一种一览无余的感觉。林斤澜呢？恰恰是另一面，他的优点恰恰是对技巧的讲究，特别是对语言、语态和叙述过程前前后后绕过来绕过去的讲究。但文学确实像我们上次讲的，是多面的魔方，某一点特别强的时候成为特色、优点,也成为累赘。尽管林斤澜作品有陆文夫、张贤亮、宗璞、谌容的稳定性、可能性,但有时这些技巧变成障眼法,把这些顺顺当当地说出来,究竟会是什么呢?让人产生这样一种心情。不重视技巧与过分重视技巧,完全没有思想和十分明晰的思想都会成为文学上的障碍。也还有类似的情况,其表现却不一样,这就是祖慰。如果说刘绍棠的悲哀在于他的老观念太多的话,那祖慰的新观念已把文学挤得瘦瘦的,快挤扁了,据说祖慰的头脑非常发达,知识非常渊博,观念非常新,观点也非常多。中国有这一类的小说,就像中国还有残雪一类小说一样,都是很可贵的现象。祖慰是很有价值的文学现象,但观念膨胀让人感到祖慰更像一个政论家,也不能叫政论,叫杂论家。

关于我自己,我有一点不太清楚:我怎么变的,自己并不清楚。在一九八〇年以前,那时确实是复苏的时期,身上冻僵了以后开始复苏。虽然那时候有的作品也得到肯定的评价,也得过奖,像《最宝贵的》《悠悠寸草心》。从一九七九年底,开始写《夜的眼》的时候,我好像才真正进入了文学。为什么说我自己不清楚自己变呢?就是我从来没有在一个时期有一个非常明显的趋向,比如一九七九年底,当时有点少见多怪,在所谓意识流名义下进行的争论,像《夜的眼》《春之声》《风筝飘带》《海的梦》这四篇是一个接着一个发出来的,被称为"集束手榴弹",变成了对我们传统的或习惯的小说模式的挑战。不能忘记的是,在我发表这四篇小说的同时,有夹在当中的《说客盈门》《表姐》,包括《布礼》,把《布礼》说成意识流是相当勉强的。有一部分作品受到关注,引起较大的注意,这只是暂时的现象。从我个人的创作来说,所谓风格不同的作品都是一样的,我不能说这个时候就变成了意识流小说家,变成非现实主义或反现实主义的小说家。最近居然有一篇评论,说王蒙从《布礼》到《蝴蝶》用了没有几年时间,实际是同时,《布礼》是一九七九年下半年发表出来的,《蝴蝶》是一九八〇年上半年写的,挨得非常近,并不存在从《布礼》到《蝴蝶》

有一个蜕变似的。我也有一个越写越放肆的过程,包括今年的《一嚏千娇》《球星奇遇记》。《球星奇遇记》简直放肆到极点。

王干:说是通俗小说,是你自己说的?

王蒙:我自己说的,这也许是一个障眼法而已。

王干:我看不是通俗小说。

王蒙:我把《要字 8639 号》称为推理小说,吸收某些推理小说的手段,《球星》也吸收了通俗小说的写法。而上海《文学报》居然可以在不知我的"通俗小说"为何物之时就发表一篇短评,《从王蒙写通俗小说说起》,太可笑了。总体来说,近年来我不大写以含蓄风格为主的作品,但不等于完全没有,只不过不引人注目,像《木箱深处的紫绸花服》就写得很含蓄。

王干:这篇很有意思。

王蒙:这篇写得含情脉脉,至今我还能写那样的作品。一九八八年初的《夏之波》尽管也有放肆的东西,但整体上相当节俭,写得相当含蓄,很多话只是说到"欲说还休"的程度。至于我写的微型或准微型小说,那就更是含蓄了,像《在我》《他来》《筝波》,都在一千五百字两千字左右,一句废话也没有。但人们却不注意到这些作品。

王干:这可能是因为你的小说求同,大家不注意,一求异,大家就关心了。你刚才的问题实际是风格与个性。一个作家可以有多种多样的风格。以前一个概念叫"风格即人",这是布封的名言。我认为这个判断不妥,我觉得风格不是人,应该说个性是人。一个作家可以变出各种各样的花样、风格,但一个作家的个性则是不能改变的。你可以这一篇写得很幽默,那篇写得很悲剧,这一篇比较严肃,那篇比较潇洒或啰嗦,但一个作家的个性则必须充分表现出来,如果表现出来他就无法改变,一改变就会丧失他自己。一个作家就是要最充分、最饱满、最自由地表现自己、把握自己。

## 三　自由的限制与限制的自由

**王干**:你刚才说一些作家起初写得含蓄、诗意、温情,而后来写得比较放肆,原因也比较复杂。莫言写《透明的红萝卜》就比较含蓄,情绪和感觉也有节制,越到后来写得越潇洒。

**王蒙**:越写越撒得开,撒欢儿。

**王干**:这便是自由与限制的问题。一个作家在有好多限制的时候往往表现出对诗情、温情的憧憬与向往。这种限制来自各方面,比如一个人起初搞创作不好好地写,不写得严肃严谨点⋯⋯

**王蒙**:作品就发不出来。

**王干**:莫言现在这么写这么玩可以,但他当初就这么写可不行。

**王蒙**:知名度越大,自由度越大,自由度大能充分扬长,也容易充分耍丑,有时还不如拘束一点能藏拙。另一方面,也可能知名度越大,自由度越小,大概这就叫背包袱,心理压力。一个人的处女作如果搞一个很怪的东西,就很难通过。但你有了一定的实力时候,往怪里弄就能够杀出去。

**王干**:当然,这种自由也可能变成一种限制。因为发得太容易,写得太容易,反而会限制他对艺术的精益求精。

**王蒙**:没有匠心了,惨淡经营的劲儿没了。

**王干**:这个时候作家的天资和素质就显得很重要了,有的作家只有放开了,才能写得很潇洒,很辉煌,很凝重,越写越好。有些作家,给了他更多的自由反而会是一种负担。他既不情愿惨淡经营,觉得好歹也是一个名作家,也用不着惨淡经营,但他缺乏那种挥洒自如的才能,这时如果写得很随意,作品就会越写越水,越写越糟。这种作家的天资、修养、性格以及文学观念就适宜惨淡经营,就适宜在限制当中求生存。比如陆文夫,让他很放肆地像莫言那样写,陆文夫就不是陆文夫了,陆文夫只有在苏州园林的结构当中才能表现出那种艺术的匠心以及对世界、对人生的理解。说实在的,一个作家希望写得随心所欲,实际上是对自己提出了更高的要求。打一个比方,一般人学习画画,往往都从工笔开始,都比较认真,但到了提高境界、成为大手笔时就随心所欲,甚至会觉得他不太严肃。有那样才能那样品格的人可以大写意,可以泼墨,可现在有些人没有那种素质也那么干就不是同一个层次水平。创作自由现在对每个人都是平等的,作家应该认清自己有怎样的才赋,是适宜工笔,还是泼墨,自己要对自己有数。像汪曾祺、林斤澜就不可能像你那样放开来写,就不能写得像你那么放肆。现在有些人本来没有那种才情,够不上泼墨大写意的资格,如果一定那么干,只能画虎不成反类犬。

**王蒙**:你说的这些引起我的兴趣。我也放肆一下,对周围的同行品头论足一下,会不会得罪朋友,也难说。你刚才说到陆文夫,陆文夫是一个很有意思的人,他写作的数量不多,他的故事的基本模式,我完全同意你的说法,但他有些特点是别人所没有的。一个是他作品里既有历史的沧桑,又往往有江苏特别是苏州的民俗、风物、行行业业、三教九流的特点,还有就是他的小说具有一种人间性,他的作品里很少写特殊的人,既很少写英雄豪杰、高官、叱咤风云的人物,也很少写极端丑陋、极恶阴暗的坏人,他往往写普通人,所以他的小说很好读,有很多生活的趣味。他的小说往往能掌握一种不温不燥的火候,很符合古训,怨而不怒,哀而不伤。我觉得他的成就主要在这一方面,而不是小说本身的取材和结构方面,在这一点上,是普通的、平平的,看完了以后也掀不起什么大浪。但就你说的,陆文夫善于用他自己,他不挥霍自己,也不强迫自己做自己做不到的事情。我还可以谈一个人,就是蒋子龙。蒋子龙起初是苏联文学的模式,当然他不是那种抒情性,而是苏联写企业家、改革家的模式。

**王干**:公民文学。

**王蒙**:公民文学?你说得好极了。蒋子龙是一种公民文学模式,这一模式已经差不多了,当然是否枯竭还很难说,一个作家这方面不写了,也许过几年又回来了。蒋子龙也在尝试新的东西,最突出的表现就是他的长篇《蛇神》。但《蛇神》是不是意味着他找到了自己?是不是意味着他开辟了一个新的天地?至少目前还在未定之中。高晓声写了一批带有嘲讽性的真正从生活底层从生活深处撷取上来的现实主义的力作,又写了几篇很有趣味耐人寻味的小说,像《绳子》一类的小说。其后的一些作品,请他原谅我,最主要的特点不在变或者不变,而是两个字:枯燥。既没有讽刺的锋芒,也没有那种哭笑不得的幽默,也没有那种耐人寻味的情趣。我的老友张弦,我甚至觉得他的《银杏树》是他作品一个阶段的休止符。《银杏树》写得相当好,在某种意义上说,《银杏树》写得深刻,主题不像以前那么简单。《银杏树》写的不光是中国的妇女而是所有的人在那种道德、伦理文化圈当中的两难处境。什么叫对?什么叫不对?简直无法解决。张弦当时表示要写国情小说,就是要在他的作品中注意反映中国的国情,但很可惜,从《银杏树》后,他基本沉默了,声音已经听不到了。也许他在变新的东西。我觉得张洁并没有完全找到她自己,看她的近作和新作,她常采取一种特别自由、特别放肆甚至故意刺激人的方法,有一个小说标题就非常长非常长,好几百字。激烈的尖刻也动人,但同时我很怀疑她是不是能完全驾驭住她自己,是不是能驾驭住她抛出来的那些语言。语言和文字也像一个精灵一样,写那种含情脉脉的作品好像与精灵手挽手在草地上或黄昏花园的小径上漫步。而到了"浑不论"的时候就有点"胡抡"了,就像拿一根绳子拴一个重物,然后把它抡起来,抡起来就有一个危险,就是抡的这个东西会把你带走,使你的主体性失去了,和精灵赛跑了,甚至像断了线的风筝一样,不知被飘到什么地方去了。能够达到高度的自由并不是那么容易做到的。

## 四 模式、个性与内驱力

**王蒙:**还有个作家值得思考,就是冯骥才。冯骥才在这些作家中的路子是比较宽的,他可以写"文革"中的惨剧,也可以写运动员,写一些艺术本身的题材,如《雕花烟斗》,也写人情味很浓带有些伤感的小说,如《高女人和她的矮丈夫》,也可以写一些教育意义很强的小说,甚至教育意义到了硬性教育的程度。这几年他忽然又写起三教九流,如《怪世奇谈》,对此也毁誉不一,对作品本身我不想发表什么议论,我弄不清楚冯骥才的最佳状态是什么,弄不清楚他现在正在进行的努力能不能使他得到最好的发挥,能不能最好地表现他的本色。他在"文化热"当中为了做出自己的贡献取得一席之地而不得不相当吃力地拉一些东西,或者临时去趸一些东西,因而不是那么游刃有余,不是那么得心应手。这也许是偏爱,从我个人来说,我觉得《雕花烟斗》《高女人和她的矮丈夫》更有真情。

王干:《感谢生活》也不错,尽管对这部小说有争论,但我觉得这是冯骥才的路子。他现在去搞风俗文化,就像他这么大高个当体操运动员似的。他不适宜去搞什么《三寸金莲》,他不是这个料,就像摔跤运动员不能做体操,体操运动员也不能踢足球。冯骥才目前的选择至少没有能充分表现自己,他的"自我"在小说里显得非常局促,一点也不自由,一点也不潇洒,一点也不从容,好像那些"文化"将他淹没了,将他"异化"了。

王蒙:这也有两种可能,一种是他自己没有达到真正的自由,没有真正地将这些材料征服。最近人们又研究胡风的思想,胡风讲创作主体与客观材料之间的搏斗。冯骥才在搏斗中是否可以说并没有取胜,而是被一些天津的文化风俗如小脚、阴阳五行所淹没,甚至显得做作呢?但我又想法替冯骥才辩护,他自己已经树立的形象变成读者接受他变化的心理障碍。就像一个非常出名的演员,演的都是天真可爱的小姑娘,忽然演起一个女特务,人家怎么看怎么不像。张瑜在《知音》里演小凤仙,大家都说张瑜演得不好。我觉得小凤仙不是主要人物,也没觉得演得多么不好,我也没这方面的经验,特别不知道清末民初的妓女到底什么样子。但我相信妓女不可能都像《日出》里的陈白露，又单纯又知己没有什么不可以。我觉得是张瑜自己打败了自己，因为人们太留恋她在《小街》《庐山恋》里的形象了。是不是冯骥才自己打败了自己？当他煞有介事地说小脚、谈阴阳五行时，我就觉得他不是冯骥才了，由于我跟他个人很熟悉，就感觉根本不是这个大个子，如果换一个穿长袍马褂的，即使是汪曾祺式的喜欢喝酒喜欢吸烟家里挂满了中式的字画的人写这样的文章，人家也更容易接受。冯骥才的这几篇作品我还没有认真看，做不出结论，但这些方面都值得人们思考。前不久我和一个外国人说起风格变化时，外国人也说，一个作家如果突然改变自己的风格，会引起一大批读者的抗议。冯骥才的情况恐怕是这样的。我们所说的创作的自由不仅是环境上法律上的自由……

王干：外在的自由。

王蒙：不是外在的自由，而是内在的自由，这确是对作家的考验。在这种自由的情况下，他有可能写出他最好的东西来，也有可能暴露他最不足的东西来，这样的例子不少。还有一个作家也属于不大变化的这一类，即张贤亮。他写苦难的历程除《早安，朋友》外基本上写得很沉重，又充满思考，而且他的作品几乎老是离不开说得俗一点就是落难公子和慧眼识君的佳人的模式，他没有摆脱这一模式。也有人对张贤亮的作品加以讽刺，《灵与肉》里白捡一个特别好的老婆还不满足，《肖尔布拉克》也能捡一个好的妻子，在《绿化树》里虽然不是妻子但上帝总是赐给他一个好女人，有人对此友好地嘲笑。但张贤亮有一个好处，就是你骂他从来不生气。这里面也有一些并未达到他的水平的作品，比如《男人的风格》。

王干：还有《龙种》。

王蒙：《浪漫的黑炮》也是。但总的说，张贤亮还是一步一个脚印地写下来。《早安，朋友》他并不擅长，这并不在于写了多少所谓性的东西。他对当代青年了解得如此可怜，这实在是他对自己才能的一次浪费。你刚才说到刘绍棠，关于找老婆的方式，我们这些作家背后议论，颇有笑话，说张贤亮的人物主要是"碰"和"捡"，刘绍棠的人物主要是从运河里"捞"，我没统计过，但有人告诉我，说他的短篇里、中篇里、长篇里从运河里往上捞的媳妇有好多，我不知有没有六七个，如果我说得过多了，损害了刘绍棠的名誉，我可以赔他一点钱。（笑）反正捞上的媳妇特别多。上次我们曾谈到观念的局限会造成作品的某些不足，这也可从另一个意义上来说，刘绍棠的作品甚至刘绍棠的文学活动如果用悲剧的话来说，令人遗憾的恰恰不是他在作品中宣传解放的观念、开拓的观念、四维空间的观念、新方法论的观念，遗憾在于他宣传一些老的观念，他经常用"忠""孝""目无长上""忤逆"甚至"对党忤逆"这样一些思想观念。认为没有新观念就不产生好作品我是完全不赞成的，我不赞成进化论的观点，但反过来用自己的作品为一些老观念作注释，或有意显示我的观念之老，也不是很可取的。刘绍棠写的数量非常多，也不乏精彩的民间语言，刘绍棠的成就首推他写的京郊农民的语言。但他对时代、对人物的把握并不深刻。

**王干**：你讲的观众与演员的关系，往往形成一种定势。当一个演员改换一下自己的形象，观众就可能怀疑，发出不满、抗议。

**王蒙**：冯骥才《怪世奇谈》的最大障碍就是"你是谁"？你冯骥才到底是谁？一个作家能否让人一眼望穿？刘绍棠的作品"你是谁"非常清楚，他就是运河边上古道热肠非常富有农民情趣尤其非常富有京郊农民语言素养的刘绍棠。你读到他所有的作品都可以肯定：这就是刘绍棠。这是一种情况，还有一种情况就让人太抓不准，变化多端是可以的，但变化多端当中要让人感觉到你的灵魂、你的心跳、你的脉搏。我喜欢老评论家萧殷，他是我的恩师，他用的一个词就是"让人家感觉到你的体温"。冯骥才写了这三部以后，我感觉到冯骥才失去了，一个喜欢冯骥才的读者就不知冯骥才在变什么魔术，已经感觉不到他的体温、他的脉搏。

**王干**：这三部小说，其他人也能写出来，不一定是冯骥才。《高女人和她的矮丈夫》,包括《啊!》《雕花烟斗》,其他人是写不出来的。《三寸金莲》最大的缺点就在没有表现出作家的个性。一般作家都能写,甚至有的人会比冯骥才写得更好。我认为我们的作家个性还不鲜明,还不能或不会充分发挥自己。中国作家完全靠内驱力写作的人很少,靠个性写作的人更是少了。所以作家喜欢跟潮流走。当然,一个作家要发现自己也很困难,发现自己然后表现自己是不那么容易的。如果一个作家充分表现自己的个性就不会与其他人的声音混淆起来,也不会划入什么"文学""派""主义"当中。

**王蒙**:你提出作家的写作应该是十足的,我喜欢开玩笑的构词方法,起码是在九足的内驱力驱使下进行写作。这确实是金玉良言。我们现在有些作家因为是作家才写作,包括中国专业作家制度和一个人成名之后约稿的态势,往往使作家把一些没有经过深思熟虑的作品拿出来。

## 五 女性作家的自足与不足

**王蒙**:谌容、林斤澜、陆文夫都有些相像的地方,不轻易进行自己艺术能力不及的实验,他们的作品写得很规矩,比较审慎地用自己的才能和自己的这支笔。我觉得谌容的最大功力在于选材,她选择题材的功力是第一流的,她特别敏感。

**王干**:能够抓住社会关心的热点。

**王蒙**:比如《人到中年》写中年知识分子的待遇,既是社会所关注的,也是人民群众所关注的,也恰恰是谌容本人最擅长的,她自己也是中年知识分子,真是几方面的契合点。《减去十岁》的选材也好极了,我跟她开玩笑说,看到你写的《减去十岁》,我简直要嫉妒你了,这么好的题材让你给写去了。还有《关于仔猪过冬问题》,结构非常有意思,在短篇小说里别开生面,是多米诺骨牌似的结构,没有一个人物贯穿下来,这个影响那个,那个影响那个,一个推倒一个,可惜人们对她的这一结构没有给予足够的评价。《散淡的人》写老知识分子入党的问题,《等待电话》写退在二线的老干部的心态,都写得特别真切。如果说整个生活是一个大西瓜,她下刀下得非常准确。

王干:她与社会心态同步。

王蒙:对。据说,最近她又写知识分子感到的经济压力了。永远抓在热点上,穴位准极了。

王干:现在整个社会心态疲软,她就来一篇《懒得离婚》。

王蒙:但一个作家的长处同时也会给他带来短处,这是没办法的事情,我对谌容也有感到不满足的地方。有时既缺少激情,又缺少灵气,她整个的故事非常好,选材和结构也非常好,但在谌容的作品里找不出一个让你浅吟低唱、徘徊不已的段落。

王干:谌容的作品,包括张洁后来的作品,如果有什么缺点的话,就是写得太男性化了。那种女性作家的优势没有发挥出来。张洁起初的小说为什么动人?就是发挥女性把握世界的特性。这是别的男作家无法企及的。谌容在《人到中年》里还有一些女性的细腻和委婉。但后来,她们小说都出现了"雄化"倾向,这个词可能不太好听。她们对男人认同的情绪太强烈,这也带来一定的优势,因为男人社会性因素比较强,所以谌容能及时传递社会生活的信息。但这是以丧失女性的细腻、敏锐,那种欲说还休的含蓄、脉脉含情的感觉为代价的。中国女作家都有类似的情况,都有向男性认同、"雄化"的倾向,这可能与女性的自卑感有关,缺少一种自信,不能全部发挥女性在文学上的优势。她们觉得要像男性这样有理性、有力度。张洁历来写得放肆,潜台词是:我们女人干吗要那么温温柔柔、卿卿我我?为什么不能像男人一样说粗话一样他妈的?这会影响她们艺术个性的扩展,但同时也会有新的意义。比如谌容,由于女性的天生敏感,一下子就能抓到社会性的热点。谌容小说之所以缺少这种低吟浅唱的场景与她的男性思维方式有关。不管她们承认不承认,她们实际上还体现了一种女权主义倾向。也许她们会否认自己是女权主义者,但这种倾向客观存在。

王蒙:这很有趣。有几个女作家写得相当男性或者越来越男性。我不知道张弦的作品算不算非常女性化的作品？他的小说充满了对女性的体贴。

王干:女性读者对张弦的作品会格外感到亲切。

王蒙:我马上想到铁凝。铁凝的小说也同样经历了这么一些变化,但她的变化我也没有完全掌握,对现在的铁凝我还没有完全掌握。最初的铁凝,就是《哦,香雪》为代表的那种诗意,那种质朴,是非常优美的。

王干:《哦,香雪》是一篇很有情趣的短篇。

王蒙:我到现在还记得,她写一个很小的村庄的很小的火车站,火车从这儿过一下,因为它太小了,所以火车不好意思不停一下再走。在铁凝的眼睛里连铁轨、机车、小站、村落、香雪都充满了生命。我对谌容的作品最大的不满足就是找不到类似这样的生气洋溢或者叫做气韵生动的语言。当然这种说法是非常不科学的,如果用谌容要求铁凝,用铁凝要求张洁,用张洁要求宗璞,用宗璞要求王安忆,那就全乱了。

王干:宗璞的小说很特殊。

王蒙:宗璞是很慎重、非常文雅的。

王干:一个隽秀的作家。

王蒙:她的小说是不会被忘记的。铁凝写《灶火的故事》时,与现在不同。她后来写的《村路带我回家》《麦秸垛》也都很好,我现在看铁凝的作品,觉得铁凝非常有才能,而且应该说也是非常严肃认真的作家。她并没有从优美转向放肆,而是从短到长,从生到熟,从灵感到着意经营。但有一个问题在我脑子里始终没有得到解决,她虽然没有从优美转向放肆,但她从优美转向膨胀,这个"膨胀"不带任何道德的涵义。她现在的作品越拉越大,在这个非常大的作品里,总的浓度总的信息量总的感情分量是不是相对减少了？她的作品似乎淡化了,或者似乎掺了水似的。尽管她也还俏皮,但俏皮的果实并不那么多。这一点,我想听听你的看法。

王干:这种情况在王安忆的近作中也有。人们至今觉得《哦,香雪》《雨,沙沙沙》比较好,包括张洁《从森林里来的孩子》。人们一提起这些作家往往还会提到她们的这些作品,而对她们近期作品往往不以为然。铁凝是一个有灵气有力度的女作家,她不像南方女作家那么细嫩那么脆弱。铁凝的《麦秸垛》写得相当好,她把知青的感觉与农民的感觉融合起来写,写得好极了。王安忆的《小鲍庄》是以一个知青的感觉去看小鲍庄的,而《麦秸垛》中那种双向观照的视角则展开了充分的信息量。

王蒙:复调小说。

王干:最近铁凝有长篇《玫瑰门》,王安忆有长篇《流水三十章》,我感到她们小说背后背景东西太少了,淡化了,稀化了,水化了。她们在最初创作《哦,香雪》《雨,沙沙沙》的时候,在小说字面上的信息量之外还储藏很多的信息,就是背景特别丰厚。

王蒙:最初她们确实有一种不吐不快,如果不写就活不下去的内驱力。而现在呢?这种内驱力还有那么强大吗?铁凝与王安忆都有这个问题,但表现得不一样。铁凝令人不满意的,就是为俏皮而俏皮和很原始地描写生活当中的一些现象。王安忆让人不满足、不够成功的地方就是琐碎。

王干:水分很多。

王蒙:它们没有多少文学价值,也没有经过多少艺术心灵折射就写上去了。她们最大的问题就是写作的职业化。

王干:她们原来是知青,是业余作者,写作时没有职业化倾向。而现在,她们的这种职业写作倾向特别严重。她觉得三万字不够,要写五万字,短篇不够,要写中篇,中篇不行,还得写长篇。

王蒙:她们多产作家的形象也已经固定,这是中国特有的把作家"养起来"的优越制度的结果。打一个刻薄的比喻,鸡在田野里觅食、争斗,顺便下出蛋来为人所用,这是一种情况。机械化养鸡场里,鸡就只剩下一个任务:吃饱以后必须无休止地下蛋了。

**王干**:如果王安忆、铁凝一段时间没发表小说或发表的数量很少,就会觉得没有声音。她们小说背后的背景越来越少,作家写一篇小说实际不能将要说的话全部说尽,只能够讲三分之一或者更少,而现在一些作家把要讲的话全部讲完以外,还要竭力挤一下,没有话还得找话说。这可能与给予她们太多的自由有关,就是缺少限制性。自由反而会带来一种灾难,因为写多少废话,都能发表,都能拿最优厚稿酬。

**王蒙**:这是很难避免的。当我们看到一部作品也许会想:这个作家为什么要写这个作品?如果回答是因为他是一个作家,因为他非常会写,因为他写得熟练,因为他越写越好,这些回答是令人愉快的,但确实又是充满危险的。如果说他为什么写这个作品?因为他痛苦,因为他梦想,渴望一种东西,或者因为他不吐不快,不吐就活不下去,给人的感觉就不一样,我不知道这算不算你说的背景的东西。张辛欣的变化也很有意思。也许我们的观点太奇怪,带有一种向后看倾向。张辛欣的作品基本可以这么划,就是她在逆境中写的作品,都比她在顺境中的写得好,她最早也写过非常优美、诗意的作品,即《在一个平静的夜晚》。

**王干**:还有《我在哪里失去了你》。

**王蒙**:《在一个平静的夜晚》完全是苏式的。描写穷困艰难的小人物由于自己的正直和善良而在生活里得到诗意的报偿。这可以说是张辛欣的第一阶段,第二阶段可以说是她的辉煌阶段,她开始用恶声吐露对生活、人生的艰难的怨恨,以《在同一地平线上》为代表。尽管这些作品一时不能见容于某些人,还搞了一段批判,以致搞到后来每一篇张辛欣的作品都要批判一下,如《疯狂的君子兰》。

**王干**:还有《清晨,十五分钟》。

**王蒙**:《疯狂的君子兰》对异化、对人的庸俗和浅薄的反讽是有深度的,一直到她写散文《回老家》,写得都相当好。完全可以看出她在那种处境里的那种心情,纯朴、随和、可爱的一面。

**王干**:善的方面。

**王蒙**:我感觉她最后一篇好作品是《封·片·连》,以后的作品,尽管《北京人》造成了一时的轰动效应,所显示的文字功力和纪实的贡献也很大。但她进入绝对自由失去压力之后,有点掌握不住自己,有点抓不着自己,迷失了自己,浮躁难安,以至于不知道要写什么。

**王干**:我觉得《北京人》的贡献不在于对小说,它对现在的纪实文学热有一种先声的作用,开了先河似的。《北京人》的价值不在于文学。后来看张辛欣的小说就看不出张辛欣的贡献来。

**王蒙**:也许把张辛欣丢了。她从被压的一个小人物一下变成风云人物,周游列国,而且在世界许多地方得到稿酬,得到优待。这确实是一个考验。

**王干**:她现在有点失重了。

**王蒙**:自由对每个作家来说都是一种幸福,也是对一个作家的考验。我还希望你谈一谈张抗抗。

**王干**:张抗抗具有女作家细腻的情感,也有力度,她不仅靠细腻的情感来写作,还有思考、思想的力度,表现出一种理性的精神。从她的《爱的权利》到《淡淡的晨雾》,直至今年出版的长篇小说《隐形伴侣》,都体现了这些特点。但对张抗抗我有一点不满足,她既缺少张承志那样一种宗教情绪,精神化推向极致的偏执,也缺乏梁晓声那种世俗英雄主义的色彩,还缺少谌容、张洁对社会现实生活的敏感,灵气也不如铁凝、王安忆,但她又包含上述作家的一些特点,缺点在于她没有特别鲜明的艺术个性,可能她还没有完全找到自己。张抗抗是一个很严肃很有潜力的作家,我虽然没写过她的评论,但她的作品我看过不少,我老感觉到张抗抗下一步应该写出震撼人心的作品,但到现在也没出现,所以,我仍在期待。但她并不让你失望,其他一些女作家就会有起伏不一的情况,你期待她该写出好作品时,她却一下子写得很次了,甚至残雪也有点叫人不那么兴奋,她的长篇《突围表演》就不如她的中篇、短篇好,给人一落千丈的感觉。

**王蒙**:力量达不到。

**王干**:张抗抗给人这样的感觉:我最好的小说还在后面。你刚才讲到刘心武、蒋子龙,他们和张抗抗一样都是在"文革"中开始创作历程的,"文革"那种讲究时代精神、讲究观念、讲究文学的教育作用对他们发生影响,不论他们怎么想摆脱这一模式,都很难,终究会留下一定的胎记。这种胎记烙在他们思维里,至少影响他们在艺术上的建树,这是一种先天性精神营养不良。他们都很聪明,都很敏锐,但他们的小说总缺少一种混沌感、凝聚力。刘心武、蒋子龙、张抗抗这些年来也真不容易。

**王蒙**:张抗抗的作品有两个显著特点:一是启蒙主义的热情,她的作品里主题思想是鲜明的,是一种人文主义的启蒙,关于个性解放,关于科学民主,人和人之间的互相尊重,理想的追求,美的追求,她使我联想起刘心武。还有一点就是张抗抗的创新意识特别清楚,她的作品比较明确地用什么方法,比如这篇作品用人称的变换,那篇用心理的独白或意识流,这一点又特别像孔捷生。张抗抗是一个相当清楚的女作家,她的不足之处在于她太清楚了,她的人文主义启蒙和目标明确的创新都太清楚,就形不成一种全面的高涨,形不成一种真正的激情。这非常有趣,刘心武非常有提出问题解决问题的意识,蒋子龙至少在前一阶段有强烈的公民意识,张抗抗有明确的启蒙意识和创新意识,祖慰有非常明确的更新观念意识,马原有非常强的叙述意识,他的叙述本身是一种趣味,是一种学问。这些作家极为明确的追求造成了他们的作品的特色,但有时又造成了他们的不足,就是这种清楚地意识到的目标往往并不是文学的总的目标,最大的目标应该进入一种忘我的境界,忘了启蒙、忘记了创新、忘记了公民、忘记了叙述、忘记了技巧。还有几个作家有鲜明的技巧意识,比如高行健,他的作品就是要有新的技巧。

**王干**：马原、高行健主要是一种技术小说。

**王蒙**：这些作家容易掌握小说某一方面的性质，这些是好的，但缺少更大的冲击力。不过也很难说，不能把作品的冲击力绝对化，认为只有那些死去活来的作品才是最好的。高行健说现代意识已经越来越排斥感情上的难分难解。

**王干**：这是后现代主义文学的一个特征。

**王蒙**：他嘲笑说，过分感情化的东西基本上是由自恋倾向造成的。他讲得也有一定的道理。张抗抗与刘心武、蒋子龙在整体上还是理性太强，在小说中，理性与激情是一对矛盾，理性的激情往往会掩盖激情的理性，一部作品不能让人仅仅把握到作家的理性所在或激情所在，在理性的过程中要投注超出理性之外的激情，在作家所布满的激情中又要能抽象出象征的意义。张抗抗等人偏重理性，目标感太强，我们看张抗抗还有孔捷生，他们的启蒙意识与创新意识都很突出，刘心武的启蒙意识与说理意识突出，谌容的题材意识突出，林斤澜的技巧意识突出。所有这些，成就了他们也多少地限制了他们。文学可能需要这些意识，文学可能更需要贯穿、穿破、超越乃至打乱所有这些"意识"，而只剩下真情，只剩下活生生的生命，只剩下智慧和人格力量。

# 且说"第三代小说家"

**王蒙**：我想向你提一个问题，你能不能多少讲点对最近涌现出来的第三代作家的评价和看法？他们的作品有的我看过，有的我没有看过，像王朔、余华。

**王干**：还有刘恒、洪峰、苏童、叶兆言等人。

**王蒙**：我看过个别篇目。

**王干**：第三代小说家的概念，只能对今天而言，这只是我个人或少数人的意见。如果我们再过几十年或几百年来看，也许你们这一代人和现在的第三代全属于一代人，也可能你们和鲁迅被当做一代人了。所以这个概念有它的相对性和狭隘性，是以今天的观点、我的观点来看的。第三代小说家主要包括这样一些人，大致分为两类，一类是写实型，一类可叫实验型，写实型的刘恒、叶兆言、李晓、李陀把李锐列入其中，但我觉得李锐与韩少功、郑义他们更接近一些。实验型作家有洪峰、余华、苏童、格非、孙甘露等人，他们是非写实的或不仅仅写实，与西方的现代小说比较接近。李陀最近写了《昔日顽童今何在》，认为新小说从一九八七年开始，出现了一批好的作家，为什么评论家视而不见？我最近写了一篇《批评的沉默与先锋的孤独》，一方面分析青年批评家为什么保持沉默，另一方面我认为真正的先锋根本不用依赖别人给你什么，先锋就是孤独的，如果被更多的人所接受所喜欢，那肯定不是先锋。先锋有他的超前性，有他的脱离大众性，先锋也是对批评的挑战，被批评理解的可能也是先锋，但更先锋的东西是批评也无法理解的。

第三代小说家的主要作品我差不多看过，他们有这样几个特点，这种特点只是我概括出来的，而且也不适合每个作家，更不能套到每部作品中去，只是大致意向的概括。大概有三个特点：第一，就是对主题的消解。不论他们是写意的还是写实的，以往小说所常见的鲜明主题没有了。他们的小说就不像张洁、谌容、蒋子龙的小说，主线非常明显、正确，是社会的、政治的、人性的、心理的主题。到了韩少功那一代人那里，他们的主题也比较明确，尽管有人说读不懂，像《爸爸爸》的主题就比较明显，对中国传统文化及其心理的批判，丙崽就是阿Q在当代中国的变形，不论他们对民族文化肯定或是否定，但态度都是明显的。第三代小说家对观念不那么重视，他们不在乎小说突破什么禁区，也不在乎表达什么深刻的思想。徐星曾经有一篇《无主题变奏》，但他的主题非常清楚。而这一代人是真正的无主题，有时写生活的印象，有时就写一个故事，有时就是把古今中外的事情拼凑起来，有的就写一种幻想。他们当中的一部分人受博尔赫斯影响较大，另有一部分人受法国新小说派影响较大，总之，主题的意向变得模糊了，如果一定要找什么主题当然也可以找到，但至少作家在写作时没有一个明确的主题在笼罩他。第二点就是故事的再生。以前有好多作家瞧不起写故事，认为写故事非常传统、非常古典，但第三代小说家对故事重新认可，他们当中有人宣称就是多写漂漂亮亮的故事。格非的《迷舟》和《大羊》就把故事写得非常漂亮，从结构上，从人物上，从各种叙述技巧上，写得精彩极了。他们对故事的嗜好可能受到马原的影响，马原是写故事的好手，我说马原天生有一种故事感，他的语言里就有一种叙述的悬念。这一代人发展了马原写故事的方式。我最近看到你在《文艺报》上一篇文章，叫《故事的价值》，好像也是肯定故事的。有点与他们不谋而合的味道。现在出现"故事化"的倾向可能是对早期模仿现代派小说写法的一种调整，因为以前那些小说没有可读性，故事性很弱，基本上是主观情绪的流动或宣泄,当然这也可能成为好小说。其实,所有的小说都离不开故事,没有大故事也有小故事。第三代人便从观念层面的爆破转入技术层面的操作。所以,他们特别注重叙述的语体,特别注重故事的结构,特别注重语言的悬念。第三个特点就是语言的搏斗。这一批人对语言的讲究简直到了丧心病狂的地步。他们对语感有一种病态的热情,你打开他们的小说,就会发现他们的语言比前几年更有个性,更有语体感,他们相信语言本身也能滋生故事。这可能与近几年传播的西方小说叙事学、语言学有关系。所以,他们热爱语言,拼命玩弄语言,以语言为文学之本。孙甘露原先是写诗的,他的小说就是用诗的方式写成的。有人称他的小说叫"仿梦小说",这种小说完全靠语言的力量在支撑。因为它的情节很淡,很有想象力,对语言的要求相当高,因为小说进入了技术层面,完全靠语言进行操作。整体上看,这一代人的小说灵气有余,厚度不足。他们对现代小说技术掌握得很熟练,但人生经验、社会经验和情感经验还没有达到与之相匹敌的地步。他们整合起来很有力量,但个体上还没有出现第一代、第二代那样的佼佼者。马原、残雪是他们的先驱,好像马原、残雪为他们打开通道似的,他们尽心地在马原、残雪打开的洞天中纵情游戏,可以放纵语言、放纵技巧。他们在技术上确实比前几年玩得更熟练、更轻松、更技巧、更漂亮了,但他们作品没有达到很高的境界,远远没有达到我所说的混沌状态,甚至还不如前几年的力作那么混沌那么有力度。

**王蒙**:你说的意思我能体会,但你说的好多人的作品我没读过,或没有认真读过,只是翻阅一下就过去了。这次偶然看了廖一鸣的小说,这个故事写得很老练,写得不慌不忙。有几个人的作品我看过,我觉得他们的作品有一个优点,好像他们在提供一种生活的形式,有相当大的空间,你可以把你自己的生活经验放进去,有时候他提供的经验有一种框架的性质,他的故事好像是生活的框架,本身简直就没有多少内容或没有多少意义,但类似的框架在很多人的生活当中很多人的经历当中都会碰到。比如余华的《十八岁出门远行》，也是我偶然读到的。我顺便说一下，上海《文学角》说李陀向我推荐了这部作品，这是完全没有的事。而且，李陀也跟我说，他根本没有这样谈过。那个故事我已经记不清了，好像一个青年搭便车，结果车是往回走，原来车坏了，有人抢劫，这个青年要维护，车上的人根本不管，结果这个青年被揍了。为什么这部小说引起我的兴趣呢？我觉得它提供了一个青年人走向生活的框架。在五十年代，我们从苏联学的，"走向生活"这四个字被赋予非常积极、非常浪漫的意义，比如一个人大学毕业或中专毕业，我们说他走向生活，就像一个小英雄上战场一样。现在的年轻人已经没有这种感觉，他们的那种主体的消解和漫无目的的感觉，带有一定的概括性，搭上车不知道自己走到哪里去的感觉和自己不能掌握自己命运的感觉，还有周围漠然的感觉，莫名其妙的抢劫，莫名其妙的反抗，莫名其妙的根本没有人管他，这样一种孤独的感觉漠然的感觉又让人觉得很新鲜，也很有意思。你说它很灰暗也不见得，作者又有点兴致勃勃。文学故事框架的普遍性，这是很有意思的。正像我们上次谈到有些诗词里的感情的抽象性一样。不但感情有抽象性，经验也有抽象性。

**王干**：故事也有抽象性。

**王蒙**：故事也有抽象性。我就想起了个人的经验，美籍华人李欧梵告诉我，他在美国教汉语，教我年轻时写的小说《组织部来了个年轻人》，作为汉语材料。美国人对反对官僚主义并没有什么兴趣，他们最有兴趣的是林震工作里碰了壁心情很郁闷，然后找到赵慧文两人一块听唱片吃马蹄，不知道该怎么好。美国人反映这种经验我们也有，虽然我们不是到党委组织部去工作，我们可能到一个大公司、一个百货店，或者到美国式的社团组织去，一个年轻人参加工作后很着急，对别人的工作很不满意而自己又常常碰壁。美国人对这种经验感到容易理解。当然这些人对政治不了解，对政治体制也不了解，什么叫党委，什么叫人委，什么叫组织部、宣传部。这确实很有意思，但你刚才说的不满足,我的感觉是这样的,一个作家可以写所谓主题消解的故事,这还是很令人羡慕的路子,但你不管主题怎么消解,一个有着丰富的人生经验的非常博大深邃的胸襟的作家,他写出的哪怕是最无意义的故事、最普通的生活,往往凝结着他更深刻的情感、智慧、灵魂。我又想到年轻时一篇文章的题目,就是对鲁迅《野草》里的《雪》的研究。

王干:我看过。好像发在《飞天》上。

王蒙:对。我从来不认为鲁迅写《雪》的时候事先想很多,我要通过写《雪》来表达我的审美理想、人生感觉。

王干:我在学校学习《雪》这一课时,老师说"南方的雪""北方的雪"有象征隐喻意义,一个代表革命力量,一个代表反动力量。

王蒙:这是可敬的冯雪峰先生的观点,"南方的雪"代表北伐军,"北方的雪"代表军阀。

王干:我当时也看了半天,没看出来,只觉得很美。南方的雪很美,北方的雪也很美。

王蒙:中国古代很多咏物、咏史、伤春、悲秋或怀乡的题目,在不同的作家身上会体现不同的深度,体现出不同的意义。尽管作者反复声明不必追求意义,实际表现出来的效果还是不一样,所以你说的那种不满足也是完全可以理解的。这些年轻人在描写生活时多少有点在旁边观照的态度。

王干:局外人的态度。

王蒙:甚至写到自己的经历时也用一种局外人的态度,这是很惊人的,这在我们这一代人作品里极难看到。写自己挨揍,也像局外人在写,这相当惊人,这也是高尔泰教授一说起来就痛心不已的。在苏州的时候,我见到高尔泰,高尔泰讲他坚决反对"看客文学"。他认为看客文学是不道德的,这不是他的原话,但是他的意思。后来我和他吃饭的时候进行了一个简短的谈话,这可能是我惯用的辩证法,在某些人看来可能是折中的诡辩的办法,但我认为不是诡辩。我说任何人都既是参与者,又是旁观者,比如当我们说反思的时候就是旁观者,我们说保持冷静的头脑就是要能够跳出来看自己看旁人,两者缺一不可。在"文革"中旁观者就不见得不道德,因为他当时既没有能力制止这样一场灾难,也不愿参与进去,只好采取一种旁观的态度。甚至某些时候我们可以说没有旁观、没有观照就没有审美,一点也拉不开距离的时候,就不可能审美。总是处在紧张的状态,忙碌的状态,一种利害关系跟你非常深的状态,就没有审美。

王干:就像老当运动员不当观众,不知道踢球的美。

王蒙:我年轻时体会特别深。当我工作特别忙、学习特别忙的时候,我就感到审美的感觉没有了。我必须有一点闲暇,忙里偷闲跳出来了,远远地看它,自我感觉就良好了,甚至我想完全没有旁观者也不会有科学。我还讲不清这个道理,美学、科学都需要旁观者。

王干:旁观是一种参照。

王蒙:旁观就是不受当前的事物状况和利害的局限,从更大的全局来看待它。

王干:我想旁观可能有两种:一种是超越,一种是下沉。超越就是在上面洞若观火地看,而下沉则采取逃避的态度。

王蒙:对,所以,笼统地反对旁观反对看客未必可取。至于说这些年轻人局外旁观的感觉究竟意味着什么,我现在还做不出更多的判断。

王干:他们的小说很奇怪,他们的故事非常漂亮,文体语言相当好,但整个故事的观念、逻辑一塌糊涂。你理不出非常逻辑的顺序来,想找一个中心的主题来,没有。生活写得糊里糊涂,有一种神秘主义色彩,他们觉得生活不可知。第三代小说家甚至不觉得生活是他写的,他们觉得生活就是这么回事。苏童小说里有一句话反复出现,"就这么回事",可能有概括性。他们对生活没有激情,没有批判的义愤,也没有赞美的真诚,可能对人生采取一种消解,将积极意义、消极意义全都消解了。这种态度比前几年注重观念的更新、注重禁区的突破也许还是一种进步。

**王蒙**：但这里有两种情况是很难辨别的。比如同样表现生活的不可知，有一种是在大的基础上不可知，为什么不可知呢？因为他知道的东西太多了，越知道的东西多，就越感到生活是无法穷尽的，世界是无法穷尽的。比如，爱因斯坦脑子里的神秘感可能比我们这些不懂自然科学的人更浓重，因为他对物理世界、天体世界，对宇宙从宏观到微观的规律掌握得那么多，越掌握得多，越感到周围有一片无限的茫茫的无法掌握的东西，这是第一种不可知。还有一种不可知，不是由于大智，而是确实由于无知加冷漠。两者表面上可能非常相通，我们所说的"大智若愚"也是"若愚"，和真愚、白痴不一样，还有"佯狂"实际表现为对生活的批判，可"佯狂"和"白痴"表面上非常相像。在艺术上这样的例子特别多，比如有些大书法家，他写出来的字歪歪斜斜，干脆摸不着他的任何规律，和不会写字的人写的字一样，表面上还没有中等、二三流书法家写的好看。完全不会书法的和已经炉火纯青的书法家的差别有时很难区分。谈到这些年轻作家时倒不必讲第三代作家如何如何，还是一个作家一个作家地说，一篇作品一篇作品地说。我接触到的有限的几篇，我都很喜欢读，我不知道这是不是他们的共同特点，就是简洁。大概不见得都简洁，反正我看的几篇都很简洁，这是不是和你说的语言上的讲究有关。

**王干**：这些人的语言基本功相当好，他们对汉语的敏感度很高，所以李陀写文章替他们打抱不平。我觉得这里还有理解的差距。我谈几篇小说吧，刚才你说的看客态度或局外人的态度，余华可能是最有代表性的，他的《现实一种》。

**王蒙**：这篇我看过。

**王干**：余华还有一篇，叫《河边的错误》。也写得很荒诞，小说写一个刑警队长破一件凶杀案，最后案破了，凶手是一个精神病人。第二次精神病人又行凶了，刑警队长追到河边正看见精神病人作案，一怒之下就开枪将这个精神病人打死了。但麻烦来了，刑警队长不属于正当防卫,反而倒犯有过失杀人罪了,公安局也很为这个队长可惜,就让他称自己有精神病,这样可以免于进狱。这样就把刑警队长送进医院,可他坚决不肯承认自己有精神病,不管医生怎么暗示也不承认。经过反复的长期的疲劳的询问,刑警队长最终终于承认自己有精神病,而似乎真有精神病似的,真的胡说八道了。这个故事写得糊里糊涂,但又反映我们生活中类似的经验和现象。小说可读性极强,是用推理的方式写的。

**王蒙**:这也是余华的吗?

**王干**:是余华的。刘恒有部小说《虚证》也特别有意思,也是用推理方式写的。他写一个人突然自杀了,这个人"业大"的同学也就是小说中的"我",老想这个人怎么自杀呢?就通过各种各样的途径打听他自杀的原因,再根据自己的经验进行推理,甚至设身处地对自杀者进行一种模仿,把"我"作为自杀者进行分析,以探讨证明死因。这也是按照侦探小说的结构写的,但写得有相当的深度。"我"最终也没搞清自杀的原因,但"我"把自杀者的纵断面、横断面整合起来的信息量达到很深刻的心理深度和情感深度。这部小说没有确定性的主题,也没有确定性的故事,一切都似乎按照一种假想的方式出现的,所谓"虚"证就是虚证,不是实证。

**王蒙**:这个题目起得很好,假定性强,充分发挥了小说的假定性。

**王干**:小说原先的题目叫《实证》,不如《虚证》好。叫《虚证》一下子就把那种不可知、那种假定性表现出来了。我觉得这是刘恒写得特别好的一部小说,但影响不怎么大,不知怎么回事。这部小说提供了充分的假定性,就给读者以广阔的阅读空间。作家已不是告诉你一个简单的观念、一个道理、一个逻辑、一个思想,甚至已是不告诉你一个完整的故事,而是让读者根据自己的观念、思想、逻辑去把握人物、整合故事。刚才你说的给读者一种框架,刘恒和余华的这两篇小说可以说有一种"框架功能",它没告诉读者具体的内容和逻辑。

**王蒙**:可以用自己的经验去丰富它。

王干:我在一篇文章中谈《虚证》时说,当小说中的"我"对自己的设想和推理感到失败时,读者却感到成功了。读者在看"我"的分析时,早明白了主人公为什么自杀,这个人可能觉得是这个原因自杀的,那个人看可能是那个原因自杀的。叶兆言的《枣树的故事》也很有意思,它写一个近似妓女的女人的一生,她与各种各样的人都厮混过,但作者写到最后,主人公岫云越发令人糊涂,她不像荡妇,也不是贞烈之妇,读者尽可以做出各种各样的认识。小说也是用第一人称"我",一方面看到岫云心地很善良,另一方面又发现她人尽可夫很放荡。这些小说有了充分的阅读性和创造性。

王蒙:这个话题很好,给我补了一点课。尽管你的介绍不能代替我阅读,还是补了一点课。但我想这些东西也不过是一种,人生一种,文学一种。还有些按你的分法属于第二代的,按我看二三代之间的小说,也各异。我不知是不是受第三代影响,何立伟写过很多作品,自己的艺术追求也很独特,有的写得很简练,像《白色鸟》,有的写得很古朴,像《小城无故事》,甚至与李杭育的作品接近。

王干:何立伟的《花非花》写得不错。

王蒙:他还有些带有唯美带有抒情的小说,像《一夕三逝》。说起来很好笑,那时我在《人民文学》当主编,因为把《一夕三逝》发在头条,引起了不知多少人的愤慨,包括我所尊敬的前辈,对我本来印象极佳,对这一点却不能容忍,觉得超出了他们的承受力。何立伟还有一篇作品,像你所读的第二代作品,题目是叫《到温泉去》还是《到疗养院去》我记不清了,真抱歉,好像发在《花城》。故事我基本已经忘光了,但他的情调和框架对我仍然有影响,这个框架可能会变成我的创造了,但绝对是从何立伟这篇小说那里来的。

王干:是最近看的?

王蒙:大约两个月以前。写说到一个温泉或湖边去疗养,这个也说要去,那个也说要去,忽然说不去,最后还是要去,哭了一场还是要去,去了以后一塌糊涂莫名其妙。小说的语言和结构非常美。这个框架也是讲人生的盲目性，欲望的盲目性，向往的盲目性，和一种欲望实现以后的失落感。

**王干**：现在对故事的重视是对以前小说的一种调整，以前的新潮作家与反情节、反故事连在一起，而现在普遍重视故事，这可能是矫枉过正之后的回归。

**王蒙**：这也很难说。一九八九年是什么样，现在谁也不敢说。

# 十年来的文学批评

## 一 批评的位置

**王干**:我们今天谈的文学批评,主要指当代文学批评,不是泛指文学批评,不是文学研究。当代文学批评处于一种中间地带,处在文学理论与文学创作之间。最新的文学理论往往由批评家掌握后对作品提出批评或要求,文学批评是联结理论和创作的桥梁。处于这样一种状态,文学批评有它的位置的危机。在很多学校里,当代文学研究和批评都不算学问,认为纯理论研究是学问,研究古代文学、外国文学是学问,研究训诂小说是学问。

**王蒙**:这里有一个因素,起码过去是这样。搞当代文学、现代文学受政治的影响太大,变化太大,相反地,你研究杜甫、李白、罗贯中、施耐庵、王实甫、关汉卿倒让人觉得是学问。

**王干**:它比较稳定。

**王蒙**:研究现代文学就有问题了,一会儿是鲁迅受胡风的蒙蔽,一会儿解释成"四条汉子"怎样诬蔑鲁迅,这当然是最突出的例子了,当代文学就更麻烦了。一九六二年一九六三年我在北京师范学院担任中文系教员时就有一个想法,希望学生少学点这些东西,干脆都学古汉语、古代诗词歌赋,这里面至少有些有用的知识。

**王干**:刚粉碎"四人帮"不久,学校里最吃香的是古典文学,接着是现代文学热,而现在特别是前两年包括社科院的一些人对当代文学评论感兴趣。说明当代文学提供了供大家评论、研究的多元现象，这些新鲜的内容是古代文学、现代文学里少有的或没有的。有好多青年批评家都是现代文学乃至古代文学转向当代文学批评的，南帆原是研究古代的，许子东、王晓明、陈思和、黄子平以前都搞过现代文学研究。当代文学批评在"十七年"基本处于创作的附庸位置，没有自身的独立品格和独立的价值，起初是依据以《讲话》为代表的文艺理论，到后来基本依据一种政治的需要、政策的需要来进行文艺批评。

**王蒙**：一时的口号，甚至是某一时期的社论精神。

**王干**：根据当时的意识形态来判定作品，这与当时的文艺批评标准"政治标准第一、艺术标准第二"是有关系的，也难怪人们特别是一些老先生对当代文学不屑一顾甚至嗤之以鼻，这是可以理解的。当代文学批评地位的确立是和新时期文学分不开的。进入新时期以后，当代文学批评的影响渐渐大了，特别前两年的"批评热""文化热"，还涌现了一批中青年批评家。新时期初期，文学批评发挥了不小的作用，有特殊的贡献，呼唤现实主义，呼唤人道主义，呼唤双百方针，与当时的创作潮流呼应。

**王蒙**：支持"伤痕文学"，支持拨乱反正，反对"黑线论"。那一段时期批评家和作家团结得特别紧密。

**王干**：共同作战，联合行动。

**王蒙**：一九七八年一九七九年一直到一九八〇年初，动不动《文艺报》就开个座谈会，有时《文学评论》也不甘寂寞，也开座谈会，讨论几篇小说，大家都慷慨激昂，把"左"的教条主义猛猛地骂一通。

**王干**：随着文学的发展，批评与创作发生了分化，有时甚至对立。特别是你的《夜的眼》等"集束手榴弹"以及高行健的小册子出现后，批评与创作已经不再是同一个声音，尽管批评内部也在分化。这表明批评在进步，它不可能老与同一个作家保持同一态势。到一九八六年，双方尽管不太谐调，但总体上还是能对话的，局部有分歧。但一九八六年十月的新时期文学讨论会后,刘晓波出现以后,批评与创作出现了对峙的状态。

**王蒙**:我同意你这个估计。

**王干**:到一九八七年一九八八年,特别是一些青年人,很简单随意地为一个作家、一部作品唱赞歌叫好的情况越来越少,挑剔性的文章多起来。这表明文学批评不愿做创作的附庸,它谋求一种独立的艺术品格、独立的艺术位置,而以前的批评对作家基本是一种认同。我最近写了一篇《批评的沉默与先锋的孤独》,是对李陀的观点提出不同的看法的,李陀希望青年评论家与新潮作家一起行动。

**王蒙**:继续鸣锣开道。

**王干**:我认为这不可能。一是批评没必要跟在先锋后面鼓吹,不可能每出一个先锋就肯定一个,批评需要拉开距离。批评前几年热情肯定的那些作家很快成了明日黄花、过眼烟云,像流星一样在文坛消失了,当时的批评是不遗余力地鼓吹的。另外,对于一个先锋性超前性的作家,连批评家也不能理解他,如果立即被批评理解了,他就不是先锋。西方的好多前卫作家都是使双枪的,既搞创作又搞理论,既写非常新潮的作品,也能写阐释这些作品的新潮理论。比如雨果在浪漫主义处于先锋时就写过不少理论文章,伍尔芙、罗伯-格里耶都写过不少优秀的理论文章。我们以前的文学批评为什么没有生命力?建国以后的作家作品评论缺少生命力,我觉得当代文学批评有一种错误的思维方式——经典意识,而这种经典意识正是从古典文学作家那里拿来的,比如李白、杜甫都是经典作家,唐诗、宋词都是经典,我们必须用研究经典的方法研究它。当代文学袭用了这种经典方法,就搞错了对象,当代文学处于发展过程中,也不知谁是经典,那么多作家那么多作品,成为经典的是相当少的,如果都用一种经典意识去笼罩他们,把他们全部当成经典就会走入一种误区。说这部小说是力作,那部是史诗,而事实上这些小说很快就被人们遗忘了。当代文学批评不要采取一种经典的态度,当代文学的主要任务是淘洗出经典来，一般的评论家对经典采取仰视的态度，老是要看到它的好处，老是揣摩它的意味深长，而当代文学的绝大多数作品都是非经典性的，你这种仰视就会发生错觉，就会误把芝麻当西瓜。我认为当代文学批评家要与作家采取一种对话的姿势，采取平等的态度，甚至有时还要采用俯视的方式。因而当代文学需要一种反经典意识，也可以叫经典意识，就是要淘洗出经典来。这些年来，当代文学批评家很悲哀，他们每年都能说出一连串的好小说，但留下的很少很少，这与别林斯基就不能比，尽管别氏也不完全都说得对，但他的眼光还是十分犀利的。

## 二 批评家的类型

**王干**：当代文学批评有这样几种类型，一是学者型的，像唐弢、金克木等老一辈，年轻点的有鲁枢元、赵园、黄子平、王晓明、陈思和、南帆。一是编辑型，他们的眼光与学者型不一样，因为他们手上有一份刊物，总要提倡些什么，体现约稿意图，像阎纲、雷达（后来搞专业去了，但思路仍是一种编辑型的）、周介人、陈骏涛等。还有一种职业型的，每个省作协都有创作研究室，中国作协也有，他们的工作就是干当代文学评论，他们发现好的小说，然后再写评论，创研室的人差不多都是这种职业要求和职业习惯。社科院当代文学研究的同志也大多是这一类型，当代文学评论是他们的专业。还有一种作家型，像你、汪曾祺、刘心武、李陀的一些评论文字。

**王蒙**：是一种感想式的。

**王干**：作家的评论往往把他的创作体验与别人作品融合起来谈。

**王蒙**：陆文夫有时也写，刘绍棠也写过。

**王干**：高晓声以前也写，前几年这种作家写的评论特别多。现在可能理论上的新概念、新词儿多了，有的作家可能有点怵，写得少了。现在上海的青年小说家陈村也写评论。还有一种评论就是自由撰稿人式,他写作不是为了体现刊物的意图,也不是受制于某种领导指示,也不是出于一种职业需要,也不是为了研究,他写评论主要是一种兴趣,有感想要对作家、作品发。这种评论不揣摩任何意图,完全出自一种内心的自由的需要。愿意写谁就写谁,想写多少就写多少。吴亮以前是自由撰稿人,但吴亮后来也职业化了。这种自由撰稿人的批评现在仍然很多。这几种批评类型都各有自己的长处和不足。学者型的批评喜欢古今中外地谈论文学与作家,上通下联地考察一个作家、作品,学问性很强,有时感受力差一些,当代文学批评强调感受力、穿透力,缺一不可。学者型的评论做不好就会显得知识大于作品本身。这方面处理较好的青年人是黄子平。

**王蒙**:黄子平文章写得不错,但有时曲笔太多,一句话绕好几个弯说,有时闹出一些笑话,不是他的笑话,而是读者的笑话。我去福建,南帆跟我讲,黄子平写的关于"伪现代派"文章,意思是否定"伪现代派"的说法,认为"伪现代派"的说法是不成立的,如果有"伪现代派",就得先树立"真现代派"的范文,离开了范文都是"伪"。由于他的文章写得太绕脖子,以至于很多人看了一下没有完全看懂,就振振有词地说:黄子平在批判"伪现代派"了!有一位老作家向我报信,说:你知道吗?黄子平跟你过不去了,他在一篇文章里把你咬住了。后来我一看,黄子平是引用刘晓波的观点,委婉表示不同意他的观点。由于绕脖子绕得太厉害了,绕得我们性急的读者都看不出要干什么来。

**王干**:黄子平本想消解这个概念,绕是一种解构的方法。李国涛后来在《文艺报》发的《何必曰"伪"》,本是与黄子平商榷的,可黄子平看完以后,说"李国涛深得我心"。

**王蒙**:这是很有趣的,黄子平轶事将来一定要写进去。

**王干**:编辑型的文章往往比较敏锐、新鲜,但太近功利,往往与自身刊物的利益太密切。像报纸吧,有太多的"提倡性",拉不开距离。作家型的批评好处是感受性强,但有时自说自话,把自我感受强加在其他作家身上。虽然批评家有时也这样,但作家更厉害,他完全是感性的发挥,缺少理论的规范。职业型的评论家的特点在于对当代文学发展的脉络比较清楚,但有时是为写评论而写评论,如果两个月不写评论的话,评论家就觉得工作没做似的,所以就不能很从容地研究作家作品,做出公允的深刻的判断。有时作家还会来找评论家,或者刊物来找,说我们上面的小说不错,你看一看写一点东西。最近的"作品讨论会"之风很盛,参加者无非三类人:一类领导,一类职业评论家,一类是记者。有的领导也没看作品,就说几句鼓励的话,主要发言是评论家,记者是负责报道的。这种讨论会效果很难说,作家在场,一般说好话的多,直言的人很少,怕情面上过不去。作品讨论会,已成为提高作家档次的一种手段,职业评论家缺少选择的自由。评论首先是选择的艺术,丧失了这种选择的自由,尽管偶尔仍能写出一些好的批评文章来,但如果让他自由地从容地去选择,会写得更好些。自由撰稿人的批评往往来自阅读的过程,是非职业化的,文字一般比较活泼、流畅,但缺少理性的把握,也有些"自说自话"。这种文章的特点在于没有匠气,敏锐、新鲜,是文学批评队伍的轻骑兵。但由于没有从事批评的理论准备,也缺少与作家、与整个当代文学的联系,往往理论深度不够,缺乏整体把握的力量。

**王蒙**:你的回忆很有意思,我们国家的文学评论常让人感到在概念上弄不清楚。在很大程度上,在一定时期内"评论"与"领导"的概念混同起来了。甚至有的人从理论上提出"党对文艺的领导是通过评论来体现的",比如周扬同志长期负责文艺方面的工作,他很有威信,他也是大评论家,他的一个报告可以做三个小时、四个小时,要引述许多的文学现象,戏剧、舞蹈、音乐讲得较少。这就牵扯到一些理论问题,比如关于"塑造英雄人物""时代精神""写真实""主观战斗精神""深入生活""世界观改造与创作方法的关系"等,这些问题都进入了党的领导范畴,评论就变成领导的一种方式。各地的宣传部门、作协以致报纸方面的负责人,他们的谈话都是评论,是一种评论。

王干：这是一种领导型的批评。

王蒙：或奉领导之命写的评论。由于领导的一次讲话不可能变成一首长诗、一篇小说，就必然变成一种评论。中国长期以来，评论代表领导的观念源远流长，以至于到近年有些领导同志非常热心建立评论组，搞个评论班子能够最完满地体现领导意图。这可能是我们国家特有的评论。一九七八年—一九七九年，评论在与创作携手共进的时候，也往往带有领导意图。领导与领导之间也会有不同意见，但是为现实主义、"伤痕文学"开路，毕竟也是一种"领导"。一九八〇年以后，最严重的是到了一九八二年，这种领导意图以及按领导意图团结起来的一批编辑型的评论家，就开始与青年作家创作上的努力发生分化，"蜜月时期"过去了，甚至曾经闹得非常严重，认为"面临一场不可避免的大辩论"，开始感到文学出现了摆脱解放区、苏联的文学模式的势头，问题非常严重。实际上作家也分化了，评论家也分化了，有些上了年纪的评论家写的文章也少了，甚至写的文章人家也不特别欢迎，他们开始有一种寂寞感，对评论上出现的日新月异的花样相当不满意，相当反感，相当受不了。三轰两轰，特别是一九八四年—一九八五这两年，涌现了一大批四十岁以下的评论家，不管什么型的，陈思和也好，王晓明也好，周政保也写过不少文章。这里面偏大的是鲁枢元，他主要研究创作心理学。

王干：上海有一批，北京也有一批。

王蒙：这一批出来以后就把领导型的评论挤到一边去了。这部分人的见解也不一样。比如周政保的文章在价值观上强调继承性，强调历史文化，强调对人民忠诚的情感，强调文艺的教化作用。

## 三　"方法热"与科学主义

王蒙：你说的过程里还有一个现象没怎么提，就是一九八四年—一九八五年达到高潮的"方法论"热，这实际也是学者型搞的。方法论热基本上是"闽派"为主,林兴宅画了好多图,到现在我对他的图还是感兴趣,把《阿Q正传》画成图,林兴宅好像还写过接受美学的书。

王干:《艺术魅力的探寻》。

王蒙:它把文学作品的信息分成好多部分,用系统论的方法研究。林兴宅有句名言,他自己也解释不清楚,别人驳也驳不清楚,我认为这句话有一定的价值:"最高的诗是数学。"这从"魔方"的一面来说,可能讲得通。所谓"最高的诗是数学"就是人类智慧的至高境界有一种理性和诗情的高度相通。

王干:就是到了"一"的状态,数学与诗合二而"一",是一种智慧与情感的极地,不是每个人都能达到的,最高境界的数学也很可能是诗。

王蒙:是的。人类智慧、人类逻辑推理、人类对世界的高度概括构成了一个形而上的境界。

王干:精神乌托邦。

王蒙:对。我为什么欣赏"最高的诗是数学"呢?也讲不出什么道理,就在于它表达了刚才你说的精神乌托邦的魅力,必须承认文学有世俗的魅力,文学这一点和数学不一样,文学想洗涤掉世俗性,这是不可能的。但它也有精神乌托邦的魅力,有一种高高在云端的魅力,有一种象牙之塔的魅力。就是象牙之塔,钻得简直不知钻到什么地方去了。

王干:有人把这叫宗教感,反正是一种哥特式建筑的尖顶,文学要有一种尖顶意识。

王蒙:我们常说的精神高峰。

王干:但文学不能仅有尖顶,还有好多东西在支撑它,世俗的和与世俗连在一起的东西,还有不怎么世俗也不怎么尖顶的东西。方法论热反映了中国人对科学主义的热恋。近十年出现过科学主义运动,一九七八年开科学大会,我当时感到科学救国似的。

王蒙:科学的春天。

**王干**：看郭沫若那篇文章，好像有了科学就有了一切似的。以前是阶级斗争救国，后来是科学救国。

**王蒙**：当时有个提法，"四个现代化的核心是科学现代化"，现在看来也不那么单纯。社会的发展是全面的，不可能抓住一面就万事大吉了。这里牵涉到《矛盾论》的思想，就是抓住主要矛盾，一切迎刃而解。现在哲学界已开始讨论这个问题，是不是抓住主要矛盾，其他矛盾就能迎刃而解了？

**王干**：有时候主要矛盾就搞不清楚。

**王蒙**：有时候主要矛盾抓住以后，其他矛盾非但没有迎刃而解，反而更尖锐了。

**王干**：有的上升为主要矛盾。

**王蒙**：这样的例子太多了。

**王干**：中国人善抓一元，抓住一元就可以牵一发而动全身。方法论热出现是文学发展潮流推动的，因为一段时间内文学理论不够用，与多元丰富的文学创作比显得贫乏，迫切需要呼唤新的理论和新的文学精神。加之中国人缺少建立理论体系的习惯，人们迫切地想建立一种体系和理论框架，理论界兴起了方法论热，当代文学批评家也凑过热闹，但主要是一些搞理论的同志。要建立体系就必须借助方法，而老祖宗的方法也不够用，西方的方法也有些旧，就想借科学主义来完成体系的建立。我觉得用自然科学的一些方法来研究文学非常有趣，但显然不能穷尽文学所有的可能性。

**王蒙**：科学主义也是一条路，用刚才的话说，它也是魔方的一面，我要魔方的一个颜色。我还读过一篇文章，就是用弗洛伊德的学说（当时也算新方法）来分析李商隐的诗，作者我记不清了，那篇文章也是很好的。分析李商隐自己对情感的压抑和压抑所达到的升华。方法论热最高峰时期，西北有《当代文艺思潮》，东南有《当代文艺探索》。很不巧，这两个刊物同时停了。

**王干**：很有意思的是，我在两家终刊号上各发表了一篇诗论。

**王蒙**：我至今觉得遗憾，至少要有一个留下来。现在文艺刊物受商业压力太大，福州觉得可以再办，但觉得更难办了，订户又少。近来，批评家特别是一些年轻的批评家越来越感觉到不能仅仅当作家的同盟军、吹鼓手、开路先锋，而要讲自己的意见，当然并不是所有意见都能讲得成功。与此同时，也有越来越多的作家反唇相讥，或在作品里用不屑一顾的态度讲一讲，说对满嘴新名词、满纸新名词或绕来绕去绕脖子的批评最好不看，越看越糊涂。产生这样一种分离的现象，我倒觉得蛮有趣。你说的五种批评……

**王干**：六种，加领导型。

**王蒙**：这好像主要是从评论家身份上来说的，我个人的兴趣更爱看学者的批评。我还有一个想法，就是像《文学评论》这种刊物，就应该多些学者型的评论，如果登自由撰稿人式或职业式的批评太多，不一定适合。现在批评的所谓阵地越来越多，"报屁股"文章尽管也是批评，但还是要有一些区别。

## 四　批评的泛化和庸俗化

**王蒙**：我们说到某些文学评论常常和领导意图混合，还有另一种，就是批评和庸俗的利害关系结合起来，这种评论也很厉害。我看过一个文艺座谈会的报道，这地方的宣传文化部门的领导人也参加了，他提出一个问题，说我们这儿为什么没有拳头作品？首先我要声明，我是不大赞同拳头作品的说法，把工业上的名词用到文艺上来，就很难讲，比如一篇杂文不能说拳头作品，一个长篇就一定是拳头作品？

**王干**：也不一定。

**王蒙**：一首群众歌曲不算拳头作品，一个大合唱就是拳头作品？这很难讲。现在回过头来，这个地方讨论为什么没有拳头作品，讨论的结果，有许多当地的作家愤慨地说，为什么没有拳头作品？就因为缺少拳头评论。甚至有人还举北京作家群的例子，说为什么北京中青年作家影响那么大？主要是北京不但有一批作家而且还有李陀、曾镇南、雷达，当时还有刘梦溪、刘锡诚，他们替北京作家讲话、吹乎，这是公开发表的意见。有个人还引用我对张承志的评论，说王蒙曾经用什么样热烈的语言捧张承志，而我们这儿的评论家这么温吞水，这么舍不得捧我们省的作家。这种讨论很奇怪，我们的作家为什么在一起讨论这个问题，这种讨论就和讨论中国作家为什么没有得到诺贝尔奖金一样，甚至更次一点。因为诺贝尔奖的目标还稍微远大一点，有人把目标降低到在作家协会评奖当中得一次奖，甚至降到被《小说选刊》《小说月报》选登一次等等。

王干：甚至《文艺报》评论一下。

王蒙：这种庸俗空气对评论的影响很大，使人弄不清哪些是评论家真心诚意写的评论，哪些是碍于情面应付的。老作家孙犁甚至为人写过这么一篇序，说这个人怎么好怎么好，对我非常之好，他写了一本书，我也没有看，但实在不能不替他写序，所以我就替他写序。

王干：序文就这样写的？

王蒙：就这样写了，而且就这样发表了，就这样列在书之首了。这大概也属于作家写的评论。

王干：作家评论的一种方式就是写序。

王蒙：就像我们第一次说到文学是什么的时候，说在泛文学的概念里请假条也可以成为文学。现在还有一种泛评论，就是评论的高度泛化，开一个会，大家说几句客气话，也叫评论。报屁股登一个序跋也叫评论。

王干：一个消息也是评论。

王蒙：大学、中学的讲台上，教师讲课也是评论。超码要解释，要提供有关资料，要做出一定评价。从这个意义上说，我国的评论队伍更是举世无双，比创作队伍还要庞大。在这样一种泛评论当中，如何淘洗出经典作品来？如何出现真正的文学评论？我们文学评论有各种各样的式样,比如一篇杂文里写对小说的感想,可以作为评论。

**王干**:现在还有书信。

**王蒙**:我们既承认这种泛评论,又要对评论有狭义的要求,指更严肃、确实经过研究、确实用一种比较负责的态度对一个作品的思想内容、艺术价值做出自己的评价,做出自己的阐释,做出自己的发挥。对评论应该提出更严格的要求,否则按目前的状态下去,批评会过于泛化。

**王干**:有的人写这种泛化批评是出于礼貌的需要,出于朋友的交情,有时是因为熟人的关系。这种泛化批评够泛滥的了,打开各种文艺性或非文艺性的报刊,都可以见到这种泛评论,这种泛评论主要是表态,说小说写得很好,人物写得很成功,语言很有特色。经常出现这种通信:××:你寄来的书我收到了……这种庸俗化倾向与文学的庸俗化是一致的。这是一种功利性太强的表现,是希望早点出大名,成大器。中国评论家的地位让人悲哀,不像国外的评论家都是大学里的教授,把作家全部得罪光了也不要紧,反正也不需要到作家协会领一份工资,更不需要去参加什么会议和宴会。中国当代文学批评的职业批评家全是作家协会养的,目的很清楚,就是让你鼓吹作家,或者只能为本地的作家说好话。这跟体制也有关系。

**王蒙**:有些文章写得很泼辣的批评家有个特点,就是兔子不吃窝边草,他绝不写本省、本市作家的缺点,看上去很超凡入圣,实际上也露出庸俗气。

**王干**:大家都生活在同一体制当中,早不见晚就见,很难完全脱俗。我认为当代文艺批评应该是距离的艺术,必须与作家拉开距离,首先要拉开情感上的距离,再拉开审美上的距离,还要拉开阅读的距离。太近不容易判断,缺少时间的沉淀。有的作家作品还没写好就给评论家看,意思是帮我鼓吹鼓吹。

**王蒙**:有的是编辑。有的编辑计划把某篇作品推出来,要造成反响。作品刚出一校样就赶紧请权威的评论家连夜赶写评论文章,然后连作品带评论热炒热卖一下子出来,收到很好的效果。我也上过这种当。一个作家来找我,一个编辑也来找我,要我无论如何给他的作品评两下,寄的清样模模糊糊,我眼睛又近视,我非常费劲地看完,因为与这个作家、这个编辑有点友谊,觉得不能推托,不能对人这么冷淡,结果连夜赶出来。可是他们用同样的方式已经约了三篇评论,到后来是四篇评论配着一部作品。我感到上当,我根本用不着那么赶,我用不着浪费我的视力和时间,我有更多有意义的事情要做。

王干:我也碰到过类似的情况,就是对熟人、朋友的作品,想写些文章,但又觉得火候不到,有时候碍着情面也写一些。在中国没有哪个评论家能一篇这样的评论也不写,能完全脱离尘世的俗务。生活中除了经济的需要,还有很多感情的联络,这也可能正是文学俗的一面,这是批评没有经典性的一个原因。作家也非常奇怪,一方面瞧不起评论家,一方面又特别重视对他作品的评论。最近所出现的否定性的挑剔性的批评也是批评家新的方式。

王蒙:一种反击。

王干:或是对自我位置的寻找,要确立自我的形象,如果批评老跟在创作的屁股后面转,批评的独立品格是什么呢?为什么很多中年人搞当代文学的成就并不大?像现在这样,青年批评家也跟着干下去,马上就会重蹈中年人的覆辙。好作家、好作品是少数的,你每年都唱赞歌,到最后你的声音就没有了,那些作品被淘汰后,你评论的文字也随之消失。所以,批评要保持距离。中国当代文学评论缺少对三年前五年前作品的评论和研究,最近有人开始做这个工作,但绝大多数人忙着赶,九月份的作品十月份不评就好像过时了似的。

王蒙:别人没有评,我头一个评,有点抢头彩的意思。

王干:有时读一部作品,当时有点感触并没有想去评论它,但过几年以后重新再看,往往会更清楚深刻一些。

王蒙:你这个意见太好了,就是能搞三年前五年前的作品讨论。现在常常有这种文章,一年过去了,回顾一下,常常有这种"一九八〇年中短篇小说漫评",每搞一次评奖也漫评一次,这样太热。关于评奖,也曾经有人提过,能不能稍微冷处理一下,比如一九八九年组织评委会,评三年以前的作品?这比马上说今年获得丰收,或今年是小年会更好一点。我希望将来建立一种更有权威的评论和更有权威的评奖;这样的评论和评奖应该要求文艺作品经过一段时间考验。现在如果回过头来不是以五年为期而是以十年为期来看的话,也许会给我们很多的启发。我不知你有没有兴趣把一九七九年曾经引人注目的作品拿出来看一看,包括得奖的作品,哪些作品还是有生命力的,哪些作品已是明日黄花,大势已去?

王干:好多小说已经没有生命,我觉得短篇评奖的距离拉不开,评奖的数目太大,一年哪有那么多好小说?以后评奖可能评人。

王蒙:评小说集。

王干:评人也是办法。比如可以设新人奖,奖励该年度最突出的青年作家。也可以设佳作奖,奖励这一年创作状态最好的作家。这比那种泛泛的评好,比规定数目也要好一些,一定要选二十篇,没有二十篇怎么办,凑数。其实,评奖也是评论的一种方式。现在的评奖缺少距离感。

王蒙:也缺少公开性。我早就建议,评奖可以卖票,一块钱一张,凭票旁听,不是经费不足吗?评委开会的时候确定篇目,作家本人愿意旁听也可以,新闻记者旁听也可以。现在越保密,传说越多,似乎变成了幕后的交易。结果真幕后交易是幕后交易,假的幕后交易也变成幕后交易,最后弄得不清不楚。

王干:传说很多,传得很大,互相猜疑。

## 五　批评的三种方式

王蒙:不谈评奖了,还是回到批评上来。

王干:文学批评大约有三种方式:感觉印象式(作家型)的批评,自由撰稿人式的批评以及部分职业评论家的批评。许子东的评论也比较典型。

王蒙:他有一本书书名就叫《当代文学印象》。

王干:这在海派批评中比较突出。吴亮也是感觉印象式,李劼尽管谈了好多理论命题,但整体上还是一种感觉印象式的。雷达、曾镇南也是一种感觉印象式的。这种评论的特点就是反应敏捷,出手很快,语言也有文采,主要将当时的阅读感受描述出来。

王蒙:我很喜欢感觉印象式的评论,我自己写的也是感觉印象式的。但看多了以后,有一种不满足。甚至担心写了许多年感觉印象式评论的评论家,他最后究竟能留下什么。我甚至要说感觉印象式的评论是少数人的特权。两种人拥有这个特权。一是老先生,他非常有经验,又特别自信,学富五车,他看一个作品以后,这么翻翻,那么翻翻,这么看看,那么看看,马上就洋洋洒洒讲上一通,或写上一通。

王干:散步式的。

王蒙:他的意见不一定正确,甚至能明显感到他意见中的荒疏,但即使是有荒疏的部分,整个的意见仍很有特色。真是一个非常有学问的人,用刘心武的语言说就是在深井里打出一点水来,水仍然是非常清凉非常诱人的。另一种则属于创作家的,因为他本身不是职业评论家,只是作为创作的同行,这根神经相当敏感。他读了一部作品很喜欢,或不喜欢,或者别人没有看到的东西,只是作家的"自说自话",并不完全符合作品的客观实际,但有些借题发挥的东西,以他对某个作品的评论为载体,发挥一通他自己在创作当中、人生当中、读书思考问题当中的一些心得,有时候还是很有特色的。最典型的是孙犁。孙犁作为一个大作家,他写文艺评论也有一种不容商量的口气。他看了两篇立刻产生一种印象,就写评论,他要用笔重新勾勒一下你这个作家和你的作品的形象,他用一种描写的语言来谈对你作品的认识,有些意见非常精彩。比如他非常赞扬铁凝的《哦,香雪》,在铁凝发表了《没有纽扣的红衬衫》,各方都赞不绝口的时候,孙犁是写的文章还是谈话我记不清了,就用了两个字,他说我感觉《没有纽扣的红衬衫》写得"铺张",这就非常好。由孙犁来说"铺张",确实很有价值。任何事物都有它的背景,这并不是说我们把对人的尊敬延续到他的文章里,因为在孙犁的文章后面有孙犁本身的巨大背景,他有《铁木前传》《风云初记》《荷花淀》《芦花荡》作为背景。年轻的职业评论家如果不停地写这种感觉印象式的东西,他们对自己的要求就太低了,而且也无法满足读者、研究者和作家对他们的要求,你如果把批评当一门职业的话,就要严格得多。

王干:要有点绝活。

王蒙:你的考证要高于第一个印象,要尽可能把自己的评论放在更深思熟虑更科学和掌握更多材料的基础上。

王干:也就是在更广阔的背景上进行。不过,这种感觉印象式的批评是中国文论的特点,我们中国的文论全是感觉印象式的,诗话、词话……

王蒙:眉批、旁批。

王干:点注。司空图的《二十四诗品》就是以形象来说明风格的。如刘熙载在《艺概》里讲李白的诗,就是用一个字"飞"。用一个字就概括一个作家。这种中国式的印象批评缺少概念的准确性,什么叫"飞"呢?只能让人琢磨意会。

王蒙:用比喻说明比喻,以诗评诗。杜甫《戏为六绝句》就是用诗评诗,这很有趣。

王干:中国文论的特点就在于此。宗白华先生的《美学散步》就是这种风格,写得很好,我非常喜欢。他是看了大量古今中外著作之后来谈美学的,所以谈得特别透。他是用中国式的感觉印象方式写的,一句话饱含了很深的寓意,仔细揣摩觉得趣味无穷,奥妙无穷。这种感觉印象式批评最近被人称为批评的儿童态,是初级阶段的批评。我觉得这也未必准确。感觉印象式的批评仍有品格高低之分。

王蒙:相差太远。

王干:西方的维特根斯坦的哲学著作就有点类似《道德经》,也是箴言式的。

**王蒙**：微言大义。

**王干**：西方的哲学、文论可能是一种返璞归真，从体系很严密、结构之间衔接很紧的体系化转向非体系化，也可能对散点透视感兴趣。但我们今天的批评尤其是职业批评家不能满足这种感觉印象式批评。这种文章好看也好写，这些人也有灵气。

**王蒙**：也有文采。

**王干**：不足之处缺少严密的理论体系，不能给人更深的思想。

**王蒙**：缺乏严密的体系是要求比较高的弱点，还有更低的弱点，就是没有深思熟虑，对作家作品没有完全把握就急急忙忙发表看法，以至于经常修改自己的观点。头两年是对这部作品发表这个意见，刚过几年再看这个作家的另一种类型作品，只好修改自己的观点。

**王干**：感觉印象式批评的最大弱点是缺少科学性。第二种批评是理论型。如果感觉印象批评家手中抓的尺子是心灵的镜子的话，那理论型的批评手中抓的则是理论的刀子，是西方文论的解剖刀。这把刀是西方各种各样的主义、学问，什么结构主义、后结构主义、女权主义，什么语义学、叙事学、符号学，他拿这些解剖作家、作品，看作品能不能验证某一理论。比如能不能对上精神分析学，能不能用解构主义进行描述，这种批评的优点在于背景比较广阔，不简单地依仗感觉，不无条件地推崇印象，有时甚至放弃感觉印象，更多的是以理论来观照作品，容易取得深度。作家也喜欢看这种文章，因为作家写作的时候往往处于不自觉的状态，当批评家用严密的理论来解析他的创作现象时，作家就会感到震惊：当时我没这么想啊！我根本没考虑那么多！这种批评能比较客观比较冷静地阐释作品的本来意蕴，比印象式的批评多了一点科学性，逻辑性较强。这种理论性的批评也有弊端，尤其是近来西方各种文论大量涌来，这类批评出现了帽子特别大头特别小的错位现象。比如有的作品精神分析成分很低，根本就没有那么深的内容，而批评家硬要塞给他一顶心理分析的帽子，这时候的批评就与作品的实际内涵不相称。写作这种文章的人往往看过大量的理论书,所以在进行批评时唯恐浪费他们的知识积累,拼命给作品找理论桂冠。有时为了适应他的理论不惜将作品切割,取适合他理论的部分,而舍弃另外的部分,只见树叶不见枝干。另外,他们有的不能很好感受作家的底蕴,显得特别冷,非要把作家瓜分成几块,割断作品的内在的有机联系。这种理论批评最近几年还是呈"看涨"趋势,因为前几年的感觉印象批评已经泛滥成灾了。感觉的泛滥不单是作家,批评界也是如此。有些批评家评论,也不怎么看作品,翻翻感觉就来了,就敢写了。有时连主人公的名字还没搞清,就去写,真敢写。这完全是一种对感觉印象式批评的亵渎。

王蒙:(笑)

王干:第三种批评是一种混合型的,季红真、王晓明、吴方等人的批评都是。这种批评既不是单纯感觉印象式,也不是纯粹理论型。季红真的批评基础是历史文化社会学的,但也融进了一些精神分析、语言批评的因素,这些都是在社会批评的底色上进行的。

王蒙:南帆的批评属于不属于这种?

王干:南帆与季红真有相似之处,他们都不是推崇感觉,也不是硬套理论。在南帆的评论里,很少用一个现成的理论去套作品。现在有一种浅薄的批评方法,就是先找西方文艺批评的一个观念或一种方法,然后再找个作品来套。我觉得太简单,一个作家要取他这一点时,往往会忽略另外的一点,南帆好像不搞这种"深刻的片面",他有学者型严谨的一面,也有印象批评。

王蒙:也有鉴赏式的批评。

王干:南帆的鉴赏力不错。他原先是搞古典文学的,是徐中玉教授的研究生,功底很好。他虽是学问型的,但能贴近作品。南帆要说有什么不足的话,就像你说谌容的小说一样,在南帆的文章里看不到那种激动人心的华章,缺少一下子吸引人的文字,缺乏爆发力。他的文章结构严谨,逻辑分析很清楚,略略让人感到不足的是缺少闪光的亮点。

王蒙：他的评论给你一种相当认真负责的感觉，不是那种随意的信口开河的人。

王干：南帆的文章写得很老到，在青年人当中如此沉着老练，使我觉得他太老到，好像一个老学者似的。

王蒙：（笑）

王干：黄子平也是一位混合型的批评家。他的感受力、穿透力都很强。他那篇《同是天涯沦落人》的批评方法非常独特，我当时听他的构思以后就很激动，觉得他思路很开阔。后来可能在此基础上产生了"二十世纪中国文学"的设想。他这篇文章远远超过当时的方法热、观念热，把整个文学印象作为一个整体进行考察，从当代上溯到现代以至古代，很有意义。后来黄子平的批评有些变，他开始回避判断，起初是用描述的方式，后来用消解的游戏的做法来消除判断。

王蒙：他自己在做文字游戏。但有个例外，他评林斤澜的小说《沉思的老树的精灵》与其他所有的文章不一样。这篇文章充满了感情的共鸣、理解。当时我看了黄子平的文章非常感动，一个评论家对一个作家如此体贴、如此同情、如此诚恳。我对林斤澜说过，我都要落泪。与后来的文章有智力优越的游戏不一样，也不是说所有的文章都要那么诚恳、动情，用高行健的话说，写得太动情就是一种自恋。（笑）一个评论家冷静一点，拉开一些距离是可以的。

王干：吴亮最近有一本《秋天的独白》的小册子，便有一种自恋倾向。吴亮写得最好的是他的对话，从对话走向独白，吴亮好像在退化。他的对话写得相当好，前不久我又翻出来看看，仍觉得很好，尽管好多问题在今天已经不新鲜，但对话里仍有光芒，这种在矛盾背反状态中展开的对话有多重阅读的立体效果。吴亮后来自说自话到空谷无人的地步。《独白》的文体是一种语录体。

王蒙：这种语录体使我感觉他急于让自己长出胡子，穿上比身体大许多的衣裳。因此，打一个比喻，随便讲两句话，就成了文章。有些话有深刻内容,有些话普通到没有任何意义,比如:你不要渴望别人了解,别人不会了解你。像这样的话实在没有意味。

**王干**:我觉得吴亮在退化,他的《对话》那么饱满,《独白》表面上很自尊,实际内心缺乏丰富的激情和思想。一个作家或批评家很自信的时候不会采用语录体来写作的。尽管独白能写出好文章,但独白有高低之分。吴亮写的一些作家评论是感觉印象式的,但有的太感觉印象式,缺乏对作品的仔细研读。吴亮是一个很聪明很有天分很有才情的批评家,如果过于依仗自己的聪明,也会自我"殇"掉。王晓明最近写的文章很有分量。

**王蒙**:他批评三位女作家的文章还是有道理的。

**王干**:《疲惫的心灵》。

**王蒙**:他也比较敢于尖锐地提出问题。

**王干**:王晓明的特点是后发制人。比如尽管评论张贤亮的文章已经很多,但他的《所罗门的瓶子》却成为一种压卷之作。他的力量在于"聚",在于炒陈饭而炒出新意。当然,要发现一个新作家,发现一部新的好小说也不容易,要有敏锐的艺术感受力。尽管这种批评比较粗疏,也不是人人都能做到。王晓明就不喜欢也不太擅长做这种即兴的批评文字。

**王蒙**:这里有一个矛盾,就是评论家被约稿不一定是好事。有时一个报纸和刊物有意图,就去请评论家给写。但不约稿的话,那些新的批评家想让自己的稿子发表出来也不容易。

**王干**:现在好些,批评的自由度相对大些。

## 六 需要有深刻思想的批评

**王蒙**:文学评论是各式各样的,对作品本身的评论是评论的一种,而且是比较简单浅显的一种,是书评式的评论。有时候人们谈文学评论实际是希望从文学评论当中得到一些对生活的评论和对思想的评论,生活的评论当然也包括社会的评论。文学现象在这一点上和生活本身一样,他本身并不能直接告诉你什么思想,哪怕是充满议论的作品,也不是论文,也必然有意无意留下了许多空隙,不可能像一篇哲学著作一样把各种论点非常严密地组织好。人们评论一部文学作品,最引人入胜的地方之一就好像评论活着的人,就好像评论一个真实的生活一样,而不同的人对同一种生活可以做出很多不同的评价,特别是在今天。社会问题、心灵问题、精神问题、哲学问题,在今天,人们都面临着那么多令人困惑的问题,这些令人困惑的问题就从作品评论起,能说的话特别多。我感觉我们缺少这种思想评论。有的很有趣,比如《你别无选择》,为什么那么多人急着给《你别无选择》定性?说这是中国真正现代派的开始,在此以前都不是真正的现代派。这是一种评价。另一种评价说是开了中国嬉皮士文学的先河。还有一种说法说是一部不成功的仿作。

**王干**:是"伪现代派"。

**王蒙**:我觉得难道我们就不能换另外一个角度谈?比如关于青年时期人们的追求,对艺术的追求。我在看《你别无选择》的时候并不觉得"现代"到什么程度,"纯净"到什么程度。我觉得这对一个读者并不是最有意义的,最有意义的事情就是它表现了目前这样一个时期一部分青年躁动的心灵,那种似乎有所追求但又常常追求不到甚至不知道自己在追求什么,不但受到外部的干扰也受到内部的干扰的情绪。也许我想得太庸俗社会学了,但现在写社会评论有几个写得漂亮的呢?比如从《你别无选择》看当代青年,甚至看艺术心理,其实这都是好的题目,关键在于有没有这个思想。《无主题变奏》里面非常突出的是一个价值观的问题,就是现在的城市青年到底追求什么。韩少功翻译了《生命中不能承受之轻》之后,媚俗这词大家也喜欢用。《无主题变奏》实际就有对媚俗的嘲笑,非常尖锐的嘲笑。作品里许多内涵不是作家通过他的作品完全表达出来的,也不是一般读者都能看清楚的,评论家应该更有远见卓识一点,总可以把文学现象、一个作品的现象和历史、文化,和社会的变动,和各种思潮的涌起、沉浮、碰撞连起来,叫做借题也好。有些评论就是借题发挥,实际是评论家用自己的角度来解剖书里的人物关系、结构、语言、情绪状态,来发表他对人生、哲学、社会的看法。

**王干:** 是以评论为心灵的载体。

**王蒙:** 也是思想的载体。刘绍棠曾讲过,他最怕作家摆出一副思想家的样子,他甚至感到那面目可憎。这话有一定的道理,指的是那种装模作样、救世主式的作家。作家最好别摆出一副思想家的样子。评论家也可以不摆出思想家的架子,但评论家应是思想家。

**王干:** 这是借评论来表达自己对社会、人生、青春的看法。

**王蒙:** 以至政治。

**王干:** 西方的批评特别是形式主义评论,与你说的这种人本主义批评正好相反,更注重文本本身的结构,语言本身的结构,尽量使评论家的思想看法逃避出来,能够完整地把作品里的内涵还原出来。这是阐释学批评的一个重要特征,要求"终止判断""消解意义"。

**王蒙:** 这也是一派。

**王干:** 做起来也不那么容易,尤其是在今天的中国更不容易。但现在有的批评家太能发现意义,有的作品本来没有这个意思,完全是阅读结构本身的问题,他一定要把自己的想法强加到作品中去。我觉得批评主体与作品主体应该有契合点,碰撞起来产生的意义要超出本文。现在搞社会历史批评的人缺少深刻的思想,这是因为没有深沉博大的哲学做背景,也没有自己理论上的建构,但老喜欢把作品纳入机械反映论的模式,所以意义太多。这篇写的什么,反映什么,到此为止,深不下去。有的作品只有一种淡淡的情绪,有的只提供一种结构框架,结果用过多的意义来阐释就显得勉强。一个批评家所批评的对象总是有范围的,不可能面面俱到。他的思维结构、理论结构、文化结构、心理结构、情绪结构只能选择一批作家、作品作为他的批评对象。一个批评家对任何作品都能发现意义,就像全国通用的粮票一样,那这个批评家肯定是没有个性的,肯定没有自己的风格、自己的思想,甚至没有自己的阅读结构。就像一个作家只能在几块时空当中进行操作、发挥,一脱离特定的时空就不行。我们有些批评家什么作家、什么文体都可以评一下,太泛化了,完全是一种表态式的批评。

王蒙:我无意于把阐释意义规定为所有批评家的守则。还原是一种方式。

王干:完全还原是不可能的,只能保持一种态度。

王蒙:任何批评都不可能还原。如果《红楼梦》还原的话只能是《红楼梦》本身。而《红楼梦》的价值在于有一种解释不完的意蕴。现代人可以用现代的观念解释,古代人用古代人的观念解释,可以解释得很洋、很土、很玄妙,总得有一部分评论有深刻的思想。

王干:现在的评论缺少的不是意义的分析,而是缺少深刻的独特的思想。

王蒙:这种思想本身要求评论家有很多见解,没看作品以前就已经对社会、对人生、对政治、对科学、对宇宙、对艺术有许许多多自己独特的体会、体验和探寻,他又接受一部新的作品的刺激,以这部作品或验证或修正他的看法,就会产生新的认识。眼下有这样思想深度的东西还不是很多,相当少。甚至你觉得评论家本身急于对作品表态,而没有自己的一套东西。有的评论家写过许多评论,每篇评论都写得不错,都是八十分以上,但把他这些所有的评论看完以后,你觉得这个评论家在美学上、社会学上、文化学上有什么样的大致的思想走向呢?就很难说。这是一面。反过来还有另一面,就是一些非常具体的、文章本身的问题没有能够成为评论的东西。有一次非常奇怪,有个日本人他说要写一篇评论,研究从维熙作品中的花,因为从维熙的作品里经常提到这种花那种花。还要评论王蒙作品里多种多样的梦。这是非常普通的题目,绝不是高深的题目,但在国内似乎没有人屑于做这样的小题目。

王干:也有。但批评界喜欢提问题,还喜欢阐释理论,就是用"我"的理论来阐释作品。分析花、梦这些微观题目,分析艾青诗中的"太阳"意象,都是很有意义的题目,但不少报刊对此有点不以为然,认为这是雕虫小技。

王蒙:大的没有思想理论的深刻分析与挖掘,缺少别、车、杜那样的思想评论、政治评论、社会评论,小的雕虫小技也没有,关于语言的评论也很少。

王干:孟悦分析你的《来劲》那篇文章看了没有?

王蒙:看过。是下了不少功夫的。还有一些很小的题目也为评论家所忽略。比如短篇小说的命名,就是题目。有的人的题目就很有味道,有的人的题目确实是一览无余,戴晴发明了单字题,比如《不》《盼》,这个单字题别人用得很少,这和戴晴的风格又有什么关系呢?

王干:实际是一种情绪的抽象,"不""盼",都是一种情绪。

王蒙:刘心武早期小说的题目就是整个作品的主题思想,《我爱每一片绿叶》《这里有黄金》《爱情的位置》。

王干:《醒来吧,弟弟》。

王蒙:和论文的题目是一样的。研究题目非常有意思。好像很少有人写这种文章,做一些细致的拆解——将零件拆开研究研究也很有意思。

王干:你的小说题目也很有意思。

王蒙:我三个字的题目特别多。

王干:《春之声》《夜的眼》《夏之波》《深的湖》《心的光》。

王蒙:三字经。评论家中自觉不自觉地有一种趋同倾向,一段时期大家不约而同地用一个调子、一套名词。这一段时期是捧一批思想解放的作品,不论老评论家、小评论家,大家说的都是这一主调。

王干:开会用的语码都是一样的,什么"媚俗""终极关注"。

王蒙:都是刚刚翻译过来的。有两个东西引起我的反感,一个是

《百年孤独》来了以后掀起了一股"《百年孤独》热""《百年孤独》狂",那个时候的评论用的词儿都和《百年孤独》的影响有关系。最近有人写文章,一上来就说:犹太人有一句话,人一思索,上帝就发笑。好像评论家直接是从犹太人的著作中看来的,他就不说从韩少功翻译的《生命不能承受之轻》引来的。

王干:小说家也是这样的。

王蒙:上次你说的西西弗斯神话也是。

王干:去年这个词出现的频率高极了,有的人的文章里反复出现。

王蒙:这种趋同现象一个时期一套术语、一种调子,无论如何不是非常成熟的评论。

王干:这与"新潮"有关系。我觉得对"新潮"这一概念要反思。因为"新潮"就是热闹一阵子,为什么会出现概念换班,就因为赶新潮要一阵一阵换时髦的装饰品。北京人最近形容人的衣服、发型、打扮时髦叫"特潮"。上次我碰上史铁生,我说有人称你为新潮作家,弄不清是褒你还是贬你。因为北京话里的"潮"已不完全是褒义的,还有些讽刺、揶揄的意味。"新潮"含有赶时髦、学摩登等意思,含有强烈的表演意识。

王蒙:我认为做生意经可以,比如出新潮文学丛书、新潮小说选、新潮诗选、新潮评论选,是招揽顾客的一种办法。这种"潮"的心态是由于我们停滞得太久了,解放以后几十年艺术思想、审美小说写法上停滞太久了,因此凡是和原来和"旧制"不一样的都被称为"新潮"。现在中国的评论刊物异常多,也像创作刊物异常多一样,也是好事也是不好的事,会使一些没有经过深思熟虑甚至信口开河的东西抛出来。也许经过一段时间会显得更深沉一些,不是急于抛自己、急于兜售,而是在经营、在探讨、在构建思想艺术大厦。恐怕还要一段。

王干:过了这个浮躁期。

王蒙:过了就会好一点。

# 《活动变人形》与长篇小说

## 一　痛苦的《活动变人形》

**王干**：《活动变人形》的题材是你的小说中唯一运用的,是一部家族小说。你的短篇、中篇里从来没有写过家族。我不知道你写这部小说时有没有受到文化寻根思潮的影响?

**王蒙**：很难这么说。我开始写的时候是一九八四年,第一章是在武汉写的,一九八五年完成的,当时还没有寻根、文化热。

**王干**：那你写家族小说是比较早的。最近几年写家族小说的人多了,莫言、苏童、李佩甫等都热心写家族小说,他们与你不一样,主要不是依据生活经验,而是借助想象来虚构。国外有好多家族小说。《红楼梦》也可以称为家族小说。《活动变人形》有没有自传色彩在里面?

**王蒙**：当然有自己非常刻骨铭心的经验。在某种意义上,所有作品都有自己刻骨铭心的经验,所以都是"自传"。

**王干**：这部小说要比你其他小说沉淀得更深厚、更刻骨铭心。你的小说往往是信息的东西比情感的东西多。

**王蒙**：对。

**王干**：但这部小说里情感的因素远远超过信息的因素。你在这部小说里付出了很多个人的情感。

**王蒙**：可以说是我写得最痛苦的作品,有时候写得要发疯了。写

《球星奇遇记》时,我自己写着写着就笑了,最得意的是蜜斯酒糖蜜见到恩特以后向他表达多么爱你时突然来一句"咿儿呀呼哟",前面全是欧化的句子,"我的达玲",忽然"咿儿呀呼哟",我简直得意极了,至今为这个得意不已,我认为除了我以外没有任何一个人在西式求爱抒情独白里加上"咿儿呀呼哟"。

王干:这是矛盾的反差。

王蒙:人家感到油滑、放肆甚至堕落也在这里。

王干:对语言风格的破坏。《活动变人形》的开头使我一下联想到托尔斯泰的《复活》的开头,那情景、语境极为相近,都是写春天,小说都是一种自我反省的情绪。这部长篇小说的结构非常奇怪,从头至尾没有完整的事情,但结构上大起大落、大开大合,那些单独的章节写得精致、饱满,以至于可以当成短篇进行欣赏,这一章与下一章的距离拉得特别大。我最近把这部小说又重新看了一下,当初看时感受并不深,一九八六年那个时候中西文化的冲突处于高涨的状态,人们都很有信心,我也对现代文明充满信心。但在今天,中西文化冲突引起了种种困惑,以至于思想贫乏情绪冷漠。

王蒙:也有种种沮丧、失望。

王干:重新看了这部长篇之后,觉得倪吾诚表现的那种矛盾、痛苦、郁闷、惆怅,不是他一个人的痛苦,也不是家族的痛苦,而是中国文化处于蜕变时期知识分子灵魂的痛苦的写照。在这部小说里体现了你非常地道、熟练的写实能力,对生活观察的仔细、深刻,都使人联想到《红楼梦》。特别是你对静宜、静珍的描写有一种《红楼梦》的笔法。

王蒙:这种语言在我其他的小说里没有出现过,有些带有河北农村的土话和那个时期的语言,旧社会那种小市民的、平民的、又是没落地主的、又是农村的语言。还有一些地方戏的话,我现在看戏看多了,才恍然大悟,这种人物说的话,许多都是从地方戏引用来的。

王干:静宜、静珍完全是中国式的人物,语言是说明她们有知识有文化的底层特色。你对妇女形象的刻画显出了相当的功力,你小说里写妇女不多,我的印象里妇女形象除了赵惠文好一些外,好像你是不善于写女性的。

王蒙:是的,但《青春万岁》里写了好多女性。

王干:以后好像就不写了。而《活动变人形》改变了我的看法,你写女性写得相当深刻,特别是开头的部分如果用弗洛伊德学说来研究的话,可以找到很多例证。那种情绪的压抑、苦闷表现到家了。作为作家,在写这部小说时,好像是站在同情倪吾诚的角度,但既痛苦又忧伤,既同情又批判,充满了非常复杂的情绪来写。这种痛苦、忧伤、同情、批判完全是从灵魂中倾泻出来的。这个时候你丝毫也没有游戏的成分。我感到小说的结构特别好,一般长篇小说都找不到好的结构,进展往往迟缓、沉闷,半天才看到精彩的,特别拖沓。你这部小说就没有给人疲沓的感觉,而是集中所有兵力打歼灭战。

王蒙:(笑)毛泽东思想。

王干:每个场景都写得很充分,比如吵架就写透了,一次吵架就使人感到这个家庭吵了多少年。我把小说合上以后,那种吵架的氛围还在。另外我发现这部小说里对声音特别敏感,敏感到神经质的地步。

王蒙:是的,我喜欢音乐,我写《听海》《春之声》,包括《如歌的行板》,都是写声音。

王干:特别是写猫在屋顶上的叫春的情景,一下子把我对猫叫春声音的记忆全部唤醒了。我以前住的房子也经常遇到这种猫叫的骚扰,一下子仿佛回到了过去的时代。生炉子的描写也生动极了,我小时候常生炉子,木材放多了怕浪费,放少了往往要生两次,我们家常常为此而发生口角。那种烟雾缭绕的感觉太真切了,用你的话说,完全是可捉摸的。整个小说的精神痛苦真正让人说不清楚痛苦到底来自何处,倪吾诚是中国知识分子的一个典型形象。最近"文学与知识分子"的话题成为今年的一个理论热点,你在这部长篇里已经对知识分子自身进行反思和批判。这种反思有它的现实性,倪吾诚的形象所提供的意义在今后好长一段时间内都有其价值,尤其中国正处于与世界对话、中西文化冲突、历史蜕变的时期,那种倪吾诚式的痛苦、倪吾诚式的困惑、倪吾诚式的迷惘将继续存在下去,在我们每个人身上都有一种倪吾诚式的心理机制。对这部长篇我感到有点不足的是:你为什么要把倪吾诚解放后的过程匆匆带过,如果不写不是更好吗?可能你是要写一个人完整的一生。其实,倪吾诚解放后的经历写起来也会很精彩,各种各样的人生艰难、选择困惑、痛苦失望,都会有,不比解放前来得更少。如果你的小说就写到解放前的话,以后还有机会、条件继续写倪吾诚的下半生。

王蒙:我以后还可以写呀。这没有影响。

## 二 长篇小说与短篇小说

王蒙:我年轻的时候,文学就是长篇小说的同义语。更小的时候,就是一九四九年以前,我还不到十二岁,读巴金的《灭亡》《新生》《家》《春》《秋》,读左翼作家的作品。我开始走上创作道路时喜欢读的是托尔斯泰、屠格涅夫、爱伦堡。我和许多人走上文学道路不一样,一九五三年我刚满十九岁,开始写的处女作,就是一部二十多万字的长篇《青春万岁》,这就违背了所有作家的教导。还有一部长篇,就是《活动变人形》。

王干:中间是不是还写过新疆生活的长篇?

王蒙:对,但实际没有写成,好多内容我把它放到《在伊犁》里去了。一九七八年复出以后,一直想写新的长篇,但一直被各种各样的中短篇题材、主要是短篇所激动。我认为我的短篇比中篇写得好,我曾经有个比喻,说我好像守门员一样,生活里随时都有一种启发,就像不断飞来一个球似的,我忽然左手扑一个球,忽然右手又扑一个球,忽然用腿夹住一个球。我以为搞上这么一段,就不会再想写短篇和中篇，心就会慢慢地沉下来，写更巨大的东西。但是很奇怪，现在还在写中短篇，当然，现在又多了一个客观因素，就是找非常完整的连续的时间比较难，而处于争分夺秒的状态。我本是从长篇开始的，反而变成以中短篇为主的作家，其实也不完全是受时间和客观条件的限制，如果有非常合适的题材，我也完全可以做到今天写一点明天写一点，我很习惯中断而不断线的劳动。

王干：坐下来就能写？

王蒙：而且接着写。

王干：也不要培养情绪？

王蒙：如果写着写着发现有点乱，就需要从头到尾浏览一遍，这种需要的次数不太多。最后再统一次，就差不多。当然也有在技术上前后混乱的地方，究竟不是一气呵成的。从这一点上看出些什么问题来呢？是看出我的敏锐，还是沉不下心来？也是一种浮躁心理？或者说是生活给我的困惑太多了？那些比较大的题材就是我原来想写长篇的题材现在想起来都太陈旧，比如有些解放初期和解放前后的革命斗争和活动，现在又不想写。是这些造成的，还是有别的原因呢？最近我看了一些对我的作品持批评态度的文章，也往往指出这方面的问题，就是依仗机智、敏锐的反应过多，而长期把心力集中一个对象比较少，这是不是一个毛病？或者随着年龄的增加就会慢慢变化呢？我还有一个难登大雅之堂的经验，不能说是理论，要是登上大雅之堂，肯定会被别人驳得体无完肤。因为我毕竟写短篇、中篇、长篇，我觉得短篇靠的是三样东西：一是机智，短篇本身是机智的产物，没有机智，从那么丰富的生活和经验里不可能撷取一个点。第二靠的是诗情，上次我和你说过，就是把短篇小说和诗放在一起。第三靠的是技巧，剪裁的技巧。在短篇里，技巧的作用特别大，而且短篇特别适合艺术的探索。长篇最主要靠的是经验，也就是说生活。《红岩》《林海雪原》的作者都写了成功的长篇，但他们未必就能写好短篇，与其说他们是文学的匠人，不如说他们是独特生活的记录者。

《红岩》的作者就坐过国民党的监狱,一般人是不可能有这种经验的。能够从那样的监狱里出来,再加上相当的文字功力,写出来当然能吸引人。

**王干**:回忆录也会吸引人。

**王蒙**:小说当然更好。《林海雪原》的侦察剿匪的故事也是比较奇特的。有很多特殊经历的人,比如当过间谍、俘房,甚至在飞机失事当中幸存的经历,都能成为长篇的题材,很难成为短篇的题材。我还有一个想法,艺术的实验、探索在短篇里很容易一下子呈现出琳琅满目的风光、景观,短篇就好比手绢或者头巾,确实可以是各种各样的,可以是三角形的、圆形的、方的,可以是绸子的,还有鹿皮的、树皮的。

**王干**:还有纸做的。

**王蒙**:长篇就好比套服,套服的花样也很多,但不管怎么变,上身下身总有,最多上下身连在一起,上身总要有袖子,不管是蝙蝠衫还是其他衫,两只胳膊总要放到里面,夏季无袖衫也是一种袖子。

**王干**:大的结构不变。

**王蒙**:下身无非两大类,一是裤子,一是裙子,超短裙也是裙子,百褶裙长裙都是裙子,牛仔裤、喇叭裤、灯笼裤都是裤子,小儿穿的开裆裤也是裤子,连衣裙就是上下身连在一起。

**王干**:总要有一个人的形状。

**王蒙**:手绢倒不受限制。我愿意搞一个三角形的手绢也可以,我搞一个很大的手绢也可以,我搞一个毛巾帕吸湿性特别强的也可以。短篇与长篇的关系相当有意思,看我们周围的作家也相当有意思。谌容既写长篇又写中篇也写短篇,她的功力我认为主要在中篇。刘绍棠也是,又写长篇,又写中篇,又写短篇,他的拿手戏一下子还说不出来。邓友梅没写过长篇,林斤澜、汪曾祺也没写过长篇。

**王干**:汪曾祺不适合写长篇,他那种小说格局是诗体的、绝句体的,硬要用这副笔墨写长篇将非常费劲,费了劲也可能还不讨好。

**王蒙**：残雪的笔墨我认为不宜写长篇。那样一种比较变异的心理和非常特殊的对人生的感受需要用一种非常精练的形式将它裁剪下来，然后放在生活的大背景里看，好像一页掀过去。看她的短篇小说就好像一页掀过去，再掀一页，但整个连起来是相当吃力、相当枯燥的，甚至让人觉得不够充实，容易互相重复。当分散成好几个短篇以后，就不会觉得重复。

**王干**：都很精彩。

**王蒙**：要是把它拉成长篇，不是特别合适。

**王干**：一次我与几个青年作家谈，你们不要光写中短篇，要写长篇。我很认真地与苏童、余华、洪峰谈过，他们有点觉得我太迂腐。我认为他们在中短篇里搞的探索实验已经基本圆熟了，技术成熟，而他们的人生经验并非十分丰富，经不起中短篇的消耗，到真正想写长篇时，一是激情会没有，二是材料也会不够，经验用过，再用就没有价值。今天的长篇小说质量不高的一个重要原因，就是作家中短篇写得太多，思维状态没有转过来。你刚才说长篇和短篇是两码事，是用的比喻。如果从审美形态来看也不一致，短篇小说更接近现代诗，而长篇小说则必须有一种史诗性。张炜写过短篇、中篇、长篇，但基本思维是短篇的结构方式，《秋天的愤怒》基本就是一个拉长了的短篇，而长篇小说《古船》虽然有丰富的生活信息量和人生经验，但结构仍是一种短篇的结构，即是被人称赞的"一步三回头"的结构，而一步三回头是短篇小说最基本最常用的手法。时空简单的、机械的、线性的交错和颠倒成为长篇小说的结构方式，会削弱长篇小说所特有的结构力量。长篇小说有它的文体形态、思维形态和结构形态。去年有不少报刊讨论长篇小说，但很少从这方面去研究。还有就是必须从作家主体去考察，从气质上说，有的人适宜写长篇小说，有的人适宜写短篇小说，有些作家的生活经历、文化修养、艺术个性、审美趣味甚至语感并不适宜写长篇小说。正像有的人可以在草原纵马驰骋，有的人可以在溜冰场上一展英姿，有的人只能在平衡木上大显身手一样,每个作家都有自己的艺术天地。正如你所说,长篇小说靠经验、靠材料、靠积累,如果忽视积累就会导致长篇创作的失败。贾平凹的《浮躁》便有点显得乏了一些,我在一篇文章里说,在《浮躁》里我们可以看到贾平凹创作档案的显影。张承志的《金牧场》应该说是写得不错的长篇,但人们为什么会有种种不满呢?主要原因就是他有些重复他过去的情感和经验。有的作家写短篇写得相当好,像高晓声的短篇相当好,但他的中篇实在不敢恭维,几乎没有能够跟他那些漂亮短篇相比的。陆文夫的格局好像也不适宜写长篇,陆文夫可能把它搞得很精致,陆文夫有本事经营小说的结构。高晓声写作小说很随意,短篇写得不错,但这种随意性在中篇小说里就显得有些局促。而谌容写作中篇正好到位,那种感觉和经验处理得极为有分寸。我觉得你很适合写长篇小说,我倒希望你写长篇小说。我总感到你的短篇小说有一种膨胀的感觉,那种信息量、情感因素和文体实验的因素都处于极度饱和的状态,当然这种膨胀使短篇小说内容丰富起来,从这个意义上说,是增加了短篇小说的厚度。但如果你把这些材料和智慧用来经营长篇小说不是更好吗?你觉得你短篇小说写得好,而我觉得你中篇小说写得比短篇好,像《杂色》这样的中篇就相当好,《蝴蝶》《一嚔千娇》《名医梁有志传奇》都是很有特色的中篇。你的每部中篇小说总能投进一些新鲜的意味,都各有自己的特色。再一个就是你中篇小说的信息量与形式之间并没有一种撑出去的感觉,比较和谐相称。如果我们把这几部中篇稍稍排列一下,就发现火候比短篇掌握得更好。再一个原因,就是现在作家中不乏写短篇小说的高手。虽然你的短篇也不错,但短篇里的高手太多,高晓声是高手,陆文夫是高手,汪曾祺是高手,林斤澜也是高手,张弦也是高手,有一批高手。但能够驾驭长篇的作家现在实在太少,比如江苏的周梅森写长篇就得心应手挥洒自如,但写短篇就寸步难行。

**王蒙:** 四川的周克芹,长篇写得不错,写短篇就没有把短篇的轻巧劲发挥出来,也是非常认真一步又一步地写。

王干:茹志鹃短篇也写得好。近十年成绩最大的就是短篇,可以这样说,短篇创作几乎穷尽所有的形式探索,短篇小说的文体已经走向成熟。中篇小说也出现了一些好手,像谌容啊……

王蒙:邓友梅、张洁、从维熙、张抗抗、王安忆。王安忆是中长短都写。

王干:长篇写得不错。铁凝的中篇也不错。但一般只有几部,不像你的中篇那么多,那么杂。可写长篇写得好的人太少了。

## 三　长篇小说需要全身心的投入

王蒙:我有个想法,就是搞长篇小说,不管用什么形式,它最基本的还是现实主义的。搞长篇小说想避开或不对社会生活进行比较重大比较全面的概括,是非常不容易的,不管你用的形式是什么,哪怕你是用神话的形式,魔幻的形式,意识流日记、心理独白的形式。长篇小说所反映的社会生活的量应该是比较大的,我不知道这个看法能不能成立?我发现一个很有趣的现象,这十年的文学,我们在短篇、中篇以至诗歌、报告文学中都可以找到佳作或相当好的作品。但长篇呢?有的也有特色,但要寻找解放以后第一个十年所出现的《保卫延安》《青春之歌》这样有影响的作品却比较困难,尽管我们可以讲这些作品的一些缺点。我想这里面有一个原因,就是那个时候人们概括生活的时候比较自信,或者比较简单。

比如《青春之歌》是描写一个青年知识分子走向革命的曲折过程,《红岩》是描写地下共产党和革命者以及人民受迫害而坚贞不屈的情景,《林海雪原》是解放战争当中剿匪的情形。这一大块生活的意义,它所包含的思想,它所体现出来的人物关系,包括它的教育意义,读者和作者都很容易认同。据说《青春之歌》当时在日本都有很大的影响,因为日本当时也面临着战后要民主要独立的社会环境,一些年轻人也在找出路。扩而大之说,就是第二次世界大战以后有一段时期左翼作品曾经占了很大的优势,由于希特勒的失败,苏联的强大,由于东欧社会主义国家的出现,由于中国革命的胜利。我五十年代想写的几个长篇,基本上离不开知识分子走向革命的主题。

今天我老是不写长篇,心里回避对我的经历做整体的概括和评价,并不是说我的经验在我的中短篇里已经用完。

王干:你在中短篇里写的基本上是在你的情感里和灵魂里没有什么积淀的东西,是一种反射性的东西。

王蒙:对,反射性的。我五十年代想写这个想写那个,从来没想过写《活动变人形》。《活动变人形》是我的切肤经验,但是这种经验在五十年代看来是没有意义的。因为这个故事发生在抗日战争时期,既不是描写怎么抗日,也不是描写汉奸附逆。我从来没有想到写这个。我的长篇和中短篇题材的界限非常分明。我自己也没想到写这么一部长篇。几乎所有的人都批评我的《活动变人形》的所谓"续集"的潦草和失败是不可原谅的。有一个人独具慧眼,叶公觉在《小说评论》上有一篇文章谈过。叶公觉是哪儿的?

王干:江苏常熟的。

王蒙:常熟的?你是高邮的,你们是朋友啊?认识吧?

王干:还没见过面。我看到了这篇文章。

王蒙:他说得有一定道理,我并不想特别自觉地回避。很简单,如果没有这个续集,就无法表现倪吾诚性格的悲剧性。他性格的悲剧性并没有因为一九四九年中华人民共和国的成立而结束,这并不是一个简单的"社会制度问题"。

王干:如果写得更充分一点,不是更好吗?

王蒙:我现在回避做更整体的经验概括。如果把他写得更充分一点,倪吾诚就已经不是只和他的家庭有纠葛。因为解放以后的生活很难只是在家里,必然要超出他的家庭,必然要和解放以后的形形色色的人物和历次运动联结起来。历次运动一般地写一写也很容易,比如对反右斗争进行一番反思——伤害了一些不应该伤害的人,把敌情夸大了。那就太没有意思了,那样的小说无数的人其中包括我已经写了无数篇,根本用不着在《活动变人形》里把主题从倪吾诚的命运变成反极"左"。倪吾诚的悲剧和政权的更迭、路线的对错没有什么非常密切的关系,他在日伪时期是悲剧,在国民党时期仍然是找不着位置的,解放以后虽然有一点所谓革命的经历,但仍然是一个找不到自己的位置的人。

王干:他的悲剧是整个文化的悲剧。设想一下,如果倪吾诚活到今天,他又能做些什么?他能在大学里讲哲学?也许现在好一点,现在各种各样的胡说八道都有市场,讲叔本华、尼采。说不定,也可能和路线没关系。也许他能吸引人,开会他也可以猛侃一气。

王蒙:现在凡是能侃的都吸引人。解放以后别的他不能侃,只能侃马列主义,侃来侃去他自己也弄不清是真马列主义,还是比马列主义更马列主义,还是反革命两面派假马列主义。回过头谈我目前回避或还不准备对我的生活经验做整体的概括和评价,这是我给我自己提出一个非常重大的任务,也就是说在未来我还有待于对我的人生经验进行更整体的概括。从这个意义上说,要看我将来能不能冲破这一关,如果能的话,说不定好戏还在后头哩!

王干:在你现在已创作出来的小说中,你真正把自己灵魂深处积淀的因素投入到小说里的次数并不多。你并不轻易把自己的那种感情投注在这一点上,你显得比较冷。我看你投注比较深的除了《活动变人形》之外,中篇《杂色》里也是投注较多的一篇。在《杂色》里,你的心灵在哭泣,在呼叫,在颤动,它不是《球星奇遇记》那种即兴式、游戏式、反调式的。你为什么能写长篇,还有一个很重要的因素,就是你的风格尽管呈现出多种多样,非常杂色,但你的艺术个性如一,就是:潇洒。你的短篇也写得很潇洒,即使一个很精致的小品,仍可见潇洒的个性,中篇就更能看出你当断即断、当连则连的潇洒。这种潇洒之于中短篇创作,倒不显得特别重要。一个人笔力很局促,比如林斤澜,但短篇仍可以写得很好。但一个笔力局促的人写长篇小说肯定写不好,在这一点上你潇洒的艺术个性就成为你写作长篇小说的一个重要资本。因为潇洒不是能学会的,也装不起来,潇洒完全是人天生的个性、气质和禀赋。你这些小说还为你塑造了一个形象,就是小说魔术师。这些年来你变换不少的令人眼花缭乱的花招,变得非常快,非常熟练,让人都跟不上。比如当初赞同《春之声》的读者和评论家今天在《一嚏千娇》面前肯定要目瞪口呆,要表示愤怒和怀疑。对《活动变人形》很欣赏的人,看了你的《组接》就会挠头。

王蒙:《组接》可是真正的活动变人形。

王干:但形式会让他们不能接受。再有就是你小说里有强烈的读者意识,也有文章谈到。

王蒙:这是郜元宝写的。

王干:尽管你写小说也有宣泄的一面,但宣泄也有差异。一种是完全自我封闭的,什么也不顾的,陷入一种自恋泥坑,不能与读者交流,陷在那种说不尽的愁滋味当中不能解脱出来。读者看这样的小说完全是听他宣泄和灌输,读者丝毫没有参与阅读的可能。你的小说在宣泄的同时,会注意一下读者的表情,会与读者交流一下。交流方式有多种多样,分析一下也很有意思,有的直接交流,以第二人称出现,有的以议论方式出现,有时则用不确性的假定性形式让读者组接。你把读者看得很重要,读者进入你的写作过程,你相信读者的创造能力和组合能力。也许你这种反射性的小说以后还得写下去,但我希望你一两年写一部《活动变人形》这样的长篇小说。说老实话,你现在的情绪仍还比较强烈,身体也比较好,虽然时间紧一点。

王蒙:时间紧也不用着急。

王干:你的心态也比较健康。做一个大作家,身体要好,没有一个好身体,三十万字的长篇就写不出来。当你情感经验积累到一定时候却不能写了,那就非常可惜。

王蒙:写作是体力劳动。我始终认为写作是体力劳动,当我写了半天的时候,我的脖子,我的腰,我的手腕,我的手指头一直到下肢,都感到很累。

王干：我听说一些女作家写一天也不累，每天写五千字，就像打毛线一样，我碰到所有的男性作家没有一个不写得半死不活的。

王蒙：你说得有意思。

## 四　真诚的意义与幽默的限度

王干：我觉得你的创作始终没有形成巨大的凝聚力，因为你的人生经验太丰富、太芜杂，什么都有，真是杂色，但没有把这种杂色凝聚起来形成金字塔一样的东西，而散散落落的满地都是闪光的亮片。

王蒙：是的。

王干：在技巧上，你也用你的作品说明你能驾驭各种各样的形式，什么都可以玩得起来。《活动变人形》里已呈现出一定的塔形，不论从你个人创作的纵向考察，还是从当代创作的横向看，你的《活动变人形》确实是一座金字塔，虽然它还没有达到你所期望的和人们所想象的那个高度，没有那种伟大的辉煌。

王蒙：你说的也有道理。先说读者，我写作的一种方式就是和读者对话的方式。我既有我所叙述的那些对象同时又有听我叙述的对象，我所叙述的那些实际是小说中的人物。这个问题似乎很复杂，但说起来也不复杂。比如一个农民，没有什么文化，他跟你叙述他所经历的一件事，往往是一边叙述一边加上他的评议，一边随便岔开联想到其他旁的事，一边又跟你解释，实际上这就是用和读者对话的方式来展现故事。而且到了关键的时刻，我一定要跳出来，我觉得在我跳出来的时候就不仅仅是小说家，而且还是一个抒情诗人。我的第一个"老师"是法捷耶夫，十八九岁时看他的《青年近卫军》我非常感动，这和当时的政治热情也很有关系，我反复看。最使我感动的是小说快要结束的时候，就是写到这些人一个一个被德国人处死时，忽然来了一段"我亲爱的朋友，在我写到这里的时候，我想起你"。到现在我还记得,就是写他在战斗中,他的朋友受了重伤,要喝水。于是在枪林弹雨之中他爬到河边用自己的靴子灌了一靴子水,回来以后战友已经死了,他就把充满士兵友谊和苦味的水一饮而尽。我到现在说起来都非常激动,我觉得太伟大。写青年近卫军的故事一般人都可以写,但忽然加这一段只有法捷耶夫。只有这样的一个抒情诗人,只有这样一个真诚的为社会主义革命和共产主义而殉道的作家才能那么写。这不需要研究什么技巧,什么疏离效果,或者新探索,从形式上怎么分析都可以,但并不重要。可能从那以后,我在写任何作品的时候只要有了真的感情,我就想把我叙述的事全部议论一番,然后用绝对纪实就像给读者写信一样或就像给我的爱人或就像给我的好友写信一样把这些写出来。说到一些人对我作品的批评,我忽然感到晓立——就是李子云对我的幽默不满也有她的道理。幽默是必要的,我决不认为我国文学作品里的幽默太多,或者我的幽默是一种不真诚,尽管我有缺乏节制的地方,这可能是地方特色。(北京作家几乎都受相声的影响。丁玲就说过我的某些段落是相声。)不管怎么样我是北京人,北京人就够贫的了,到了新疆以后又添了阿凡提式的幽默。但是讲老实话,幽默确实有另外一面,就是麻醉和狡猾。有时因为一个事情不可解,一时也无法解决,冲突非常紧张,这时候幽默一下,就是一种保护性的反应,甚至是生理性的保护。幽默一下,形势也没有那么紧张了,自己的身心也没有那么紧张了,甚至可以转移一个撕裂人灵魂的冲突。

**王干**:一种逃避。

**王蒙**:狡猾也可以说是一种智慧。幽默的人,特别是深度幽默的人需要很多智慧。但作为一部长篇小说,幽默太多了是不行的,人们要把长篇小说的幽默掀起来,看看幽默后面的东西,就是要把技巧掀起来,看看技巧下面的东西。长篇小说,用北京人的话说叫要有更多的干货,有更多人生最真切的经验和体验,而在这种经验和体验中,幽默所能起的润滑的作用远远不像在短篇里中篇里。

**王干**：你对长篇的看法概括起来就是把灵魂泡到小说里。当然长篇还有另一种创作方法，就是借助材料写作，像你这种类型的作家不需要依据历史材料和素材写作，包括你的中短篇尽管是反射性，毕竟是人生感受出来、体验出来的。今天的好多长篇小说为什么不像长篇小说，就是一些人不具备这一气质，他们的文学道路、写作道路和文学天赋都影响他们驾驭长篇小说。长篇小说的容量与字数不成正比。国外现代的长篇小说都不很长，加缪的《鼠疫》、西蒙的《弗兰德公路》、昆德拉的《生命中不能承受之轻》，都不很长。

**王蒙**：长篇小说好像在俄罗斯文学里特别长，现在的苏联文学也仍是这样不厌其烦地从白桦林、从炊烟、从泥泞道路写起。

**王干**：现在的长篇小说更精致了，有诗化的一面。我希望写长篇小说能考虑一些诗化的因素。

**王蒙**：总的来说，中短篇小说可以是我的诗情、我的思索、我的愤怒、我的嘲笑、我的遗憾，也有我的敏锐、我的技巧，但长篇小说是我的生命、我的血肉。

**王干**：短篇小说可以以思想取胜，可以以诗情取胜，可以以情节取胜，可以以技巧取胜。

**王蒙**：所以我就很怀疑你建议的那些年轻人能不能写长篇小说，他们的那些漂漂亮亮很容易表现在短篇里。就像马原说的，小说有什么会留下呢？什么也不会留下，留下的不过是故事而已。有这样一种观念就只能写短篇，写中篇也很吃力，更不可能写好长篇。而我所说的长篇呢，技巧可以被外行所忽略，俏皮的话对不懂方言不通你语言的人也变得无趣，感动人的是你的生命和血肉。

**王干**：一个作家可以玩短篇、玩中篇，玩长篇很困难，在一部长篇里搞纯粹的形式是很难的。马原的语言玩得不错。

**王蒙**：林斤澜也喜欢玩语言，把一句话分开说倒过来说。

**王干**：马原写长篇《上下都很平坦》就露馅，把单独的章节当成中篇和短篇，还是相当精彩的，但成为一个长篇，就走形了。长篇小说要有巨大的凝聚力,短篇小说有一个闪光的点就够了,长篇小说有一个点显然不够,它需要人生的面的展开。打个比方吧,短篇小说如果是小溪、池塘的话,那长篇小说是大江大河大海。写作长篇小说,作家的身心必须沉浸到大江大海中去,不能站在岸上欣赏一朵浪花,只有把自己的身心投注到人生的激流中去才能写好长篇。

**王蒙**:甚至不怕被激流淹死。

**王干**:中国作家本可以写好长篇小说,粉碎"四人帮"不久,很多人的生活经验和情感经验都很丰富,但大家都急着控诉、宣泄,很快把那些经验挥霍完了。今天,一方面是情感衰弱了,那种不吐不快的心情没有了,另一方面又碰上整个价值观念的迷惘,你刚才也说到的。长篇小说总要能体现作家一定的思想取向和价值取向。

**王蒙**:用"思考"好一些。比如第一届茅盾文学奖里《冬天里的春天》,是李国文写的,写得也是非常好、非常感人的,内容也很充实。

**王干**:当时看形式也不错。

**王蒙**:但总括起来里面的思考并不比同期的一个中篇或短篇多,许多思考在一个中篇里也已经表达出来,所谓"反思",政治上的压力对人的扭曲和人们的希望,都有表达。当长篇拿不出比中短篇深刻得多的思考的果实的时候,读者也会离开。长篇不是短篇的相加。

**王干**:更不是中篇的拉长。现在的"长篇小说热"热得不正常,有的作家一年写两三部长篇。

**王蒙**:写好了也可以。

**王干**:问题是写不好。其实一部好的长篇就把作家撑起来了。

**王蒙**:有时候都不要一部,曹雪芹只写了《红楼梦》的三分之二,就处于不可逾越的地位。

**王干**:《红楼梦》之后的长篇小说没有一个能与《红楼梦》比的。

**王蒙**:长篇的写法可能会和过去不同,篇幅会比过去短一点。有个美国作家提倡写无道具的小说,他认为过去的自然主义和现实主义，为写一个故事，为写人生的悲欢离合，需要不知道多少篇幅来写环境来写房间，写氛围，写屋里的各种摆设，写他们吃的饭穿的衣服，所有这些都和演员的道具一样，而美国的读者懒得一页一页地看这些东西。我《活动变人形》里的道具并不多，一下子把人物放到处境最激烈的时候。

**王干：**大开大合。

**王蒙：**《活动变人形》有一点没有任何人评论到，就是我从这个人物的视角写完一件事后，又从另一个人物的立场写，完全是同一事件。一上来就写"图章事件"，从静宜的立场写，读者会觉得倪吾诚太不像话了，哪有给一个作废的图章让妻子去领工资？这不是为了骗取她的忠顺？从倪吾诚来写就非常合理，他是在什么样的恍惚状态之中给她图章的，他是无意中拉抽屉拿出图章来，而静宜一下子就拿了过来。静宜是非常关心图章的，而倪吾诚穷困潦倒，图章到底是什么样的状况，他自己也不关心，都是可以理解的。后面的很多事情也是这样的。吵架事件是写了一章，倪吾诚的体验一章，静宜的体验是一章，静珍的体验和老太太的体验也是一章。

**王干：**大家没有注意的原因，可能是这种写法比较普通，特别是长篇小说引进意识流技巧之后，从几个视角写同一件事情很常见。

**王蒙：**这不但是个技巧的问题，也表达人与人之间的难以沟通。

**王干：**也是对世界理解的困惑。

**王蒙：**《活动变人形》里这些尖锐对立的情绪、尖锐对立的判断都是以爱的名义。静宜说：我不是爱你吗？人应该这样这样。从静宜来说，已经做到了她最好的程度。在倪吾诚喝醉了酒犯了病的时候，能给这样的浪子百般的照顾。从倪吾诚来说，也是做到了最好的，他要把孩子教育得好一点，生活得有点现代气息，这也是非常合理的。我觉得我还没有写够。

**王干：**在《活动变人形》和《杂色》里，你的身心和灵魂都沉浸到小说中，而其他小说中，你老是游移，不愿往事情更深刻、更尖锐的地方触及,用幽默来逃避。我看到《活动变人形》,怀疑不是你写的,一是这类题材在你以往的创作中从未露过端倪,二是语言方式也是过去所没有的。

**王蒙**:河北农村的语言。

**王干**:还有那种又矛盾又困惑又苦闷又怜悯又同情又愤怒又痛苦又仇恨又惋惜的情绪交织在一起,在你以往的小说中是少见的。你其他小说的情绪虽然也不是很单一,但主旋律仍可以把握住。

**王蒙**:其他小说往往有放有合,比如一下子把感情放出去,很快转两个圈又回来了。

**王干**:就是说这种感情可控,感情的流动节奏仍能够掌握,也就是能见到你比较完整明细的对事件的看法,而在《活动变人形》里,你的完整明细被粉碎了,你完全地感受它,用全部的身心。

**王蒙**:到这时候,技巧也不起作用,甚至潇洒也不起作用,游刃有余的自得也不起作用。我的某些中篇短篇有自得状,但《活动变人形》里没有了。文学很有意思,这又牵涉到文学的特性,好像是郜元宝说的,王蒙在他小说里表达的和他所隐藏的一样多。

**王干**:这话很有见地。

## 五  荒诞的优势

**王蒙**:文学到底是什么?是自己的表白?还是自己的躲闪?我甚至觉得躲闪和表白很难截然划清。如果完全没有躲闪,也不必有文学。完全没有躲闪,就直接写回忆录。

**王干**:忏悔录。

**王蒙**:写宣言。如果在宣言里、在忏悔录里、在回忆录里也掺进假的东西,那是卑劣,是人格的沦丧。作家最容易被读者掌握心态和脾气,你看一本理论书也好,科学书也好,游记书也好,可以不知道作家是怎么回事,他只是较为客观地把有些事情告诉你。但你看小说、诗歌多了以后，就觉得和作者已经熟悉，已经对他的一些脾气、特点甚至音容笑貌有所理解。当然作家和作品之间也常常有差异。比如张贤亮的作品写得如此痛苦，但你看到这个人几乎整天在说笑话，甚至说一些颇不雅的话，和他的作品一下子连不起来。

王干：人格和作品有时是两码事。"人本"与"文本"是有差距的。

王蒙：我为什么躲闪呢？比如关于所谓荒诞色彩，我也写过这类作品，有人就分析，他写荒诞是因为他认为世界是荒诞的。可我给你讲老实话，我写荒诞基本上与我认为世界是荒诞的无关。第一，我写荒诞是我追求幽默追求喜剧效果的一种形式，因为把幽默夸张到极致，就变成了荒诞，就变成了不可能的事情。第二，用荒诞的形式特别能够挖苦嘲笑，能入木三分，我写完《球星奇遇记》，有些跟我很好的朋友看完以后，说："你太缺德了！"这话并不是辱骂的意思。第三，我只有荒诞化以后才不会被任何人怀疑我写他，这是我写荒诞作品的主要原因。有些消极的、可笑的现象当然有生活中的依据，不可能没有依据，没有生活中的依据，从哪儿来呢？我不大大地变形的话，就很容易变成个人攻击。我不是为了自我保护，而是我认为用作品来泄愤，用作品来进行个人攻击，是我所不取的。现在挺时兴这么干。

王干：不是连续出了好几起这样的事吗？

王蒙：往往抓住一件事，铺张起来就成了小说，说真的也不是真的，说假的又不是假的，被嘲笑的人也没办法还手，你还手呢，就等于接受这个辱骂，你要不还手，这个作家就会得意洋洋，攻击成功了。我不想这么干，如果我想在作品里顺手刺谁一下，就干脆把人的名字提出来。像《一嚏千娇》里，当然那也不叫刺，调侃一下。这些人都是朋友，而且我认为都是和我有一点友谊的人，我才提他的。完全没有交往的人，我不敢提。因为有点友谊，才跟他开点小玩笑。外国的荒诞派可能没有这种考虑。我也不是荒诞派，我只是用这种荒诞的方式。关于沐浴学的争论,以至于一个不会踢足球的人变成了足球大师,都是这样写的。

王干:你有一系列这样的小说,《冬天的话题》《莫须有事件》《风息浪止》《球星奇遇记》。

王蒙:苏联有个汉学家托罗托采夫,他认为《莫须有事件》是一个变奏,写一些不可思议的事件。《莫须有事件》是写创造一个牙病和脚气的联合医疗学会。现在有些人的所谓的"公关"办法几乎全是《莫须有事件》的模式。我写完《莫须有事件》以后,正好到湖南,湖南几个作家就追着我说,你写的和我们这儿刚刚发生的事完全一样,甚至认为是我听别人介绍湖南的事件以后写的,但我把内容变了。其实我根本不知此事。

王干:荒诞变形之后,本身就有一种抽象性、寓言性。

王蒙:荒诞的优势就在于它抽象,它不一定针对哪一国、哪一人、哪一时、哪一事。

王干:它是超时空、超地域,有时也是超文化的。

王蒙:超社会的,在这种社会制度下可能发生,在那种社会制度下也可能发生,在这种职业里可能发生,在那种职业里也可能发生。

王干:故事本体的超现实性反而带来更大的现实性。你这些小说可以看为寓言体小说,寓言不在于表现具体的生活实事,而在于概括某种生活现象、某种经验。

王蒙:对,寓言是一种普遍的模式。简单地说,狼和小羊,狼说:"我要吃小羊。"小羊说:"你为什么要吃我?""因为你喝了我的水。""我没有喝过你的水。""你妈妈喝过我的水。""我妈妈没喝过你的水。""你爸爸喝过我的水,反正我要吃你。"这个模式实际上是一切欺负别人的人和被欺负的人之间的一个模式,是人类古往今来,不分人种、不分时代什么都不分的普遍模式。

王干:有人对你这类小说不理解,认为瞎写,没有现实性的内容。其实,作家写现实也不只是为了反映一种现实、一种现象,还是要从现实性、现象性的内容中升腾出来。

**王蒙**：还有一种批评，说我写荒诞的东西是缺少生活，与之相同的是认为我是概念化的图解。其实恰恰相反，所有的这些东西都是我有切肤之痛的，虽有切肤之痛，又不必或者并不适合于以完全写实的方式实打实地写，倒不如把它甩出去，成为子虚乌有的故事。

**王干**：这正是一种超现实主义。苏联电影《悔悟》就是用荒诞的方式来表现强烈的现实性。

**王蒙**：那是政治寓言。

**王干**：你这些小说目的在于针砭现实，可以叫做干预生活，只不过不像以前那么直接，是间接地干预生活。对目前的长篇小说我是持一种不满意的态度。我觉得现在中篇、短篇都已经走向成熟。如果让我挑这几年的长篇，一是张承志的《金牧场》，我曾对此不以为然，最近我重新思考之后，觉得应该充分认识《金牧场》的价值。张炜的《古船》尽管在结构上没有处理好，但由于他投注了自己的灵魂血肉，与其他小说相比，还是有价值的。你的《活动变人形》，在一九八六年看时，并没有特别震惊，但经过一段沉淀之后，发觉它的内蕴很丰富，历史感和时代感都非常深沉，是继《围城》之后写中国知识分子的又一部好长篇。张抗抗的《隐形伴侣》虽然也可以，但不能与上述三部相比。莫言的第一部长篇《天堂蒜薹之歌》是非常糟糕的。《文学四季》上发表的王朔《玩的就是心跳》，本是一个很好的故事框架，但他要搞什么时空交错，已经不像王朔了。我见到王朔，他说以后再也不玩这种花招了。

**王蒙**：如果从搞花招的角度搞时空交错意识流也可以，但必须是表述的内在要求，包括情感的要求。情感一定要达到超时空颠三倒四的旋转状态。所以我对自己的三篇小说《铃的闪》《致爱丽丝》《来劲》有兴趣，这是我非常得意的作品。从表面上看是文字游戏，但所表达的对世界的把握是很不容易的，世界一下子旋转了，一下子搞活了。从政治上经济上说就是搞活了。本来中国社会解放以后按苏联模式,一切按部就班,而现在搞活了,也搞乱了。

**王干**:《铃的闪》《来劲》就是外在复杂纷纭的现象刺激之后你反射的结果。

**王蒙**:把整个语言都打乱了,我将来还要写几篇,这很有趣。辽宁人告诉我,说把它选到中学生课外阅读教材里,这简直笑死我了,可不要误人子弟呀!

**王干**:中学生是不是会越看越糊涂了?

**王蒙**:我特别感到长篇的吸引力,但没有想好之前绝不写,如果没有想好之前就去写长篇不如干脆写中篇、短篇。长篇确实需要历史性的沉淀、深思、反省、突进,是打一个大仗。我现在打的是游击战,偶尔有阵地战,还没有进行战略决战。也许该进行了吧?

# 王蒙小说的背反现象

**王干**:你在一九八八年共发了五篇小说,《一嚏千娇》《球星奇遇记》是中篇,《夏之波》《组接》是短篇,《十字架上》发表时注明的是短篇,但更像中篇。

**王蒙**:从字数上说不够"中"。

**王干**:一个短篇里有如此大的容量很难得。现在衡量中短篇往往是以字数为标准的。三万字以下叫短篇,以上叫中篇,十万字以上叫长篇。

**王蒙**:外国好像只有长篇和短篇。

**王干**:巴尔扎克的《高老头》《欧也妮·葛朗台》更像我们说的中篇小说,但都是长篇小说。

**王蒙**:这没关系,爱叫什么叫什么。

**王干**:我觉得这五篇小说表现出四个背反,第一个背反是纪实性和超现实性的背反,你的小说里纪实性很强,在《十字架上》,既有真实的作为现实生活中的"我",访问各国参观教堂的"我",这在你的生活中能够找出印证。但"我是耶稣"的"我",那个上十字架上的"我",显然是一种超现实的我,这就组成了非常有趣的现象。在《一嚏千娇》里,老喷和老坎的故事显然是虚构的,但在他的故事中间所隔离的那些文字,议论到张辛欣、刘心武、张贤亮,完全是纪实性的内容。《球星奇遇记》的故事完全是超现实,但里面又有好多纪实性的细节,完全是现实生活中刚刚发生的事情,现实与超现实的内容交叉渗透就非常有意思。一般说来,写实性小说与幻象性小说是两股不同的小说流向,而你把两种相反的小说做法糅到一起来写,也可以说是一种实验吧。

王蒙:也许可以用另一种方式表达,叫入世的和出世的。我的很多作品表明我是一个入世的人,我从小不管参加革命也好,参加劳动也好,是入世的,而且在一些作品里对那种非常清高的说法还提出过怀疑。在多年以前的《深的湖》里,就曾经提出过对契诃夫对牡蛎也就是蚝非常反感的质疑,后来在《一嚏千娇》里又提过。遇罗锦有一篇小说,说是她去欣赏红叶,但她的爱人买鱼去了,证明她爱人的庸俗。对遇罗锦的私生活我不想讨论,我想讨论的是,又想看红叶又想吃鱼怎么办?最理想的不是赏红叶而不吃鱼,也不是吃鱼不赏红叶,而是吃完鱼后又赏红叶。

王干:或者赏完红叶以后再吃鱼。

王蒙:说明入世和出世都是人性,都是人生需要,把世俗的东西那么贬低,那么高高在上视世俗如粪坑,够伟大得没边了。也许我这两年不那么年轻了,对新的事物反应慢了些,过去更快,比如《风筝飘带》里描写广告牌是什么样的,冰棍是什么牌的,绝对是最新的式样,街头新闻、口头新闻,吃喝拉撒全有。我曾经和张承志讨论,说他的作品缺少可触摸性,里面充满了理想、青春、信仰、愤怒,这都是合理的,但也应该是可以触摸的。王安忆的小说就比较有可触摸性,但王安忆的小说又缺乏理想与热情的光照,缺少张承志的那种震撼力。她写的人物叫做"庸常之辈"嘛!反过来,我出世的要求又相当强,甚至我最忙的时候,骑自行车走的时候都想把车停下来然后看看大街想想自己扮演什么角色,有一种一下子把自己从生活抽出来反观的愿望。

王干:反观。

王蒙:反观人生,反观自我,出世,实在是一种精神享受,如果没有这种精神的享受,如果不能摆脱俗务,不能摆脱世俗,如果不能想一些神秘莫测的、遥远的、不可捉摸的东西，就受不了。小时候我特别喜欢白居易的诗，白居易写了那么多反映民间疾苦的诗，但也写了"花非花，雾非雾"，到现在没有人能解释清楚到底写什么，是灵感？爱情？它的力量都无与伦比，一个作家、一个诗人如果不能感悟"花非花，雾非雾，夜半来，天明去"的妙处，就没有起码的灵气，起码的文字细胞，这可能是我个人的偏激看法。

**王干：** 第二重背反是信息的集聚与主题的消解，你的小说里信息量特别繁多厚重，有时一篇小说集结了古今中外的大量信息，有政治的、经济的、科学的、外交的、民族的、商业的、体育的、艺术的，比如关于汽车的牌号你能说出一大堆。

**王蒙：**（笑）

**王干：** 生活里的新潮服装、新潮音乐、新潮舞蹈你小说里都会出现，北京的新土话你也能用上一串，国外的各种信息也充斥在你的小说中，"文革"的语言词汇也能融进小说里，有时还夹杂一些英语、广东话。所反映的生活的面特别宽，既谈到解放前的地下党斗争生活，也有建国初的情景，也有"文革"的故事，还有今天的五光十色纷纭复杂的改革场面。《夏之波》既有国内的改革场景，也有国外生活的描写，你把这些反差极大的信息聚集起来组成一个大拼盘，但信息膨胀的结果，使你小说的主题消解。你一九八八年的小说里已难找一个完整明确的主题，你的主题呈放射状态。当时《春之声》就呈现出这种倾向，使人们抓不住把柄来对它进行主题分析，以前组织小说的思想没有了。《一嚏千娇》实际是按照解构主义的方法来结构的。不知道你有没有接触过这方面的理论。浮现你小说上面的是大量的信息，隐藏在你小说深层的却是对意义的反动。你已经不再找一种确定性的主题，对生活也不采取一种确定性的判断，而是用一种多向度的互相矛盾互相冲突的方式来组织小说。我认为主题的丧失是小说的一种进步。以前的小说往往是主题思想决定人物性格，人物性格又决定故事情节，一句话便可以概括几十万字小说。因为故事是为了塑造人物,而人物又是主题的化身。

**王蒙**:这也很难讲。我认为作品必然会有意义,但有互相冲突、互相抵消的一面。如在《一嚏千娇》里,我自己就说,一般地说老坎是"左"的路线的受害者,而老喷是"左"的路线的执行者,老坎是弱者,是被损害被侮辱的弱者。但在我的小说里,两方面的意义、三方面的意义都存在。我想起《一嚏千娇》里有一个细节,就是老喷到海滨疗养院养尊处优地过了一段以后,回来讲话就说从"三大革命"第一线回来,实际是走到哪儿都有宴请,吃得嘴上全是油。我很快插上一句:那些批判不正之风的人也是吃得满嘴的油。这两方面的情况同时存在。莫言在最近一个座谈会上说得更露骨:谁也甭说谁,你看到一个人挎着一个妞乱搞男女关系,你不要义愤填膺;无非你没有机会,如果你有本事也挎上一个。你看人家大吃大喝也不必义愤填膺,你小子如果有这种机会吃喝也不见得比别人少。原话可能不是这么说的。这话既像是悲观,又像是嘲笑,又像是天下老鸦一般黑,又像性恶论,又好像绝望,又好像是调侃。莫言的这种说法也不见得就准确,但起码比把人生严格划成黑和白两部分可能实际一点。也有不止一个人说,我是折中主义者、相对主义者。我不知道你怎么看?

**王干**:你这种哲学实际是消解哲学,取消世界上确定性的意义,不承认有真正的恶、真正的善。善和恶在你那里是可以转换的,在今天看来是善的,明天就会成为恶的;在这个人看来是善的,在那个人看来可能就是恶。这种哲学不再寻找非常稳固非常永恒的终极真理,生活里本来就没有终极真理。这与折中、相对不一样,消解没有调和的成分,是以对两方都采取否定的方式出现的。这种哲学在外在艺术形态上表现为一种幽默风格,其实幽默也是一种人生态度。维特根斯坦说过,幽默不是一种心情,而是一种观察世界的方式。你对事物缺少明确的判断,而是寻找多种可能性。世界的道路不是只有一条,怎么走都有合理的成分。你对意义进行消解是为了表现多种可能性的。第三个背反就是故事的隔离与结构的丧失。在一九八八年的五部小说里,你对故事都采取了隔离的手法。《球星奇遇记》是写一个奇奇怪怪跌宕起伏悬念丛生的传奇故事,你的用意不在故事本身,也不在于人物形象的塑造、性格的刻画,"球星"身上就缺少刘再复所说的二重组合的特性。你小说的目标不在故事怎么样,也不在人物性格怎么样,你可能是利用故事的框架来表达人生经验。你对故事的隔离非常有意思,在长篇小说《活动变人形》里你就已经采取隔离手段,主要通过作家主体出来议论,故意使小说产生陌生化的效果。今年的几部小说里隔离手段更趋丰富和熟练,各篇隔离的手段并不一样。《夏之波》的隔离是通过故事隔离故事,一个是爱情的故事,一个是改革的故事。

王蒙:爱情没有故事。

王干:我说的故事不是情节性的。现代小说里,情绪也是故事。一个是写精神的冲突,一个是写现实的矛盾,故事发生的地点一在国外,一在国内。一个是反映青春时期的忧郁、感伤、惆怅,一个是反映现实的骚动、不安、喧嚣、嘈杂。这两类相互矛盾相互对立的空间搅和在一起,轮流交替出现,就表现为一种复调结构。这种隔离就不单纯是讲改革的故事,也不单纯讲爱情的故事,整体上构成的既互相参照又互相补充既互相冲突又互相调和的复杂情态,增加了小说的信息量,也造成了一种审美的陌生化效果。《十字架上》的隔离,是现实的"我"与"精神的我"的相互隔离,就像你刚才说的"尘世"与"灵魂"的组合。短篇小说《组接》的隔离就更加技术性。你写作这篇小说可能受到法国新"新小说派"的启发,是一种扑克牌小说。《组接》分头部、腰部、足部、尾声四个部分,前三个部分各有五个片断,本是五个人生的故事,但你把故事的外在标志抹去了,人物的姓名也没有了。

王蒙:真正的"活动变人形"。

王干:本来是五个故事,由于某些人生的外在特征消失了,就产生了多重组合的可能。

**王 蒙**:我写的时候原来不想写头部、腰部、足部,而想一、一、一、一、一,然后二、二、二、二、二,然后三、三、三、三、三。

**王 干**:既相互隔离又多重组合,如果把头部用 A 表示,腰部用 B 表示,足部用 C 表示,尾声用 D 表示,最自然的顺序有五种人生,人生用 R 表示,就是:

$$R_1 = A_1 + B_1 + C_1 + D$$
$$R_2 = A_2 + B_2 + C_2 + D$$
$$R_3 = A_3 + B_3 + C_3 + D$$
$$R_4 = A_4 + B_4 + C_4 + D$$
$$R_5 = A_5 + B_5 + C_5 + D$$

如果再任意组合,那就会有无数的人生,小说就提供了人生经验的多重可能性,为什么又说结构丧失呢?《组接》这部小说实际就没有结构。一般的作家小说家都喜欢惨淡经营结构,在你的小说中,隔离的结果就使结构丧失了,结构存在于读者的阅读过程中,读者愿意按照什么样的经验、什么样的情感、什么样的方式去组合小说就可以有一种结构。如果说《组接》对结构的消解基本上还是不自觉的,而是为了组合的有趣和变化,那么在《一嚏千娇》里你则有意消解结构消解故事。《一嚏千娇》本是一个完整的故事,老喷、老坎和老田之间的故事完全可以写成一个政治加爱情的故事,也可以写得甜甜蜜蜜风风雨雨,也可以悲悲戚戚,大起大落,可以煽情,可以愤怒。但你把故事淡化了,消解掉了,通过你的议论、作家自白隔离读者了解故事的可能性,甚至在小说中直接宣称"本篇小说作者本来是努力于制造间离效果的"。还穿插了好多对文坛现状的议论,感慨调侃,使老坎和老喷的故事变得若隐若现,小说的结构便丧失。一般说来,小说无非依照故事情节,或人物命运或主体情结这样几种结构来组织,而你现在完全按照一种非结构的方式。

**王 蒙**:像论文。

**王 干**:文字像论文,但论文的结构更严谨。反过来,老坎和老喷的故事对你的"论文"也是一种隔离。如果把老坎和老喷的故事去掉，小说就成了杂文、创作谈或随感，它的妙处在于议论消解了故事完全可捉摸的意义。另外，结构的丧失还表现在文体的芜杂，里面有诗歌，有对话，还有模仿残雪的段落。一般地说，小说是一种语体、语调的大杂烩，这也丧失了小说的结构。现在看来你对小说的复调化特别感兴趣，通过隔离来保持陌生化的效果。

**王蒙**：这些理论我不太熟悉，但隔离不仅是一种结构，有时候是情感现象，有时候是审美现象。一个人情绪都集中在一点上的时候反倒没把它表示出来，中间插一个什么东西好像和它风马牛不相及，反而倒更能表现出这种情绪。我记得很年轻的时候看契诃夫的话剧《万尼亚舅舅》，万尼亚舅舅的爱情纠葛、生活纠葛最尖锐的时候——因为几个男人都爱上了教授的妻子，忽然有一个人问，原话我记不太清了，说在非洲撒哈拉沙漠一定很热吧？医生说，是啊——很热。底下的观众都笑了，笑完以后就感觉所有的痛苦、无法排遣、无法解决的痛苦似乎在这几句话里都表现出来了。我还可以举个更通俗的例子，有一个很有名的相声，描写两个农村里文化不太高的人搞对象，中国人加个"搞"字说明文化素质、风俗习惯还不能很胜任愉快地谈恋爱。相声里描写两人见面，沉默了半天，忽然一个人问："你看过大老虎吗？"这也是一种隔离。从我个人来说，在外国小说里，特别佩服在叙述当中那种八面来风一般的叙述。

**王干**：陀思妥耶夫斯基那种叙述。

**王蒙**：这是一种美，是一种感情的爆发，是感情爆发前的一种转移。在某种意义上，这种间离常常更符合生活本身，因为生活本身就不是一个单线条。如果说人生就是故事，中间就不知有多少故事在互相隔离，互相阻断，互相交叉，互相冲突。这是一种意味。伍尔芙的文体我也很喜欢，也有这一特点。约翰·契佛的小说也有这种情形。《万尼亚舅舅》里有一句话我至今记得，一个人说，今天天气真好。万尼亚回答说：这样的天气正好上吊。（笑）横空出世，你不知道它是从哪里来的,一下子切入。本来,舞台的布景完全是斯坦尼拉夫斯基式的,完全是苏式的,特别美,突然插这么一句,极有反差。约翰·契佛也有这种方式,比如叙述雷雨时扯到一个和雷雨最没关系的事情。这也是一种经验,也是一种技巧,也是一种情绪,是一种"识尽愁滋味,却道天凉好个秋"。

王干:这是辛弃疾的词。

王蒙:"老来识尽愁滋味,欲说还休。欲说还休,却道天凉好个秋",无需一条线直说下去,甚至还可以反过来说。

王干:这种隔离是语言上的隔离,而我刚才说的是结构的隔离,像《夏之波》里爱情的故事与改革的故事毫无关系。

王蒙:《组织部来了个年轻人》也有,一是林震与赵慧文的感情很朦胧很伤感,送她出门时,有一个老头推着车喊道:"炸丸子开锅!"后来刘厚明跟我说,只有写了"炸丸子开锅",才是王蒙写的,任何人在这个时候不会加一个"炸丸子开锅"。也有人问我:为什么要加"炸丸子开锅",我回答不上。还有一个,就是他们听《意大利随想曲》,写得很有感情,收音机放完,下面就放剧场实况,他们就把收音机关了。也有人跟我提,你用不着交代"剧场实况",破坏情绪,我也说不上什么原因,觉得必然是剧场实况,而且再也不能是《意大利随想曲》了。《意大利随想曲》完了如果没有一个剧场实况,就像林震和赵慧文感情缠绵以后没有"炸丸子开锅"一样,如果感情一味缠绵下去,小说就变成琼瑶的小说了。

王干:这是一种反差,只有"炸丸子开锅"的叫声才能表现出他们情感缠绵状态的程度。没有剧场那种乱哄哄的实况转播,哪有《意大利随想曲》的抒情优雅?尽管非常突兀,但双方对比鲜明。你小说中的第四个背反就是语言的扩张与叙述的死亡,近几年的小说发展是从描写到叙述,以前的小说特别是那些现实主义的小说要求作家的倾向要从作品当中自然流露出来,作家写小说基本是以描写为主,柳青就是比较典型的。新时期开始后,作家开始注意叙述,有人甚至认为小说是叙述的艺术。你有一种语言的扩张欲,喜欢把各种各样的名词、动词、形容词进行重叠,有时为了修饰一个名词能加三个五个以至更多的形容词,定语和状语尤其庞杂和漫长。这种语言的扩张也表现出你对世界的事物和人物多种可能性的理解。人们要求语言精炼、准确,甚至必须找到只能表达这个意思的唯一的词,才能表达此时此刻的情景。这种语言方式的背后隐藏着一种思维定式,就是认为世界只存在一种终极真理,当然一个动词、形容词用得好,也非常传神。你现在的这种语言的扩张实际是一种反叙述,就是把你的感受与信息融合在一起。

**王蒙:** 有一个大学教语言的老师对我说,他认为我的排比句与语法修辞规则不一样,因为语法修辞认为排比句子的关系应该是相近的,或者是渐强的。比如我们过去常用的"伟大的、光荣的、正确的中国共产党","伟大、光荣、正确"都是歌颂党的,或者是递进式或组合式。而我最喜欢用的是把矛盾式的词和句子用在一起,比如你这个崇高的卑鄙的人,我是经常用这种方式。这是最简单的,实际我还要复杂得多。

**王干:** 外在形式上你是铺张的,像是中国的赋,有赋的洋洋洒洒的气势。有时十几个排句一气用下来,而这些排句的目标并不很明确,中间甚至相互矛盾,有的句子本身就充满了矛盾,修饰与被修饰之间有矛盾,修饰词与修饰词之间也有矛盾,前一句与后一句也有矛盾。这种语言的极度膨胀,表现出你对语言的嗜好。就像小孩子玩棋子、搭积木一样,这样排列一下,那样排列一下,会有无限的欢乐和畅快。你喜欢玩弄语言,玩弄语言的结果使小说失去叙述的性质。大多数小说客观描写,冷静刻画,而你则大量抒情、议论,有时则像说相声,颠覆了小说本身的结构。你这样铺张语言,放纵语言,在于提供信息量和多种可能性。这就构成了你的语言的绝对个性化,形成了独特的王蒙体。你可能在小说的语言本体进行一种实验,就是小说除了描写、叙述以外,是不是还可以用新的方式,比如议论、议论的叙述化、叙述的议论化。

王蒙:还有抒情性的议论。

王干:这种尝试与你的哲学态度和审美要求是一致的。你破坏叙述、消解叙述的目的就是改变线性的思维,改变逻辑性很强的叙述方式,议论的夹入就冲淡了叙述的一元性、确定性。在你的小说里,叙事者显得非常软弱,小心翼翼,一点也不斩钉截铁,一点也不果断,老觉得这样也行,那样也可以,也这样可能,也那样可能,这是你的多种可以的哲学态度的反映,而叙述则不易表达这种可能的怀疑的态度,议论的自由与随意则有助于这种不定的多变的信息的表达。不论是对意义的消解、对结构的消解还是对语言的扩张对叙述的反动,都表现了你的非理性倾向,表现出一种非逻辑的力量。对于你的语言,逻辑已经丧失了意义,分析一下你的语句常常会发现逻辑非常混乱,经常违反同一律矛盾律排中律。

王蒙:违反修辞学。

王干:你在小说里反语法、反修辞、反逻辑,造成了语言的非理性精神,你的非逻辑反逻辑非理性反理性不像有的作家,是通过人物或叙述来表示的,你是从小说的自身的结构呈现出来的。反意义是一种非理性。上述的多重背反在以往就有不同程度的存在,但在一九八八年表现得最为突出。

王蒙:如果从悖论的角度看,你刚才说的很多都不是我非常有意识自觉去做的。另外的一些东西我倒是相当自觉的,我身上有两种倾向或两种走向都非常鲜明,比如一种是幽默,一种是伤感,本来幽默与伤感是不能相容的。我们读幽默的如老舍的小说,果戈理的小说,马克·吐温的小说,不大可能在他们的小说找到泰戈尔式的温馨、屠格涅夫式的伤感,也找不到巴金那种激情和缠绵,甚至觉得让你不满足。幽默弄浅了就是油滑,弄深了就是一种解脱,飘飘然把一切都看成儿戏、游戏。幽默的人实际很可怕的,他是用严厉的态度看人生,他是在高高的塔尖上看人生,所以才觉得幽默。置身其中的时候往往感觉不到幽默,人在"文革"中挨打挨斗决不幽默。事情过了很久,互相议论起来,当然议论起来也有非常愤怒的人,也有很多人拉开了足够的距离以后就觉得好笑,起码哭笑不得。可是我非常真实地感受到这两种力量,既有幽默的、讽刺的、解脱的、尖刻的甚至恶毒的情绪,另一方面又有伤感的、温情的、纠缠的、原谅的、永远不能忘却的情怀甚至于自恋,我觉得这两种东西在我身上都有。你说我否定的多,但我相信我的作品里原谅的也很多。甚至老喷也是可以原谅的,讲到在一次撤退后他的妻子牺牲了。但并不是完全消解,两种情绪不完全半斤八两,正负并不能抵消。

**王干**:消解不是取消,消解是一种冲突和融和,消解意义不是没有意义,而是以更大的意义出现,是消解一元性的确定性的意义,消解是为了承认多种可能性。

**王蒙**:一九八二年我写《惶惑》就有消解的成分。

**王干**:《惶惑》是写一种温馨和辛酸。我看了心很酸。

**王蒙**:不单你同情她,作者也很同情她。她找新提拔的干部去给学生讲讲话,是非常令人感动的。但这个干部没有去给她讲话,也不能说是多大的毛病。因为生活已经变化,他来这儿来总结消除污染环境工作,他需要做很多应酬,也要做很多自己的工作,最后他确实没有时间,这是一种遗憾。

**王干**:在你的小说里,遗憾是一个重要的母题。

**王蒙**:惶惑也是一个母题。《庭院深深》就是一种惶惑,它既有怀旧、念旧、自恋,又有一种解脱,设想儿时的情谊永远纯真是不可能的,设想两个老友时隔三十年四十年见面以后又回到共青团时代,也是不可能的。但反过来认为经历几十年以后人又全变了,谁也认不出谁来,青年时期的感情全部消失了,同样也是不可能的。惶惑、遗憾,《相见时难》里也有。《惶惑》的主要情感还是同情小学教师,感到对小人物应该更加关切。从赶任务的角度上说,也是为提高教师待遇而呼吁。但我写了这样遗憾的难以避免,就像人长大了没有小时候可爱,但人总要长大,人不能为了变得可爱,就老假装自己七岁八岁。我写过对"老莱子"的反感,中国尽孝的故事有一个老莱子,就是他本身已经六十多,父母八十多,他底下没有孩子。为了讨父母的欢心,他就把自己的头发梳成朝天杵,拿着拨浪鼓像小孩一样在父母面前嬉闹。我觉得非常恶心。老头就是老头,人应该有自己的本色。小孩就是小孩,幼稚就是幼稚,成熟就是成熟,老练就是老练,不老练做老练状,或老成而做天真状,都讨嫌。

**王干**:老化就是老化。

**王蒙**:人老了就是老了,不要勉强表现自己的青春。《一嚏千娇》的更多同情是给老坎的,我也很清醒地看到,被同情的人也不是没有缺点,谌容在小说《真真假假》里有一句非常"恶毒"的话,又是格言、名言,是智者寒光闪闪的话:"可怜之人必有可恨之处"。

**王干**:太恶毒了。

**王蒙**:很恶毒也很厉害、很真实,但世界上的事情不是算术图片一样,并不是对所有可怜人都要去恨他,那么解释就没意思了。这是小说里的话,不是政治教科书,也不是道德、法律。

**王干**:这话本身也是辩证法。

**王蒙**:我还是含蓄地揭露了老坎的弱点,那种贾桂"站惯了"的心理。说来好笑,《收获》发表的小说里丢了一段,本来有这一段故事就很完整了。最后一节写近几年老喷又帮助老坎一次,但没帮助成。但有一个场合两人见面了,我写他俩见面时,大家都为老喷感到尴尬,特别是一个同情老坎的记者就想出老喷的洋相,结果一见面老喷仍然是雍容华贵地和老坎握手,而感到尴尬似乎做了对不起的事的恰恰是老坎,反而是老坎见了老喷脸也红了,也手足无措了,说了一些很不得体的问候的话。老喷听了这些话还没有来得及回答,就打了一个嚏喷。旁边的记者颇为愤怒地说:像老坎这样的人居然还能娶媳妇,这实在是人生的浪费。情节上非常完整,以打嚏喷开始,以打嚏喷告终。对老坎是有嘲笑,但还是温情。不恰当地引用鲁迅的一句话,就是"哀其不幸,怒其不争"。两种倾向并不完全存在于一个平面,本身也是一个高低的"坎"。

王干:比例也不一样。

王蒙:老坎表现出的可能是性格问题、国民性问题。这些我不想做更多的自我分析。我感到很有趣,我的朋友包括很好的朋友,对我的作品往往是接受其中的一部分,老想把另一部分从我身上抹去,而另一部分朋友则希望要把这一部分朋友要抹去的保存住,抹去另一部分。

王干:这也说明你的作品的内部矛盾性。

王蒙:我尊敬的一些前辈看了我的《名医梁有志传奇》《活动变人形》就很高兴,预言王蒙又回归到现实主义,又集中精力创造典型环境里的典型性格,或者以更大的胸怀分析一下,王蒙从来没有离开现实主义,篇篇都是现实主义。而另外一些人则说王蒙创新的势头在八十年代初期之后就逐渐减弱了,可能是由于心灵的疲惫,也可能由于受到压力,远没有一九八〇年的锐气了。

王干:我也听到过这种议论。

王蒙:其中最有意思的是晓立,她对我的真诚的、抒情的、怀旧的作品都非常欣赏,但对我幽默、夸张、讽刺、混乱甚至油滑的小说老觉得难受,她是真正觉得难过。她一度觉得这些东西是对我的形象、我的作品形象的破坏,因为我在某些作品那样脉脉含情,那样纯洁、善良,那样赤子之情,那样诗情画意,而在另外一些作品里那样信口开河那样玩弄文字游戏那样夸张以至恶毒,她认为不可以。我听到的,有的写成文章,有的没写成文章,不止一个教授和老作家对我语言的所谓油滑、缺乏节制、不规范不以为然。也有人专门欣赏这些,说是语言的瀑布现象。包括对我作品的评论,有些抓住这一点,有的抓住那一点,这都很有意思,我也不想多说。

王干:说明小说作品本身有多重评论的可能性。我觉得你一九八八年小说中人生体验比较深的、情感体验有深度的还是《十字架上》,它既有一种具象性,又有抽象性,所开掘的意义相当深。它不是简单的自审,还有他审的成分,很有心灵深度。如果从形式看,最先锋的是《一嚏千娇》,一下子把小说的常规全部粉碎,故事断断续续,有一半以上是在谈文学谈技巧谈视角。我觉得《球星奇遇记》缺少一种隔离化的效应,可能你在有意为之,就是要讲故事。

王蒙:《球星奇遇记》还是力求可读性,努力运用通俗小说的一些情节,实际是半带嘲笑地来使用球星、艾滋病、007这些新词儿。

王干:你在《夜的眼》里也写到足球,你是不是球迷?

王蒙:不是,我对足球最不行。我觉得更大的背反不是故事与非故事、意义与消解,甚至也不是幽默与抒情。我感觉到的一个背反就是游戏和真诚。我绝不认为我作品是不真诚的,我的作品有许多真实生命的体验,而且只有死过也活过,也流过血,也流过泪也流过汗,底层也泡过,上层也泡过,也欢笑过,也满足过,也痛苦过的人才写得出我的那些东西。但我丝毫也不否认我有玩弄文字的游戏、有些甚至到了常人所不能接受的程度。前几年写一篇关于张承志《北方的河》的评论,我里面用了一个"他妈的",我最好的朋友之一邵燕祥就劝我把"他妈的"去掉。一九八七年上半年还有人闻到一点气味便抓到"他妈的"这三个字进行批判,不是《人民文学》出了事情吗?就有人讲《人民文学》是他妈的刊物,因为有他妈的主编。(笑)

# 聊以备考

**王干**：你的处女作是一部长篇小说？

**王蒙**：对，《青春万岁》。十九岁开始写，共写了三年。这是发表出来的。在此以前，我记得上小学的时候在笔记本上写过一个短篇，这个短篇也完全是左翼学生写的，是写一个清洁工，那个时候叫清道夫。这完全是从生活出发的，解放前的冬天，走在大街上，有时候看到非常穷的人拿着扫帚在扫街，非常同情他，我就写他生活多苦，没有钱又冷，家里的妻子儿女都等着他。好像我当时还给自己起了一个笔名，叫"艾文"。

**王干**：在你创作过程中，对你影响大的有哪些作家？

**王蒙**：在我小的时候是冰心的《寄小读者》，这最使我感动。小时候我受中国古典文学熏染最深的还是古代的诗词，我可以背诵非常之多。在与我这个年龄或比我更年轻的作家当中，我对音韵，对平仄，对旧诗格律诗的写法可能比他们知道多一些。少年时候，爱看巴金，巴金的那样一种笼统的泛革命情绪非常感人。真正理解鲁迅作品还是解放以后，解放以前读鲁迅的作品，《好的故事》给我刺激特别深，我觉得它写心灵对世界的直接感受，甚至我觉得《好的故事》比《秋夜》写得还要好，它是《野草》中好最好的，那样一种似梦非梦、似幻非幻的感受特别精彩。后来较多地接触俄苏作家，托尔斯泰、屠格涅夫、果戈理、契诃夫、法捷耶夫、爱伦堡、费定，都有很深的印象。一九五七年反右派时，我最不愉快的时候是读狄更斯的作品，他也是写许多大起大落的人生熬煎最后终于得到胜利,在当时似乎给我一点安慰。巴尔扎克的东西也是五十年代看的。我看巴尔扎克的东西就像看他用解剖刀在解剖生活、社会。

王干:你受俄苏文学影响特别大,《青春万岁》可以看出《青年近卫军》的影响。

王蒙:这两年主要看了西方特别是美国作家的作品,约翰·契佛、约翰·厄普代克、杜鲁门·卡波特等等。国内我的同辈人的作品,茹志鹃的短篇作品我曾很认真地读过。老的小说里,当然还是喜爱《红楼梦》。

王干:《活动变人形》一下子使人联想到《红楼梦》。

王蒙:我有两个计划牵涉到中国古典文学。一个是早晚我要写一本评《红楼梦》的书。我不懂那些考据,就写读《红楼梦》的种种感想。还有一个伟大计划,就是重写一遍《白蛇传》。《白蛇传》是中国最伟大的戏剧,潜力还没写完。《白蛇传》所隐藏的容量太大了。戏剧特别是解放后的戏剧把它弄分明了,白蛇、青蛇是正面人物,法海是反面人物,许仙是中间人物。

王干:其实他们都出于爱。

王蒙:他们是个怪圈。白蛇爱许仙是真诚的,但她的爱要把许仙吓死,这也是真的。许仙爱白蛇但更爱自己,他要活命,他就不得不求助于法海。法海作为一个和尚,有责任普度众生,有责任援助许仙不受白蛇的缠扰。这里面内容相当丰富,从象征的意义上,用蛇来象征女人只有《白蛇传》。外国喜欢用玫瑰来象征女人的爱情,还有鱼,美人鱼,有蛇吗?

王干:在弗洛伊德看来,蛇是一种性的象征。

王蒙:弗洛伊德说蛇是男性的象征,我却认为蛇是女性的象征、情的象征,爱本身既是一种缠绕,难解难分,肝肠寸断,又是怨恨,又是柔软。比如《断桥》里白蛇看到许仙又恨他又爱他,小青又要杀他,她又要保护他,复杂极了。我想把它写成一个长诗,写和尚的悲哀、许仙的悲哀、白蛇的悲哀。

**王干**：中国艺术中出现过蛇的形象，戴爱莲的《蛇舞》，艾青的《蛇》，堪称二绝。预祝你写出来，成为新的一绝。你最希望达到哪种境界？比如你最景仰的作家是不是陀思妥耶夫斯基？或者其他人？

**王蒙**：那是年轻的时候，我现在说不出来。我现在并不效仿任何一个作家。

**王干**：你写作有没有什么癖好或习惯？

**王蒙**：最少。我可以在路上写，也可以在旅馆里写，可以在很漂亮的房间里写，也可以在非常拥挤、周围放着各种杂物，甚至屋里还臭烘烘的环境里写。当然还是要安静，希望有茶喝。

**王干**：你在小说里追求一种混沌感，表现出嘈杂的感觉；在诗里追求一种纯净、明静、单纯，有婴孩一般的纯情。你现在写诗，是因为时间紧了，还是情感的需要？

**王蒙**：是情感的需要，是寂寞的结果，"从政"以后我只能用诗来排遣这种寂寞，也和时间紧有关系。心灵深处有些东西既不能通过我的公务、工作表达出来，甚至也不能通过小说表达出来，而只能用诗表达。我的诗里并没有那么多的烟雾，但诗本身也形成一种烟雾，当你越是最袒露地写你感情最深处的东西，就越变得难以理解了。

**王干**：你在诗里寻找一块纯粹的绿地，想从乱纷纷的世界解脱出来。你的写作曾经中断了近二十年时间，你觉得这种中断对你个人来说，如何呢？

**王蒙**：这很难设想，这是一个无法思考的问题。从政治上说，对我个人很好。因为如果不中断的话，在那种环境里，势必有两种可能。一是得绝对的沉默，这并不太可能。因为我从小就积极参加革命，做布尔什维克，做党员，一心一意跟党走，假如一九五七年以后我没有被划进去，设想我就清醒看到这一切都搞错了，我就保持沉默采取不合作的态度，这也不可能。相反地，有一种可能就是跟着"左"

起来。但"左"到姚文元的程度也不可能，因为我心里毕竟有善良的一面，我下不了手，我现在写小说对很反面的人物也下不了手。但起码柳青式的悲剧在我身上会出现，就是我以很大的力量努力把当时的政策、口号变成我自己的思想感情，再把它写出来，费了九牛二虎之力才把它写出来，可不久发现是写错了。

# 致 读 者

王蒙：我觉得我们这种谈话是很有意思的，但我常常感到我们谈到的还没有我们忽略的多，它确实是一个谈不完的话题。真正的不管是我们个人所追求的还是我们一代作家所追求的文学到底是什么样子，是无法描述的。正因为它无法描述，它才吸引着我们，吸引着读者。许多暂时的成败得失、印数、评奖，都会过去，但这样一个永远神秘的吸引会继续下去。我还有一个特别感到隐隐激动的地方就是通过我们的谈话，我感到长篇小说的吸引，我不知道，从此我会被吸引起来，还是过了两个月又在外在的刺激下继续反射下去呢？

王干：你太敏感，一有刺激，就会反射。

王蒙：这种敏感也会变成自己的累赘。

王干：人的优势也会限制自己。

王蒙：人人都是这样的。

王干：我们的"十日谈"就要结束了。对话的双方很有意思，你的年龄大约是我的双倍，这是不同年龄层次的对话，又是长幼的对话。

王蒙：用不着排辈。

王干：从从事文学活动与所达到的文学成就来看，你又是我的老师。从姓氏看，五百年前又是一家。

王蒙：（笑）

**王干**:你是作家,我是搞评论的,既有联系又有区别,还可以找出许多我们两个人既矛盾又对应的关系。总之,由于年龄的、经历的、职业的等等落差使我们产生好多话题,带来了一些兴趣,当然也带来了一些冲突。我们在对话中各自谈了对文学本体的认识,谈了文学与宗教的关系,谈了文学创作感觉的作用,谈了对当前文学创作和评论的看法,并且不太客气地点评了一些作家和理论家。还谈了一些大的热门话题,谈了现实主义问题、文学走向世界的问题。当然有的人已经写了好多文章,有的出过书,我们在谈话中可能重复别人的话,但对话目的在于沟通,不仅我们在沟通,也是和读者进行沟通。

**王蒙**:对话有个好处,平常写文章的时候会很谨慎、很小心,比如对同辈作家的批评本来是应该很谨慎的,因为你对任何人评论不合适的话,都会引起人家的不愉快,甚至会影响关系,影响友谊。由于是两个人说话,就比较随便。反正说完以后就可以把它甩出来。

**王干**:对话是当代的一种思维方式,现在的时代是对话的时代,政治上世界各国都在进行对话。实现人与人的沟通和理解,对话是一种非常好的方式,如果每个人都沉浸在自己的思考和苦闷之中,往往不能自拔,陷入像高行健所说的自恋情绪中。而对话则面向整个世界,对话的过程中人会觉得世界很宽阔、很丰富,人在对话的时候是在爱这个世界,对话能使人从比较狭小的天地中走出来。从理论上讲,对话是一种互补,对话过程中有些问题是事先没有想到的,一下子撞击出新的话题,以后我们还会写文章把这些没有阐释得很充分的问题进一步完善。

**王蒙**:对话也有个缺点,有时候为了谈得起来,也可能这个问题我是比较有把握深思熟虑地谈的,而另外的一个问题完全像接球似的,你来了我只好说几句。当然这本身也是推动,使你思考,也有可能把一些临时想到的忽然一闪的甚至大谬不然的想法放进去,当然我们也不能要求读者原谅。发出去之后，人家再"对话"或"独白"对我们进行批评，那是很正常的，也是很好的。

1988 年 11 月 29 日—1989 年元月 13 日

漓江出版社 1992 年初版

# 王蒙郜元宝对话录

# 我讨厌所谓"中国文学正在走向世界"的说法

## 从马尔克斯说起

**郜元宝**：苏州大学的王尧教授和《当代作家评论》的林建法主编正在主编一套丛书,就是用对话录的形式,让当代中国一些有代表性的作家对于各种问题——当然主要还是文学问题——自由地发表意见。我接受了他们的邀请,和你做一次长篇对话。首先谢谢你在如此忙碌的情况下和我做这样的对话。

**王蒙**：这主意很好,我也很愿意谈。不过,首先你别当一般的采访人,我们一起谈,这样可以形成真正的对话,互相都有激励,有碰撞,思路也会打得更开一些。其次,你上次给我的那个书面对话提纲,许多问题都很有意思,我也很感兴趣,但是很抱歉,这一次我只想谈文学。有些话题我现在还不想深谈,有些资源我现在也不想过早地开放——比如我个人的经历问题。我们就谈谈文学吧,有什么问题不能拿到文学中来谈呢?

**郜元宝**：我尊重你的意见。那我们这回就把话题集中一点,专门谈谈文学。

**王蒙**：我看就先谈谈中国文学的一般问题吧。

**郜元宝**：谈中国文学,特别是谈现当代中国文学,离不开外国文学对中国文学的影响问题,可否就从这个话题开始?

**王蒙**：好的。这个问题很有意思，只是太大了，但也不妨随便谈谈。可以从某些我们认为特别有意义的现象开始，比如，应该怎样从整体上评价外国文学一百年来对中国文学的影响？

**郜元宝**："五四"以来，许多作家都很自然地认为，中国新文学不仅是中国的，而且也是世界的，是现代世界文学的一个分支。用胡风的话来说，中国新文学乃是世界现代文学在中国"新拓的支流"。鲁迅、周作人、林语堂、茅盾、梁实秋、巴金和艾青等人，都曾经一再强调过这一点，不管他们各人的文化立场和文学趣味怎样的不同，也不管他们中的有些人，比如周作人，后来观点有些变化，在承认中国新文学属于二十世纪世界文学、没有外国文学的影响就没有中国新文学这一点上，并没有多少意见分歧。二十世纪四十年代延安解放区的文学起来之后，特别是毛泽东《在延安文艺座谈会上的讲话》发表以后，文学界的这个共识就被逐渐冲淡了。没有人公开拒绝外国文学，但重心已经落到所谓"民族形式""中国气派"之类的话题上去了。二十世纪四十年代以后直到八十年代，外国文学的翻译、介绍越来越专门化，不再像"五四"直到三十年代那样，和中国本土的文学创造同步进行，互相滋养。我们实际上已经不太愿意承认我们的文学是世界文学的一个分支，而更喜欢讲我们是中国文学，认为它的资源、它所面临的现实问题、它的发展动力都是中国的，或者是具有鲜明的中国特色的。这是否有点不自觉的自我封闭呢？

**王蒙**：我过去没有太认真地思考过这个问题。按照你的讲法，二十世纪四十年代以后，中国文学和世界文学、外国文学的关系，难道就完全中断了吗？似乎不能这么说吧？

**郜元宝**：确实没有完全中断，因为即使在强调中国文学本位的时候，作家们在创作中仍然有意无意地向外国文学学习取经。这个一直没有中断。不过，二十世纪四十年代中期以后直到七十年代末期，所谓外国文学的影响实际上主要是苏联文学的影响，至于欧美资本主义国家的文学的影响，要说有的话，也只能是潜在的。八十年代以后,外国文学的潜在影响才再一次浮出水面,一代又一代中国作家,向世界先进文学展开了新一轮的公开的追求乃至刻意的模仿。

**王蒙**:但就是自八十年代以来,学习外国文学的过程也并非一帆风顺,比如在八十年代就曾经有过几次波折,我们也都还记忆犹新。

**郜元宝**:对。来自各方面的力量,仍然在干扰着中国文学和世界文学、外国文学的重新对话,而且这种干扰也并非完全来自外部,在文学创作和文学研究界内部,也存在着由于对外国文学认识不足而在学习的时候步伐难免有些紊乱的情形。所以,我们谈当代文学,谈现代文学,不能回避外国文学的影响,在这个总的前提性评估下面,各人的看法可以不太一样。比如,外国文学究竟在多大程度上影响了中国文学,影响的具体方式怎样,影响的结果如何,即这种影响怎样表现为中国现当代文学的形式与内容等等,这些具体问题,单靠理论是讲不清楚的,必须着眼于中国作家的创作实际。

**王蒙**:我想具体地围绕一个作家来展开这个问题,那就是加西亚·马尔克斯。这二十年里,他在中国可以说获得了最大的成功。别的作家在中国也有影响,像卡夫卡、博尔赫斯,还有三岛由纪夫,一直到苏联的艾特玛托夫,捷克的米兰·昆德拉,都是在中国红得透紫的作家。但是,达到加西亚·马尔克斯这样程度的还是比较少的。我记得莫言就曾经在一篇文章里表示过他对加西亚·马尔克斯的敬佩。

**郜元宝**:莫言早期的创作受加西亚·马尔克斯的影响最大,虽然他近来好像又有点故意要和马尔克斯"撇清"的意思。

**王蒙**:那是现在,当时应该不是这样的吧?最近我也听到余华讲了他对马尔克斯的崇拜。

**郜元宝**:这是什么原因呢?是不是因为有共同的处境的关系?

**王蒙**:肯定有这层关系在起作用,否则,不可能有那么多作家几乎在同一个时间受到一位拉美作家如此巨大的影响。崇拜马尔克斯的,决不只是莫言、余华两个人。

**郜元宝**:韩少功当时提倡"寻根",写《爸爸爸》等小说,也多少受到马尔克斯的影响。

**王蒙**:对。在他后来的《马桥词典》中,就内容来说,也还可以看到这种影响。我觉得《小鲍庄》也是受了《百年孤独》的影响,虽然它很短。

**郜元宝**:《小鲍庄》是王安忆从美洲转了一圈回来之后写的。

**王蒙**:《丰乳肥臀》可能更明显。甚至张炜的一些小说,像《九月寓言》《家族》,其中也有这个影响。加西亚·马尔克斯在文学上的一大贡献,就是把不发达情况下的风俗——现在我说这个话都不含褒义或贬义,与社会学、政治学上的意义无关,只是客观描述——还有迷信、贫穷、落后、疾病、残疾、怪异等都变成审美的对象。无独有偶,也有人说米兰·昆德拉的一个贡献(这是许多西方人的观点)是把生活审美化了,变成一种或者是喜剧的,或者是悲剧的,总而言之是戏剧化的而且是修辞化的材料。

**郜元宝**:一个是现实魔幻的美,一个是政治荒诞的美。

**王蒙**:对。而且把它变成一个一个的故事,一个一个令人哭笑不得的故事。我们还是把话题集中在马尔克斯身上吧。简单地说,我觉得他是把那种最不现代的、非现代的东西审美化了,把它艺术化了,变成了故事,变成了传说,赋予了它一种魔力,一种魅力。当然,他的写法又非常的自由,好像把人给解放了一样。这个东西搬到中国来特别管用。在中国,作家也很容易跑到一个北京话叫犄角旮旯的地方,一个闭塞的角落,写点东西来一鸣惊人。其实,大部分作家还是经过现代文明熏陶的,他只是反过来用现代文明之光照亮黑暗的一角,一下子把它照得稀奇古怪起来,将它变成描写的对象,变成了文学的形象。这确实是一绝。

**郜元宝**:这种写作的风尚,在中国文学界一度势力很大,某种程度上也影响到了中国的电影。

**王蒙**:对,张艺谋的一些电影可能就受这个影响。

郜元宝：这是由于他的摹本就是文学。可是我也常常能听到一些批评，比如说，中国作家这么着迷马尔克斯，就像着迷博尔赫斯一样，都有点不大对头。迷博尔赫斯，于是乎大玩而特玩叙述上的迷宫效应，好像非要写得神神秘秘，让读者不知所云，才算是好的小说。其实，博尔赫斯本人也未必如此。对加西亚·马尔克斯的那些中国摹本的批评，则往往说它们是刻意"审丑"，把中国的丑陋拿到世界上去展览。

王蒙：我个人当然不会这么批评，但我可以毫不隐瞒地说，我很愿意读马尔克斯的东西，同时又感到不满足。

郜元宝：能不能说是排斥？

王蒙：也许是吧。我一次又一次地下决心去读《百年孤独》，知道它是名著，知道它是青年作家特别喜爱的经典。我读了好多次，但是说老实话，到现在已经读了大部分了，大概有五分之四吧，可剩下那五分之一，却死活读不下去。什么原因呢？我觉得他的套路好像已经被我摸清楚了，掌握了，我觉得他的作品多半是在某种平面上一味向前延伸的东西，而不是层层深入的东西。

郜元宝：是否有点自我复制的味道？

王蒙：可以这么说吧。一种稀奇古怪的风俗，神神鬼鬼的描述，非常不正常的，从弗洛伊德心理学上讲，又是最能够满足人们寻求刺激的心理的风俗描写，但是畸形的、具有破坏性的、违反人伦的那种性关系的描写，似乎太多了一点，尽管他是一个很伟大的作家，也很能写，而且据说这个人为人还非常好。一九八六年，我在纽约开第四十八届笔会，当时美国记者就对舒尔茨国务卿的讲话嗤之以鼻，有的还脱下鞋子在那儿叮叮当当敲桌子。那时是马尔克斯刚得诺贝尔文学奖不久，而美国政府也有过不允许马尔克斯入境的记录，因为他是代表拉丁美洲的民族主义、爱国主义，他是反美的，至少是批评美国的。因而，如果从"新左派"的观点来看，就恐怕更要说他好了。但是，他的作品里面就是缺少一种真正可以震撼读者灵魂的东西，那种东西你在看托尔斯泰的作品的时候会有,看狄更斯的作品、看雨果的作品以至于看鲁迅的作品的时候也都会有,但在加西亚·马尔克斯这里,你就是很难找到。所以,我始终不能完全接受来自他的那么一种影响。

**郜元宝:**有意思的是,像莫言、余华、王安忆、韩少功、张炜这些作家,今天都纷纷告别了加西亚·马尔克斯,或者说,都把马尔克斯的影响限制在一个清楚的框架内,他们主要经营的领域,已经不再是受马尔克斯影响时的那个样子了。许多时候,他们似乎又回到了中国文学已有的一些路子上去了。我们只要看一看莫言的近作,看一看王安忆《小鲍庄》之后的发展,特别是《长恨歌》的写作,还有张炜的《柏慧》《家族》等小说以及韩少功的两部词典小说,就可以发现加西亚·马尔克斯的影响确实在逐渐减弱。马尔克斯尚且如此,别的外国作家在中国的影响就更是可想而知的了,他们大多数人的影响都是有限的、阶段性的,而且似乎注定要遭到他们在中国的爱好者、崇拜者和模仿者们的背叛。

## 东方和西方在艺术上的隔膜

**王蒙:**我还看到一个可以算是对马尔克斯的最尖锐的批评,我想这种批评也不是一个人的。我看到的是王干写的一篇文章。他说,看马尔克斯的东西给人一种有意识的"被看",就像"后殖民主义"理论里面的"他者",就是有意识地当一个"他者",有意识地给主流文化、发达国家的游客们布置一个迷魂阵似的风景。

**郜元宝:**就是说,是有意识的 display,有意识的展览、炫耀。

**王蒙:**这个批评也许有点过了,有点"诛心"的味道。

**郜元宝:**从西方人文学趣味的发展来看,对于马尔克斯热也可以找到一种解释。西方人可能对自启蒙时代以来世界各地的充分西方化、现代化的文学形式感到厌倦了,因而想找一些真正的异国情调,找一点不同于西方的、非现代化乃至反现代化的东西来调剂调剂。实际上,十九世纪法国的贵族文学里面就已经有了许多像夏多布里昂那样的作家,他们到非洲或拉美等在他们看来是很怪异的地方去历险,写出来的东西就难免带上了一些萨义德所谓的"东方主义"的味道。

**王蒙**:确实,这是自古以来就有的,比如探险作品。

**郜元宝**:西方人对异教世界特别有兴趣。有些宗教禁止涉足异教世界,可基督教本身就毫不隐瞒它对异教世界进行探险和征服的欲望。实际上,在看马尔克斯作品的时候,我觉得我们有双重眼光。一种眼光是:哎呀,我们也可以写,有相似性。我们的深山老林、犄角旮旯里面也有这些东西。另外一个就是我们无形中也分享了西方主流的文化,用我们的眼光看拉美,拉美可能比我们处在更加怪异、更加边缘的地方。我们的很多现代知识分子,无形中把自己认同为西方文明、现代文明的一个成员,然后用这个成员的身份去"玩味"马尔克斯。

**王蒙**:你说的这一点,我觉得也很有意思。但是,我觉得像你所说的真正"玩味"马尔克斯的中国作家可能还很少,更多的还是在学习和模仿,换言之,咱们有些作家在写作的时候就有意无意地考虑能够给世界的读者,再说得大一点,给人类提供一道怎么特别的风景,就像马尔克斯曾经提供的那样。他们觉得,不这样做就不能吸引全世界读者的眼光。

**郜元宝**:说得刻薄一点,就是上一道"中国菜"吧。

**王蒙**:唐人街的中餐吧!

**郜元宝**:你还别说,我们许多人真的以唐人街的中国菜自豪,真的相信唐人街的中国菜可以在外国人面前代表中国文化呢。这种心理,我觉得有一点自我扭曲的味道。很奇怪,我觉得我们以前并不是这样的。比如说,在二十世纪三十年代的左翼文化界,甚至也包括主流的政治文化界,就曾经有过好几次抗议"辱华电影"的活动。当时,好莱坞也确实不像话,凡涉及中国的那就必然是怪异的景象,那时候他们还不知道欣赏,而只知道用怜悯的、歧视的目光来看这些所谓异国的东西。但是,那个时候的中国人,左翼的、右翼的都抗议,说这叫"辱华电影"。

**王蒙**:那个东西里面有过敏的地方,也有真的"辱华"。现在这个问题并没有解决,还和从前一样。

**郜元宝**:西方人的眼睛也不是上帝的眼睛,不是全知的,他们对东方和非西方世界的认识有进步,但似乎还没有进步到毫无隔膜的地步。同样,非西方世界的知识分子,包括我们中国的知识分子,看西方的眼光和从前是有所不同了,但似乎也还没有不同到毫无隔膜的程度。他们有他们的"东方学",其实我们也一直有我们的"西方学"。

**王蒙**:你说的话让我想起一九九九年到巴塞罗那参加的一个讨论会。这个讨论会是为二〇〇四年世界论坛做准备的,讨论的主题是"第三世界在传媒中的形象"。

**郜元宝**:它这个传媒是指世界传媒吗?

**王蒙**:是全世界的,包括西方的。我的发言题目是《小说和电影中的中国人》。这篇文章有一定的影响,在很多中文和英文的网站上都可以看到。我举了一些例子,包括中国的电影,也包括外国的电影,像《末代皇帝》之类。当然,这个电影还是对中国非常友好的作品,导演贝托鲁奇堪称是我的一个好朋友。就在我讲这段话的同时,西班牙正在演一部唐人街的电影,他们比较喜欢演——我不想从政治上上纲,说他们是叫"辱华",还是叫什么华——但是他们确实比较愿意演海外的中国人,其中最高明、最好的形象就是李小龙,会功夫什么的。不高明、不好的形象就是贩毒的啊,开妓院的啊,不守法的啊,总之,属于"中国的黑手党"性质。我觉得,光有这些并不可怕,因为中国本身包括海外华人中也确实有一些黑暗的东西。你刚才是说对电影的影响,实际上后来小说里面也有这种影响,其好的一面是,加西亚·马尔克斯的影响一下子把这个题材扩大了,而且使可读性也增强了。外国人看中国电影,对这些稀奇古怪的东西特别有兴趣,说他们都是恶意倒也不见得。我还看过几个外国人写的文章,说我们看中国电影看到这种地方的确特别喜欢看,其中没有任何歧视的成分。

**郜元宝**:仅仅是满足一种视觉上的冲击。

**王蒙**:也是一种快意。他们说,穷有什么的?说中国人穷,我们有什么好高兴的呢?相反,我们愿意中国富起来,我们也知道中国经济正在发展,但是看到中国的一些稀奇古怪的东西就是感到很新奇,比如说,看到一个碗太脏,就用大襟擦一擦,等等。

**郜元宝**:这些东西,有些是艺术层面上、审美层面上的,但不可否认,一不小心也确实很容易被赋予某种极其敏感的政治文化的色彩。

## "义和团":一段历史,一种象征

**王蒙**:西方和东方在艺术上的隔膜,确实容易产生一些消极的现象。比如说,因为中国艺术家不知道怎样去迎合西方人的口味,所以在向西方人介绍中国时,很容易采取装神弄鬼的方式。陈凯歌无疑是一个才华横溢的导演,他的《边走边唱》是根据史铁生的《命若琴弦》改编的,但是——希望陈凯歌能原谅我——我觉得那就是有点装神弄鬼。包括我们许多作家在作品里的描写,也都有这种现象。他们自己认为写得最精彩的地方,在我看来往往就接近于装神弄鬼。前不久,我在某家杂志上看到一篇文章,这篇文章的断语是简单了点,而且可能会令一些权威人士感到非常不快。文章的作者主要论述中外关系的一些基本问题,我把他的论述再进一步简化一下,就是认为:所谓中国与外国(西方)的关系问题,就是义和团和八国联军的关系问题。一边是义和团,一边是八国联军,这个基本格局至今没变。这篇文章,不知道你看了没有?

郜元宝：最近几年关于义和团的问题讨论得很多，我不知道你说的是哪一家杂志，但类似的说法确实相当流行。怎么说呢，我觉得许多谈论义和团的文章，很容易把中外关系加以意象化，复杂的历史过程一旦包含在某个意象里面，就难免被简单化。义和团运动本来是一个复杂的历史事件，但在一些人的文章中就被凝聚为一个意象、一种象征，以传达他们自己对于历史的理解。我倒不是完全不同意这种做法，至少他们确实有权力也有理由用这样的方法来表达自己的历史观——只要不是狂妄到认为只有他们的说法才是唯一符合历史真相的程度。

王蒙：对。大多数历史学家都喜欢运用某种文学性的意象与象征。

郜元宝：或者说是文学性的创造性历史叙事吧。现在我们很多人并不怎么熟悉义和团的细节问题，而想象它可能就是那么回事吧。不过我们也确实应该承认，这种未必符合历史真相的想象，有时候也能成功地表达对于现在的某种理解——对了，它甚至还很聪明呢！

王蒙：有一次，几个朋友在一起议论起这篇文章，我就说过一句笑话：当今世界还存在着八国联军支持义和团这样的事情呢。

郜元宝：怎么说的？

王蒙：具体地说就是法轮功吧，目前法轮功显然更像义和团，你走到哪里，都有八国联军似的人物在欣赏"义和团"，今天的"义和团"受到今天的"八国联军"的青睐了。这是一件事儿。还有一件事儿——这话稍微刻薄一点——如果义和团的活动不是用来烧教堂、杀洋人，而是变成一个"民俗秀"的话，说不定就会变得更加精彩，而且更能够招引大量的游客。你想，如果外国人来到中国，看到练硬气功的，看到大师兄用肚子顶长矛的矛尖，或者是那边念咒，这边升天……

郜元宝：这就好像崔健可以把革命话语转换成摇滚，转换成表演性的东西，也能够轰动一时。这属于西方人很爱玩的政治波普艺术。

你刚才讲的情形,大概也算是一种民俗波普吧?

**王蒙:**(笑)

**郜元宝:**我们今天有义和团情绪的人,包括"新左派",他们英语说得都很溜,都是美国的学院体制培养出来的人,与以前的"大师兄"完全是两码事了,他们念的咒语,基本上都是从马克斯·韦伯或米歇尔·福柯那里批发来的。

**王蒙:**历史总是这样复杂多变,但一些惊人相似的东西也是经常出现的。

## 高压政治下的性调侃和性幻想

**王蒙:**刚才说到马尔克斯,另外还有些影响也许不那么直接,但也特别明显。就像《红高粱》一上来那个故事,立刻就让我想到《铁皮鼓》,它完全属于君特·格拉斯的那种稀奇古怪的东西。他爸爸是怎么出来的呢?是他爷爷在躲避纳粹追捕时躲到一个女人的大裙子底下,在强敌当前的紧要关头弄出来的!这当然是匪夷所思,也是一种调侃,一种对人性的调侃——一个男人钻到一个女人的裙子底下去,本来是为了逃命,却意外地"诗兴大发",在那个大裙子底下拼命动作起来……

**郜元宝:**真是"拼命"了,一旦被发现,就得去舔纳粹的枪口。

**王蒙:**这也是一种掺和着性的成分的政治调侃。

**郜元宝:**这种东西在乔治·奥威尔的著作(比如说《1984》)里面也有很多,都是讲在政治高压下的性的反抗、性的调侃。我觉得他们写得都很真实。

**王蒙:**西方有一种理论认为,在专制制度下面只剩下性能够消解专制了。昆德拉也屡次用这种方法。

**郜元宝:**美国学者赖希的"性高潮理论",整个儿就是这种社会学的一个延伸。

**王蒙：**另外，不管是什么意识形态，什么社会制度，在性这个问题上，男男女女谁也摆脱不了，改变不了性这个本能。既然这样，作家们也就不妨一写。

**郜元宝：**最近，阎连科的《坚硬如水》完全模仿这个东西，不厌其烦地描写男女之间性交的成功与否，就取决于在性交时能否听到播放政治宣传的高音喇叭的节奏，否则没法办事情。

**王蒙：**（笑）这个也非常绝。

**郜元宝：**你刚才提到昆德拉，不过我总觉得昆德拉在这方面做得有点太那个——我不是说太过分、太过火，而是说太取巧。毕竟政治是政治，性是性，政治和性有许多根本的联系，但也有许多根本的区别，如果整天以政治来写性或者以性来写政治，那岂不就太那个了？结果恐怕是政治写不好，性也写不好。在这个问题上，我们不仅受到西方的影响，而且背后也有我们自己的现代文学的一个主题在起作用。就拿政治与性的结合来说，这在中国的文学中——无论是正统的还是民间的文学中——实在可以说是比比皆是。这甚至可以说是我们中国人的一种思维定式。鲁迅把一句"他妈的"定义为"国骂"，不就是把它上升为最高的政治了吗？从周作人开始，我们就讲"越是民族的就越是世界的"，但以前民族的东西被打上了不好的烙印，因此，说归说，真正去做的人并不多。一九四二年以后，彻底改变了这种局面，把民间艺术一下子拔高到最正统的地位，秧歌啊，赵树理啊什么的，但事过境迁，好像后来这条路也渐渐有点走不通了。现在可好，同样的或类似的东西，一旦从外面引进来，就又重新成了宝贝，绝路又变成坦途了。

**王蒙：**还有一些话题也是大家都很喜欢谈的，什么博尔赫斯对格非、马原的影响啊，还有三岛由纪夫乃至海明威对张承志的那些所谓硬汉文学、硬汉小说的影响啊。我还记得铁凝早期写过一篇小说，名字我也忘了，从题目到内容都特别看得出艾特玛托夫的影响。当时好像还闹过一点小官司，说张承志的《黑骏马》，还有张贤亮的《肖尔布拉克》有类似的故事,或者说能够引起类比。

**郜元宝**:你是说艾特玛托夫?

**王蒙**:对,艾特玛托夫有一篇《我的包着红头巾的小白杨》,而《肖尔布拉克》就是写一个司机……

**郜元宝**:这可能是张贤亮写得最好的一个小中篇,就是写一个跑青藏公路的司机,路上遇到了一个非常美好的女人。

**王蒙**:有人开玩笑说,张贤亮喜欢写撞大运,一撞就撞到一个好姑娘、好女孩。以前,也有人说刘绍棠喜欢从运河里面捞,一捞就捞起一个姑娘(笑)。这当然说得有点刻薄了。

**郜元宝**:俄罗斯文学对女性美的发现,包括托尔斯泰《战争与和平》里面的女性,对我们中国文学里面有关女性美的描写是有一定的影响的。这和英国 gentleman 所谓的女性美还有点不同,那种女性美我们似乎还很难欣赏,像《傲慢与偏见》中的那种女性美我们就很难欣赏。

**王蒙**:《简·爱》我们也很难欣赏。

**郜元宝**:我看台湾导演李安在英国导演的《傲慢与偏见》,看着看着就睡着了。我知道这是一部很好的片子,但很好的东西,比如很好的一桌菜,也许就因为很好、太好,你也会"停杯投箸不能食"的。或者,如果在一种更从容、更高雅的环境里,我们就也能欣赏,但那毕竟不是经常有的。我们在日常的环境下,更容易欣赏自然的女性美,那种书卷的、心理很幽深的,好像我们还不太能写得出来;即使写出来,能否被更多的人欣赏,这也是一个问题。至少在张承志的笔下,女性美是一种没有敲开的硬壳,只能看外观。

## 我讨厌所谓"中国文学正在走向世界"的说法

**王蒙**:我们谈了各类外国作家对中国当代作家的影响。这只是问题的一个方面。我还想提供一些情况,就是中国当代文学对外的介绍。

**郜元宝**:也就是反过来考察。

**王蒙**:这方面我知道的相对地多一点,虽然我也没有做过专门的调查。

**郜元宝**:对此,现在学术界也还没有见到什么成系统的阐述。

**王蒙**:根本没有人做这个题目。

**郜元宝**:受到条件的限制,有那么多的语种,一个人怎么能去调查那么多?而专门研究某一语种的外国文学专家,又专门就某种外国文学谈外国文学,至多谈谈这种外国文学对中国文学的影响,大概还想不到研究中国文学在某个语种的外国文学中被翻译、被介绍乃至发生影响的情况吧?

**王蒙**:但我觉得探讨一下也还是比较有趣的。这方面的介绍,起码是一九四九年以后;不过最热情的介绍还是在"文化大革命"结束以后,在党的十一届三中全会以后,在中国实行改革开放以后。介绍面并不算窄,从相对畅销(我以一万册为畅销的界定)来讲,比如张欣欣的《北京人》(《北京人》还是一种非虚构的文体),它的销路是很不错的;张洁的《沉重的翅膀》在德国、荷兰、美国的销路都比较好。

**郜元宝**:在俄罗斯也有,我认识俄罗斯社会科学院一位研究中国当代文学的专家,我们每次见面她都跟我大谈而特谈张洁,而且只谈《沉重的翅膀》,她是一位研究"改革文学"的专家。

**王蒙**:俄罗斯的情况,我还不是很了解。张洁本人不见得很重视她的这部作品,但它的影响确实非常大。我的《活动变人形》,俄文版比中文版卖得多。俄文版第一版印十万册,很快就卖光了。现在它已经绝版了。而中文版第一版平装本两万九千册,精装本是两千册还是三千册我记不清了,加在一块不会超过四万册。现在又印了两次,一共也就五万多册,离十万册还有相当的距离。所以,我当年在文化部的时候,曾经对来访的苏联外交部长谢瓦尔德纳泽开玩笑说,我正在考虑今后是不是应该专门为俄国人写作。他听了也大笑。还有日本的情况,像从维熙的《走向混沌》,像残雪的一些小说,在日本也都是很有影响的。

**郜元宝**:意大利也是比较有汉学传统的。

**王蒙**:对。我的作品,还是在意大利介绍得最多,翻译得也最快。像刚才说的《活动变人形》,最早翻译的不是俄国而是意大利。意大利有很多不同名目的文学奖,给张洁发过,给余华发过,给我也发过。不只我们这三个人,还有别人。介绍的面相当地宽,像张抗抗的作品在德国也有译本,也有很好的评价。王安忆的作品,我相信翻译得恐怕更多,据我所知,在德国有,在荷兰也有。孔捷生的小说,在德国也有译本。有一些在中国不是最受注目的作家,在国外也有译本。当然,我们知道的还有北岛的诗歌,在国外受到很多人的赞扬。相对来说,在美国以葛浩文为代表,他们一批一批地出书,介绍中国当代文学,这可能更有计划、更有系统。王朔的《玩的就是心跳》,在美国卖得也还不错,起码是万册以上。张贤亮在英国有一个很好的译者兼经纪人,他的作品发行量也达到我所说的万册以上的那个畅销书标准。陆文夫的《美食家》在法国受到欢迎,据说是由于法国人喜欢美食,而陆文夫一度也成为法国全国美食俱乐部的名誉会员。在一九八九年,本来很多交流活动都停止了,可是法国人还是邀请陆文夫去法国遍吃法国的美食。这一类事例还可以举很多,我只是随便举了一些例子,远远谈不上全面。我想,日本对中国作家的介绍就更加全面了。比如,浩然就是日本人所关心、所熟悉的一个作家。他们也常常在关切着新生代的作家,有时候甚至比我们国内还更及时。

**郜元宝**:我的一个日本学生,为了翻译阿来的《尘埃落定》,办了休学手续,回到日本专门翻译这本书。她一时找不到出版社愿意出这本书,就干脆自费翻译。我有时碰到日本学者,跟他们谈起中国当代文学,越谈越害怕,好家伙,他们比我读的作品绝对多得多! 这很奇怪,日本人对中国文学怎么会有这么大的兴趣?

王蒙:不知道。反正有些热衷于中日友好的人士比较关注比如刚才说的残雪、浩然等一批作家。

郜元宝:对苏童感兴趣的人也是比较多的。

王蒙:对。还有一些作家,现在中国对他们似乎越来越不感兴趣了,但在国外仍然有一定的影响,比如说遇罗锦等人吧。

郜元宝:我看到她在海外写的一些东西,并不好。

王蒙:那些东西都不成样子,这且不去管它。不过日本还是翻译了她的一些小说。史铁生的一些作品,在日本也挺受欢迎。

郜元宝:这方面的情况,最好能有专门的研究。你提供的许多信息,都是很有价值的。

王蒙:但我还是很讨厌所谓"中国文学正在走向世界"的说法。"走向世界"干什么呢?本来就是和世界文学一直有来往,起码在近二三十年里,渠道一直很多。

郜元宝:渠道有种种,有的是外国人主动来翻译我们本土的文学,有的是我们的作家自己用英文写作,有的是在国外用中文写作有了一定的影响,像虹影等作家。

王蒙:当然还有其他的情况,比如一些移民出去的人,他们用英语写作,或者是前几代就出去了,但他们还是喜欢写中国题材。

郜元宝:现在西方人对这种写作现象特别感兴趣,我看简直到了病态的程度。最近,他们非常热衷所谓的"diaspora"。这个"diaspora",将开头的字母"d"大写而变成"Diaspora",本来是指古代犹太人被巴比伦人逐出之后的"大流散",后来则指海外(从巴勒斯坦地区出去的)犹太人居住区,而"diaspora"可以指任何民族的移民居住区,它在后现代和后殖民文化语境中往往专门指那些移民海外的作家的文化创造活动。最近,诺贝尔奖评奖委员会对从第三世界出来,又有第一世界的教育背景,同时仍然写第三世界的作家,像奈保尔之流,特别地感兴趣。与理论界对"diaspora"现象的关注一样,诺贝尔文学奖的倾向似乎也反映了西方人的一种时髦。

王蒙：但这完全不等于说，中国作家在这些国家已经很热了。这在总体上讲是不平衡的。比如在中国有马尔克斯热、海明威热、昆德拉热，甚至有村上春树热，但在外国确实并没有一个张贤亮热。

郜元宝：我们不能把这个夸大。

王蒙：但这个不能夸大是不是我们的一个短处，或者说是由于我们写得太差？

郜元宝：这里面因素很多，不全是一个价值上的判断。

王蒙：对。这并不是一个价值判断，而只是对于一个事实的廓清。你说它没有联系，是不对的；你说外国人不知道中国文学，也是不对的；你说你的作品在他那儿很重要或者说征服了多少读者的心，这也不是事实。这只是一个认知判断，不是一个价值判断。外国人比较喜欢政治性强的东西，比较喜欢稀奇古怪的东西，也比较喜欢写性写得比较露骨的东西，因此外国人的口味有时候与我们搭不起来。许多在外国人那里引起轰动的东西，比如说有关赛金花的作品，如果给中国人看，就没有人觉得它特别出色。

郜元宝：不太稀奇。

王蒙：但是它非常成功，连根据有关她的作品改编的电影也非常成功。记得上演这个电影的时候是一九九三年，当时我正在美国。那时美国确实有很多人流着泪在那儿看，我就不明白是怎么回事儿。我一上来就倒了胃口，因为它一开头就讲大陆的中国人到美国去探亲，手里拿着一根鹅毛，然后解释中国有这个习惯，说是"千里送鹅毛"。这不是胡扯吗？

郜元宝：二十世纪九十年代以后出去的一位中国新移民女作家，在国外用英语写作，写了《一个中国女人的故事》，这是一个很有卖点的题目。可笑的是，这位女作家竟公然在封面上把"姑娘"的"姑"解释成"古+女"——"tradition+girl"，而把"娘"解释成"良+女"——"good+female"，这简直是天方夜谭。

**王蒙**：明明是形声字，那个"古"和"良"只代表声音，不代表意思。最近，一位作家不断地写文章大谈中国的象形文字如何如何，这其实说明他不具备关于汉字的基本常识。汉字的结构分六种，叫做"六书"，除象形（如"日""月"）外，还有指事（如"上""下"）、会意（如"信""武"）、形声（如"江""河"）、转注（如"老""考"）、假借（如"令""长"）。这些都是我上小学时学到的知识，怎么今天连这样的知识也没有了呢？我早就很客气地指出，把汉字说成象形文字是不对的，而说者照说，登者照登，登这种文章的还是所谓全国领衔的刊物，还是言必批后殖民的爱国主义刊物。

**郜元宝**：只能说汉字在最初造字阶段，象形的手法用得相对多一些，后来就不是这样了。在不同文化之间的交往过程中，往往会出现一些闹剧，而有些中国作家在海外产生的所谓轰动，也往往跟诸如此类的闹剧有关，实在是当不得真的。

**王蒙**：反过来说，你可以设想一下，中国人一开始接触外国文学，对外国文学的一些看法说不定也有这种情形。中国人对外国人的一些看法、一些说法，也常常有令人瞠目结舌的地方。比如前几年，我就看到一个中国的学者（这还是我比较喜欢的中国学者）在那儿分析什么中西文化的区别，讲到外国人对饮食缺少审美的态度，所以至今他们的食品仍停留在麦当劳和肯德基的水平。这简直是胡说八道。很多中国人都认为，只有中国菜才是世界第一的，但我认为，正确的说法是中国菜是最好的菜之一，你可不能说中国菜就是最好的——当然也许对一部分中国人来说那是最好的。法国菜也非常讲究，意大利菜、墨西哥菜甚至日本菜、泰国菜、韩国菜都非常讲究，连印度菜也有人特别喜欢，这些东西不是那么简单地就可以分出高下来的。

## "诺贝尔文学奖"：激怒公牛的一块红布

**郜元宝**：大而化之地讲东方与西方、中国与外国，这可以说是中国学者的一个习惯。这个习惯,也许从晚清的"中西古今之争"就开始了吧?

**王蒙**:我感兴趣的是,有时候我们把这方面存在的问题都过于政治化了。比如,我们一些人总是认为,有些人对中国文学的不了解,或者喜欢上某一个作品,就是由于意识形态上的偏见乃至于政治上的偏见,由于他们的"反共主义"——这是当年苏共爱用的一个名词——所造成的。你也别说,有些人还真是,但我认为起码不全是这样的。

**郜元宝**:围绕诺贝尔文学奖的争议最能说明这个问题……

**王蒙**:对。有些人就认为,诺贝尔文学奖是为西方的反共、反社会主义服务的,这可以举很多例子,比如索尔仁尼琴、帕斯捷尔纳克,一直到现在的高行健。但是,你起码要承认另一面,就是诺贝尔文学奖也常常颁发给西方的一些左派,给西方的一些特立独行的跟社会发生激烈冲突的批判者,比如说葡萄牙作家好像叫萨玛兰戈的,他是葡萄牙共产党员,他最近写了一篇文章,特别富有激情,像张承志一样的心情,非常同情巴勒斯坦人,猛烈抨击以色列和美国,特别是美国。他就是诺贝尔文学奖的获得者。还有意大利的拉福,也一直猛烈抨击意大利社会,甚至也包括海因内希·伯尔,他几乎把德国社会批评得体无完肤。德国一个外交官曾经跟我说,海因内希·伯尔令"我们"感到非常头痛,他的名声越来越大,"我们"拿他没有办法。海因内希·伯尔曾经住在德国一个农村别墅里,那地方叫朗根布鲁赫,我在那里住过六个星期。他们讲了这么一个故事:伯尔得了诺贝尔文学奖以后,德国总理科尔要去给他祝贺。由于朗根布鲁赫是个非常小的村子,只有十几户人家,按照德国的规则,在村口必须挂一个牌子,写上村名,但他们除了写上这几个字以外,还在下面加了一个括弧,括弧里写着"自由邦"的字样。这在德国是不符合规矩的。按照德国的规矩,上面是村的名字,下面应该是这个村所在的区的名字。但是当时伯尔住在那儿,村民就表示我们这里是一个"自由邦"。由于总理科尔要来,看到"自由邦"的牌子就会发火,所以当地的官员就来跟伯尔和村民商量,暂时把牌子摘下来,等总理走了再挂。德国人办事向来是最认真的,但他们也不拒绝妥协,不拒绝权宜之计,于是大家也都同意了,都觉得该给总理一个面子,就把牌子摘了。这样科尔就来了,和伯尔握手,向他表示祝贺,喝了咖啡,吃了饼干,然后就走了。实际上,他们心里面谁都不喜欢谁,但面子也都互相保住了。等科尔前脚一走,"自由邦"的牌子又挂上了。我觉得这是一个很有意思的故事。我还看到一位在《法兰克福日报》工作的波兰裔权威评论家写的对伯尔得奖的评论,他嘲笑说,伯尔得奖大家都觉得奇怪,因为他的文学成就并不怎么样,而且他的德语也不好,但是后来大家都明白了,伯尔得奖不是由于他是一个作家,而是由于他是一个道德家。其他的例子,我一时也想不起来了。从整个来讲,诺贝尔文学奖属于西方的思想体系,但它又比较喜欢和各国政府捣捣乱,不只限于对社会主义国家的政府,对资本主义国家的政府也是如此——它喜欢时不时地挑一个你最不喜欢、最头疼的人突然发一个奖。

**郜元宝**:这也是证明自己的存在的一种手段。

**王蒙**:有这种念头。至于它的文学趣味,特别是对中国文学的了解,压根儿就不应该那么要求。

**郜元宝**:毕竟只是西方一个国家的皇家学院。

**王蒙**:对啊,就那么几个老头。他们告诉我说,只有八到九个人有投票权,在这几个人里面,懂中文的就一个人,就是马悦然教授。他曾经多次推荐北岛,但未被接受。这里我穿插讲一个故事。一九九三年,我在纽约的华美协进社讲演,当时美国笔会的一个秘书,就是我们所说的秘书长吧,她是一个活跃的、极能干的女性,她会后跟我说:"王先生,你知道北岛今年要得诺贝尔文学奖了吗?"我说,我不知道。据我所知,诺贝尔文学奖的评比是秘密的。她说:"我知道。"这是一个很 aggressive(扩张)的人。她问我:"那你有什么态度?"我说:"什么人得了奖我都祝贺,你得了奖,我也会祝贺的。"她又问:"中国的作家对北岛得奖会持什么态度?"我说:"有人会觉得很好,有人也会觉得不高兴。"她立刻两眼放光,问:"为什么会不高兴?"我说:"这个你应该明白,每个作家都认为自己才是最好的,而不认为别人是最好的。"然后,她问:"中国政府对北岛得奖会持什么态度?"我说:"现在谈中国政府的态度还为时过早。"她给我一种什么感觉?就是西方有一些人把诺贝尔文学奖当做激怒公牛的一块红布,在你眼前晃呀晃呀的,引你上钩。

**郜元宝:** 确实有这个意思。

**王蒙:** 那个秘书不断地追问我的时候,我忽然觉得,她就是希望中国政府当这头"牛"并怒将起来。她跟我说也就是为了激怒我,她就希望拿着诺贝尔奖这块红布在我眼前一晃一晃的,然后我就像西班牙斗牛一样"唰"地冲过去,她就可以找个机会拿枪"刺儿"一下扎在我身上。

**郜元宝:** 这个比喻很精彩!不仅是诺贝尔奖,而且很多时候都是这样的。

**王蒙:** 别人我不敢说,这位美国笔会的很 aggressive 的秘书就完全是拿着一块红布来找公牛。至于诺贝尔文学奖本身,说到底不过就是一个奖;任何奖不外是"名""利"二字。它不是缪斯,不是艺术之神,就像一瓶酒上面挂着什么德国的"优质认证"一样,这个"优质认证"再好,也并不代表酒的色、香、味。你喝了觉得酒好,这比那个"优质认证"更重要,就是那个道理:新飞广告做得好,不如新飞冰箱好。我们应该说的是,诺贝尔文学奖搞得好,但是不如世界文学包括中国文学好。

**郜元宝:** 但人们往往把两个事情搅和在一起。

**王蒙:** 这就是"异化"。本来,诺贝尔文学奖是服务于文学的,是从文学派生出来的,可是,至少目前在我国就有那么一批人,他们把诺贝尔文学奖当做上帝,当做天神,跪在那儿匍匐,回过头来视中国作家如草芥。就在高行健得了奖之后,我还看到一篇文章说,整个二十世纪中国作家好像交了白卷,就是因为没能得上这个诺贝尔文学奖,二十一世纪前三十年也仍然不可能。哎呀,这种无知小文痞的言论,随他去吧。

## 如何看待中国的翻译文学和文学的翻译

**郜元宝**:所谓"诺贝尔文学奖情结",我们可以从各个方面去消解它,去分析它。撇开别的不谈,我觉得你上面说的那种现象,跟我们中国文学界谈论问题的方式不够文雅、不够从容而导致的太急切、太小家子气有关。

**王蒙**:是的。

**郜元宝**:这个问题我们谈得比较多了,现在能不能换一个角度,专门谈谈中国作家接触外国文学的方式?我们知道,在现代有很多作家自己也是翻译家,这个情况到了当代有所改变——尤其是二十世纪五十年代成长起来的一批作家,二十世纪四十年代以后的一些作家,包括我们现在的很多中青年作家,他们的外语水平都不够理想,能直接看原文的少,自己动手翻译的就更少——我们只能通过翻译文学来了解西方的发展,包括对于马尔克斯,我们主要也是依靠翻译文学来了解的,这会不会在接触、学习、认识西方和外国文学的时候产生一些问题?

**王蒙**:肯定会的。

**郜元宝**:你本人也很喜欢翻译的吧?

**王蒙**:是的。前不久我还应上海译文出版社周克希先生的邀请,翻译了海地黑人青年女作家的一篇小说,叫 *Seven*,中文名字叫《七年》。

**郜元宝**:我注意到你都是挑那些我们不很熟悉的作家的作品翻译的。你以前在《外国文艺》上就翻译过新西兰作家的小说。你对中国的一些有成就的翻译家是怎么看的?

**王蒙**:我们对外国文学的了解,大多是借助那些好的翻译家的帮助,对他们无论怎样感谢都是不过分的。我觉得这点良心应该有。但是,这也还有另一个问题,就是懂外语并不等于懂文学。

**郜元宝**:甚至能够翻译外国文学的人,也并不一定真正懂得他所翻译的那一种外国文学。感谢翻译文学,并不等于要依靠或者迷信翻译文学。

**王蒙**:懂外语的人并不一定就能翻译外国的文学作品,他可以从事科学的翻译、物理的翻译、医学的翻译,或者做外交官的翻译、政治家的翻译。

**郜元宝**:翻译家里面也可以区分为懂文学的翻译家和不懂文学的翻译家。

**王蒙**:同样,懂文学的也不见得懂翻译。

**郜元宝**:但懂文学的人确实也有懂翻译的。

**王蒙**:是的。比如说,鲁迅懂日语,冰心是威奥斯利毕业的,当然,许地山的英语更好。巴金除了懂英语、俄语以外,还懂日语。

**郜元宝**:巴金先生年轻的时候还迷过世界语。

**王蒙**:他的《春天里的秋天》就是从世界语翻译过来的。当然,其他一些解放以后我们不太说的作家的外语就更好了。"五四"时期的大作家里面完全不懂外语的人是谁?沈从文?

**郜元宝**:沈从文可能不懂外语。还有赵树理他们吧?那是后来的事情了。二十世纪二十年代那些作家,茅盾的外文基本上是自学的,但基本够用了;郭沫若也翻译了很多东西。他们几乎都懂外语。

**王蒙**:我们至少应该承认,既懂文学又懂外语岂不更好?而你要做一个好的文学翻译家,肯定是既懂外语又懂文学的;而自称懂文学,不懂外语,是应该感到惭愧的。我们对外国文学的了解,大多就是借助那些好的翻译家的帮助。这点良心应该有。我的外语水平非常有限,一下子举不出一个外国文学作品来做例子,但我还是想提出这样一个问题:不懂文言文而能很好地懂中国古典文学,这是否可能?

**郜元宝**:当然不可能。

**王蒙**:只看白话译本,比如说不读《庄子》的原文而只看译文,不读《道德经》的原文,不读"道可道,非常道;名可名,非常名",而只读翻译的译文,能不能说真的读懂了庄子或老子?

**郜元宝**:味道肯定会两样。

**王蒙**:而且在那些译本中连句读都变了。

**郜元宝**:有个说法:翻译家诞生,作者就死掉了。如果翻译完全把过去时代和异域的社会风尚、思维方式在语言上的结晶扔掉,用此时此地的语言表现出来,那么就完全是两回事了。同一语种在不同时代的翻译中存在的问题是这样,不同语种之间的翻译就更是如此了。甚至有人干脆把翻译文学看作是一种特殊的文学创造,认为它跟原本的关系已经完全不存在了。当然,这也是一种夸大的、极端的说法,但我们恐怕也不能完全否认它的部分的道理。

**王蒙**:翻译是一项非常矛盾的工作。比如,我看过香港中文大学翻译系主任金圣华(现在是文学院的副院长)的一篇文章,谈傅雷的翻译如何之好,说《约翰·克利斯朵夫》中的第一句话大概就是江水哗啦哗啦响的意思,有很多不同的译法,有的是江水潺潺流过什么的,反正翻译得都极其差,而傅雷译本的第一句是"江声浩荡",她说这个翻译得好。

**郜元宝**:那是作者喜欢汉语的缘故吧。

**王蒙**:对的。可是呢,从我个人来说,有两个大翻译家,我读他们的作品不过瘾,一个是傅雷,一个是曹靖华,他们翻译得太没有洋味了。

**郜元宝**:太汉化了。

**王蒙**:甚至于古典化了。你看傅雷的翻译,你真觉得他是文气纵横。

郜元宝:李健吾甚至把《包法利夫人》翻译成北京话了。

王蒙:对。我看他的译本也有这个感觉,就是他翻译得太棒了。

郜元宝:就像中国人写的。

王蒙:我最受不了曹靖华的是他把"瓦西里"翻译成"王西里",好像是我们老王家的哥们儿似的。

郜元宝:这很奇怪。曹靖华和鲁迅的关系很好,而他的这个翻译方法,正是鲁迅特别反感的。鲁迅后来的翻译是主张"直译",主张"允许多少的不顺"的。他希望通过"直译"乃至"硬译",不仅充分保留原文的"精悍的语气",而且也因此而防止中国的读者偷懒,逼迫他们学一些外国语言的表达法,以此来丰富现代汉语。

王蒙:鲁迅连"女"字旁的"娜"都受不了嘛。

郜元宝:他说这个是中国封建社会的东西,含有性别歧视的意味。他讲究"直译",当然直译也只是一种理想,直译到后来可能我们也受不了。

王蒙:他还讲要"硬译"。鲁迅本身有很多翻译很硬,而且他的翻译是第二道手,是重译,像《死魂灵》是从日文翻译的。《毁灭》也是从日文和德文翻译过来的。

郜元宝:不过,我们也不得不承认人类精神交往史上的奥妙,即使有这么多语言的障碍,我们好像仍然可以感觉到作家的呼吸,也就是说,虽然有很多翻译上的失败、失误和障碍,但翻译过来的托尔斯泰毕竟是托尔斯泰而不是别人,我们不可能说从翻译的作品中完全不了解他。"精神"这个东西很奇妙,它好像有超越语言的力量,尽管我们在许多地方都喜欢一再强调精神表达对于语言的依赖。

王蒙:比如契诃夫的作品,大部分人看的都是汝龙的译本。看了汝龙的翻译,使我不可能再接受别人的翻译了。虽然他已经去世了,但是看到他的形象就使我想到契诃夫。他已经完全契诃夫化了,或者说契诃夫在中国已经彻底汝龙化了。

郜元宝:像这样高妙的译才毕竟不可多得。

**王蒙：**我最早接受的普希金的作品是莫斯科外文出版局的中译本，是戈宝权先生翻译的。后来，我又看了汪飞白先生的翻译。汪先生有个朋友是我小学同学，他跟我说汪的翻译特别好。

**郜元宝：**他本身就是一个诗人嘛。

**王蒙：**汪飞白把戈宝权的一些误译给改过来了，但我已经接受不了了，因为我已经被戈宝权的翻译所征服，他已经变成我所心爱的甚至是我所背诵的诗了，比如《大海》《假如生活欺骗了你》和《美妙的一瞬》等。我不可能再接受汪飞白的东西了。

**郜元宝：**人们在语言上有洁癖，一旦跟你发生了和谐、适应，就拒绝另外的东西。

**王蒙：**对。另外，我希望——我想这也是可能的——许多作家很努力地自学，也都会有一定的外语能力，虽然没能做到开口就讲，但试着做一些翻译总是可以的。王安忆在做一些翻译。其实，她的英语水平达到了相当的程度，虽然她不大开口讲；韩少功也做一些翻译。当然，有一些更年轻的作家，像李大卫，本身是学英语出身的；北岛这些年在国外，他的英语也讲得不错了。大学里的老师，是不是英语讲得比较好一些？

**郜元宝：**也不一定，这要看他学习英语的背景。

**王蒙：**受过正规外文教育的还是大学里的老师。

**郜元宝：**这恐怕是你的美好祝愿吧。我学了一二十年英语，就是说不顺口，更不敢下笔，虽然至今没有放弃学习，但收效甚微。恐怕这里面也还有个学习外语的天分问题吧。

**王蒙：**对了，丰子恺对屠格涅夫的翻译，也是很有征服力的，以至于后来我也不愿意看别人的译本了。

**郜元宝：**王小波那句话现在到处被人引用，他说他主要是从翻译文学而不是从创作中感到现代汉语的魅力的。这话的确有道理。现代汉语在翻译外国文学的时候，不得不提高一步，因为西方有些优秀作品的确在语言上要求很高，再加上翻译的时候有一些异质的成分加进去,跟我们平时说大白话不一样。

**王蒙:** 王小波是懂外文的,这话确实不无道理。另外我觉得,语言这东西不是孤立的,我那个无师自通的自撰的理论叫做"语言是文化之母",你研究任何一个民族的文化,应该先从它的语言和文字研究起,因为语言和文字代表了一个民族对世界的最根本的看法。它的那些细微的差别,导致了后来的文化的许多差别。语言的重要性可以从这些地方显示出来。

**郜元宝:** 你这个理论,其实许多学者和作家都讲过,他们都有类似的想法。比如,钱穆先生就主张研究中国文学必须先研究中国的语言文字;鲁迅《汉文学史纲要》第一章就是"自文字至文章";王力先生甚至认为,语言的差异实际上就是各民族心理差异的反映。从中国古代直到现代的文学理论,很大程度上就是语言学和修辞学理论的展开。经历过"语言学转向"之后的西方当代哲学,那就更不用说了。有一段时期,"语言是存在的家"这句马丁·海德格尔的话在中国几乎到了耳熟能详的地步。

**王蒙:** 语言的问题确实太重要了。我们以后应该花更多的时间来好好地研究研究语言。

# 关于"海外华文文学"及其他

## 当代中国写作的语言问题

**郜元宝**：我们可以岔开去,谈谈与翻译有关的在世界文学格局下面坚持中文写作的问题。我想,中文的美,每个中国人都有自己的体验,但作家们对这个最有发言权。我们在讲中文的美,作家们在讲中文写作的骄傲,但是能够在现代汉语的条件下把中文的美发掘出来,发掘到像古代作家的文言之美的境界,这个理想我们现在恐怕很难达到。

**王蒙**：是的。中文的美主要还是表现在古代,表现在唐诗宋词里,表现在汉赋里,也表现在唐宋八大家的古文里。

**郜元宝**：所谓"百炼钢化成绕指柔"的境界。

**王蒙**：五四时期的那些作家还是表达了中文的美的,他们既受古典文学的影响,也受外国文学的影响。比如说,鲁迅《野草》里面的一些语言。

**郜元宝**：《野草》真的是可以朗读的,而且《野草》甚至把那些西方语言中的关联词也彻底驯服了。你看,在《影的告别》里,他那几个"然而"用得多么奇妙,累累如串珠,一路读下来,真像鲁迅本人形容他当时读严复的译文,铿锵有力,一点不觉得头晕。

**王蒙**：对。另外,冰心《寄小读者》里面的一些篇章也可以达到熟读成诵的程度。

郜元宝：艾青的诗里面有些东西也是化得比较好的,包括何其芳所写的一些东西。

王蒙：不得不承认,那个时期作家的中国文学的底子和所受的教育都优于现在的许多作家。很奇怪,写作跟学位、学历都关系不大,甚至学历太高反而写不成了。如果曹雪芹是美国留学生的话,那么是绝对写不出《红楼梦》的。但是,从总体上来说,学问大一点,受的教育好一点,外语多懂一点,那样会更好;当然,如果不懂外语,别人也就无需苛求。另外,对于不同类型的作家,比如对于赵树理,就不应该那样去要求。赵树理最大的长处是他和山西的农民之间几乎没有间隙,你读他的作品和听山西农民说话一个样,口语和文本之间没有间隙,农民语言和作家语言之间没有间隙。这也是很少有人能做得到的。

郜元宝：能把自己丰富的语言知识都发挥在创作之中,这是一种境界。还有一种境界,我看是因陋就简,因为语言知识并不丰富,就用自己简单的语言把他想写的东西写出来。这也是一种境界。可是,这两个境界比较起来毕竟还是一大一小。这是很清楚的。现在我们很多年轻作家的语言储备的确不够,往往一味地在语言的简单化上下功夫,也确实小有成效,但最终的结果还是令人感到忧虑,比如语言的粗糙、粗鄙。

王蒙：有的作家用一些比较怪异的用语,这些怪异的用语自成一体,给人以鬼斧神工之感。

郜元宝：像李金发这样的。

王蒙：还有,比如说张洁的《无字》,它里面就有很多杜撰的怪异的一些东西,但是你能明白是怎么回事,而且能达到很特殊的效果。林斤澜就更喜欢用怪异的东西,连他的句读都和别人的不一样,你闹不清他的逗号为什么点在那儿。林斤澜用得有些过度,过于着力,不像张洁用得那么浑然天成。

郜元宝：有很多人对汪曾祺的语言非常佩服。但是,就我个人的感受而言，汪老的语言有点枯，有点不那么酣畅淋漓，有点拘谨，有点雕琢之痕。

**王蒙：**汪曾祺曾一度受到特别的关注，这与文化观念、与解放以后到改革开放这三十年的社会生活的变动有关。这三十年中国一直斗争激烈，语言相对比较夸张（像"文革"时期），比较刺激，比较浮躁，比较煽情（像伤痕文学）。这是一种煽情的、夸张的、强暴的、火热的语言，当然也是浮躁的语言。

**郜元宝：**不讲究节制、刻意"狂欢"的那种语言。

**王蒙：**对了。这时候出现了像汪曾祺这样一个可爱的老头，用平实、白描、恬淡而又带点遗老味道的语言写乡风民情，不能不让人觉得眼前一亮。

**郜元宝：**前些年《读书》杂志还炒作过张中行啊、金克木啊，一时也有许多的激赏者大声叫好。

**王蒙：**这就像连续吃了几天的红烧肉、铁板烧，忽然来一个雪菜豆腐，大家就觉得好得不得了。历史的秋千总是摆来摆去的。

**郜元宝：**但是一些比较愚的读者，就像我这样的，还是希望在某个时代里能够出现一个包容性强的语言大师，气象万千的那一种。他有强烈的个人风格，但他也是兼收并蓄的。

**王蒙：**应该这样，但那就不仅仅是语言的问题了。我觉得你刚才讲的语言问题，可能还牵扯到不同作家的不同风格问题。有些作家的语言就是不够丰富，但也有其独到之处。例如，有的作家的语言就像一根针一样，像钻头一样，入地能扎一万米。

**郜元宝：**攻其一点。

**王蒙：**顶天就是一根棍似的。这也很不一般，是很独特的、怪异的，甚至是令人骇异的。

**郜元宝：**像残雪他们那样的，还有孙甘露。

**王蒙：**但这个东西本身有一个制造的难处，好像是王安忆说过这样的话：越追求风格，就越容易被别人模仿，也就越容易使你的特性失落。我觉得她说得非常对,因为这个东西带有一次性的性质。

**郜元宝**:它不能重复,但恰恰又很容易重复,包括被自己和被别人。

**王蒙**:对。一种比较怪异的方式,比如说用词典的形式写小说,第一你觉得很伟大,他怎么能想出用这种方式来写小说,第二你又觉得不能重复。

**郜元宝**:像残雪的语言,你看了第二篇就觉得过了。

**王蒙**:残雪还有个麻烦,就是如果不按这个语言方式写了,又肯定不行——那就不是残雪了。比如,让她写一个比较正常化的东西,人家就觉得残雪没了,但如果她还按原来的路子写,就又是在重复自己。许多作家都是这样,越是风格独特的作家越是如此。比如用词典的形式写,一部小说这样写可以,但如果第二部小说还是这样写,那么其结果将会怎样呢?

**郜元宝**:在这一点上,我们对鲁迅就有一个误解。鲁迅的个性是非常鲜明的,但他的语言文字是变化的、多样的、浑厚的,如果要用一个词来形容的话,那么我看就只能是"仪态万方"。

**王蒙**:他确实不怎么重复他自己。

**郜元宝**:黑格尔讲过,风格不等于作风。我们谈到这个容易重复自己的风格问题,可能就已经是在谈"作风"了吧,而"作风"是很容易把自己束缚住的,由于它只取一端,在某一方面强化了,遗漏的就太多。所以,比如说汪曾祺的小说,他太有意识地把翻译语体排除在外,这不失为他自己对于现代汉语的一种审视,但翻译语体毕竟已经成为我们现代话语中的一份无法排斥的遗产,过分无视它的存在,就反而会阻塞自己的语言资源。

**王蒙**:在这方面,我倒是相信所谓生活是第一性的。翻译语也好,外来语也好,首先是我们生活中发生的语言现象。翻译语言已经进入我们的生活,进入了城市,甚至进入了农村,怎么可能完全排斥它呢?据我所知,中国古代也有很多外来语,但是大家已经习以为常,也就没有人去查问了。

**郜元宝**:主要是佛教的。

**王蒙**:这样的例子很多。我在新疆考证了"芫荽"和"菠菜"都是外来语。芫荽是从波斯文译过来的。这两个字没有别的意思。其他的中国的词语都是多用的。比如"桌子""石桌""木桌",可以有很多词,而"芫荽"就再没有别的词了;现在叫"香菜",就是我们自己的词了。另外,"公社"就是翻译语,"共产主义"也是翻译语,"共产党"一词也是翻译的,还有"民主"这个词。中国本来没有这个词。

**郜元宝**:汉语里"人类"的概念是翻译过来的。"文学"两个字,中国古代虽然也有,但现代意义上的"文学"不也是翻译过来的概念吗?

**王蒙**:一种翻译的语言,与一种新的思想、新的观念是纠结在一起的。你完全拒绝这些东西,就等于拒绝新的事物。当然,也有翻译过度以至于让人讨厌的情形。

## 关于"海外华文文学"

**郜元宝**:以上我们谈过关于中国现当代文学与外国文学之间的关系,这方面的话题好像也讲得差不多了,可能还有一些小问题,能否接着谈一下?

**王蒙**:可以。但你准备再谈哪一些问题呢?

**郜元宝**:中国作家现在越来越多地去国外旅游、参观和访问,甚至到国外去开辟自己新的生活,他们对"外国"有比较多的实际接触,这跟二十世纪八十年代初仅仅通过学习、阅读"翻译文学"来想象外国是很不一样了。其中特别重要的是,应该也属于"世界华文文学"的一批新的中国移民作家,特别是八十年代以后的一些年轻作家,他们的写作如今在海外产生了一定的影响。从"世界文学"的角度来讲,移民文学本身就是一个重要的现象。我们看美国的当代文学,大部分有成就的作家,其中许多是欧洲移民、俄罗斯移民,当然也有一些亚裔移民,包括从中国过去的。中国移民海外的这一部分作家,在当今世界移民文学中所占的比重还不大,影响也不够大,也较少有西方学者从严肃的纯文学的角度来看待中国在海外的移民文学现象。我们应该怎么估计他们的成就?他们把大陆的一部分生活经验带出去,因此好像把我们以前所讲的"海外华文文学"的概念扩大了。目前,他们中间也有一批作家像虹影、严歌苓、钱宁等经常回祖国大陆来谋求发展,大陆的文学市场对他(她)们还是很有吸引力的。大陆的一般读者对他(她)们有一些了解,但并不太全面。我们能否对海外的这一部分华文作者做出一种初步的估计,或者谈一谈原来就存在的"海外华文文学"或"世界华文文学",也就是港、澳、台以及新、马、泰这些地区的华文写作。你出去的机会比较多,一定跟他们有所接触,能谈一谈这方面的情况吗?我们讲"中国文学与世界",也应该包括这个题目。

**王蒙**:是的。不过在谈这个题目之前,我又想起一点,不记得上面有没有谈到,就是我觉得外国文学对中国现代文学的产生起了非常大的作用,甚至是决定性的作用。

**郜元宝**:谈过这个问题,但也可以接着再谈。

**王蒙**:比如说,我们现在都比较熟悉的各种观念,像"民主主义"的观念呀,"人道主义"的观念呀,以前我们是没有的,在很大程度上就是通过外国文学而输入的。最简单的一件事,现在说起来当然是非常可笑的,那就是"恋爱可以自由",中国过去可没有这个观念啊。仅仅一个恋爱自由,就够我们的作家大书特书,写出多少动人的故事。

**郜元宝**:"五四"时期所谓"个性的文学",几乎全集中在这个题目上了。

**王蒙**:是集中到这个题目上了。再有就是咱们传统中那种教化性的作品,不能说中国传统文学全都是教化性的,但从整体上看,我们的小说和戏剧的确比较强调教化，而这个在"五四"以后起了很大的变化。为什么？主要是外国文学冲击的结果。这也包括那种有头有尾的章回小说的形式渐渐被外来的新样式所取代了。当然，"五四"以后中国也还有"笔记小说"，有"说话人"的小说，但是，就是这一类小说也起了很大的变化。不过，有时候我又觉得，如果没有外国文学的刺激，那么这个变化在中国文学内部也是会发生的。最突出的就是《红楼梦》，到了《红楼梦》这里，它和教化的模式就已经越来越分离了。它和教化的模式分离开来，虽然还保留着章回小说的形式，内容上却已经不是传统意义上的那种有头有尾的章回小说了……

**郜元宝**：《红楼梦》在许多方面都进行了有意识的突破。

**王蒙**：对了。传统小说总喜欢大团圆的结局，喜欢让读者看到好人好报，恶人恶报，好人里头的女人都当了一品夫人，但《红楼梦》根本就不理这个……

**郜元宝**：鲁迅甚至说，到了《红楼梦》，传统的一切写法都被打破了。

**王蒙**：确实如此。这说明什么？就是说明中国文学本身有这种力量，所以它在接受外国文学的影响时也不完全是被动的……

**郜元宝**：至少也有中国文学自身的一些因素。

**王蒙**：对。至于刚才你提的问题，我觉得是这样的：这里有两个概念，一个是海外的华文文学，还有一个更大一点的概念是海外的华人文学。华人文学包括用当地的语言特别是用英语创作的作品。有一些很有名的作品，像这几年大家提得较多的英国的张戎写的那个《鸿》，写三代女人的故事；还有就是谭恩美写的那个《喜福会》。最近很流行的、特别畅销的一本书，是从大陆出去不太久的一个叫哈金的作家写的，是什么东西我也不知道。美国还有一个很重要的作家叫汤亭亭，全名叫什么来的，我不知道。这人我见过她两次。

**郜元宝**：是从大陆去的还是从台湾去的？

**王蒙**：不是,她是早期移民,第二代还是第三代我也说不清。她写很早以前华人在美国当劳工修建铁路啊淘金啊这类的事,她的地位相当高,在美国是比较受到重视的一个作家……

**郜元宝**：这个作家大概多大年纪?

**王蒙**：现在恐怕也……女人的年纪不好问,我想不会比我小。

**郜元宝**：那恐怕和於梨华她们差不多罢?

**王蒙**：对了,但是她和她们完全不一样,她们是移民,她这个人则已经完全美国化了,在美国已经几代了,到底是多少代我也不知道。她还会讲广东话,普通话是不会讲的。我还见过类似于汤亭亭这样的人,名气没有她那么大。一个叫黄玉雪,还有其他一些这类作家。但是,她写的东西,美国的精英作家并不怎么承认,不过有很好的销路。比如,曾任美国驻中国大使洛德的夫人,名字叫包柏漪,她写的《春月》,还有……非常抱歉,她们的作品我认真完整地看下来的很少,印象深一点的倒还是那个《喜福会》,因为这《喜福会》的电影我看过两遍。大致有这样一个情形,就是这类作品在国外特别叫好,《春月》就得过畅销书大奖。它们特别符合外国读者的口味和阅读习惯,而一个非常有趣的现象是,据我所知,她们的作品在中国的大陆和台湾——在香港的情况我现在还说不出来——都并不怎么特别受欢迎。

**郜元宝**：也许我们把它们理解为美国居民自己写的东西了。

**王蒙**：关键不在这里。在大陆不特别受到好评,但是它们在美国、在英国、在欧洲比起和咱们中国大陆、台湾的(香港的暂时不提)作家那些翻译成英语的作品,要远受欢迎。我看这个《喜福会》电影的时候,有些美国观众感动得在那里哭,带着手绢在那里哭,可是我看着就觉得匪夷所思,其中一个小小的细节让我倒了胃口。中国有句话叫"千里送鹅毛,礼轻情谊重",这是一个比喻,但电影里就有这么一个人,从中国大陆去美国探亲,手里拿着一根鹅毛!

**郜元宝**：你上次提到过。电影把这个比喻完全具象化了。

**王蒙**：完全具象化了，说这个就是中国的……我觉得这大致可以用后现代主义理论来解释：他们是以一种"被看"的心情来写这些作品。比如，还有个作品写一个孝女，她为了治母亲的病而从腿上割下一块肉来。我不知道"二十四孝"里面有没有类似的故事？

**郜元宝**：有，"割肉疗亲"嘛，鲁迅在《朝花夕拾》里就曾经激烈地抨击过。

**王蒙**：即使"二十四孝"上有，我看它也是不能具象化的，只能当做神话或半神话来看的，因为"二十四孝"里有很多这类故事，比如脱光了身子卧在冰上，把冰化开而给母亲捉鱼吃。

**郜元宝**：卧冰求鲤。

**王蒙**：对。实际上这是不能具象化的，演成电影的话就觉得非常的奇怪，而且，即使想破冰的话，你还有很多其他有效的办法。但这些俗语里所包含的半神话的东西，是可以写出来而"被看"的。

**郜元宝**：在这里我们看到，被打上中国标记的某种生活经验或者某种传统，如何在中国之外的某个西方国家，通过中国人或者与中国有特殊关系的一些人的手，用另外一种完全不能为真正的中国人所理解的方式呈现出来。这些原来就是在"被看"的心理下写出来的，是为了写给"他们"看的，而不是为了写给"我们"看的，所以"我们"看了确实觉得很古怪。

**王蒙**：就是觉得很古怪，而且觉得有点拼命要显示中国是一个生活在月球上面的国家，它的风俗，它的思想方法，都非常的奇特，与常人、与欧洲人简直无法对话，完全是另外一种动物。它给人以这种感觉，这种感觉也可能在初期或者在某个时期特别受到外面的人的欢迎，大体的路子与我们最早、最成功的那些电影有类似之处。像什么《老井》《黄土地》之类，都故意把中国人弄成非常稀奇古怪的、匪夷所思的一群动物。

**郜元宝**：你说的这个可能是最初的现象，是文化交流过程的初级阶段。汤因比就曾经说过，文化的交往，往往是让各自看到对方最差而又最表面的部分。

**王蒙**：而且是最稀奇古怪的部分。

**郜元宝**：对。比如，最初的西方文学在描述东方生活时，着眼点就是那些"奇特"（grotesque）和"色情"（erotic）的部分，鲁迅早就猛烈抨击过这种现象。现在，爱德华·萨伊德的《东方学》之所以受到不少人的欢迎，也是由于西方人或者在西方生活而深受西方价值观念影响的非西方人乃至东方人的后裔对于东方文明的歪曲的反映。无论你是西方人的"东方主义"即西方人看东方的方式，还是反过来即东方人看西方的方式（是否也存在着各种形式的"西方主义"或"西方学"？），都会产生这样的现象：选择对方最富有特征的部分加以夸张变形的反映。

**王蒙**：义和团时期就曾经传出很多洋鬼子、洋教士、洋大夫专剖孕妇、专吃胎儿之类的谣言。

**郜元宝**：鲁迅也说过，当时乡下人盛传照相馆里面的外国照相师把小孩子眼睛挖过去以后制成照相的工具，像魔术似的——没有小孩子的眼睛，怎么能够照出东西来呢？不过这个现象也不完全局限于早期，有时候也会成为一种普遍的方法，甚至被有些作家自觉地加以运用。这是另外一个问题了。

**王蒙**：要说到这个，就又牵扯到我上面说的那个问题：拉美的魔幻现实主义，它也是有意无意、多多少少追求把拉美这块土地写得越神奇越好，越不可思议越好。这里面也有这个意思，也有给发达国家的读者提供一道稀奇古怪的风景的那么一种想法⋯⋯

**郜元宝**：我看，至少美国的一批研究中国电影的学者们已经开始慢慢悟出问题之所在，他们现在特别看重像贾樟柯这样的电影导演，特别看重纪实性的东西（documentary），这说明他们已经看到了这个问题，所以比较重视纪实的东西，而把你那套"刻意魔幻"的东西排除掉。

**王蒙**：有时候，这确实会使双方陷入一种尴尬的境地。就拿被写的这一方来说，他觉得你写的都是我久远的、离奇的或者是最不具有代表性的东西，但是它毕竟事出有因：像"千里送鹅毛"，咱们有这个俗语；像什么"割肉疗亲"，咱们有这个"二十四孝"的故事，不能说人家完全是杜撰的。可是从对方来说，从写的人或看的人来说，他们又觉得其内心并没有恶意。记得当咱们讨论那个电影的时候，我看到一位外国人就说有些中国人非常气愤，包括对张艺谋的电影，所谓专写中国的丑陋、贫穷、落后之类。那位外国人说：我们欣赏张艺谋可没有这个意思，我们也穷过，我们丝毫没有看到中国落后而感到很得意啊，或者很满足啊，或者看到中国的落后怎么怎么的啊，而且我们自己的电影里也常常说到我们那里的凶杀啊、暴力啊、稀奇古怪的东西啊，这一类的描写不是也很多吗，中国人也不会看到美国有这样的凶杀、有这样的暴力、有这样的色情狂就感到满意，感到特别的舒服，就能对美国人出一口气吧？他说，这是不可能的。所以，对方听到一些中国人的指责，也觉得不可理解，感到很奇怪、很委屈。我觉得，诸如此类的现象，你就当做小说看看，觉得它有点儿刺激，有点儿趣味就是了。

**郜元宝**：不过，上述现象的产生，似乎也不能完全排除一些作家本身的素质问题。

**王蒙**：我不想分析这是什么原因。

**郜元宝**：很复杂就是了。

**王蒙**：很复杂。

**郜元宝**：你看过最近虹影那个引起了官司的《K》吗？

**王蒙**：当然，我知道。陈小莹与我非常熟，这里头的一些情况我都知道。

**郜元宝**：这也算是比较有代表性的一个。

**王蒙**：那个严歌苓就更特殊了。她是二十世纪八十年代末期出国的，而且她原来在部队里面，出国之前就已经在国内发表过一批作品，后来到了美国，和一个美国人结了婚，定居在美国。在某种意义上说，在中国台湾，她的作品获得了最大的成功。各种大奖包括百万元大奖，她在台湾都是手到擒来，而且，不管她用什么笔名，不管怎么样，人家都会知道。台湾人都感到奇怪。我还见到一位在美国的华文作家，他也去竞争这个奖，结果根本就不可能入围，但是严歌苓每战必胜。严歌苓的作品在台湾特别红了以后，我不知道对英语读者来说她到底有多大的影响，但是在台湾确实是非常地成功。她红了以后，在大陆慢慢引起越来越多的阅读兴趣和比较好的评价。

郜元宝：严歌苓的书，最近在大陆集中出了几本，反响似乎还不错。我前几年参加上海的"长中篇小说大奖"的评选，读过她的几个描写海外华人婚恋的作品，感觉是比较细腻的，比一般的海外华文作者具有更高的文学修养。但是，怎么说呢，就是缺乏大陆作家那种更广泛一些的忧思与沉重吧。我觉得这也是大多数海外华文作家的共性，他们会觉得自己比国内作家超脱，比国内作家眼界开阔，比国内作家生活经历丰富，但是，尽管有这么多的优越之处，或者正由于有这么多的优越之处，他们也就容易迷惘，容易失重，甚至容易变得轻浮、琐碎——我决不是取这两个词的贬义——因为他们的轻浮和琐碎往往是真诚的，就像国内作家沉重的忧思往往也会变成刻意地作深沉状。

王蒙：我读严歌苓的作品，有时候就特别爱联想到一个人，这就是余秋雨，因为余秋雨也是这样。首先在台湾，其次是在香港，再次是在中国大陆，余秋雨的作品拥有很大的阅读面，而受到的评价也是在台湾和香港最高，在中国大陆则是一部分人给予很正面的、很积极的评价，也有一部分人老瞅着他别扭，老找他麻烦。

郜元宝：各人的趣味、标准就是不一样嘛。

王蒙：你得承认他有很大的读者面。在某一点上，严歌苓和余秋雨有一些近似之处，当然不都一样，作家与作家，他们的题材、性格、为人都没有可比性。余秋雨的被攻击，还是因为他"文革"中的事，这和严歌苓毫不相干，没有任何关系。但是，我觉得有一点可比性，就是作品总的结构性的组合。我曾经用过一个名词——这个名词容易引起误解,有人以为我有贬义,但我绝对没有一点贬义——我就说他们的"配方",特别适合于一个相对稳定了的、中产阶级越来越发展的社会。这个"配方",我指的是什么意思呢?就是说,一个作品里面要有一个相当的往高里走的文化品味。它和那种刻意追求大众化、普罗化的作品不一样,它不是赵树理式的,也不是孙犁那种田园式的,更不是普罗化的那种,而是对人间的种种不幸,或者是对历史上种种不幸的某种批评、某种叹息、某种揭露。这些都是必须要有的。我想,这个中产阶级已经感觉到从历史到人生的这些消极方面、这些不如意的方面,它要有一种类似于"诗教"的那种怨而不怒、乐而不淫、哀而不伤的节制,还要有一种对人性美好的那一面的确信,它不会是比如说像鲁迅式的那种冷峻。

**郜元宝**:不是用最坏的恶意来忖度中国人。

**王蒙**:对。它不是那种洞穿式的冷峻,也不是那种陀思妥耶夫斯基式的迷狂的对社会的批判,或者那种对宗教信仰的皈依。

**郜元宝**:他们比较主动寻求和广大读者对话,把自己放在那种比较"亲切"的作者的位置上,一般都有比较灵动的一副笔墨,善于娓娓道来。你一拿起他们的作品,就会有一种感觉,好像遇到了一位特别善解人意但多少又有点"热乎"的朋友,就好像(我这里也丝毫没有什么不敬的意思)打开了《上海文学》的"编者的话":"亲爱的读者"——《上海文学》"编者的话"一直是这样开头的。

**王蒙**:对。它是另一种比较轻松、亲切的风格,不像有些作家总是能够让你感到沉重,感到压抑。比如说,丁玲的某些作品,看完了以后,它让你感到压抑得很厉害。像《我在霞村的时候》《莎菲女士日记》《在医院中》,我认为这是丁玲最优秀的三部作品。这三部作品看完了之后,你都感到非常地压抑,如骨鲠在喉,看完了以后都堵在那里。你看严歌苓的作品,或者读余秋雨的散文,你在叹息完了以后立刻就有一种玫瑰色的、依稀的轻松和美好的感觉。

郜元宝:如果可以说得刻薄一点的话,那么我看就像水均益的那个《痛并快乐着》。

王蒙:哈哈。那不是水均益,是白岩松的。

郜元宝:我不常看电视,不太能分清他们俩。

王蒙:(笑)这是开玩笑。就是说它最后的调子是甜的,是温馨的。你虽然吃了很多苦的东西,像吃苦瓜一样,但最后的调子是温馨的。

郜元宝:它把过去那种教化的高调转化成现在中产阶级身份的个人的温情、善意和所谓了悟。

王蒙:比如张爱玲的东西,虽然很流行,但其实是大不一样的。当然,我看张爱玲的东西不是很多,我看的是《金锁记》等一些作品,它有一种梦魇感,有一种变态的、梦魇般的压抑。

郜元宝:还有一种虚无。

王蒙:还有那种悲凉。这些东西也都会被一部分人所欣赏。

郜元宝:但不在你说的那个"配方"里面吧?

王蒙:那肯定不在里头。相对说来,张爱玲们的配方和丁玲们的配方不太可口。但你要是完全甜味的东西,现在恐怕也不可口。我们的中产阶级,我们的知识分子,特别是经历过了那么多事,你让他吃完全甜腻的,生活多么幸福,让世界充满爱,你全是这些东西,他们也不觉得可口了。他们的趣味比巧克力要苦一点,我现在想不出这种食品是哪一类的,但是它大致上能够满足你多方面的味觉的要求。甚至从好的方面来说,就是作为一种常规来说,我们可以给严歌苓、余秋雨戴一个高帽子,我觉得他们代表着一种比较健康同时又比较舒适的人生态度。

郜元宝:舒适?

王蒙:是的,包括流一点眼泪。一个人一辈子不流眼泪是不舒适的,哭得太多或者太厉害了也不舒适。

郜元宝:那么健康呢?就是我们所谓的"健康"吗?

**王蒙**：对。就是说，它也正是历史的产物——余秋雨主要是谈历史的和人生的痛苦、矛盾。严歌苓在描写这些东西时都是正视了的，也正视人性中那些邪恶的东西和那些弱点。

**郜元宝**：包括她写海外华人的婚恋，他们的命运，那种大悲大喜式的她避免写，不过写一些小的波折、曲折，喜剧性的。

**王蒙**：对啊。所有这些悲哀，这些恶，这些痛苦，它又变成相当精致的故事和语言。它有一种审美性。

**郜元宝**：不让它发展到不可收拾的地步。

**王蒙**：对。就像……这种审美性，我也举不出特别好的例子，比如人流眼泪大多时候是极端痛苦的，假设我们用珍珠来搞一个造型，变成眼泪，把眼泪珍珠化，那么哪怕你表达的眼泪是非常灼热的、咸辣的、痛苦的，但同时由于它的晶莹，也使你得到一种审美的快感。而这种眼泪的后边，它又有一种希望。在余秋雨那里就是这样，他即使写到历史上的什么忠臣被陷害啊，或者是小人得志啊，写这样的一些事情，他仍然用非常优雅的笔墨，有时候用一些轻巧的婉转的语气，或者是……

**郜元宝**：有一种语言的装饰性。

**王蒙**：对，语言的装饰性。用一些轻巧的连接词和语气词，反正他不给你一种痛心感，不是痛心疾首，而最多就是抚案长叹，或者喟然叹息，基本上是这样一种东西，不会太难受的。

**郜元宝**：叹息也要注意叹息的姿态必须优雅。

**王蒙**：还有这个音调的和谐，我觉得非常有意思。而咱们中国大陆，多少年以来由于社会历史的大起大落，所以我们大陆的很多东西台湾读者有点受不了。香港人喜欢说大陆作家太煽情了。

**郜元宝**：他们可能觉得苦大仇深的东西不太能够接受。

**王蒙**：对了，动不动就可以苦大仇深，动不动就可以所谓"时日曷丧，吾与汝偕亡"，这后一句话有点恐怖，有点人体炸弹的味道。

**郜元宝**：现在也有一种转变。以前喜欢朝鲜的哭的电影，现在喜欢韩国的笑的电影。我们自己的感情方式转变了。

王蒙:咱们这么多年来,一直有这么一个大众文学和普罗文学的传统。比较起来,在中国大陆的作家作品里,你还是能看到一点底层的东西,可以看到一点农民的东西、村干部的东西、打工仔的东西,包括他们的语言,有一些还比较粗,是那种下层群众常用的直率而粗野的语言。

郜元宝:你这个观察,我也有同感,不过这个问题我们等会儿放到别的地方再说。刚才我们谈了很多世界华文或海外华文文学的问题,其中有一个现象很有意思:尽管我们提到了一些用英语写作的作家,他们的身份也已经属于国外的居民,但更多的海外华人的作品仍然依托着——怎么说呢,不一定是大陆的文学,而可以说是我们通常所谓的"中华文化圈"——这么一个共振关系,至于华人或华裔作家的超语言或者跨越语言的创作,毕竟还不多见,中国作家的创作无需通过翻译而直接成为世界当代文学的一部分,这样的时代好像还没有到来。我们这里毕竟还没有产生用所在国语言进行创作的移民作家,比如像纳博科夫、昆德拉……

王蒙:确实如此,如果不用所在国的语言进行写作,而用中文写作,那么基本上就没有可能进入所在国家的主流社会。

郜元宝:但这样一来又出现了一个新的问题:如果放弃母语,改用所在国的语言写作,那么你在母国的思想经验还能否像纳博科夫和昆德拉那样顺畅地表达出来?

王蒙:这个要求就很高了,目前我们似乎还没看到有这样的华裔作家产生出来。

郜元宝:下面谈一谈我们的老问题,就是台湾、香港这些和你的年龄相仿佛的聂华苓、於梨华这些人的创作,包括港台作家的创作。

王蒙:如果说比较成功的话,那么几个生活在英美国家的人还是比较成功的。严歌苓也是比较成功的。再往远一点说,林语堂是比较成功的,因为他能够直接用英语写作。你说的像聂华苓、於梨华她们,比较有影响的作品基本上还是去美国定居以前写的,还是她们原来在台湾写的一些东西。她们到了美国以后也没有停止写作,而且写得更多了,也有相当的成绩,像聂华苓写的什么《桑青与桃红》啊,像这个……於梨华写的什么东西,我一下子想不起来了。

**郜元宝**:《雪地上的星星》《又见棕榈,又见棕榈》,等等。

**王蒙**:对。

**郜元宝**:於梨华最近有一部长篇小说要在大陆出版,叫《在离去与道别之间》,写的全是在美国高等院校里挣扎的一些华人。美国人给了他们一点点蛋糕,让他们大家去分,在分的过程中那种钩心斗角,那种争风吃醋,那种机关算尽,是很心酸的,把在海外生活的中国知识分子所有的鄙俗心理都写出来了,很苦涩。

**王蒙**:这我还没看过。聂华苓最后一部作品还写到了大陆的生活,就显得比较的隔膜了。写大陆、写"文革",最早的还是陈若曦。

**郜元宝**:陈若曦的《尹县长》写得相当成功,后来以此为书名的小说集里的大部分作品也都很精彩。我不知道你的评价怎样?在当时来说,与历史同步的观察和思考以及交织着忧郁与恐惧的体验,是非常难得的。我看,只有张爱玲的《赤地之恋》和《秧歌》,才能与陈若曦的《尹县长》一比高下。

**王蒙**:是的。她是最早写中国"文革"的海外华文作家,揭露了"文革"的一些内幕。陈若曦的作品,有的地方显得稍微粗了一点,那种戏剧性的艺术感觉方面不是特别让人觉得很理想。

**郜元宝**:这可能与她的整个身世有关,她毕竟是个过路人,当时她准备定居在大陆,可前前后后的生活不能够撇开,因此她不可能像我们处在"文革"之中那样来感受"文革",像你当时根本就没有想到要出去,以前也没有出去的经历。她写"文革",无法摆脱那种过客与旁观者的心态。

**王蒙**:她原来是台湾最左倾的一批青年之一,所以坚决要求到大陆来。

**郜元宝**：她更多的是以一个观察者的身份，冷冷地多观察一点，所以，她看问题很尖锐，但自己投入进去又不是特别多。

**王蒙**：我还有一个算是很熟悉的朋友，就是郑愁予。他在美国已经生活很久了，好像从二十世纪七十年代末到现在，有二三十年了。他的诗，倒是在台湾一直有着很大的影响，有些诗被传诵，到了家喻户晓的地步。他在美国生活，并不妨碍他写出这种仍然是面向台湾、面向华人的汉语的诗。他在耶鲁大学教学生学中文，但常常到大陆来，尤其是常常到台湾去。他对台湾特别有感情。他的名句，我记得有"那哒哒的马蹄声是美丽的错误"，"我是过客，不是归人"，这些在台湾就变成名句，表达了那种漂泊感，那种既把台湾当做故乡又觉得它仍然不是自己的归宿的感觉。有台湾背景的华文作家还有一个，在美国非常有名，就是张系国。

**郜元宝**：写《棋王》的那个。

**王蒙**：他本身是数学家，而且是被当地作家认为有头脑的……

**郜元宝**：我仔细读过他的《棋王》，并不见得真的有什么好，在我印象中似乎倒是相当地平淡、拖沓，没有那种纵横挥写的气魄。

**王蒙**：这里面也有特例，用中文写作，但是直接面向欧美的读者，这个人就是高行健。他并不是用法语写作，但他面对的确实还是欧美的读者。

**郜元宝**：也不只他一个，好像还有北岛、欧阳江河和杨炼等人。

**王蒙**：对，还有北岛他们。前几年回来的李汉华，他用法语写作，但他用法语写作是不是有法国人帮的忙，那些细节我不知道。

**郜元宝**：我们中国的作家，或者有汉语背景的作家，在海外为了显示自己相对于国内作家比较优越的那个方面，有的是不太愿意承认自己与本土文化的联系的，尤其是年轻一辈。实际上，他们又没法离开，从其写作的资源来说是这样，就是从读者市场上看，他们也离不开。

**王蒙**：但是，你要说到他们在所在国的实际地位——我们且不从意识形态方面讲——起码从语言上说他们是没法和捷克的流亡作家、波兰的流亡作家相比的。诺贝尔文学奖得主里面有好多这样的人,但他们和印欧语系之间的关系,与汉语和印欧语系之间的关系,是完全两样的。布罗茨基也是波兰裔吧?包括虽然没有得诺贝尔文学奖但炒得非常热的昆德拉,我们的海外作家都无法与他们相比。昆德拉一部分用斯洛伐克语写作,还有一部分用法语写作。

**郜元宝**:他们属于大欧洲概念里头的一员。

**王蒙**:对了。

**郜元宝**:其实包括日本当代的一些作家,从他们身份上讲也是大欧洲文化的,至少是边缘的一员吧。

**王蒙**:日本也不行。我知道一些日本背景或者韩国背景而在美国生活的学界人士,他们和那些欧洲背景的作家还是不一样的。

## 世界文学格局中的汉语写作

**郜元宝**:这里我想到一个问题:在以后世界文学的格局中,或者说,在英语文学日益膨胀的过程中,我们的"汉语写作"——这也是个时髦的话题,大家都在谈"汉语"——它以后的前途究竟会怎样?我想,对于绝大多数中国人来说,汉语终究还是他们命定的语言、命定的表达方式,要想整个儿改变自己的语言归属,这在学术领域里面是可能的,比如在一定的学术圈子里的工作语言,但对于文学写作来说,恐怕就很难了。文学可以是世界的,但语言最终也许只能是本土的。

**王蒙**:很可能就是这样。

**郜元宝**:中国文学终究还有一定的中国特色,而且我们的全部思想,可能还是不能整个走出中国的范围,老是想着世界的事情的中国作家,会是什么样子的呢?

**王蒙**:那他肯定要付出代价。哦,对了,你知道那个原来在上海读书做事,后来到北京读书,现在又在外面任教的张旭东吗?

**郜元宝**:有过一点接触。他是目前国内学界比较看重的一个人,是杰姆逊的学生,现在在纽约大学任教,经常在国内发表文章,听说他马上又要去杜克大学了。

**王蒙**:对。他写过一篇文章,说中国人老想走向世界,老想被纳入到整个世界的文学里面,但是那样一来,你实际上就得付出代价,比如,你需要懂得怎样迎合欧美那些人的需要,迎合他们的口味,迎合他们的表达方式,你需要放弃许多原来中国独特的表达方式,甚至于语言上的一些特点。即使你不懂外文,写作的时候你也已经开始为它将来的外文翻译下功夫了。有一个对我很友好的朋友——我现在不提她的名字——是一个比我年轻得多的女作家,曾经很认真地给我提建议。她说:王蒙,你写的小说里面太喜欢用那些政治上的术语,比如"斗、批、改",或者是"恶攻""火烧""愤青"之类。她又说,你要知道,将来这些东西都是没法往外翻译的;即使翻译出去,外国人也是不爱看的。我相信她跟我说这话完全是好意,她是从为了使我的作品能够走向世界的角度来考虑的。这确实是个问题。有很多中国人看来很真切的东西,人家就是没感觉——这个毫无办法。最典型的例子是《红楼梦》。《红楼梦》是无法翻译的。他们宁可翻《西游记》,在那几个大部头里面,《西游记》也许是最容易被外国人所接受的。你要付出什么样的代价呢?简单地说,就是本来你要写《红楼梦》,但你为了走向世界,你就得写《西游记》。我这当然只是一个比喻。

**郜元宝**:确实存在这个问题。有些问题,从理论的高度谈起来是比较简单的,比如全球化和本土化问题;在政治和经济领域谈也还是比较简单的,是能够说清楚的,但同样的问题,在作家的创作中尤其是在语言的细部和生活体验、情感记忆等方面,就很难处理了。文学怎样才是全球化,怎样才是本土化?在两者之间作家应该作出怎样的选择?这还不容易说清楚。

**王蒙:** 我认为,这种选择是不必那么急乎乎的。那么多用中文写作的作家,至少在目前来说不存在什么问题。你的作品没有外国人知道,也没有被翻译成任何一种外语,这对你也并没有构成什么威胁。另一方面,我觉得你也无须把自己用中文写作和自己既不懂外语又不肯学外语当做一种悲壮的英雄主义行为。有的人在开始写作的时候就已经拼命地为翻译者考虑,怎么样才符合翻译的要求,符合国外发达国家特别是欧美读者的口味。我觉得,这也是其选择的自由。还有就是我写我的,有人翻译,很好;没人翻译,也随他去。其实,我的作品被翻译出去的是非常多的,从语种上说,我想可能算是比较多的。我的作品除了翻译成英语、法语、德语、西班牙语、俄语、意大利语、日语、韩语以外,还有一些阿拉伯语、拉脱维亚语、斯洛伐克语、瑞典语、挪威语,是非常多的,但也都没有好的销路,一般都是比较专门的人读的。在一般情况下,就是印个一两千册。当然,有的就较为畅销,张辛欣的《北京人》,相对来说就畅销一些。据我所知,像张洁的《沉重的翅膀》,销路比较好,因为有很多人关心中国工业改革的情况。我倒觉得,一些年轻的作家应该把外语特别是英语学得更好一些。现在完全有这个条件,这对于写作——具体来说就是对于你用中文写作——并没有害处。学英语和使用汉语,不是互相矛盾的关系,不是说学好了英语,中文就会丢掉。如果英语学得好,那么你的中文应该更好。鲁迅并不是不学外语,他日语很好,很多作品是从日语翻译过来的,包括《毁灭》啊,《死魂灵》啊,都是鲁迅翻译的。

**郜元宝:**《鲁迅全集》里大部分是翻译,总量甚至要超过创作。

**王蒙:** 所以,翻译也是一个很重要的事情。

**郜元宝:** 这里面有一些事情很有趣。比如说,有一些翻译家,按理说他翻译的歌德啊、海涅啊、尼采啊,这些作家都是运用其本国语言极其成功的文体家,可是翻译过来以后,哪怕是再优秀的翻译家,我们看他的译本,他还是用一种比较简单、比较平面化的汉语翻译出来的。如果把它翻译成像我们汉语本身那样丰富多彩,那么就肯定不是翻译作品,而是创作,就要被批评和指责为误译、滥译、曲译了,比如林纾的翻译就一直被后人指责,也许只有钱锺书是一个例外。这里面有一个问题,就是说,你用一种语言写出来,哪怕再丰富,再有细节,再有层次感,可一旦你被翻译成别的语言,就必须用一种相对来说是比较平淡、比较简单的语言去翻译,否则,就变成另外一种语言的创作了。在这种情况下,与印欧语系悬殊比较大的汉语文学能否真正走出汉语世界,真正为比如说英语世界的读者所了解,这就是一个问题。

**王蒙**:因为没有和原文比照过,所以这个我不敢说。不过有几个评价比较高的,比如傅雷的翻译,包括那些内行都说特别好。我读汝龙翻译的契诃夫的作品,我前面说过,喜欢是喜欢,但同时又觉得那是一种新的文体。在中国人自己的作品里头,没有契诃夫式的那种忧郁、迷惘,那种遗憾、爱怜。

**郜元宝**:中国作家用汉语写作的时候,是刻意要让自己的语言更加丰富,把社会历史信息更多地包容进去呢,还是刻意用一种翻译式的、比较能够被普遍接受的、平淡的语言呢?对作家来说,这确实也是一种选择的困难。在现代,我们就说鲁迅和茅盾吧,他们应该说是对于外国的认识到了一定高度了,可是他们从来也没有想到过写作的时候要有利于翻译,他们首先要把自己的东西写好,至于翻译则是别人的事情。我写的是中国的东西,我中国的东西写得好,别人必然会来注意。如果你连中国的东西也没有写好,就等着给别人提供翻译的便利,那是很可怕的事情。

**王蒙**:这里的情况各不相同,有的现象我也闹不清。我读过张承志的一篇叫《美文的沙漠》的文章,那么是不是张承志明确拒绝任何国家翻译他的作品?

**郜元宝**:他认为,翻译基本上把文学本来的意味、原著的美点全部遗失掉了。

**王蒙**：但是在语言的追求上，这个作家和那个作家之间是会大不一样的。有的追求语言的丰富，有的追求语言的单纯，有的追求词汇量多，有的追求词汇量少。比如他们说海明威用的词汇量很少，他就是用最普通的、最容易理解的词，但用的是地方，就好像服装的风格一样，服装可以很繁复，有很多装饰，也可以极其简单。

**郜元宝**：甚至也可以穿得很暴露，这也是一种风格。

**王蒙**：对了，那都是不一样的。

## 当代文学与传统

**郜元宝**：让我们来谈另外一个问题。我们谈了不少中国的文学、世界的文学、大陆以外的华文文学，这中间有一个问题，其实你刚才已经触及了，就是中国现代或当代文学与我们自己的传统文学的关系。有一个时期，这个问题谈论得比较多。比如说，从"五四"文学革命开始到二十世纪五十年代，关于传统与现代的关系，一直就是中国文学界的一个经常性的话题。到了八十年代，人们偶尔也会提到传统，比如在倡导"寻根文学"的时候。可是，现在我发现有了一个微妙的变化：九十年代以后，随着作家队伍的新老更替，随着中国社会问题的一些变化，也随着外国翻译文学的大量进入——我没有做过这方面的统计——好像谈论中国现当代文学和中国传统文学之间关系的越来越少了。这里面似乎有一个重要的信息始终被我们忽视了。

**王蒙**：是这样吗？

**郜元宝**：当然，在学术界也还有人在做这方面的工作，比如复旦大学中文系的章培恒教授，他和骆玉明教授合著的《中国文学史》，就一直写到五四时期。他还搞了一个很大的题目，引起了国内、国际一些学者的关注。他现在研究的这个课题叫做"中国文学的古今演变"，他研究中国文学怎样在受外国文学刺激的同时，其本身也有一个从传统到现代的尽管缓慢然而自有其必然性的演化趋势——就像你上面分析《红楼梦》的时候所说的那样。章教授在二〇〇二年召开了一个"中国文学古今演变国际学术研讨会",南开大学专门研究魏晋南北朝及唐代文学的罗宗强教授也参加了。罗老先生提交的论文很出人意料,他自己则读得有声有色。这篇论文的题目是《论海子诗歌中中国传统文化的因素》(可能如此,我记不确切了)。另外,新加坡的王润华先生提交的论文题目叫《一轮明月照古今》,复旦大学古籍所谈蓓芳先生的论文是对李金发诗歌的研究,他们都注重探讨传统与现代之间不可分割的关系。

**王蒙**:我觉得这肯定很有趣,但你怎么又说现在没有人关注现当代文学与中国文学传统之间的关系呢?

**郜元宝**:我刚才讲的只是学者们的思考,在文学界,情况好像根本不一样,除了像杨炼那样神秘兮兮的《易经》诗、汉字诗以外,大多数作家在写作的时候恐怕很少意识到他与传统的联系,尤其是年轻作家,他直接用普通话、用现代汉语现成的材料去写作,不可能考虑到那么多的传统问题。有一位青年诗人,现在似乎已经移居德国了,他出国前送给我一本长诗的单行本,叫《致杜甫》。我一看,原来与杜甫毫无关系,是写他在酒吧里看到一位美丽的女招待时的浮想联翩。当然,他也许有其匠心独运之处,但我认为,既然提到了杜甫,那么你至少得有那么一点杜甫的影子。

**王蒙**:对啊,否则,你为什么不说是李白,不说是杜牧呢?

**郜元宝**:但我讲的这个传统,甚至也包括一九四九年以前的现代文学的传统,他们也并不过多地去考虑(二十世纪八十年代初的情况可不是这样),所以这才有南京一批作家所谓"断裂"的说法。在文学的文化资源上,确实我们感觉他们越来越脱离整个现代文学的传统,但是,是否就可以说,他们因此而脱离了以前所谓的大中国文化的传统呢?这当然是一个很大的问题,我们也可以从各自的角度去看。

**王蒙**：我倒是立刻就想起贾平凹来了。贾平凹是最重视中国传统的，而且他写《废都》也确实就是像写《金瓶梅》一样的。

**郜元宝**：不过，像贾平凹这样的作家，现在也并不多。

**王蒙**：是的，贾平凹自己确实是很注重传统的，这是他鲜明的特色。我觉得有一些作家虽然口头上不说，但也是比较明显地喜爱传统的，比如说刘绍棠。他一开始写作时就比较注重吸收传统的样式，就连具体的句型，像"花开两朵，各表一枝"之类，他也兼收并蓄。张贤亮和刘绍棠写"文革"的作品，很多地方可以看出才子佳人的模式、公子落难和慧眼识英雄的模式。当然，张贤亮的作品里面有普罗文学的东西，所以他那个慧眼识英雄的不是一个闺房的小姐，而是马缨花，或者是一个农民，或者是农工里面的一个什么人。

**郜元宝**：张贤亮的传统比较复杂，有传统文人的传统，也有现代文学的左翼传统。在现代，将传统文人的精神和左翼情绪结合得很好的是郁达夫，所以，我觉得从郁达夫到张贤亮，从《春风沉醉的晚上》到《绿化树》，可能就存在着一个传统——当然是一种特殊的、打上了深深的现代印记的传统。孙犁那一代作家也有很明显的传统……

**王蒙**：对了，从语言上和情节结构上，都可以这么说。中国传统小说的一些重要模式，我们仍然能够看到其在当今文学创作中的作用，或者你可以说，这是中国文学中一些不变的内容，就好像现在的文化原型批评，包括新批评、俄国形式主义和法国叙述学所谓的"母题"（motive 的音译，是"动机"的意思，现在变成"原型"了）。你可以看到，我们很多作品中才子佳人的模式、清官贪官的模式，都是那么地明显——比如所谓的"反贪小说"。现在反贪、反腐小说的关键已经变成了你能不能写好一个清官，如果你写好了一个清官，那么，哪怕你再写十个八个贪官，你的作品就还是会被认为可以站得住的，就还敢拿它去拍电视剧，争大奖。为什么呢？这就要谈到传统的力量了。而如果你写的都是贪官，就变成现在常常要碰到麻烦的所谓

"官场小说"了。但就是官场小说,也不能不说它有清末的谴责小说的影子,像《官场现形记》啊,《二十年目睹之怪现状》啊,诸如此类。还有写土匪,比如有些山东籍作家的作品,像莫言、尤凤伟这些人的作品,我觉得跟过去写"匪寇"的小说传统还是有关系的。我觉得,现在对这个东西分析得很不够。你说现在的新文学,特别是当代的文学,或者是自觉的,或者是不完全自觉的,从中国的传统里头寻找各种资源——比如故事的资源,情节的资源,语言的资源,情调的资源,主题思想的资源……

**郜元宝**:有些是传统中的所谓民间文学的资源,有些是传统中的教化的资源,有些则是文人自身的某种传统……

**王蒙**:江苏一些年轻作家的那个"断裂"啊,你说是自我炒作也好,或者说是表达某种愤怒也好(究竟是为什么而愤怒就不详细说了),表达某种怒气也好,我看也用不着过分认真地非要去把它弄清楚不可。

**郜元宝**:刚才分析的问题,可能我表述得有点简单化了。我讲的是当代作家自觉的传统文化的积累、传统文学的修养在其运用现代汉语写作时所可能发生的作用,你讲得更多的则是无意识的"母题"方面,是在作家的作品中不自觉地流露出来的那些东西。

**王蒙**:修养差的也有的是。一个非常有名的作家——我不好说名字——一再表示他没有读过《红楼梦》,也读不下去。这个我觉得也不足为奇,有时候人有各种独特的情况,他有某种聪明,有一种从生活当中汲取文化营养的本领。他对这些文本的东西读得很少,这样的作家也有的是。

**郜元宝**:许多青年作家有才气,有生活,有一部分外国文学的阅读经验,于是他就可以拿起笔来写作了。

**王蒙**:这个可是没有准的。

**郜元宝**:或许也能够写出像模像样的小说来。

**王蒙**:我们只能一般地说读的书还是多一点好,他就是没读过几本书,那你拿他怎么办?一点办法也没有。

**郜元宝**:作家写作中的传统意识,包括传统文化的修养,也有另一层含义,我们以前提得不多,这就是一个作家对其民族的命运、对历史的走向有一种很真诚、很持久的关注,而这种关注很自然地就使他和某种传统产生深刻的联系。比如说俄罗斯作家,他们对俄罗斯民族就有一种很深的感情,而且还善于将感情问题和民族所面临的一些大问题联系起来,把它提得很高。例如,关于民族的出路问题,它的过去与现状,尤其是其人民的精神问题、宗教信仰问题,这是民族文化中最隐秘的传统精神,也确实是最根本的问题。尽管据说陀思妥耶夫斯基的小说在俄罗斯语言中并不是特别优秀的,不是最优秀的文体,但在精神上,陀思妥耶夫斯基无疑抓住了俄罗斯民族的某个病态的方面,某个特别敏感的部分,因此我们可以说,他的小说是与俄罗斯民族传统有关的作品。

## 作家的几种类型

**王蒙**:这当然可以分出很多类,姑且先讲几类。比如,有一些作家显得非常执着,他本身有一种价值的追求,甚至在他的作品当中,他愿意有意无意地渲染这种执着,就是明白地告诉读者说他在追求一种高尚的东西,你把它叫做理想也好,叫做清洁也好,叫做朴素也好,叫做真情也好,甚至叫做爱情也好。这类执着型作家,有时候又会显示出一种偏狭,显示出一种自我重复,说得再难听一点,显示出一种小家子气,因为他们拒绝从更广、更深的层面上来接触你刚才所说的那些人生诸问题、民族诸问题、国民诸问题。他们写来写去实际上就是那么几句话,而且这几句话是不好推敲的——当然我们也用不着去推敲。但是有时候,一部文学作品确实也不能要求它面面俱到,你如果要推敲起来,它就好像是站在独木桥上,站在一条很窄的道路上。

郜元宝：优秀的作家不等于完美的作家，他不会在所有的问题上都那么认真、那么执着，他会像疯了一样把许多东西全部撂开，但他自己至少要有一个根本的东西。

王蒙：还有一种作家，与这种执着型的不太一样，就是潇洒型的、调侃型的，好像是把什么东西都看透了，看他们的作品不像前面的那种执着型的作家那么——

郜元宝：那么有立场。

王蒙：对，有立场。但是，这种执着型的作家的作品看起来让你有点揪心，他就给人一种感觉，好像是自己跟自己过不去。

郜元宝：他要在读者面前拼命地维持自己的立场。

王蒙：对，他要有意识地维持自己的立场，因而变得一脑门子官司。

郜元宝：王小波有个很刻薄的讲法，说是有一些人每天早上起来，第一件事就是先把面具找到戴上，否则就不肯出门。

王蒙：问题在于，他的那些崇高的思想和情感，与其实际生活往往有一点儿脱节。这也就像王小波讲的布鲁塞尔的厕所，各种重大的思想和口号都在公共厕所里面，除了一些黄色的图画——这个和中国一样——里面可能还会有大量的理想主义的话语，你可以发现关于世界和平的标语，关于种族平等的标语，关于女权主义的标语，关于废除死刑的标语。王小波有一个很精彩的说法：不管你有多么崇高的理想，你应该先从马桶上站起来，把裤子系好，结束在这里排便，然后出去做点有意义的事情。

郜元宝：（笑）王小波就有这个本事，四两拨千斤的本事，往往一些很严肃、很重大的问题，他用一两个故事，一两个笑话，就那么轻松地解决了，而且还不令你感到太刻薄、太油滑。他确实是一个值得我们怀念的少有的说话爽快的人。

王蒙：王小波的意思，往刻薄里说，就是认为你怒气非常的盛，悲愤感又非常的强，但是缺少一个真正能够与之相称的人生图景。

郜元宝：这里我想起了鲁迅。他一生对标语口号式的文学是非常瞧不起的，他自己几乎没有提什么口号，我觉得鲁迅的方法和老子的"道可道，非常道；名可名，非常名"是相通的。如果你把某些人生的态度凝固为某些固定的说法、立场、标语口号之类，而且每天都不变，这样的话就不是"道"了。

王蒙：现在反过来说，那些潇洒型的作家，有时候你又觉得他潇洒的后面掩盖着一种苍白、一种空虚——一种价值的虚无。

郜元宝：那也要看他是怎么个潇洒，怎么个自如。胡风谈论文艺问题时很喜欢用一个词，就是"突进"。既然要"突进"，就必须克服很多障碍，这时候你就不可能把自己打扮得非常的漂亮，非常的干净，非常的清洁，你也许会在污泥里面打滚，也许会在荆棘里面穿行，也许得把自己弄得很可笑、很狼狈——这都是不可避免的。

王蒙：这也是一种类型。还有一种类型，就是多少有点在读者面前玩花样。有的玩得也是不错的，但再不错，它往往也还只是一种"花活"而已。

郜元宝：什么叫"花活"？

王蒙：这是我们北京话，就是没有什么特别实际的意义，没有什么特别深刻的意义，但是能够让你眼花缭乱……这样的作家也是有的，包括那些痛骂文坛的，痛骂现有的作家的，在这些言语后面，确实也还没有找到比他痛骂的这些现象高明到哪里去的真正的货色。这究竟是什么原因造成的呢？我也不知道。其实，我刚才姑且说的这三类作家，也就是"执着型"的、"潇洒型"的和"花活型"的，其中有很多应该说还是比较优秀的，但就是仍然缺少一种更深刻、更超越的东西。

郜元宝：希望在这三种类型之外，能够出现真正有分量、有质量的第四种类型。

# 勿舍本逐末

## "寻找大师"和"大气象"

**郜元宝**:现在我们讨论得更多的问题是中国文学在局部方面的一些突破。这当然有很多可圈可点的地方。但是,人们似乎总还觉得缺少那种能够把这些局部的突破凝聚起来的大作家。这所谓大作家的基本特征,说得通俗一点,就是他的成就应该是多方面的,他所接触的问题也应该是多方面的。我们现在的许多文学期刊、文学评论的文章,一般也主要关心一些眼前的现象,关心阶段性和局部性的问题。在每个时期,不同的文学期刊,不同的批评家,都会向社会鼓吹、介绍某一种新的文学现象、某一个新的或重要的作家与作品,这已经成为我们的文学生活的一个习惯——我们很少从整体上思考问题。而有的时候,我们又会去思考一些大而无当的理论问题,后现代啊,现代啊,传统啊,可就是很难触及文学本身那种整体性的东西。比如说,我们刚才提到的那个"配方"的问题,也是个很严肃的问题。各种文学资源和问题,它如何才能超越阶段性、局部性或碎片性的存在,在一个作家身上凝聚成一个结构性的活生生的整体?换一种角度,我们也可以这样提问:我们的作家,如何用他的更加有力的双手,把他经历的那些丰富芜杂的问题凝聚起来,包容进来,造成一种更加具有涵盖和深度的作品?这也就是如何形成一个大作家的气派的问题。前两年,很多刊物都有所谓"寻找大师"的提法。"寻找大师",

我们当然可以先从一些局部上去着手,但是,如果能够从我们几十年的历史背景下来"寻找大师",不就更有意思吗？我们中国从"五四"以来,或者从一九四九年以来,已经有了两段说不清楚的沉重的历史、沉重的生活。理论家们说不清楚,不等于作家们写不出来。如何把我们的现代历史作为一个整体而写进我们的文学,并由此造成文学的整体性突破,这就是一个大问题。

**王蒙**：我还是具体地谈一些作家。前面提到贾平凹、刘绍棠,当然更应该提到的是汪曾祺。汪曾祺的作品偏于小巧,有它的纯朴,也有它的——用一个日本词——"古仓",就是像我们说的"张老"、"李老"这个意思。我觉得这个词很好玩。我对这些东西更加感兴趣。你刚才讲的这个"整体性的东西",我完全能够理解,我也有同感,但这是一个非常难于分析的问题。一个作家和一个体育运动员不一样。作家有时候并不知道自己下一步所要追求的标杆在什么地方。一个运动员,他已经跳过两米二了、两米二四了,那么下一个目标,比如说,二〇〇三年我一定要跳过二米二五,或者我百米跑步已经到了九秒九了,我就希望下次哪怕能跑到九秒八九。他有一个目标,作家就很少有这样的目标。看得出来,有的作家有一个目标。有的时候,有这个目标比没有目标还坏,因为他也许会拼命让自己新潮一些,拼命学加西亚·马尔克斯！有的目标看得出来,是很明确的,但是效果也不是很好。这确实与作家的知识结构、经历、学养、人格有关系,像我们说的有"执着型"的,有"偏狭型"的,这当然与他的精神气质有关系,与社会的条件也有关系。我始终感到,"前革命的"作家和"后革命的"作家处在完全不同的条件下。"前革命的"作家,就是当一个社会走向解体的时候,确实这是"国家不幸诗人幸",作家所有的感受,疯狂也好,悲愤也好,绝望也好,焦灼也好,包括作家所有的行为——咱们当做行为艺术,自戕也好,自杀也好,酗酒也好,吸毒也好,它都被卷入了这样一个历史的洪流。比如说陀思妥耶夫斯基,他在政治上是完全反对"二月革命"的,但是连他的羊癫风、癫痫症,都可以被纳入这个社会的这种面临崩溃的图景。我觉得这是非常有意思的。中国也是一样。中国在一九四九年以前,像冰心、老舍,包括巴金,他们都不是共产党人,应该说他们和鲁迅的情况也有很多不同,但是他们的作品里面仍然写了许多和左翼思想有关的问题。冰心除了写《寄小读者》《母爱》《海》以外,也还有《去国》《到青龙桥去》这些所谓社会题材的作品。

**郜元宝**:问题小说。

**王蒙**:对。老舍的《骆驼祥子》几乎可以说是鼓动社会革命的一个作品。巴金的《灭亡》《新生》也都是写的那种自杀式袭击的,甚至是……

**郜元宝**:无政府主义的。

**王蒙**:是的,带有恐怖袭击的悲壮感。可是这个"后革命"——这个革命当然是狭义的——就不同了。因为已经夺取了政权,所以后革命的时候所面对的情况确实完全不同,它所面对的不是一个衰败的、正在解体的政权,它面对的是允诺了一切、充满自信而且是非常强大的这样一个新的政权。还有许多许多不一一分析了。如果说在前革命的时代,不管是在俄国还是在中国,一个伟大的作家确实给人以一个社会的良心,民族精神的火炬,而且是暗夜中的明灯这样一种感觉,那么我们就很难设想,比如今天有某一个作家扮演着中华民族的良心的角色。有些人实际上试图扮演这种角色,但是扮演的效果并不理想。谁想扮演这么一个角色,他慢慢地就会从悲剧和正面的人物变成一个喜剧的角色。

**郜元宝**:比如某作家,就是你刚才所说的那种偏执型。

**王蒙**:我们尽量地不去说具体的人了吧。

**郜元宝**:还有那些自杀的诗人,可能或多或少都有这种情况吧。

**王蒙**:对。所以我说,这个社会环境也是很有意思的,我们不能抛开社会环境而孤立地来讲文学问题。但是,归根结底,我觉得作家的问题还是取决于个人,因为你很难分析出哪一个大作家是由一种什么样的社会条件所造成的。曹雪芹也就是曹雪芹一个人,你不能说那个社会、那种情况就最适合于出现大作家。俄国的情况还不一样,俄国在那个阶段不知道怎么地一下子出了那么一大批大作家,我也闹不清楚。

**郜元宝**:有的时候是有这么一种神秘的机遇。

**王蒙**:这个实在讲不清楚。但是有时候,我们的那种所谓"寻找大师"的努力,如果脑子里的大师的范本是鲁迅,那么要寻找今天的鲁迅,我觉得终将是徒劳的。

**郜元宝**:讲一个笑话,也是聊天的时候听到的,说某人到某省去做领导,给文化人上课,他说,你看我们这个省,以前白色恐怖的时候,困难的时候,出了一个某某。

**王蒙**:还出了某某,还出了某某某。

**郜元宝**:对,那么如今在这么好的条件之下,我们要争取出五十个某某某,某某。

**王蒙**:哈哈哈。有一些论者说,现在拼命捧鲁迅的人有各种各样的情况,有一种人比如陈伯达,捧鲁迅就是为了号召大家斗争,就是还要斗争,还要打落水狗,继续革命;也有一种人,捧鲁迅的目的是为了贬低鲁迅以后所有的人,包括所有的作家。有一句名言说,中国的幸运在于有一个鲁迅,中国的悲哀也在于只有一个鲁迅。我觉得,这些都是一些似是而非的、蛊惑人心的说法。伟大的作家都是不可重复的。中国只有一个鲁迅,英国也只有一个莎士比亚,也没有听说英国有五十个莎士比亚,连两个莎士比亚也没有。西班牙只有一个塞万提斯,法国只有一个巴尔扎克,清朝也只有一个曹雪芹,没有说有五个曹雪芹的。

**郜元宝**:我们说作家要有大的气象,也不是说非要像某个有大气象的作家那样不可。相反,可以有各种类型的同样具有大气象的作家。

**王蒙**:大师都是独特的,不可重复的,是不能复制的。有时候,我们也太强调"大",这也不完全。有的作家格局并不大,但是也很令人钦佩。比如美国一位意象派诗人,就是现在被视为意象派鼻祖的狄金森,她"小",而且一直过着那种大门不出二门不迈的生活。她寿命也很短,往往写一点很细微的东西。一个给狄金森的诗集作序的人说,"她用她很细腻的手,像雨点一样的手……",我现在还是不明白所谓手像雨点是什么意思,但我觉得这种说法挺好玩。所以有的时候也不能完全用什么气魄宏大啊、胸怀宽广啊,来作为评价一个作家的绝对标准。

**郜元宝**:真正的大师往往给出标准,而不为别人制定的某些标准所限制。

**王蒙**:比如说中国的诗,李白的气魄大,杜甫也大,因为他有屈原式的"哀民生之多艰"这种感情在里面。李贺、杜牧包括李商隐等诗人,就很难和李、杜相比了,不过这并不是说他们一定没有作为诗人的独特魅力。李商隐写过几首气魄大的,像《韩碑》之类,他的大多数作品气魄并不大,相反,他的作品大多气魄很小,有时候你甚至觉得他的感情太过于缠绕,有一种悲情、一种抑郁缠绕着他,他自己是解不开的。不过,这也很美。所以,标准不是绝对的。衡量一个作家,衡量一个时期的文学,衡量一批作家,有时候是很难用一把相同的尺子的。我们现在很难预料,中国处在这样一个剧烈变化的时期,这个时期的文学在将来历史上究竟有什么样的地位,或者是干脆没有多高的地位。这都是很难预料的。

## 文学批评、世俗化和宗教感

**王蒙**:你刚才说的刺激我想到了一点,我觉得最近这几年,怎么这个文学批评、文学评论几乎不存在了?也许我这个说法本身是偏激的。你现在很难看到一篇认真的评论,或者就干脆是"后现代"啊,"西马"啊,"法兰克福学派"啊,或者什么"新左派"和"自由派"

之争啊。这都是越来越让你不得要领的一些东西。再不就是商业炒作,什么新作讨论会、新书发行会,大家你说几句好话,我说几句好话,然后真真假假地把一部书推出来了。我们怎么就找不到话题了?这是怎么回事?是这样吗,还是我想错了?

**郜元宝**:这里面的问题很复杂。以前批评家们希望和文学一起寻找一些大问题,寻找一些突破,现在好像有点儿分开来了,尽管有些人还是作一些职业性的批评,书评啊什么的,包括一些越来越学院化的文学研究,都还在很认真——当然是以不同的方式——谈论着文学,甚至还有前面我们谈到的一些人在努力地"寻找大师"。不过,此外也有一些人,他们的精神归宿,他们的艺术兴趣,可能有更加多样的选择,未必一定局限于文学。他们也许在别的上面寻找到了归宿和慰藉。当然,即使这样,我们也还可以从反面来理解,就是一些人虽然放弃了文学,但是在内心深处其实还是对于文学有很高的期待的,只不过因为这个期待不像以前认为的那样容易得到满足罢了。比如在二十世纪七十年代末和八十年代,人们很容易从文学中得到某种满足,因为文学表现一个时代总体的意志,传达"时代精神",但现在不是这样了,文学不再能够包揽一切,不再能够吸引全社会的关注。因此,我想应该允许、应该理解人们(包括批评家)目前对于文学的相对的淡漠。一方面是淡漠,一方面又在"寻找大师",这中间很可能还潜藏着一种对文学的很高很高的期望。说到这里,我觉得不能不为中国文学感到悲哀,因为它确实还不能满足大多数读者实际上已经产生的阅读需要。你现在坐在上海的出租车里面经常会听到这样的广告,我也记不清详细的内容了,反正是个房地产的广告,前面有四句排比,其中一句叫做"村上春树天天看",最后引出房地产的广告词。村上春树的小说竟然会迷倒那么多的中国年轻读者,好像变成了他们的一种精神归宿。这个日本作家本身的文学成就如何,我们姑且不论,但是他能这样吸引中国读者的注意,难道不该引起我们整天抱怨不被重视的中国作家的反思吗?自己究竟是由于什么原因而受冷落的,人家又是由于什么原因而受欢迎的?

**王蒙**:其他几句排比是什么?

**郜元宝**:确实不记得了,无非是一些生活时尚的东西。这个时尚,也是作家们所痛恨的,因为它在大范围内抢夺了读者的注意力。以前,文学也是一种时尚,但现在当真正的时尚出现之后,曾经作为时尚的文学就一点没有时尚所应有的影响力了。时尚确实是一种很古怪的东西,很多人把自己的归宿就放在时尚那里,他们认为只要赶上了时尚,赶上了潮流,追上了球星、影星,就有了一种精神上的安慰,就没有被这个时代的洪流所抛弃。可是,人们对文学的要求绝对不能简单地等同于跟随时尚,总希望文学能提出一种能够把那种精神上的追求包容进去的东西。我们以前的文学过多地考虑到社会的问题,一般的读者对这个社会政治的问题,甚至是历史的问题,比如说"文革"的问题,其实是不关心的,他们关心的是你能不能从这些问题中分解出、分离出或者说挖掘出跟他们心理的问题、精神的问题有关的主题。这种期待是不会消失的,也许它的表现方式比较怪异,比较隐晦、隐蔽。我们经常在聊天中提到,在这种情况下,很可能会出现一批"假先知",就像我们刚才谈到的那一种类型的作家,在一开始的时候也会引起一些人的欣赏,比如某某某与某某某引起一些人的欣赏,但是时间长了以后会有一种上当受骗的感觉。再比如某某某等人的怀旧,也会引起有关方面的关注和有关人士的赞赏,然而我看很快也会成为过去的……我觉得,这里面最终还有一个作家和读者如何在更高的甚至可以说类似宗教意义上的沟通的问题。这个问题不能回避,也许,回避了这个问题,那些假问题反而会趁虚而入,像崇高的问题啊,时尚的问题啊,诸如此类。

**王蒙**:这也是一个很有意思的事情。这里面牵扯到的问题,也许可以做这样的概括,就是处在当前这种状况下,处在这种相对稳定的"后革命"时期的社会环境中,进入一个"建设小康社会"的历史新阶段,社会越来越走向世俗化,在这样一种生活状态下,我们的文学到底应该扮演怎样的一种角色?

**郜元宝**:对,这是一个很大的问题。

**王蒙**:比如"全面建设小康社会"这个口号本身就是一个相当世俗化的口号,它和——假设说我们的口号是"全面埋葬资本主义"——那种战斗性口号就完全不一样了。在这种情况下,就会出现那种口味的市民化、世俗化、时尚化(你不管用什么说法,而且我说这些话的时候都是不带褒贬的),必然会出现这种情形。我还想到一个例子,就是池莉的成功。在目前这个文学好像并不十分景气、许多作家在那里愤愤不平的情况之下,池莉的作品获得了很大的成功。池莉的作品的成功,里头也有一个"配方"的问题。她的"配方"和严歌苓她们并不完全一样,她的"配方"多了一点中国社会的气息,其中包括一些比如她写的那种冷酷,写到那种人与人之间的虚伪等。但是,这里头我觉得有一个难处,就是有人对于时尚化、世俗化、小资化、中产阶级配方等等这些东西不屑一顾,甚至于觉得这是一种堕落,觉得这个令人窒息。比如我看到某某某最近的几篇文章,他一再强调他感到窒息,说这种世俗化的环境使一个作家感到窒息(我在这里顺便说一下,我们将来发表这些东西的时候尽量不提名字,免得引起其他的一些麻烦),强调这个窒息,强调这一类的趣味和这一类的人都应该……

**郜元宝**:一扫而光。

**王蒙**:对。其实各派的人都有这么点劲,某某某他们有这个劲,某某某他们也有这个劲,一张口就说这是"形而下"的东西。但是据我看,如果这个东西做得过分的话,就会变成"存天理,灭人欲",而且这个"灭人欲"灭得还要彻底,就是一点人欲都不可以有。你如果到山东曲阜去参观,就还会看到书法条幅上写有这些言论,把人欲彻底消灭。所以,我们所谓的终极关怀的东西、宗教式的沟通的东西,究竟是视这些时尚,视这些世俗、这些中产阶级、这些小资为敌为恶,为十恶不赦,还是视其为友,视其为初级阶段,视其为不可避免?这是值得思考的。

**郜元宝**：实际上，俄国很多有宗教感的作家，他总让人感觉到其另一方面也是很世俗的。陀思妥耶夫斯基的《卡拉马佐夫兄弟》就写到通奸，写到父与子为了同一个女人而相互吃醋，写了各种疯狂的欲念——他恰恰是从正面去看世俗的生活，看得很深，这才有了最后的那种宗教感……

**王蒙**：我觉得，要是就满足于人欲，就满足于人的物质欲望，就满足于时尚的心理，就满足于这种小资情调、中产"配方"，这对于一个文学家来说，起码是不完全的，他起码不能停留在这方面。但是，对这些东西视若寇仇，视若不共戴天，那也是一种很奇怪的想法。文艺复兴的精神，恰恰是从僧侣主义解放出来而回到世俗的这么一种精神，恰恰是社会的一个进步，而中国从来没有经历过一个大的世俗化的过程。当然，这又是老子所说的"道可道，非常道"。我这个话说出来以后，本身就显得语病非常多，而且会使很多精英感到非常失望，好像我王蒙就是这么喜欢世俗化，就是这么厌恶崇高……其实问题并不在这里，问题在于我们这个国家缺少对人的正常生活、正常欲望的理解和尊重的这样一个传统，而动不动就弄得大义凛然，动不动就是英勇壮烈，动不动就是忠孝节义，我们这方面的传统比较深厚——这方面的传统当然也是非常好的，有许许多多这方面的故事。我们文学上有很多这方面的传统，所以张口就是"九死而未悔"啊。这确实是一件应当注意的事情。

**郜元宝**：这里也有另外一个方面。一方面是我们不去碰它，就是你说的"视为寇仇"，等到长期的禁忌以后突然放开了，我们又不能用一种正常的、平和的眼光去写这些东西，有的时候还正因为意识到别人的冷漠和歧视，所以写的时候故意地进行一些变形和夸张。

**王蒙**：这个是很自然的，因为你是文学啊！我们是写小说的啊！我们不是经营这个证券交易的啊！如果我们的职业是经营证券交易，我们就无法一边经营证券交易，一边大骂"形而下"，大骂物欲横流。写文学的人总应该表现得清高一点,应该对这些比如金钱啊,人欲啊,起码抱一个调侃、讽刺的态度,而且要洗清自己,要"撇清"(在上海话里是这样讲的吧?)。我觉得这都是可以理解的。

**郜元宝**:这是一种倾向,自己一边写,一边又不敢把自己的立场转过去,还要讲一些那种高妙的话。另外一种情况是,那些更年轻的作家,他写是写了,但是写的时候赋予它另外一种意义,也是很高的意义,很极端的意义,认为一旦写了这个,就非常了不起了,就与那些不敢写、不会写的作家不在一个重量级上了,不可同日而语了,或者叫做"不可与庄语"了。

**王蒙**:就是《我爱美元》这些吧。或者就是那种"名言",说是看人家外国人都得艾滋病了,我们这里还在得流行性感冒——好像只有得了艾滋病才能显示出现代或后现代。(笑)

**郜元宝**:这两种说法,都不是我们所说的世俗化,但它是世俗化过程中出现的正常的心理反应,只不过离开真正的世俗化还有相当的距离罢了。

**王蒙**:当然,作家应该多一点理想主义,多追求一点浪漫,作家也完全有权利叹息"现在年轻人太不够浪漫啦""官员太没有理想主义啦""我们当年革命的时候那才是有理想的,有浪漫的"。这个可以。或者反过来追求,"还是农业文明好""小国寡民好",这都是很有趣的一些问题,而且这也是伴随着人类的历史发展而永远没有终止过的,无论是这种内心的冲突也好,还是理论的冲突也好,或者是情感的冲突也好。

**郜元宝**:现在的问题就是往往各持一端,各执一词,缺乏相互之间的理解。所以,反世俗化的人用的是一元化的思考方式,那些一头扎进世俗化的人用的也还是一元化的思考方式。历史的多元的展开,生活的多元的展开,好像都很少顾及……这种一元思维模式下的文学,很自然地就缺乏一种足够强大的精神,足够健康的趣味。

**王蒙**:你这个讲得很好,这东西它不是一元的。你比如说,从十九世纪或者更早开始,就有对人类、对文化包括对"发展"——我们现在很喜欢讲的一个词——的质疑。契诃夫的《樱桃园》,写樱桃园里生活着一群废物,但樱桃园是美丽的。这群废物,他们的事业包括他们的经济、财政全都崩溃了,不得不把这个樱桃园卖出去,而这个樱桃园卖出去之后,他们要在这修铁路,要经商,最后它就变成了一首挽歌。从诗意的观点来说,樱桃园是一种诗意的,而铁路是没有诗意的。我记得看过一个电影,好像是墨西哥的,叫《白玫瑰》,是不是有这么一个电影?

**郜元宝**:我不太清楚。

**王蒙**:好像叫《白玫瑰》,但这个故事我记得。故事就是讲保护一个地方的油田不被开发,就是在得克萨斯那一带,在美国的南部,因为那边有很大的油田。有一个非常好的农场,油田的开发者毁坏了这个地方所有美好的生活。那时候,你感到油田的开发是一个恶,是一个恶魔,把这个地砸得到处都是洞,然后里面冒出火、瓦斯和黑色的石油,把一块美丽的地方变得丑陋不堪。本来生活中非常纯朴的人,结果他们过着非常不幸的生活。在资本主义国家,这是一个非常时兴的话题:发展给人带来的并不是幸福而是痛苦。其实,老子早就提出了这种说法,其大概意思是:货物越多,人的贪欲就越旺,"五味乱其腹,五色乱其目",你物质上越丰富,人就会越痛苦,智慧上越丰富,人就会越疯狂,甚至于越邪恶;相反,过"鸡犬之声相闻,民至老死,不相往来"那种小国寡民的生活,知识非常少、信息也非常少的生活,是非常幸福的生活。最近我看到铁凝写的一篇文章,是她在温哥华的一个讲话稿,发在《长城》上,《文艺报》也登了。她就讲,这个《哦,香雪》写一个很边远的山里面,没有任何新鲜的东西,唯有一列火车从那里过,而那列火车在那里停的时间极短极短,有些农村的姑娘没事就在那里站着,等着火车从这儿过,一天只过一次,就等着这列火车停一下,好像从火车上带来了外面的生活,有很多灯,有很多人,穿着不同的服装。她说,现在像这种地方已经在开发了。她写的就是河北的涞水县。刚开始开发的时候,农村的人都不懂旅游,把旅游叫"流油",就流出油来了。她说,这个地方现在像香雪那样年纪的姑娘,有的当了旅游小姐,有的当了饭店的服务员,有的甚至于卖淫了。她说,大家就完全有理由批评现在还不如原来那样好。这里我补充一句,铁凝的文章里并没有提到,但是我补充一句。我看到一篇报道上面说,一个日本人看了这个《哦,香雪》,就觉得不理解,说这香雪为什么就喜欢工业化生产出来的铅笔盒呢?她父亲给她做的铅笔盒多好啊,手工做的,用木头做的,那么纯朴,那个铅笔盒才是无价之宝,而她所喜欢的、所向往的那种批量生产的铅笔盒是一钱不值的,是万人一面的。后来铁凝就说,这些高贵的人站在高贵的位置上,用那种高贵的眼光劝这些穷苦的人,说你们不必发展,发展了并不好,还是原来你们不发展的状态更好。她说,她完全不能苟同这种"高贵"的人的劝告。

**郜元宝**:你刚从非洲回来,那里是否也有类似这样的问题?

**王蒙**:非洲也碰到这个问题,就是有一批高贵的思想家认为帮助非洲人发展是错误的,不需要帮助他们发展,他们生活得已经非常幸福了。非洲自然条件非常好,饿了就爬到树上掰两个香蕉,找一块布啊或者什么东西,稍微把自己的私处遮掩一下,就算是服装了。最有趣的一个故事,我是在印度听到的。一个渔夫在河里打鱼非常辛苦,河边有一个小伙子在树底下睡觉,睡得很舒服。这个渔夫就叫这个小伙子说,你来帮帮忙,我会给你钱的,你看今天的鱼这么多,我们会有很大的收获。那个小伙子就说,哦,那你打鱼干什么啊?渔夫说,为了钱。小伙子说,有了钱,你要干什么?……

**郜元宝**:好像是伯尔还是谁有一篇小说,就写这种有趣的争论,叫做《一种道德堕落的捕鱼劳动》什么的。

**王蒙**:我觉得,作为文人,作为知识分子,这些东西你还会讨论一万年。就像老子的那种理论,说小国寡民最好,我觉得那确实能给人以很大的启发,也给人以一种美感。作家也还可以继续写下去,《白玫瑰》啊,《樱桃园》啊,包括张炜的那些作品,还可以继续写下去,也会有很多人看,你可以写得很精彩,你可以把现代化写成一个恶魔,把工业化写成一个妖怪,但是,历史不可能停留在那个时候,非洲也不可能停留在那个阶段。那个躺在河边上睡觉的小伙子,永远不可能成为这个社会的主流。

**郜元宝**:文学可以参与到各种社会问题的讨论中去,它也不能回避这些问题。但它在讨论这些问题的时候,有其特殊的方式。如果文学过于关注时代的这些主题而不能够触及人们的感情方面,就像《子夜》的写作一样(这是中国现代文学史上的一个范例),尽管对《子夜》的评价有很大的争论,但《子夜》不是一部好的文学作品,我想这个大概是可以肯定的。在多变的、多元的、非常混杂的社会生活问题中,文学如何始终贴近人们的感情,这可能是长久以来被忽略的问题。作家在多元的生活中怎样写感情?姑且说我们是世俗化的社会、奔小康的社会吧,那么在这样的社会里,文学怎样贴近人们的感情世界,怎样发现人们感情的多种方式或者深度呢?

**王蒙**:可以从另一个角度来说,比如,"文学为人们的心灵留下一片净土"——虽然这本身也是一个酸不溜秋的说法,但它确实有这一面。

**郜元宝**:感情的因素,我想是很多的,有纯洁的感情,有邪恶的感情,有各种各样的感情,这种丰富性无论如何也是写不完的。

## 文学和科学的关系

**王蒙**:有一个观点,我和有些人不一样。很多人认为,科学的发达和现代化的推进,似乎对人的情感来说是一个负面的东西。比如各民族的人、古代人,对月亮有很多的幻想,但你这个登月船到了月亮上去以后,你那些幻想就都没有了。类似的例子还可以举很多。比如说,我在一些参考材料上看到,美国人从精神病学的角度发现恋爱完全符合精神病的定义,比如幻视、幻听、强迫观念等。我在香港还看到美国的一个科教片,就是专门讲性的。那确实是科教片,决不是黄色片。它把做爱过程中双方器官的各种变化,都用很精确的数字和用医学的术语、生理学的术语表达出来,用各种数据表现这整个过程。你可以说它非常煞风景。比如一个正在恋爱中的人,我不知道这个性教育片对他(她)有没有这方面的负面作用?我们无法想象,如果贾宝玉和林黛玉来看这么一个科教片,那么,看完之后会不会影响他们"与天地同辉"的那种爱情?但是,我想这只是事情的一个方面,至少从理论上觉得事情还有另外一面。一个人知道得越多,他就越知道自己不知道的东西还有很多很多。如果一个人什么都不知道,他也不认为自己不知道什么,他就认为他什么都知道。我是接触过这种人的。在新疆有些农村里头,有的人认为他什么都知道。你跟他说什么,他该相信的就相信,不相信的他就说"不可能的""没有那么回事"。确实是这样。所以,我觉得把科学说成是一个人缺少想象力的理由,把经济的发展说成是一个人缺少感情的理由,包括把所谓竞争、工作忙说成是一个人缺少艺术细胞的理由,这起码从理论上不能说服我。

**郜元宝**:最简单的例子是一些大科学家的感情更加丰富,因而也更加痛苦。

**王蒙**:一个大科学家,他可以有非常浓厚的形而上的追求,或者艺术上的追求。爱因斯坦总是强调他的小提琴拉得比他的相对论还好,这当然也有作秀的意思。现在很多作家在那里批评科学主义,但你要批评科学主义,最好还是要懂一点科学。我认为,我们很多的作家包括我自己实际上属于"科盲"。不过,科学家没有闲情逸致去批判"文学主义"。如果你以为只有文学才是拯救人类灵魂的东西,认为只有文学才能回答人生中的各种问题,而科学只是在麻痹一个人、木化一个人的话,那么这里面起码就有一点误会了。真正高级的科学和文学应该有它相通的东西。我相信,科学是有一种激情的。像居里夫人,她能没有激情吗？科学和技术不应该是文学和艺术的敌人。

**郜元宝**:C.P.斯诺,英国的一位科学家,同时也是作家,他有一本很有名的书叫《两种文化》,就专门讨论英国的科学性知识分子与文学性知识分子彼此之间的隔膜,但他似乎更加对科学性知识分子冷落、误解文学性知识分子感到忧虑,他更多批评的是前者而非后者。但是我想,你的意思和斯诺的也许并不矛盾。相对说来,文学家理解科学家难,而科学家理解文学家则恐怕更难。一个很显著的事实是:文学家至少可以为科学家写传记,而科学家一般是不容易那么深地理解文学家的。不过,我觉得这里面也许有一个竞争的关系,文学家是在这种竞争关系中不断地认识自己而确立自己的位置的。

## 文学感动人的方式可以多种多样

**郜元宝**:有时候,读者可以要求作品有更加强烈的打动人的力量,像黑格尔所说的,要有一种对于读者感情的"甜蜜的打击"。李子云老师曾经跟我讲过,当时她读你的《海的梦》非常感动,流着泪读,但读完了作品,流完了泪,又感到一种特别的满足和舒畅。我想,这就是所谓"甜蜜的打击"吧。我读《海的梦》也很感动,撇开年龄的差别,这种感动其实是自然生发的。人到了一定的境遇,他就必然有这个想法、这个感慨。

**王蒙**:所谓感情的打击力,对很多作品来说都是合适的。

**郜元宝**:它不是煽动,不是煽情,是写自己的时候而自然地写出来的。并且,人们想到的其实不是这个小说主人公个人的内心,不完全是看他的心理流动,小说把主人公的周围世界也写出来了,一下子就好像写出一个天地来,人们可以走进去,像走进自己的那片天地,因此就可以容纳很多自己的感情进去,这就容易形成强大的共鸣。

**王蒙**:比较起打击力来说,《呐喊》《彷徨》比较好,《故事新编》

就没有那么大的打击力。但是,现在有一派意见,似乎认为《故事新编》写得特别好。

**郜元宝**:读起来更加有意思。这当然也有鲁迅研究界的一些具体情况。长期以来,谈《呐喊》《彷徨》谈得太多了,《故事新编》谈得相对比较少,也难谈,因此,在一种攻陷难关的竞赛心理作用下,一些人就把《故事新编》提出来谈。更重要的是,《故事新编》确实写得很特别,很好看,够大家说个三年五载的。比如,《奔月》里头写后羿,为什么偏偏要写他在离开家门不远的一个垃圾堆旁下马?《铸剑》里的那第九个王妃,为什么特别地在大王的膝盖上撒娇,扭的正好是七十下?单单这些问题,一时也说不完。

**王蒙**:我看恐怕三年五载也说不完。

**郜元宝**:不仅鲁迅研究,而且对于别的作家、别的文学现象的研究,也有这种"哪壶不开提哪壶"的情况。这也说明,人们希望在文学中获得更多的、各不相同的、尽可能丰富多样的感动,不想老是吃一样的菜、看一样的表演。

**王蒙**:从作家的角度讲,也确实应该而且可以有别的类型的东西。比如那种剖析型的,嘲讽型的,那种入木三分的,它不见得有打击力,但有吸引力。老实说,米兰·昆德拉的作品,在感情上没有多少打击力吧,但他有一种智慧,有一种不无善意的嘲讽。

**郜元宝**:我读昆德拉,从来没有被他感动过,但我还是欣赏他的思想、他的智慧。这个是不一样的。但有的小说,特别是有的长篇,要把你的感情裹挟而去,迷惑你,征服你;有些则有暗示的力量,让你觉得有一种启发。在你的创作和阅读过程中,除了自己的作品之外,有没有感到彻底把你征服的那种作家或作品?

**王蒙**:彻底征服的就是《红楼梦》,还有唐代的诗人,包括李白、李商隐,就是这种被彻底征服的感觉,有一种它已经达到了极致的感觉。本来,文学也是无顶峰的,但是有时候像"沧海月明珠有泪,蓝田日暖玉生烟",我总觉得诗写到这里它就达到了一个极致,它有一种阔大,一种迷惘,一种静穆,你觉得已经无法再表达了,他已经把这个境界给完全勾画出来了。

**郜元宝**:这就是所谓的不可逾越,你也就不必再去增添什么了。

**王蒙**:对,就是有一种不可逾越的感觉。在年轻一点的时候,我读《安娜·卡列尼娜》时也有这种感觉。《复活》就是太道德忏悔了,说教的东西稍微多了一点。

**郜元宝**:可能主要是因为它写涅赫留朵夫和玛丝诺娃之间的感情,但他们俩平时都不在一起,涅赫留朵夫整天忙着为玛丝诺娃到处求情,疏通关节,两人之间思想感情的交往和碰撞写得少了一点。

**王蒙**:《战争与和平》让人感觉到客观的描绘、叙述和交代太多,作者要写的东西占用了他太大的精力,拿不出他最精彩东西来了。所以,我个人比较喜欢《安娜·卡列尼娜》。

**郜元宝**:契诃夫的作品,是在哪个意义上打动你呢?

**王蒙**:契诃夫的东西,他写人生的这种遗憾写得最精彩,比如像《没意思的故事》啊,《带小狗的女人》啊。人生本来就有这种遗憾,有这种尴尬,这种尴尬、遗憾也不一定要和社会相联系,也不一定要和礼教相联系,也不一定要和意识形态相联系,它就是尴尬,就是遗憾。做一个很不伦不类的比较,契诃夫的这个《带小狗的女人》是很早以前看的,后来又看到香港电影《花样年华》,我一下子就把它们两个联系起来了。《花样年华》演得很好,我认为它就是表现了人生的一种尴尬,也用不着上纲上线。有这么一段不尴不尬的情感,而且真有这么一种情感,这种情感从年轻的时候开始,一直到后来,搞了很多年,后来都老了,但是仍然既不能光明正大,也不能得到很那个……这还是你刚才说到的那个话题,就是这个爱情的话题。其实,爱情是充分说明人性的,每一个满足都是一个不满足的开始。

**郜元宝**:一些公认在精神上特别强大的甚至特别狂妄的作家,他有时也有一种脆弱,也有一种非常无奈的情感。也许他越加强大,他就越加没有看上去的那么坚强,他就越能体会人生的种种艰辛,也最能体会人性的脆弱和人的无助。

**王蒙**：契诃夫就是这样。他还写戏剧。契诃夫没有写过很长的小说，但他的戏剧写得都很长，都是多幕的，像一部长篇小说，像一部交响乐。

**郜元宝**：能写小说，同时也能写戏剧，这样的作家并不多。我听一些作家讲，小说与戏剧的思维方式不太一样。

**王蒙**：是这样的。另外，说句老实话，像普鲁斯特的《追忆似水年华》，我刚一上来读几章，我也深深地被打动了。那种叙述的方式，那种用人的灵魂来过滤往事的方式，法国人特别擅长。

**郜元宝**：而且连细节都那么清晰地给你一一再现出来。

**王蒙**：这种再现，让人清楚地感觉到它已经不是事物的原形，而是被他的情感和心灵过滤了。最近，人民文学出版社出版2002年最佳外国短篇小说选，根据翻译以及由什么法国文学学会向他们推荐，让我看一个法国女作家写的《要短句，亲爱的》。其实，她写的内容并不复杂，就写她母亲怎么样慢慢地变老，从年老到最后怎么死亡。她的动人之处就在于，如果只是简单地回忆母亲老了，死了，这没什么，但她的笔法相当令人感动，既是回忆，又是想象，又是喟叹，又是哀怨。我想，法国人特别善于这么写。但是，底下我就看不下去了。这可能跟我年岁大了、视力减退有关，底下她是一种连篇累牍的这种……

**郜元宝**：有时候，挖掘人性中的一些非常卑微的东西，好像也能使人感动，就是所谓的"审丑"。这话是比较抽象的。

**王蒙**：嗯，对。对卑微的东西，有时候你可以嘲笑，有时候你也有一种怜爱，也有一种宽容。

**郜元宝**：就是"人所具有的，我也具有"。

**王蒙**：对了，"我也具有"，而且它是无伤的，并不是危害旁人的。所以，你可以对它有一点原谅。

**郜元宝**：前面谈到了汪曾祺，也谈到江苏的其他一些作家。其实，尽管汪曾祺和高晓声有些不同，但他们包括后来更年轻的一些作家，比如说像苏童、朱文、韩东等，可以看出他们好像有一个共同点，好像有一种一脉相承的东西，就是他们都很善于发现人性中的那种卑微的东西，那种小聪明、小智慧、小邪恶、小龌龊乃至小无耻，总之是很庸俗的东西。这些江苏作家就敢于正面地把它写出来，而且写得有声有色，然后给它以宽容和爱怜。你比如说汪曾祺的《异禀》，写得多么卑微，但它实在、亲切，令你不敢自以为是地凌驾于那些小人物之上，相反，你觉得生活中如果没有这些卑微的小人物衬托着，就会不那么稳定、不那么牢靠。我觉得朱文的《我爱美元》《把穷人统统打昏》之类，韩东的《在码头》《美元胜过人民币》之类，都写得很粗，很野，但是，你就是不能小视。我甚至想说，整个中国文学界，对于江苏作家的这一个系列的特点，恐怕都有些忽略了。我们总喜欢另外一种文学，一种过于虚骄和虚张声势的文学，喜欢掼派头、装门面的文学，其实，跟江苏作家的这一个系列相比较，那种虚张声势的文学才是不值得一提的呢。我觉得应该像加缪的《鼠疫》里说的那样，应该向这些江苏作家"脱帽致敬"。我想，像他们那样不断地掘下去，多少还能够掘出一点我们中国人心灵的真实来。如果一味地涂抹，一味地粉饰，一味地虚飘，那么我就真不知道什么时候是个尽头。

**王蒙**：包括余华，你也能看出这一点来。我看，他——他当然是浙江的——就和汪曾祺、高晓声他们的某些作品有一定的渊源关系。

**郜元宝**：在这方面，我觉得余华可能还差一点，还没有朱文、韩东那么到位。看苏童的一些小说，有些写得虚无缥缈，也有大量的描写那些底层民众的肮脏、混乱、粗俗的生活，比如像《刺青年代》《城北地带》这些作品。现在，《城北地带》中的人物都长大了，苏童特地为他们写了一个续篇，叫做《蛇为什么会飞》，我觉得也很不错。他极力要把这种生活写得让你感动，好像它虽然卑微、卑贱、龌龊，但也有它自己的光泽。

**王蒙**：说到最近的长篇小说，我觉得评论界应该感到失职的是对宗璞的《南渡记》和《东藏记》没有作出应有的回应。这两部作品实在是写得非常好，而且她写的那种高雅是一种真正的高雅，是从骨子里面透出来的高雅，与故作高雅状甚至故作贵族状是完全不一样的。我想，中国根本就没有那种法国式的或英国式的贵族，中国的贵族应该是叶兆言写的那一批人，最可笑的就是邓友梅在《那五》中写的那种人。但是，现在有的作家也忙着说自己的家庭是贵族，实在是非常的可笑。

**郜元宝**：从追忆张爱玲以后开始的。

**王蒙**：这是非常可笑的。但是从宗璞写的小说里面，他们的语言，他们的命运，他们对一些问题的议论，那就是不一样。这本来是现在最不受欢迎的题材。小说写的就是抗日战争初期到抗日战争中期，一批文化人随着国民党撤退到大后方去，在重庆、在西南联大那个地方的生活，其中也有国家仇、民族恨，也有这些知识分子之间的各种关系。

**郜元宝**：这方面的生活和历史，一直没有人很好地写出来。好像我们中国作家只能写没有文化的人和假装有文化而其实没有文化的人，你要是叫他写那些大知识分子或准知识分子的小说，他就会犯怵。你说的宗璞的两部长篇，我都没好好读过，惭愧。不过我倒是读过《夏济安日记》，年代比宗璞的故事背景略晚，也是写知识分子的，真让人吃惊——怎么我们的作家从来就没有想象过，在二十世纪四十年代，还有那样的知识分子的生活和心理呢？

**王蒙**：这都是比较好的作品。还有你刚才说的长篇小说的问题，我从另外一个角度看觉得挺好玩的，就是从社会学的角度看，现在长篇小说出得比较多，大家也比较重视长篇小说，这在一九四九年以后的中国是没有过的事情。一九四九年以后的中国，一有风吹草动就号召作家写报告文学，这也很好玩，因为很多人对文学是当做新闻来理解的。比如有一个大工程，没有几篇像样的报告文学还行？这么大的工程，举世震撼的工程，怎么没有出来好的报告文学？青藏公路修好了,你要长篇小说可没办法啊,哪来青藏公路的长篇小说? 就写报告文学吧。二十世纪六十年代的时候都是写散文,因为你也没有其他的办法,你只能离开这个社会现实,写风景,连诗歌里面谈的都是风景。

**郜元宝**:现在长篇中历史题材大流行,太多的历史,真让人吃不消。

**王蒙**:历史题材的小说反映了什么? 就是大家想研究中国的国情,研究中国的传统,研究中国政治的特点。我觉得它反映的就是这个东西,因为你面对着中国与西方国家所设想的模式完全不一样的状态。

**郜元宝**:有些小说也仅仅停留在演义的水平上。

**王蒙**:但就是那样的话,他也起码给你点知识,给你点借鉴。比如《曾国藩》,那么受重视,在大陆发行得那么好,在港台发行得也非常好。《张之洞》《杨度》是唐浩明连续写的几部历史题材的东西,还是非常受人重视的。不能够用那种如诉如慕的笔调来要求他,他写的就是相对粗线条的。我最近也读了《张之洞》,因为张之洞是我的同乡,也是河北南皮县人。有的地方写得让人拍案叫绝,对我来说,它带有知识性。比如张之洞说的"启沃君心,恪守臣节,厉行新政,不悖旧章",我们党的十六大就做到了"厉行新政,不悖旧章"。在中国这里,"旧章"太厉害了,因为中国"旧"的东西太多了,往往一折腾就整个地天翻地覆。我就想,类似这样一些东西,你不读历史,你是不知道的。

**郜元宝**:很多厚重的长篇小说都是写历史方面的,但并不是说,你一写历史,就能保证你厚重了。

**王蒙**:包括电视剧在内的一些反映历史的东西也没有什么深刻的内容,可是你完全可以看出作者和观众借着这个历史来得到某种启发,或者得到某种共鸣、某种发泄。不是说非常实的,比如说现在到处写的和珅,说这和珅是写当今的某个贪官、某个坏官,不是,这是不可能的。现在跟和珅一样行事的官员有没有？那肯定有。所以，他看的是和珅，心里面想的实际上是生活里面掌权的权力斗争这些东西。

郜元宝：稍稍有点遗憾的就是长篇小说。当代生活，当代人物，以这个为题材的少了一点。写得美，甚至达到像写历史小说那样的高度的，也还不多。

王蒙：长篇小说不会和生活太同步的。

郜元宝：比如二十世纪八十年代、九十年代初的那些作品，《活动变人形》《古船》这些，至少还写了比较靠近的历史，已经贯穿到当代的历史。现在这样的作品少了一点。

王蒙：那《许三观卖血记》呢？

郜元宝：这毕竟不算很大的，我不觉得它有多么厚重，有点传奇化了的东西在那里。你没法和许三观交流，更没法与他共鸣。看着好看，但你很难有一些同情的东西在里头。

王蒙：有些作品，他们有的说很好，我一直想看但还没有看，比如说阿来的《尘埃落定》。

郜元宝：这个不行。不是说阿来的作品不行，而是说我们自己身边的生活还没有写完，就又一哄而上，捧一部在题材上大家都不熟悉的作品。作家来自那个地方，藏族居住区，西康，他有理由那么写，但我们大多数读者恐怕对那个地方连一点概念都没有，你跟在后面瞎起什么劲呢？最近又出来个红柯，也是写边疆地区生活的，许多人也觉得很好。红柯写新疆，写盛世才和马宗英那些事，我觉得有一股气势，但写得太杂乱，太飘忽了。现在，中短篇不受重视，长篇反倒好起来了。长篇一直热销，大家都奔长篇去了，于是长篇就变成了宠儿，而宠儿一般总是有那么一点先天的弱症。中短篇里头，我看还是有很多好的东西。这两年还有一个现象，大量的散文创作已经成为不可忽视的现象……许多杂志辟出大量的篇幅来发散文。散文的门类是多样的，散文所触及的问题也是多样的，散文本身的气势也在扩大,也在变化。很多写小说的人,他宁可转过来写这种比较自由的、运用自己的知识来讨论各种问题的这样一种文体。

**王蒙**:我不知道你注意到了没有,我最近因为去安徽、广州一次,他们一些晚报上、小报上那种类似小品文、散文的东西,真是太多了,写得也蛮可爱;比起香港那些所谓爬格子的文章,我觉得要写得好。

**郜元宝**:有时候,我也感慨中国能写散文的人实在太多了,差不多都能够写。散文可能是中国文体里面最受欢迎的一种……

**王蒙**:这个是社会生活宽松化的表现,也是阅读消费化的表现。我那天坐飞机时看到一篇文章,写到男人像猫,女人像鱼,但是男人找鱼吃的时候一定要小心,有的是鲨鱼,有的是鲸鱼……说这个老婆没有什么新鲜感了,就好比是咸鱼,但是穷人也只能吃咸鱼。像这些东西,它的情调就有点像港台的那种,对这些东西也不能要求过高。

**郜元宝**:现在的批评界——也不知道是不是好事——就是在嗤之以鼻以后,就不太关心这些问题了。

**王蒙**:你也不能否认它是文学啊。报纸上一个版面,像我刚才说的这种文章就有七八篇。

**郜元宝**:有些白领读的报纸就征求这样的东西,甚至因此而养起来一批写手。

**王蒙**:还有一些女写手,写和她先生怎么互相之间开玩笑啊。这个有点夫妻半调情了。

**郜元宝**:也不像《浮生六记》。

**王蒙**:就是闺房记乐、儿时记趣之类的。说是先生问太太,如果我犯错误了那怎么办?这女的大概说我会打你一个嘴巴然后把你赶出去。然后,这女的就问先生:如果我犯错误了那怎么办?男的就说,我打你一个嘴巴,但是我还要把你搂在怀里。这些东西写得真是那个……这个作者好像还是个女性,写得还颇有点得意之情。现在社会的文学消费培养起来的这种情调,不但我这个年龄,而且就是你这个年龄,可能也不会完全了解的吧?这一类东西你读到过吗?我是最近才读到的。

**郜元宝**：读到过，因为太多了，一不小心就撞到你眼睛里来。但我看在《北京晚报》《北京日报》上好像就很少这种版面。我看它们就比较地单调、狭小，跟外地任何一种报纸都没法比。

**王蒙**：可是我刚才说的这种东西，好像上海的报纸上也没有。

**郜元宝**：上海也有，上海有很多白领的报刊，不是传统的所谓主流的报刊，它们都不太知名，但这并不影响其流行。

**王蒙**：反正《新民晚报》上没有。

**郜元宝**：上海已经开辟的有《新民晨报》《申江服务导报》之类，发行量也是很大的，已经和《新民晚报》展开竞争了。

**王蒙**：就是那种"子报"，从主报分出来的。

**郜元宝**：文学的这样一种消费化趋势，我看倒反而会激励一些有野心的作家写出更加超越的东西来。

**王蒙**：那是肯定的。这些东西其实并不能代表文学，但它们也足以刺激更好的文学的产生。

**郜元宝**：这个现象各个时代都有。

**王蒙**：这确实是属于消费性的，阅读快餐。

**郜元宝**：比如民国时期的鸳鸯蝴蝶派啊。其实类似的东西，历朝历代都有的。

**王蒙**：这些东西适合于出恭的时候翻一翻，等火车开车、等飞机起飞的时候翻一翻。

**郜元宝**：我想在李商隐写出那些美妙诗歌的时代，也会有这些东西，只不过我们不会把它们天天放在嘴巴里面念叨而已。

**王蒙**：或者读完了，也就忘掉了。

## 勿舍本逐末

**王蒙**：我还有一个想法，不知道归纳在哪个问题里面，就是对文学问题的讨论也有一个本与末的问题。一种是舍本逐末;一种是只谈本不谈末,表示清高;还有一种是本末兼顾,或者循末求本。很多事情我们谈的只是一个结果,实际上是它的一个终端,是它到最后变成的那个样子;只研究这个东西本身没有多大意义,甚至会走上邪路。比如说,讨论为什么中国作家没有得诺贝尔文学奖,或者讨论中国电影为什么没有得奥斯卡奖,这实际上是非常无聊的问题,而你从这里头多少也可以总结出一些经验来。比如说,你最终决定和瑞典的科学院建立友谊,但这就是以末逐末,最后走上邪路。我们有些电影导演很有这方面的经验,怎么样打进外国的电影节里面去,而且争取得点什么奖。它会起作用。你就是想封它,它在社会上还是起作用。在东京得奖,在意大利得奖,在戛纳得奖,在某些人的心目中,最高的是那个奥斯卡奖。但是,有很多东西只能是自然而然,凡是自然而然地达到某种结果的就比较有价值,而凡是刻意要达到某种结果的东西,它的价值反而会降低。有时候我想,所谓大作家也是这样。如果我们只讨论为什么没有大师,或者谁谁谁还不能算大师,那么我就觉得这实在没有什么意义,因为这东西也不归别人讨论。假如说我们找了二十个评论家,讨论出一个大师来,历史也不见得就承认他是大师,用一个套话来说,就是人民不见得认为他是大师,世界也不见得认为他是大师;反之也一样。我觉得,与其讨论为什么有大师,为什么没有大师,还不如讨论某一个作家的知识结构,他的价值追求,他对文学的理解和态度,他的心胸,他的人格,这将更有意思。而且,很多大师活着的时候并不是大师。鲁迅当年活着的时候,哪有现今这个地位啊?要有现今这个地位的话,就是"鲁迅在此,诸神退位"了。其实,鲁迅当时也是备受攻击的,很多人并不承认他,更多的人并不服他。

**郜元宝**:他是当时备受攻击的作家之一。他的很多文章,当时都发在杂志最后面的栏目里,而且经常更换笔名,属于一种半匿名的写作。

**王蒙**：但现在谁能、谁敢抹杀鲁迅的存在？

**郜元宝**：有的作家是后世解释的时候被不断地提高了地位，扩大了影响的。孔子、孟子就是这样，在越往后的人们的眼里，他们的形象就越高大。这里面有两个因素在起作用：一是作家本人的成就，一是当时或后世的解释与评价。但是起决定作用的，我看还是前者。鲁迅、孔子、孟子之所以其地位如此之高，就因为他们不是别人，而是鲁迅、孔子、孟子。

**王蒙**：一个作家的影响与其社会环境的关系确实也很大。夏志清找机会就要批评一下鲁迅，其实这个也很有意思。中国过去谈现代文学，在"文化大革命"以前最有影响的权威是周扬，现在最有权威的人已经是夏志清了。许多提法都是夏志清发明的，比如，对钱锺书《围城》的推崇。原来钱锺书在中国是个翻译家，是个学问家，没有人把他当做一个有代表性的作家。对张爱玲的推崇，对沈从文的推崇，自觉不自觉地都是接受了夏志清的一些论点。夏志清在香港写文章时有一个论点，我问了好几个人，他们都不赞成，不过这个论点也很有趣。他说，中国的古典文学很单调，你们都认为中国的古典文学多么好，那是因为你不懂外文；如果你们外文好，从原文上读一读英国的古典文学、法国的古典文学，或者读一读意大利的古典文学，就知道中国的古典文学有多么可怜。他说，就拿唐诗来讲，题材就那么几种，还乡啊，送别啊，怀人啊，怀古啊，就那么几种。

**郜元宝**：好像古典文学并不是夏志清的强项。

**王蒙**：对。现代文学还是比较热闹的，比较丰富的。夏志清谈现代文学时还有一个观点，就是认为最差的是左翼文学，最没有道德的也是左翼文学。这个我们当然不会接受。最近好一点，前两年闹得很厉害，就是意识形态问题，似乎一部作品里面受了某种意识形态的影响就必然是坏作品。我觉得，这种思想方法本身就是非常意识形态的。其实，我们在考察一个作品的时候，并不完全把它等同于对作家的意识形态的判断。托尔斯泰的意识形态如何？有人认为，托尔斯泰的意识形态是不可救药的基督狂,一个天主教或东正教的疯子,但这并没有贬低他的作品多少。同样,我们也不能由于一个作家反对某种意识形态,就断定他的艺术成就必然高过别人……我觉得,文坛上经常会刮一些风,其实都是些舍本逐末的东西。比如,判断一个作品有没有意识形态的影响,我看就都是名节性的判断,而不是艺术判断,不是文学判断。

**郜元宝**:所以,特别是对于一个伟大的作家,当代人的评价总归要消失,总归要等待后世的诠释,而且这种诠释也一定会不断地有所变化。

**王蒙**:这也是没有办法的事,甚至这里面也会有一些偶然。比如郭沫若翻译的《鲁拜集》,作者是波斯诗人,是一个已经被埋没了很久的诗人,没有人知道他,他的身份是当时波斯皇帝的历法师,就是咱们现在说的编黄历的,推算月亮的望朔,什么时候开始封斋,什么时候宰羊,牺牲,献给真主这些。他红起来而变成全世界著名的大诗人,是由于两个英国人翻译了他的诗,有两个版本。有一种说法,就是认为,翻译出来的比他原来写的还要好。这个说法不能说是不可能的,当然还是他自己的诗提供了许多东西。其中有很多东西,也是对人生无常的感慨等等。

**郜元宝**:在歌德的有限的接触中,他认为《赵氏孤儿》是了不起的著作。这也是在传播过程中发生的。

**王蒙**:对啊,他喜欢这个《赵氏孤儿》。

**郜元宝**:他看到的中国文学不会太多。

**王蒙**:这个说明什么呢?说明得到个大奖也好,或者被公认为大师也好,被公认为是一个导师也好,或者被一个大师所承认也好,这对于文学来说都不是最根本性的东西。最根本性的东西,还是文学作品它被阅读、被感动、被诠释的可能性到底有多大?你要光说被阅读,那也许它现在还没有被重视,但如果一直有人读,那么也许又过了一些年头,忽然就被重视起来了,这都不能说是绝对不可能的。

**郜元宝**：我常听到一些人问我，说你们搞现当代文学的人天天在搞鲁迅，鲁迅有那么多东西好讲吗？这也是一个很有趣的问题。我想，中国人大概还不至于普遍智商那么低，闲着无聊而谈鲁迅吧？鲁迅肯定有他的可谈之处，有其没有被说尽的地方。为什么不去谈别人？这也许不是鲁迅本身的原因，而是谈论鲁迅的人本身的问题。但为什么不换一个人谈？比如，不整天谈胡适之或其他什么人呢？可见，鲁迅自身的价值和重要性仍然是关键。不断地被解释的可能性，或许就是衡量一个作家在文学史上的生命力的一个标准。

**王蒙**：被谈论的作家和谈论作家的人，共同组成文学接受和阅读评判的历史。不是哪一个人决定文学的价值，而是只有这个历史才能对文学作出最后的裁决。一个作家，不管你现在多么走红，但如果你的走红是舍本逐末的结果，那么红不了几年，你就会被遗忘，就会让读者觉得你完全过时了，已经再没有任何意义了，甚至让他们回忆起当初对你的喜爱是一件非常可笑的事情。

# 恐怕要令精英学者们气得发昏

## 关于"知青"一代

**郜元宝**：现在,中国文化界最活跃的是五十岁上下的中年人,他们在二十世纪八十年代的时候俗称"中青年"——这是当时更年长、更具权威性的一批人的说法,有点居高临下的意思。眼下"中青年"的称呼不仅在年龄上不适用了,而且潜在的口吻也不太合适。当时的"中青年",已经是标准的人到中年了;当时各个文化领域的后起之秀,也已经纷纷成为权威和领军人物了。如今他们的一举一动,都很可能深刻地影响着中国文化的未来走向。你对这一批人有什么整体的看法?

**王蒙**：怎么说呢,我和他们中的许多人都是很好的朋友。在二十世纪八十年代,就像你刚才讲的,我也是称呼他们为"中青年"或"青年"的人,不过,我自己当时也属于中年人的范畴,我这样称呼他们,一点也没有居高临下的意思,相反,我觉得我和他们有一种共同战斗的关系。我从他们身上,从他们的文章和著作中,受到了不少鼓舞,也学到了不少新的知识,了解了不少新的说法和新的想法。这种情况,至今也还没有发生根本的改变。不过有一点,不知道是我看问题的眼光变了,还是他们变了,我总觉得他们中间有一些人似乎调子变得越来越高,特别在道德理想以及学问等方面,那种谴责或者鄙薄别人的气势总是太盛,那种有意无意地抬高自己、赞美自己的冲动总是太强烈。我觉得,定调定得太高的时候,它最大的难处就是难以为继。如果你在你的作品里头对任何事情都以一种高调待之,或严厉谴责,不共戴天,或捧之上天,豪情万丈,那你底下怎么办呢?

**郜元宝:**昨天,我们几个人参加一个评奖活动,完了以后在一起吃饭,不知道怎么地就讲起了这个问题,话题主要就围绕着他们那一代人,在座的也有几个五十岁上下的朋友。大家谈得很尽兴,喝了两瓶多白酒,什么都谈,什么都敢说,无所顾忌。大家似乎有一个共识,就是认为他们这一代人(对有些谈话者来说就是"我们这一代人")是有某种共性的,而且这种共性很值得研究。一方面,他们(或"我们"——下同)很喜欢进入公众的关注中心,为此不惜采用各种形式,急功近利的,故作清高的,迂回曲折的,等等。有人认为,这跟他们的"红卫兵"和"知青"经验有关——他们最不能忍耐的就是忽然被人轻视了,被忽略了,不在聚光灯之下了。另外,他们也很会做戏,而且他们的做戏是非常投入的,你要是予以揭穿,那他们是死活不肯承认的:怎么着,我可是相信这个的啊!有些人现在还什么好处都捞,在世俗方面可以说是很热衷的,但这与他们身上强烈的理想主义并不矛盾,真是鱼与熊掌可以兼得了。我觉得,对他们这一代人有这样那样的说法,肯定有一定的理由,至少是站在不同的立场上的观察,不过是否太刻薄了点,对他们那一代人太缺乏同情了?

**王蒙:**那种诛心的话,我倒也不想说。我想说的是,他们的思想里面,不知道为什么总有那么一种调子非常高的、比较难以为继的地方,或者说,比较地不容易找到感觉。我还是那句话:你底下怎么办?假设你写一篇文章,宣布"我要爆炸了",那么,你下一篇文章就应该是在爆炸以后,但是爆炸以后就没法写文章了,已经是烈士了。我觉得很麻烦,非常困难——我替他们着急。

**郜元宝:**现在有一些媒体,实际上把他们说成是中国文化界最有实力的作家和思想家("知识分子"),因为他们人到中年,也因为他们都有很可观的创作成就,而且,其中许多人仍然在坚持写作,一般都保持着较高的产量。

**王蒙**:确实是这样。但是我觉得多少都显出一点老态,一点颓势,已经大大地不如从前了。现在也就是所谓"最具实力"吧,换句话说,就是比较成一种气候吧。还是在二十世纪九十年代初期和中期比较热闹,到九十年代末期就渐现颓势了,而这就是我说的调子太高难以为继的情况,还有一种就是自己重复自己的现象。

**郜元宝**:能不能谈一下具体的人?

**王蒙**:具体的人么,我现在还不愿意谈。这个很难讲,因为人与人的情况也非常地不一样。你比如说张抗抗,她表现出来的跟他们就完全不一样。她表现出来的正好相反,她比较希望"与时俱进",希望写一点目前的新时尚,新的人的新生活。如果笼统地用"知青"来理解她,恐怕就比较勉强。再比如说,我觉得还有一个非常好的也容易让人同情的人,就是史铁生。可史铁生也是在一个极特殊的情况之下写作的,他写来写去,总是离不开对病痛、对生老病死的思索和叹息。他也有哀怨,也有自慰,也有豁达。

**郜元宝**:史铁生最近在《天涯》杂志上发表了一系列短篇,我看了之后觉得写得很不错,听说已经或即将结集为《病隙碎笔》,可惜我还没有看到。总的感觉是比《务虚笔记》写得更集中、更纯粹。我的意思是说,更知道自己能写什么和不能写什么,目标更明确了。他对人性中那些美好的温情,似乎越来越留恋了。而且,他并不刻意追求大气势、大气魄,并不急于要表明自己的什么立场,不想振臂一呼而应者云集。他是那么耐心,那么坚定,那么平静地诉说着过去,诉说着童年,希望从这种诉说中能挽留一些什么,发掘一些什么。

**王蒙**:对。他确实是在一种极特殊的情况下坚持写作的。整个说起来,写作势头比较旺的是王安忆和铁凝。有人开玩笑说是"南王北铁"。

**郜元宝**:有这个说法吗?我还不知道。最近我看到铁凝的一个短篇,写进城送水的小农民工怎样被富人欺负,而这个富人又是一位养尊处优、非常漂亮也非常令这个乡下来的小伙子想入非非的女士,铁凝写这两个人物之间的一场冲突,写得相当成功。

**王蒙**:你看的是哪个?

**郜元宝**:叫《谁能让我害羞》。

**王蒙**:我也看了,但是觉得这个并不属于她最好的作品,就是让人看了觉得也很无奈罢了。她反映现在生活里头各种不同的情况,我觉得她的眼光还是相当明晰的。你再比如说陆天明——我当然是说他最近的情况——可以说是走了一段曲折的道路的,他是属于在知青时期就开始写作的作家,最早在《朝霞》上发表过东西,后来有一段时间稍稍显得不那么活跃,其实他一直在很努力地写作,只是影响一直不很大。但是,自从写《苍天在上》《省委书记》这些反贪的主题又加上由这些小说改编的电视剧播出以来,他是越来越引人注目了。所以我说,知青作家里头也有很多不同的情况。

**郜元宝**:一般的人不太会把陆天明当做知青这个群体,他们的群体在精神上有一种标志性的东西,这个陆天明似乎没有。

**王蒙**:对,他不是这一类的。但你说史铁生呢?

**郜元宝**:也不是。

**王蒙**:也不是。梁晓声呢?

**郜元宝**:是啊,看起来是,其实也很难说。有些可能是自己造出来的,与实际的、私下里的情况总有些不同。这大概就是人的复杂性吧。你比如说像李锐、韩少功、张承志、张炜等,也并非一个姿态、一副笔墨或一种腔调的。

**王蒙**:王安忆其实也是不同的。相对来说,王安忆写的作品让你觉得她真的是一个小说家,关键是要把它写成小说,她在她的作品里头并没有一种呐喊似的姿态,或者是呐喊,或者是痛呼,所谓"以笔为旗"的那个姿态,她并没有。你看王安忆的作品,你觉得她给自己定的任务,她自己的追求,就是给你展示人生的一些故事,人生的各种各样的画面。王安忆在这方面做得比较成功,她在这方面非常敏锐,不管是陈年旧事也好,还是新人新事也好,就好像从生活当中她能够不断地得到一些启发,不断地把它改变成或者组织成一个可读的故事。

**郜元宝:** 有一些人对她也有很多不满:写了这么多,变化也很多,但那种特别淋漓尽致的东西少,冲击力很大的东西也不多。我个人觉得,她现在的一些小说撒得太开了,似乎无所不写,无所不能写,不管什么人,一旦落到她的视野里,就总可以写出个子丑寅卯来,也就是说,她喜欢向读者展示她的笔墨的强大的适应能力,特别是喜欢展示她的理解力和体贴入微的对于人物的同情。她似乎在扮演孙悟空的角色,不管什么人,她都能够钻进去,然后以人物的语言和心理来说话,即代替人物来发表一般来说总是很长很长的一些思绪。我觉得王安忆的问题不在于她缺乏理解力或缺乏想象力,而恰恰在于她自以为太有想象力、太有理解力了。她过高地估计了人与人之间的可沟通性,也过高地估计了她自己对别人的理解的可能性,而忽略乃至无视人与人之间的巨大的隔膜和不可沟通性,用存在论或现象学的术语来说,叫做"主体间性"吧?在这方面,我觉得王安忆的思想基本上属于古典人道主义,似乎还没有大胆地突入到现代。但是我讲的这些,主要还是针对她近来的那些有几分炫耀性的无所不写和无所不能写的撒得太开的作品,不包括她的《米尼》《妙妙》《我爱比尔》《叔叔的故事》之类的作品。我觉得,王安忆"才能的本质"还在于对自我大胆地逼视,特别是对自我深处的难以理解也难以驾驭的那些个幻想、冲动、渴望、羞耻和畏惧等的大胆挖掘。

**王蒙:** 是,这个当然啦,这就是一个矛盾。你写得非常多,有时候这里头让读者挑出一个特别让人感动的就反而少。你说的这些也对,但你很难那么要求一个作家应该写什么,不应该写什么。这是没有办法的事。我觉得,王安忆确实算是相当成功的,就是她能够从旧事、新事、当前的事,从远处、近处,不断地获得小说的素材或做小说的故事。她这方面的能力就是比别人强。

**郜元宝**：她不断地写作的兴味也是超常的浓厚。这对于一个作家来说，其实是很难的。甚至可以说，写作的兴味也就等于写作的天才。一个字也不肯写，或者写了一点就偃旗息鼓，再怎么说，也是见不出你的天才来的。但我刚才讲的是另一层意思。我并不是要否定她这方面的努力，而是觉得，如果她能够看清楚自己的"有所不能"，把力量更加集中地用在她能够做得很好而事实上又尚有做得更好的余地的那些事情上，那样的话，成就将会更大。

**王蒙**：这确实很难。王安忆有一个答记者问，也许是自述，说她觉得自己是一个工匠。

**郜元宝**：对，这个她说了很多，别人也从另外的角度去理解过。

**王蒙**：我觉得她说自己是工匠也有一定的道理，工匠也多少有点职业化的意思。比如说，生活中的一点感悟，或者道听途说的一件事，或者是上一辈人回忆往事的一个话题，马上就把它抓住、捕捉住，而且能把它——用鲁迅的话来说叫"生发"，现在的词叫"演绎"——演绎成长篇、中篇或短篇小说。

**郜元宝**：她在这方面和铁凝有些相似。

**王蒙**：铁凝跟她不一样的地方在于，在铁凝的作品里头你老觉得有一个铁凝在。有一个铁凝的——你说是"兴致"也可以，有一种铁凝式的善良，哪怕里面还包含着某种幼稚，总有一种铁凝式的追求在里头。王安忆的作品里头，她离读者更隐蔽一些，这本身没有高低的区别。你看王安忆的作品，有时候你不太找得着王安忆，当然也有找得着的，但是找得着的比较少。

**郜元宝**：有一点是明显的，王安忆最近这两年写东西的语调、语势越来越趋于固定和单一。但铁凝在这方面倒不是刻意的，她倒是随便写，该怎么写就怎么写，比较自然一些。

**王蒙**：但是，铁凝写的数量没有王安忆多啊。所以，我说这事都不能一概而论……

**郜元宝**：倒是那种比较精练的作家，像张承志、李锐，包括韩少功,他们的作品的量不是很多,偶尔有一些出来以后,似乎跟他们的那种主义啊、主张啊,跟他们在理论上面、学理上面的那些承诺与追求也有一定的差距。

**王蒙**:相差很大？我没有注意看。

**郜元宝**:比如说李锐,最近讨论的问题都是国际化的问题,他现在比较喜欢说这种话,一说出来就很极端,很"先锋",有一种无边的忧患与愤激。可如果你来看他的小说,就会觉得那格局就是展不开,甚至于很小,似乎写小说的跟写文章的是两个李锐。张炜是不断有长篇出来的,我现在倒也能够理解他在那里苦苦思索的一些问题,但是,他现在的作品无论如何再也没有当年的《古船》《秋天的愤怒》以及《九月寓言》那样饱满,那么从容了。对传统的农业文明,或者更准确地说,对即将成为过去的宁静生活投去最后的深情一瞥之后,张炜好像也因此而失去了自己的耐心和理解别人的同情心。他的理论与他现在的小说之间的距离,我想就是这样造成的。他现在给人一种想用小说阐明一个道理的感觉,可惜并不太成功。回顾他的创作道路,我还是坚持自己以前的一个判断,就是张炜在青少年时代跟着父辈受苦受难而又无所排解,无可诉告——这是我们许多人共同的经历,于是,在长久的无望的受难、恐惧和耻辱的生活中,在无处发泄的怒火的煎熬中,他很自然地走向了俄罗斯文学的德性超越,就是先把自己升华到道德理想的一种很高的高度,在心里把那些强权者、作恶者踩在脚下,然后再用一种怜悯和鄙视的眼光来宽容他们。这是一种"道德战胜"的叙事策略,也是张炜根本的心理依靠。在二十世纪八十年代,当许多人用未来的理想、用思想解放的意识形态来审判过去时,张炜的这种"道德战胜"就明显地有其高标独举的地方。但是,"道德战胜"的最后支撑,应该是也只能是一种取消自我、彻底地归依宗教,这个张炜没有;相反,他有太多的、太热衷的自我。当道德优势不来自超越的信仰对象——我说的当然是宗教作家的神灵——而是在现实的泥潭中苦苦挣扎着的自我时,那就有些不妙了。因为很明显,任何一个优秀的自我,都没有资格充当美德的来源。更可怕的是,如果用这个多少有些僭越的自我来审判别人、审判时代,就不能不显得力不从心甚至是相当可笑的了。他们这一代人写得最多的,除了王安忆、张炜、李锐等之外,还有莫言。

**王蒙**:莫言给我的印象是那种"知青味"并不浓。

**郜元宝**:他没有什么知青味,他就是从农村里面出来的嘛。其实张炜也不能算是知青,按理他也不应该有那种知青味的。不过,你还是说说莫言吧。

**王蒙**:嗯。莫言喜欢说自己是农民。莫言倒是没有那种思想家或者社会良心的姿态,他有一个艺术家的姿态——小说艺术家的姿态。我还是过去读过他的一些作品,觉得莫言的想象力是比较丰富的。

**郜元宝**:后来的像《檀香刑》《丰乳肥臀》,就不太那么"球状闪电"了……我不知道你关注过他最近写的一些小说没有?

**王蒙**:最近的我都没认真看,《檀香刑》我也没有看过。他是属于在市场上比较成功的作家。与莫言在市场上一样成功的,我觉得值得分析的是贾平凹,还有年轻一些的池莉。包括刚才说的王安忆、铁凝,也都算是比较成功的。其实,我们说的这些是这个年龄段里最杰出的了。

## 我们时代的精神生活

**郜元宝**:我现在看当代作家的作品,经常有这么一种困惑,就是不知道为什么,总是觉得眼前的、周围的甚至自己内心的事件和感觉,怎么就不能在我们的文学作品中找到对应的描写,更不用说入木三分的描写呢?我们常常说艺术源于生活又高于生活,但我有时候真觉得还是生活比艺术高,生活中有多少东西没有被我们的作家写深、写透啊!别的不说,就说现在的日常生活吧,它的变化多么令人费解,恐怕谁也解释不了我们这个时代,谁都在迷惑之中。在这种情况下,文学的空间真是太大了,可实际上文学的成就又是太小了。其实,有些看似平常的现象,如果写得好,就也可能触及我们这个时代的精神生活的深处。你比如说,我们现在在每天都在进行浪费,不仅浪费资源,而且也浪费人们对生活的趣味与兴致。为什么生活好了之后,把穿衣吃饭弄得简单一点、讲究一点、更有意思一点就那么难呢?为什么粗俗的乃至疯狂的浪费就是禁不住呢?这里面是否就潜藏着我们民族、我们社会的某种精神病灶呢?我们的作家能否像左拉写《小酒馆》那样,把一个人的大吃大喝写成他的命定的堕落的源头呢?一谈到吃,就是食文化之类,或者写吃仅仅是写饭桌上的人际关系,对于"吃"本身反而写不深。我总是在想,在我们生活的品质日益下降的同时,宴席上的东西却日益丰富了;人们的物质生活丰富以后,享受物质生活的能力与趣味却大幅度地下降了。饥荒的时候,一个破电视,一个破电影,看起来真是如睹仙人!或者一本什么烂书,封面也没有的,却是千人万人地传看……我在想,人们到底需要什么?人们的感情为什么这样地不可捉摸?从这些最平常的问题切入,如果切入得足够深,就可能比那些貌似高深的问题更能触及文学的问题、时代的问题,乃至世界的问题。

**王蒙:**这精神生活的规律啊,或者说精神生活的特色啊,确实是很难说清楚的。你比如有时候,一个人在物质的处境有了改善以后所表现出来的精神状态,往往是自己对自己进行误导。他有时候回过头来感觉到,自己在最贫穷的时候的生活是最丰富的,在精神上是最富有的。特别在当代,有一种"怀旧"的情绪,在现今比较复杂的社会里头,在碰壁的时候他就会想起年轻的时候。这就有点像是知青的回忆,刚到了农村,吃饭也吃不饱,唱着什么什么歌,"抬头望见北斗星,心中想念毛泽东",那时候我们的精神是多么丰富。但我觉得,这是自己对自己的一种误导。当然,物质和精神不见得成正比,这倒确实是事实,就像你刚才所说的吃饭那种状况,这在全世界都有。中国还多了一项,就是这个劝酒和敬酒,没完没了的劝酒和敬酒,这个在外国没有。

**郜元宝:** 浪费时间不说,酒醒之后,往往觉得不值得,觉得后悔,觉得早知这样又何必那样!不那么喝行不行,办不办得成事呢?

**王蒙:** 不过,这个恐怕也是好坏参半的吧?在国外那种以个人为中心的生活里头,如果他有一次宴会,那么给我的一种感觉就是"可逮着这个机会了",是谁也不愿意放谁走的那种感觉。也有很多重要的交易,其消息、信息是通过吃饭而得到的。这个且不去说它,我想说的是,精神生活里头的一种怀旧情绪,经常会骗自己。我觉得,怀旧这个东西是这样的:怀旧本身是一种生命体验,任何一种怀旧都是怀念比自己现在更年轻的时光,因为那个年代有它特别美好的一面。比如,我现在六十八周岁已经过了,马上六十九周岁,然后就七十周岁了,那么我就怀念我十五岁时候的事、二十岁时候的事,哪怕那个时候我是生活在最痛苦的情况之下,我都会觉得那特别美好。怀旧,它首先是对人生、对生命的一种眷恋。其实,这里面并没有什么价值的评判,没有什么理性的推导……

**郜元宝:** 有的怀旧感觉很美好,但有的眷恋确实让人不舒服——这种也有。

**王蒙:** 对。还有一种情况,我觉得也很好玩,就是人在最困难、最痛苦的时候,或是在最贫乏的时候,他有一种饥渴,有一种对善良的、美好的东西的饥渴,会突然捕捉住一点美好的东西,但是这并不等于说那个时期最美好。这一类的事非常之多。

**郜元宝:** 这让我想起最近重读的巴乌思托夫斯基的《金蔷薇》,里面有一篇叫《夜行驿车》,写安徒生和同行的一些善良的姑娘以及一位也很善良的女士之间发生的故事。那里面的感情,我想只能用"美好"来一言以蔽之。在漆黑的驿车里,大家互相看不清对方的面容,完全靠语言来想象对方的存在,这样,长得很不好看的安徒生可就大有用武之地了。总之,他用自己美好的思想和同样美好的语言,把姑娘们特别是那位高贵的女士给彻底征服了。也许我不能说是"征服",因为安徒生并没有故意征服她们的企图,他只是做了一个作家、一个男人、一个旅途的同行者应该做的,只是他凭着自己的心地、才华而做得特别好罢了。他和那位女士最后到了心心相印的地步,到了非要再见一面不可的地步。可是,从驿车上分手之后的第一次相见,虽然还是那么倾情,那么真挚,安徒生最终仍然选择了告别,而那个高贵的女士也完全理解他的选择。他们似乎都不得不承认:一种美好的感情,只能存在于瞬间,并且最好保存于回忆之中;如果真要实现起来,那就难保不会破灭,不会变质。我觉得,这个故事以及你刚才所说的"怀旧",确实能够让我们思考这样一个问题:文学应该以怎样的方式抵达人们的内心?

**王蒙**:过去我读《史记》,令我非常感动的就是改编成京剧《赠绨袍》的那个故事——这里面说的就是怀旧。我认为这是一种生命现象。怀旧,中国还有一个说法叫做"念旧"。中国是一个特别讲人情、讲个人情面的国家。什么老朋友,老部下,甚至于老对手、老敌人,时过境迁,过了几十年,他就会有一种特别的感情。但是,这个本身不能作为价值判断的依据。

## 东西方感情方式的差异

**郜元宝**:你说中国是一个讲人情、讲个人情面的国家,现在有一种说法,干脆说中国是一个"人情大国",我觉得这说法要表达的也就是你说的那个意思。确实,我发现我们的许多作家,都喜欢在自己的作品中发掘这个"人情",所谓"世事洞明皆学问,人情练达即文章",真是多少中国作家追求的境界啊! 但这里面就有一个问题:我们写中国式的人情,它有没有一个限制呢? 把人情写得太满,对于文学的感动人的力量来说,是否就绝对成正比呢? 我觉得西方文学也讲人情,不过他们不是中国这个讲法,他们的人情里少了一点世俗的味道,而多了一点我们所没有或者虽有而不明显的东西。你比如说,骑士的蹈虚与浪漫,强盗恶魔的偏激与冒险,教徒的虔诚与苦痛,还有刻骨铭心、矢志不移的复仇,天崩地裂、海枯石烂、粉身碎骨的爱情,等等。我觉得,这与我们中国作家所津津乐道的"世事"啊、"人情"啊,恐怕总有一些不同吧?

**王蒙**:这个恐怕牵涉到中西方精神气质上的特点,我就闹不清了。中国的"人情"这个东西,与缺乏法制传统有关系。外国确实比较强调法制。也有一些中国人批评欧洲人,特别是德国人(拉丁人好一点),说他们太不讲感情了,比较起来,还是我们自己好!这究竟怎么看?我也弄不清楚。

**郜元宝**:西方人的感情和中国人的感情有很大的不一样。这不一样,我们有的可以理解,甚至可以模仿,可以把自己传统中相似的方面努力加以扩张,将传统直接和西方的一些东西结合起来而走进现代,你比如说恶魔,你比如说骑士的浪漫之爱,等等。但是,他们情感中的有些内容,我看是怎么也学不来的,甚至理解起来都相当困难,你比如说他们的宗教感情。西方作家,他们的许多话,其实都是对着上帝说的,所以我们看不懂。他们的感情里面,有很多超出中国式世俗人情之外的另一种抒情。我们的作家,则一般比较满足于探讨人与人之间人伦方面的感情。我想说的是:我们的文学对感情的挖掘,是否就在这里受到了其文化的限制呢?为什么我们读西方的文学作品,总觉得他们的想象是那么丰富,感情是那么复杂?而我们的文学描写感情,其极致也就不外乎"细腻生动"了吧?我想,这大概就是因为他们有超出日常人情之上的一种特别热烈的感情——也不一定特别与宗教有关,但宗教的因素总是始终存在着的。

**王蒙**:咱们这种感情和精神生活,与中国长久的农业文明和小农生活还是有着比较密切的关系的。讲各种亲戚、乡亲、同乡,又是什么叶落归根,我想这是有关系的。

**郜元宝**:一部《红楼梦》,几乎把家庭内部的感情写尽了。

**王蒙**：《红楼梦》当然是了。我觉得那种农村式的，一个村里面的生活，甚至一个小镇、一个小城市的生活，它与那种大城市的、工业化的生活实在是有很大的不同的。在一个村里面，几乎是没有生人的，来一个生人大家都知道。

**郜元宝**：费孝通的《江村生活》《乡土中国》，讲的就是这种情况。村民之间彼此连脚步声都熟悉。

**王蒙**：对。我在写新疆农村那些故事的时候，就写到类似的现象。那是说一个农民从天山南边到天山北边，天山北边发达一些，这个农民就开始感慨：在我们南疆的农村里头，一家做了点什么好饭，他一定是叫很多人来一块吃，大家都没有吃饱但都要吃一点；如果一家缺少什么东西，他就可以随便到别的人家去要。到了北疆交通比较发达的地方，这就不可能了。你做一点好吃的，你开开门的话，那是不可思议的事。在城市里当然更不可能。我又想起铁凝的《大浴女》，她写最匮乏的年代那些女孩子的生活，都是"文革"当中的，比如写看阿尔巴尼亚电影，还有看朝鲜电影，什么《第八个是铜像》，什么《卖花姑娘》啊，也可以看得津津有味。上映《卖花姑娘》的时候你看过吗？

**郜元宝**：看过。

**王蒙**：你是不是也看得津津有味呢？

**郜元宝**：我那时候还小，除了凄凉（可能是受大人的影响），就只有恐怖（这是自己能够确实地感觉到的）。我小时候家里面藏着半部《水浒》，也是颠来倒去地看，觉得里面也有无限凄凉的东西，那里面的事件（主要是杀戮的场面）写得太多了，模模糊糊地觉得肯定有许多人的感情被粗暴地忽略了。《水浒》作者就喜欢写"杀人如砍瓜切菜一般"。不过，清楚地意识到这一点是很久以后了。后来，我忽然想到一个问题：难道我们的古典文学名著就是这么一点内容吗？这当然是后话。我承认少年时候看《水浒》确实也很投入，好像走进了一个奇异的世界，整天想着宋朝的事情。

**王蒙：**我知道那个时期有些处在青春期的比如十四五岁的孩子，他们看《卖花姑娘》可以看四遍，看五遍，看七遍的都有，而且每看一次都跟着哭一次。铁凝的另一个描写给我的印象也很深刻。那时候有一本另类刊物叫做《苏联妇女》，这个《苏联妇女》是苏联出的，翻译成中文什么的也都是由苏联做的。后来中苏关系变坏了，这本杂志就越来越看不到了。但是有时候在某个图书馆里面还有，因为它大量地赠阅给中国。苏联的文化跟中国的文化并不一样，这个与计划经济无关。即使在斯大林时代，杂志上面也刊登各种式样苏联妇女的服装，还有一些俄式烹调的做法，上面的一些小的短篇小说写得很有人情味，写得比较优美。关于重视《苏联妇女》上刊登的短篇小说，除了铁凝以外，我还听到林斤澜说过，他读那些小说感到很有趣或者很受启发。我想，在一种绝对匮乏的情况之下，一个人有一种饥渴，有一种敏锐，也有一种满足。我想，这种满足就跟……你可以回忆，像我这个年纪就可以非常清晰地回忆一九六〇年、一九六一年那种困难时期，那种浮肿时期。那时候你走过一个人家，家里头在蒸玉米面窝头，闻到了以后感觉到那种芳香！玉米面快要蒸熟的时候的那种芳香，简直是奇妙无比。

**郜元宝：**人间的一切幸福全都集中在那个气味上了。

**王蒙：**对了，真是芬芳，比什么都芬芳。

**郜元宝：**普鲁斯特写的那个什么玛德兰点心，也不过是平常的事情。

**王蒙：**反过来看，比如说今天，有机会参加各种宴会，却会对很多食品觉得非常厌烦。比如动不动就上一盘下酒的基围虾啊，你会变得非常的厌烦。但是，这并没有价值的选择。不管你多会说，你说那个窝头的芬芳使你得到了空前的满足，你愿意过一九六〇年每个人的每月口粮降低到比如只有二十几斤、猪肉只有三两那种生活吗？你不会选择那种生活方式的！

**郜元宝：**这个从哲学上讲，好像是人的感情有一种贪得无厌的、挑剔的本性,你满足了它这个,它那个地方又来了。

**王蒙**:所以说,生活总在别处。是这样的。你物质上非常丰富的时候,反倒不珍惜这些。人不会珍惜自己已经得到的东西。

## 恐怕要令精英学者气得发昏

**郜元宝**:顺着这个思路推理下去的话,那么,人到底需要什么?这就轮到宗教家跳出来讲一些更高妙的东西了。

**王蒙**:顺着这个思路推理下去啊,我倒有自己的一种表达方式。我的这种表达方式也是足以令精英学者们气得发昏的。我认为,人面临两大问题。第一大问题就是他满足不了基本的物质需要、生存的需要,他一辈子就是在为生存而斗争。这样的人太多了,不但在旧社会有,穷人里有,而且在美国也有。美国整天讨论的就是怎么样不失业,怎么样把欠的款还上。美国人往往是先花钱后交钱,先用信用卡支付,一划,账单哗哗哗都来了。但是,他支票开出去会透支,会出问题。怎么办?最明显的就是买房子。很多人都这样。

**郜元宝**:现在上海人也在讲"套牢一辈子"。

**王蒙**:对,他这一辈子的努力最后也就差不多够他买下这座房子。甚至有的人一辈子直到他死,他的房钱还没有交完,这房子还要被收回去,等于他一辈子没有买下这房子。这个,我简称之为"饿出来的问题",这是由于他饥饿。我在农村那么多年,我觉得农民基本上考虑的就是这么一个问题。我也在少数民族、在维吾尔族农民那里很深入地生活过,在他们的房间里头真正做到同吃、同住、同劳动。他们有宗教信仰,也有仪式,也有封斋,也有每天的祈祷,但是,他们围绕的中心问题还是怎么能活得下去。到了秋天,要大量地打草,因为家里养着奶牛,养着毛驴,驴和牛一冬天的草要让它们能吃够。再一个,冬天有取暖的问题。平常农民家的女人整天闹的就是茶不够了——因为少数民族要喝大量的砖茶——让她去借钱,想办法再去买茶。这是一类问题。有时候，对于这一类人来说，我觉得也很正常。一个人，既然他活着，就要满足自己的需要，就要为自己的生存需要而奋斗。这没有什么不光彩的。相反，我倒觉得，一个人完全不需要为自己的生存而操心，这才是不正常的。如果一个人只为生存操心，除了为生存操心之外，一点考虑其他问题的能力、时间或者条件都没有，这也就很可怜。但一个人生下来就完全不需要为自己的生存而操心，我总觉得这不太正常。比如，把作家完全养起来，作家不需要为生存操心，这是一种恩惠，但这并不是最自然的生活方式。我只能这么说，我也不说好坏，不作价值判断，这不是自然的生活方式。

**郜元宝**：目前在"只生一个"的情况下，父母的加倍呵护，确实产生了大量无需为生存而操心的孩子们。他们长大以后，难道就不会有别的问题吗？也许更严峻吧？

**王蒙**：是的。这是另一类问题，就是他的生存，或者经过他自己的奋斗，或者由于各种特殊的美好境遇，突然变得完全不用操心了，这时候，人往往会更加痛苦，因为他接下来就要考虑这样的问题：我活下来干什么？我活下来为了什么？这个问题从人本身是得不到答案的。我能活着，至少我自己能解决食品的问题，住房的问题，甚至婚姻的问题，这些问题都解决了，那我怎么办？那我底下干什么？我的目标在哪里？我的寄托、我的家园在哪里？这些问题，我用更加简单也更加粗鄙的表达方式称之为"撑出来的问题"。这个"撑出来的问题"更难解决。解决不了，就要吸毒。当然，撑出来以后也可以表现为各种伟大的思考、艺术的创造，或者在已经撑的时候回忆饿的时候的种种图景，把它美化，或者把它毒化，把它变成一种永久的怨愤，或者把它变成一种永恒的回忆：像我这么伟大的人居然也饿过。你看某某某的作品的时候就有这种感觉——但我希望你不要写出来——她永远有丑小鸭变成了白天鹅的感觉，她就是那么苦大仇深，"我曾经当过丑小鸭，你们曾经认为我是丑小鸭"，老有这么一个潜台词在里面。但起码有一条,如果你已经吃饱了的话,反过来老表示我怎么羡慕、怎么向往那些吃不饱的人,那就不那么可信,就比较矫情。我说的主要是这两种类型。这当然是一种粗鄙的说法。

**郜元宝**:鲁迅讲,一要生存,二要温饱,三要发展。实际上,鲁迅一生也并没有正面提出过更好的发展阶段,他也是认为人最基本的是活下去,生存下去,并没有在他的作品中揭示过美好的人生应该是什么样,美好的人性应该是什么样。

**王蒙**:不过,鲁迅起码有这么一点,就是反复强调作为一个人基本的生存要求是有权利得到满足的。

**郜元宝**:但他对未来的蓝图是没有的。

**王蒙**:而且,鲁迅从来不把这种精神上的生活和人的肉体的或者物质的生活对立起来。

**郜元宝**:那么,为什么西方人讲了那么多的虚构的生活,或者可以说是纯粹精神性的生活呢?

**王蒙**:不知道。我觉得这里面有几种组合。一种是精神上很丰富的生活和物质上也很丰富的生活的组合,这个起码从理论上说是有的。

**郜元宝**:类似于贵族的生活。

**王蒙**:对了。不过,贵族精神也不见得就真丰富啊。你认为丰富吗?

**郜元宝**:那要看怎么说了,因为丰富不一定幸福。有丰富而幸福的——这其实是比较少的,歌德算一个吧?也有丰富而痛苦、因为丰富所以痛苦、丰富的痛苦那样一种类型,就是歌德,我看他有时候也可以归到这一类。这一类恐怕更多。

**王蒙**:这是一种组合。还有一种组合,就是物质上非常丰富,精神上则相对地比较贫乏。我以为商人就是这样的。是不是商人一定就是这样的?我不太了解商人,我也不知道。可能中国的一些商人是这样的,起码不是所有的商人都是这样。比如说比尔·盖茨,他就不是那种意义上的商人，因为他本身也是专家。还有一种就是颜回式的，"一箪食，一瓢饮，居陋巷，人不堪其忧，回也不改其乐"，安贫乐道。二〇〇二年十二月，我去印度看甘地墓，甘地的名言就是"俭朴的生活，高深的思想"。我觉得，他这句话就有点颜回的味道。甘地本人确实是做到了。他身上就是披一片麻布，连麻袋都不是。但是，他领导着印度人民进行斗争。当然他是一个伟人，中国人也是承认他的。

**郜元宝**：人们的感情，并不是注定要围绕着物质而旋转的，因为认真说起来，物质会影响精神，但物质并不能创造精神。也许我们最终不得不承认，精神生活是有它自己的源头的。有些人把精神看成是物质生活发展到一定高度之后的产物，什么"仓廪实而知礼仪"啊，我看这是中国的古人把人当做被教化、被驯养的动物来看待而得出的似是而非的结论。如果在西方宗教哲学的体系里看问题，那么人是上帝的造物，人的灵魂是上帝吹进去的，因此人生来就有这种精神生活，实在无须等到"仓廪实"之后。我们往往把物质和精神这两个方面混淆起来，或者硬性捆绑在一起，我觉得许多麻烦就是由此而产生的。只有承认人类天生就是一种精神性的动物，我们才能为文学奠定最坚实的基础。这里的问题是，一旦社会思想产生大波动，知识分子精神出现大动荡的时候，我们首先就是想到把眼睛睁得滚圆，朝外面看，而忘记了朝自己看，朝自己的深处看。我们总是觉得，问题出在社会上、出在文化上，而不是出在我们自己的内部。我现在特别怀疑甚至本能地警惕一些人丢弃了文学而去搞什么文化批评、经济学分析、社会学研究，开口闭口就是什么权力啊，资本啊，运作啊，全球化啊，我的怀疑与警惕也无非是出于这个简单的想法。

## 文学的位置在哪里？

**王蒙**：回顾整个文学史发展，关注人的精神当然是文学的一个优势,或者说是文学的一个特色。优秀的文学作品关注人们的精神生活,而且很生动地表现了人的精神生活的各个方面、各种追求、各种冲突、各种向往。好的作品,这方面的表现是很出色的。但是,好的作品也没有给人一个确切的答复,就像你刚才说的那样。

**郜元宝**:那种类似宗教的答复,也许不能责成每一个作家去寻求,但让一部分作家去寻求,则是应该的,可以的。

**王蒙**:有些问题,你得是教主才能答复,而文学的长处恰恰在于它表现追求,表现向往,表现困惑,总之,它不是给予一个答案。比如你刚才讲到鲁迅,从他所痛心的那些现象里面,你倒可以看出他希望的是什么。比如说《祝福》,痛感于中国妇女所受到的束缚和压迫之深,所以,我们说他是革命的民主主义者也好,或者什么也好,他总希望妇女能够有更幸福的生活,尤其是不要在精神上自己压迫自己。这是胡风的话,"精神奴役的创伤"。还有,在《阿Q正传》里面,他希望中国人起码能够正视事实,为自己的不幸而抗争,而不是自欺欺人。在《故乡》里面,你可以看到他希望人与人之间有更加平等的沟通。这些愿望、追求,都可以看出来。但鲁迅的特色,就在于他不是一个教父,他并不给你一个一成不变、包治百病的答复。他也从不摆出"我是你们的精神之父"这样一种姿态。外国作家中最想给人以答复的应该数托尔斯泰,但是托尔斯泰的那些困惑都极其精彩,而他的答复则并不怎么精彩。契诃夫那么讨厌托尔斯泰,我想这与托尔斯泰到最后就忍不住想说教的姿态有关,与托尔斯泰道德圣人的姿态有关。其他人更是这样的。陀思妥耶夫斯基更没有答复,只有痛苦,只有疯狂;契诃夫只有忧郁,只有迷惘。

**郜元宝**:这种忧郁和迷惘,表现出来也很美好。

**王蒙**:对,它里面就有一种正面的东西。这样一些作家的存在,它本身就显示出一种超常、一种智慧。我想,李白也不能给人以什么答复,但是,李白的那么多诗里面,就是能够让你感觉到平常人不会拥有李白那种境界,包括那种对文字的掌握,全中国能有几个人?这就很了不起。

**郜元宝**：李白那种精神的高度解放，也是很少见的。

**王蒙**：对了。比如这么一句话，"人生在世不称意，明朝散发弄扁舟"，没有可操作性。你怎么"散发"，怎么"弄扁舟"呢？但实际上李白是不管这些的，起码你念到这里感到挺痛快就是了。"天生我材必有用，千金散尽还复来"，这是诗，实际上，可能千金散尽就再也不来了。

**郜元宝**：它显示出人的一种高傲、尊贵和狂放。

**王蒙**：豁达、超越、潇洒、自信。一个人能做到这样，不是很好吗？

**郜元宝**：他还有一个好处，就是自顾自地在那里装疯卖傻，如果他觉得只有这样才好，大家都应该学他的样子，那就不是李白了。

**王蒙**：他不谴责别人，他就说他自己。

## 古代文学比现当代文学更有感染力

**郜元宝**：在中国文学的传统中，包括在我们的现当代文学中，你记忆较深，认为比较美好、比较能够给人以慰藉的，不一定是我们上面说的那些，能够勇敢地探索人性的深度的，能不能再举一些例子谈谈？

**王蒙**：我知道你说的意思，我也很愿意谈一谈这个题目，不过还是先让我把前面的话说完。我说文学本身就有这个作用，就是精神上的不可解的问题从文学上可以得到某种解脱。比如说李商隐，对他我是比较有兴趣的。他是很悲观的一个人，而且性格上比较纤细，比较敏感，但他把他的忧伤作了一种艺术化与精致化的处理。这个时候的"忧伤"，已经不是导致诗人得抑郁症的原来的那种忧伤了，而是变成了一种艺术的富有美感的忧伤，比如"春蚕到死丝方尽，蜡炬成灰泪始干"，比如"身无彩凤双飞翼，心有灵犀一点通"，比如"沧海月明珠有泪，蓝田日暖玉生烟"。这个时候，诗人实际上是对忧伤的一种释放和整理。我相信,一个会写出像李商隐那么精致的诗的人,或者起码能够欣赏他的精致的诗的人,就不可能是一个俗气的人,也不可能是一个在精神上完全绝望的人。在我对什么都感到绝望的时候,我有一个想法,就是把我的绝望用最美的形式表达出来,用最精致的形式、最工整的韵脚、最工稳的对偶、最自然贴切的掌故,使我的这种弥漫的忧伤变成可以感知的、可以玩赏甚至令人爱不释手的一个东西。比如"红楼隔雨相望冷,珠箔飘灯独自归",这都是很颓丧的情感,但写出来以后就不是全然的消极了,它获得了一种超脱,一种美感,乃至于一种自得。所以,有时候我觉得文学有一种精神治疗的力量。你想"红楼"是很美的一种形象,"隔雨"也是。有一个"冷"字,这是很难过的,然后"独自归",但是有"珠箔飘灯",这又是很美的形象。这是文学在人的精神生活上一个很大的功能,甚至是对人的精神的一种贡献,就是它用艺术的形式使人有所排遣,有所升华,使人能够分享。如果讲到慰藉的话,那么,能够被分享就是一种慰藉。

**郜元宝**:张若虚在《春江花月夜》里想出那么多东西来,也是极其了不起的。那种情景,换了一个人也许觉得不过如此,甚至认为颇为单调也说不定。

**王蒙**:是,是。那真是非常的美。至于你说的现代的作家,能够让我们有这种精神上的触动的,当然是非常的多了。比如鲁迅的东西,大家都读,都说好。《孔乙己》写得很好,《故乡》也写得很好,不过,在我少年的时候,特别能打动我的心,而且我对自己的感动还无法剖析的,还是《野草》里那篇《好的故事》。我写过一篇文章,叫做《我愿多写些好的故事》。那种抽象的对于风光、对于故乡大地也是对于人生、对于生命的一种眷恋,特别是那一点和善,那一点好感,虽然篇幅不长,但我觉得那真是被鲁迅写透了。特别是鲁迅以冷峻著称的,是以不屈的斗士塑造自己的形象的,他能写出这样的文字,确实让人看到了他的精神世界的复杂性。

**郜元宝**:《社戏》也是。

**王蒙**:《社戏》没有给我那么深的触动。《社戏》当然也好,但是它太具体了,而《好的故事》让我有一种抽象的遐想。

**郜元宝**:是不是他的《好的故事》和你的喜欢排比、喜欢逍遥的笔法有点相像?

**王蒙**:我不知道。我读它的时候还没有开始写作。

**郜元宝**:他写的时候确实很放肆,一直排比下去,没有节制,这在鲁迅的作品中是很少见的,但猛然醒来,一切星散,令人遗憾,然而仍然属于一篇很好的故事。

**王蒙**:另外还有一些下意识的东西,兴会淋漓的感知的东西。他并不是一定具体写哪一个地方,绍兴啊,未庄啊,有乌篷船的地方啊。有时候我看一个作品,突然让我情感上、精神上得到一种慰藉。比如说,铁凝的有些作品——我并不认为铁凝的所有作品都很好,但她的作品或成或败,或长或短,总让你感觉到有那么一点比较善良、比较美好的东西,而且那不是做作出来的。

**郜元宝**:我还想提出刚才那个问题:从你的实际体验出发,你觉得在文学表现精神生活而能够让你得到满足这一点上,中国古代文学是不是超过现代文学?

**王蒙**:那当然了。我们读古代文学,面对的是几千年的传统;读现代文学,面对的只不过是几十年的传统。

**郜元宝**:最近,林建法编了一本《2002年中国最佳短篇小说选》,让我给写序。我一看,发现他选的全都是写人的情感的,很朴素。这当然与他选文的标准有关,他没有选那些写都市的,选的都是写日常感情中很朴实的那些东西。在这方面,我们的作家的确会写,这也许就是中国文学自古以来的重心吧。但是,我看作家们也就满足于表现那种典型的中国式的日常感情的戏剧了,小说里面的人物好像就一个个蜷缩在日常感情的牢笼里。这就有它的局限,因为所谓日常感情,其实也是一个很人为的概念,是我们大家一起编织起来的一张生活的罗网,陷入这张罗网中出不来,就很可能千人一面,千篇一律,没有诗人冯至讲的那种"给我一颗心,一个大的宇宙"的渴望与冲动。

**王蒙**:确实是这样。它就是没有意外,没有变化,没有令人惊异的东西。我们刚才也提到张炜的作品,我对他的《家族》印象比较深,这可能跟我自己比较认真地读了有关。张炜的许多作品,我都不是读得很认真,读得比较认真的是这部《家族》。

**郜元宝**:对同一个作家,不同的人肯定会有不同的选择。不过,据我所知,喜欢张炜的读者,大多注意他早期的小说,以及后来的《古船》《九月寓言》等。一般认为,《家族》写得并不算太成功。

**王蒙**:这很奇怪。我也知道有些人对《家族》的反应不是特别好,但是,我觉得在《家族》里面有一种朦朦胧胧的对诗性的追求,有一种对更理想、更阔大的东西的向往。《家族》并不是一部现实主义的小说,而是一个非现实主义的作品。相对说来,它有一种浪漫性。

**郜元宝**:你说出这种感受很重要。这两年,关于张炜有不少争议,在争论过程中,张炜对一些评论者有误解,而一些评论者恐怕也没有更多的耐心去读张炜越来越多的新作。对一个作家的认识,有时候关键就在于阅读的第一时间的感受,但是有时候,特别是对于有些与这个作家有关的但又并不局限于这个作家的更为普遍一些的问题的认识,则需要有一段时间。这是张炜的情况。我们再来说说史铁生吧。在二十世纪九十年代初,张炜有一篇《融入野地》,写得相当地深情、饱满,差不多是他的创作宣言,发表在《上海文学》上。史铁生的《我与地坛》也发表在《上海文学》上,所不同的是,张炜的《融入野地》是被当做思想随笔发的,而《我与地坛》却被归入了"小说"。《我与地坛》当然也获得了很高的评价,很多书、选集,包括教科书,都把这篇文类范畴有点模糊的东西选进去了。许多人认为,这是史铁生创作的一个高峰。

**王蒙**:史铁生有一种深沉,甚至这种深沉与他的不幸难解难分。

他没有办法浮躁,不幸的遭遇,使他的弱项变成了他的一个强项。所以,读史铁生的作品会有一种感动。甚至可以说,他的一些心情,一些表达,一些深沉,我们在别的地方是读不到的。回过头来再说说莫言。莫言的作品,很多我都没有好好地读过,但是有些作品我读过。我觉得那个没有关系——比如一个作家觉得自己是大家,是大师,是伟人,这都没有关系,关键是看他写得怎样。他爱怎样讲自己的道德如何高洁,自己的操守如何坚定,这也都没有关系。我们允许各人对自己有非同一般的判断。把自己判断得低一点,谦虚可爱;把自己判断得高一点,锐不可当。像李敖那样峻急、张扬,无非也是一种手段,要引起别人注意,让别人读自己。作家都是希望别人读自己的作品的,这一点无可厚非。我写东西,我也希望别人读,不是希望别人不读。我读过莫言的几篇作品,我觉得他的感觉非常地细,还有一个就是他的构思比较奇特,我想用一个词,就说他非常"鬼"。但这个"鬼"本身,给你——我仅仅作为一个读者来说——一种正面的东西。比如,我很喜欢他写的《三十年前的一次长跑》。那么多人写右派,都是从被迫害的这些人的角度写,没有一个人想到像莫言这样写。但我特别理解,因为我在农村也待过。他写的角度是从农民来看,从农村的孩子来看,右派的生活、心理应该如何如何。从农民和孩子的眼睛看出去,的确不一样,一下子来了一批下放的或者是被改造的人员,他们认为这批人是天之骄子,认为他们无所不知、无所不能,挣钱挣得多,而且那里面的女人长得就是比农村的女人漂亮得多!这家伙写得实在有点出格,不过也确实挺有意思的……

**郜元宝**:万方的《和天使一道飞翔》也写得很好,也是关于下放的右派的,但那格局就和莫言的不太一样。

**王蒙**:人生确实是这样啊!任何一个作家所能提供的都只是一个方面,从一个角度想不到的,他可以从另一个角度来看、来写,而且都能看出不同的东西,写出不同的意思来。

# 中国文学的命运:从旧诗到新诗

## "酸的馒头":文与诗

**郜元宝**:现在让我们来谈谈诗歌吧。前面的谈话也经常涉及诗歌,已经说过的许多话,这里就可以省略了。我们不妨将范围收缩一下,谈一些和中国诗歌有关的比较专门也比较尖锐的问题。

**王蒙**:可以。但中国诗歌的问题实在太多、太大,一部二十四史,从何谈起啊?

**郜元宝**:就从有关诗歌的基本观念谈起吧。有一种很流行的说法,认为诗是最高的文学样式,是各民族文学的精华。你同意这个说法吗?

**王蒙**:是的,我早就听人这样讲过了,胡乔木也亲口对我讲过。从诗歌的凝练和浓缩上看,也许可以这样说。我觉得,这与很长时间以来文学的伤感传统有关,"森的门答""酸的馒头"(sentimental)长期以来是文学的至爱。只是自现代以来,"森的门答"显得太青春、太纯情了,有时太甜腻了,更成熟的人正在追求更复杂、更深邃的审美方式。但是,人总是要有一点"森的门答"的,总是要有一些传统意义上的诗的。

**郜元宝**:你说的是来自诗歌内在情感方面的根本原因。抒情是文学的最初冲动,也是最后归依,而诗歌的抒情特征最明显,所以往往就成为各国文学的代表。但我觉得,所谓"诗是文学的最高境界"

之类的说法,其背景主要是西方传统,属于西方特有的诗学话语系统。西方人确实有一种传统,就是把全部的文学问题上升为诗,归结为诗。西方文艺学或文学学的另一个名称就是"诗学"。这个传统,最迟在一九〇七年左右就通过鲁迅在其《摩罗诗力说》里引进到中文世界,鲁迅在那篇长文中按照西方人的说法把"诗"摆在全部文学样式的最高位置,但值得注意的是,他同时也把中国固有的"文"的概念引进来,把"诗"放在与"诗"同等的位置上。这说明,鲁迅并没有抛弃中国传统以"文"来统领一切文学样式的话语体系。这也许是近现代之交那个过渡时期必有的现象吧。但是后来,诗和诗学确实占据了越来越高的地位,成为全部文学和文学学的代表。这样一来,中国人的文学观念也就渐渐汇入西方和世界的语境中,不过在这一过程中,至少到今天为止,广义的诗歌仍然没有上升到类似西方那种无可比拟的地位,也没有泛化到那种无所不包的程度。

**王蒙**:自古以来,中国还是崇尚诗的。在中国,诗具有信仰主义乃至神学的价值。符咒、偈语、带有预兆性的童谣等,都更接近于诗歌而不是小说、散文。人们默诵一首自己最热爱乃至最景仰的诗的时候,有一种匍匐感、庄严感、神圣感,或者说得通俗一点,有一种电击感,获得一种高峰体验。这是诗的优越性。

**郜元宝**:在中国的"诗教"传统中,诗歌的地位的确很高,《诗经》就被尊为儒家的"经",而古代中国文人中不写诗的,大概没有几个吧?但这种对于诗歌的态度,主要反映在文人公开的、严肃的——用今天的话语来说就是"意识形态"的语境之中。在文人本位的文学理想中,"诗"的地位并没有"文"那么高。尽管后世有汗牛充栋的"诗话"作品,但始终没有一部在中国曾经取得像亚里士多德的《诗学》在西方文学理论史上的崇高地位的著作,倒是以"文"为话题的几部论著,例如曹丕的《典论·论文》,陆机的《文赋》,尤其是刘勰的《文心雕龙》,一直雄霸于中国古代文论史上而无可替代。这是中国古代的情形。"五四"以后,虽然西方诗学的概念被引入,但小说、散文、戏剧的地位同时也被大大地提高,并没有出现全部文学问题归结为诗歌而让诗歌定于一尊的局面。可能有一部分对西方现代诗学特别钟情的理论家主张"诗是最高的文学样式",同时,一些傲慢的、敏感的觉得自己没有得到应有的承认的青年诗人,也持同样的见解。尽管这种声音不小,但无论从中国传统的角度来看,还是从现代文学的新的传统来看,它最终都不太可能在我们的文学理论中取得绝对的排他的位置。之所以我要指出这一点,是因为想让如今的那些愤愤不平的诗人们变得现实一点,认清自古以来诗歌的位置,也认清他们自己现在所处的位置。

**王蒙:** 诗的地位,确实也不能过高地估计,但诗歌的作用,它与人的感情的特殊关系,是怎么也无法被抹杀、被替代的。你看岳飞的《满江红》,真品也罢,伪作也罢,反正是热血沸腾,壮怀激烈,它的影响有多么深远! 我看,它和岳飞的形象已经不可分割了。另外,文天祥可以吟着《正气歌》上断头台,却不可能背诵着一篇《左传》或者韩愈的散文而赴死,连汪精卫不也是作了"引刀成一快,不负少年头"的"豪情"诗准备"就义"的吗? 那些革命烈士诗抄更是一个明证。

**郜元宝:** 就是说,诗更加贴近个体的情感经验,在许多场合下,是只适合于诗歌而不适合于散文之类的其他文体。对中国古代的文人来说,诗可能是他们的编年式文集里的一块自留地吧? 不过,我看古人的许多集子,诗歌一般都编在最后,这说明虽然他们自己觉得可爱,觉得割舍不下,但还是希望别人先看一看他的正业,看一看他的文章。

**王蒙:** 再说,科举最后也还是要文章,要会写上给皇帝的策论、谏言,诸如《前出师表》《后出师表》之类表忠心或出谋划策的东西,这个光用诗就不够了。

**郜元宝:** 在唐代,诗往往成为参加科举的考生投给执掌判卷大权的大人物的见面礼,希望大人物在文章之外也见识见识自己的"别才",这叫做"行卷""温卷"。你看,与"文"比起来,"诗"简直就是

"买一送一"的搭配商品了,多么可怜!

**王蒙**:当然,现代人也会在另外的意义上感觉到诗的不足和诗的各种限制。所以,虽然诗一度被有些人尊为文学的极致,但它并不能包办文学的全部任务。在人们的阅读生活中,小说还是越来越占空间。中国古代视小说为俗文学而视诗为雅文学,其实这样谈论诗,与诗歌本身或诗人本身的评价无关。诗伟大,不等于某个具体诗人不渺小;散文伟大,同样否认不了大量的散文是垃圾。

**郜元宝**:同样地,尽管诗歌有这样那样的局限,有这样那样的尴尬乃至可怜的景况,但并不排斥伟大的诗人能够在诗歌的形式中取得抒写自己的充分自由。中国历史上有多少像鲁迅所说的"可有可无"的诗作?这个当然无法统计,我想一定多得不可胜数,但中国古代不是也有很多的令人叹为观止的精彩诗篇吗?

## 旧诗的位置与命运

**王蒙**:在中国古代,诗是一种交际手段,一种表白自身(所谓"明志")的方法,也是精神上自慰、自圆其说的重要手段。所以,可以"步其韵",可以赠答,可以用它来投书。我总觉得,中国人的精神样式在很大程度上是由诗所形成的。小孩子话还说不好,就背"举头望明月,低头思故乡"了,把月亮与故乡联结起来,这便变成了中国人的心理模式。王安石与苏轼是政敌,但两个人都是好诗人、大诗人。一个妓女,你想提高规格,也要会写诗才行。当然,皇帝更愿意到处题诗了。不熟悉中国传统诗词,就不能算是了解了中国国情,就不能深入到中国人的精神世界里去。前面说到了大汉奸汪精卫,还有一位汉奸,也很善于写旧体诗,叫胡什么来着?

**郜元宝**:你是说那个胡兰成吧?确实,就是在现代,能写旧体诗的人也仍然很多。这也是现代文学和当代文学之间一个非常显著却很少有人研究的差别。我常常对中国古代诗歌的命运感到非常困感。从读小学起,一直到读研究生,所看的中国作家、学者或一般人的文章,其中引用旧诗曾经是多么常见的一种修辞技巧!那真正应了一句老话:"不学诗,无以言。"记得我的小学老师教我们写大批判文章,一个最大的诀窍就是,开头引两句古诗或者毛主席语录或者毛主席诗词,结尾再来那么一下子。当初我们照老师的教导去写,觉得真还挺美的呢!如果一篇文章不引用一两句旧体诗,就反而觉得不正常,觉得缺了点什么似的。现在,这种情况可以说有了根本的改观。除了极少数人,恐怕已经很难在比我更年轻一点的人的文章中看到对旧体诗的频繁引用了。旧体诗的生命力究竟会怎样?我倾向于认为,旧体诗是一种注定要被甩在后面的美,就好比我们坐在车上,突然看到路边有一大丛鲜艳的野花,几秒钟之后,它就离我们越来越远了,最后终于消失在我们的视野之外,只给我们留下既美好又十分惆怅的回忆。

**王蒙**:有人认为,好像旧体诗本身也确实非常适合于表达那种"无可奈何花落去""一江春水向东流"的感伤情调。旧体诗,你说它是不是天生就有一种哀情的底子呢?那种自信有无限未来的勇猛精进的气度,确实不是旧诗的灵魂;旧体诗的灵魂是对于过去的留恋,对于失去的美好事物的伤怀,对于眼前景物的沉迷,对于"当时已惘然"的回味和咀嚼。当然,毛泽东是一个例外。历史上也有霸气无限的诗,也有牛皮哄哄的诗,但不占主流。

**郜元宝**:占主流的还是那些让人伤感、消沉的诗。或者,换一个角度看,就算古代诗人们写诗的时候不那样想,但很有趣的是,我们今天的读者每当拿起一首旧体诗来读的时候,几乎不知不觉地,总是会沉入一种哀怨的美、忧伤的美、悲愁的美、沉郁苍凉的美、宁静、凝滞的美、落寞的美、虚空的美、几欲遗世绝尘的美、人生无常、及时行乐的美、颓丧、颓废乃至病态的美、总之,几乎是无愁不成诗,无病不成诗。所以,你看那些大诗人,不就经常告诫少年诗人们必须识得"愁滋味"才能赋诗,而不要"无病呻吟"吗?难怪鲁迅要告诫中国的青年少看甚至不看中国书——这自然也包括中国的旧体诗在里头了。

**王蒙**：不管什么性质的美，你最后还是不得不承认它的美吧？何况，旧体诗也不只有你列举的这些消极的美，它也有我们今天所说的积极的一面。你比如说，与自然的亲近、对话，这在旧体诗里可能已经发挥到极致了。你再比如说，写朋友之间的友谊，写亲人之间的守望、相助，写对故乡与土地的深挚的爱，写男女之间美好的情感，写人面对逆境乃至面对整个人生的旷达与知足常乐，以及那些对于宇宙、历史、人生无穷奥秘的微妙的体认，这些不都是旧体诗吸引人的地方吗？

**郜元宝**：要讲这些，那当然是美不胜收，永远也说不完了。有一年夏天，我觉得比较悠闲，就大量地读旧体诗——其实也就是一些文学史上流行的作品——我觉得真是受用无穷，觉得要是在这些诗歌的境界中过一辈子，该有多美！但曾几何时，我早把这份心思收起来了。想想也还真是可怕，要真那么干了，岂不变成一个怪人？当然，我没有变成一个痴迷于旧体诗的怪人，也许这正说明我的"格"不高，但普天之下比我"格"高的人多了去了，也没听说谁在家里整天迷旧体诗。我这样说，一点没有贬低旧体诗而为自己辩护的意思，我知道旧体诗是你想贬低也贬低不了的，只是我们今天的大多数人实在没有福分来消受它。

**王蒙**：这还只是内容方面。至于喜欢旧体诗的人，你问问他们看，他们最看重的可能还是古代诗人们对于汉语的出神入化的运用，对于诗歌技艺的永无止境的追求。我觉得，所有这些恐怕无论如何都是无法抹杀的。与拼音文字相比较，汉字要显得整齐得多，这个整齐是旧体诗的好处，但也是一种限制。新诗一来，翻译诗一来，不那么整齐了，这确实带来了一种开放、一种自由、一种创新。

**郜元宝**：新体诗、翻译诗，尽管对旧体诗有借鉴，但在整体上是对旧体诗的一个致命的大冲击。中国的旧体诗，成就确实无可争议，

"与日月争光可也"。五四时期,文学革命家们就觉得白话只有攻克了旧体诗的堡垒后才算是真正获得了胜利,而保守派也确实曾经幻想将旧体诗当做他们抵挡白话的最后一道防线。他们通常的一个说法是:让他们闹去吧,无论如何,碰到诗,他们的白话还是不行,还是要一败涂地的!可曾几何时,旧体诗的堡垒仍然不攻自破了,旧体诗的防线也好像马其诺防线一样,没有起到作用就被废掉了。许多人说,那种认为白话诗取代旧体诗就是好的观点,是简单幼稚的文学进化论。我同意这个批评性的看法。同时,我们也必须看到一个残酷的事实,那就是读旧体诗、写旧体诗,确实非今日之所宜,恐怕只能算是一小撮人的玩好而已,而新体诗尽管有许多不足,目前又这样不景气,但它毕竟只有一百年不到的历史,它的未来不可限量。从这里是不是可以引出这样一个问题:中国旧体诗所呈现的究竟是怎样一个世界?它无疑是美的——这个连最革命的文学史家和新文学家恐怕都不想否认——但中国旧体诗的美,究竟是什么性质的一种美?是绝对的、超越时空的永恒之美,还是一定时空之内的、有限的美?是生机勃勃的、年轻的、具有远大前程的美,还是"夕阳无限好,只是近黄昏"的濒临灭绝的那种凄美?我觉得,在这个问题上,文学进化论者不绝对地对,也不绝对地错。就是说,我们不能因为旧体诗的美,所以就无限夸大其生命力;也不能因为旧体诗在实际上过时了,所以就无视它本身的美。在旧体诗这个问题上,所谓审美的标准和历史的标准是很难统一起来的。

**王蒙:** 对旧体诗也有另外一种说法。我在香港的出版物上看到过夏志清的议论。他说,中国人之所以认定古典文学成就很大,是因为他们不具备从原文阅读外国古典文学作品的能力。如果看了比如说英国的古典作品,那么就会发现中国古典文学的题材是何等地狭隘。旧体诗中无非是伤别、思乡、怀古、感遇、悼亡那么几类,比外国的古典差远了。夏教授认为,在中国,恰恰是现代文学比较丰富热闹。后来,我就此话题请教过多位专家,没有一个人附和夏先生的看法。看来,旧体诗的生命力仍然顽强,一大批离退休人员就在那儿搞旧体诗,出刊物,组织活动,等等。中国人对于旧体诗的观念,其实与文学创作不搭界,与知识产权更不搭界。中国传统诗歌是民族精神之大树,每个人的诗作只是此树上的一叶、一花、一果、一芽。所以,可以集句,可以用典而且必须用典,可以完全不讲知识产权,用到极处就是"无一字无来历,无一字无出处"。有了来历和出处,这才有了民族传统,才有了精神家园。一位美籍华人说,他们在美国照样可以吃到各式中华料理,但是,吟两句"露从今夜白,月是故乡明"的唐诗,找不到几个交流者,这才是最大的悲哀。有一些人,根本连《唐诗三百首》也没有读进去,就在那里写旧体诗,没有来历,没有出处,没有对仗,没有平仄,根本就没有中国传统诗歌的味道,即使标榜为形式上松一点的古体,那也是伪古体、代古体,还不如快板,不如顺口溜,不如薛蟠的"闺房里出了个大马猴",薛诗至少上口、通俗,不那么拙笨拗口。

**郜元宝**:这也是旧体诗之所以凄凉的原因。虽然它有很强的生命力,有很大的魅力,但真正地读而能懂,既能读懂又能写的,毕竟是极少数人,至少它和当代生活没有那么大的互动关系。我们说,在新的文学样式比如现代白话散文、小说和戏剧中,有许多旧体诗的痕迹,像废名这样的作家,他的有些小说甚至根本上就是在发挥一首旧体诗的意境,但在这种情况下,旧体诗毕竟自己不出面,它只是依附在新的文学样式上,求一种隐姓埋名的生存罢了。我们可能终究不能不承认,"五四"以后,中国的旧体诗传统是断裂了。其他国家文学的历史特别是诗歌的历史,有没有中国这么厉害的断裂?我不知道。T. S. 艾略特说,一个欧洲作家写诗时,脑子里应该有一本完整的欧洲文学的历史才好。但是,他这样的标准,即使从诗歌一方面来说,也是很难对大多数当代中国作家提出来的。一个古代中国诗人写一首诗歌时,一般地说,他的脑子里是有一部或全面或不全面的中国文学史的,一些成熟的诗人,就像你前面提到的,几乎可以做到

"无一字无来历",因为他们没有与传统发生断裂。现代作家因为"去古未远",所以,还可以像鲁迅那样,一面作白话文,一面写工整的旧体诗。但是,大多数当代作家可能就做不到了。他要写诗,只能在旧体诗的王国之外去别寻出路。说到这里,我忽然想起一个问题:中国当代作家里面还有几个在写旧体诗?这方面的情况,我不大了解。你本人也写过不少诗,有些还不纯粹是白话诗,在形式上可能更加接近于旧体诗。能谈谈这方面的一些经验吗?

**王蒙**:我出过一本旧体诗集、两本新诗集。我不认为形式能决定一切,我写旧体诗,还是我那种腔调,伤感与调侃相结合,超脱与怀念相结合。例如,有句云:"……急流勇退古来难,心未飘飘身已还……两岸猿声啼不住,轻舟已过山无数。风急浪阔无失堕,虾蟹流涎何所获……"这当然有点打油诗的味道。反正,很多人年龄大了写旧体诗就多一点,例如邵燕祥等。这也是一个文化现象。

**郜元宝**:对,还有聂绀弩,他的旧体诗也是很出名的。还有黄苗子、杨宪益、陈四益等。特别值得一提的是胡风。他本来是一个不折不扣的新诗人,但在被打下去之后,在牢狱里忽然大写起旧体诗来了。他自己说,当时没有纸笔,又不让写东西,只好在脑子里写旧体诗,因为旧体诗一旦熟读成诵,就不容易忘记。不过你发现没有,包括你本人在内,写旧体诗的人,第一为数甚少,第二多少都还有一些旧学的根底,与当今绝大多数作家是不一样的。我看,不妨把你们这些写旧体诗的人称为"不肯放手的一小撮"。这就形成了一个很有趣的局面:旧体诗作为一种已经成为历史的文学,已经和当代生活发生了断裂,不过它并没有消失——已经存在的事物不可能再消失,它只不过是存在于大多数当代中国人的视野之外,乃至记忆之外,它就像一个巨大的黑洞依然存在着,而且就在我们身边,但我们不是关心这个巨大的黑洞的存在,而是义无反顾地背对着它,去寻找另外的亮光。这个简单的事实,使我猜想到这里面牵涉的问题可能很大很大,甚至可能从中引发出类似宗教问题的讨论,以及关于中华民族传统文化之命运、关于中华民族未来的猜想。但我们是否暂时避开这些大问题,先谈谈一些具体的诗和诗人?

**王蒙**:是的,此事大矣,就让我们先从具体的诗人和诗歌作品谈起吧。我还是喜欢举武汉的黄鹤楼为例。现在的黄鹤楼已非旧址旧物,能有此盛况,全靠崔颢和李白的诗。中国文化的基础和核心是汉字,汉字得到最充分体现的地方是中国传统诗词。在中国传统诗词里,汉字的音、形、义与某种不确定性都得到了最充分的发挥。不知此种说法你能不能接受?

**郜元宝**:确实是这样的。所以,虽然旧体诗不再流行了,但它实际上已经深深地、大量地埋伏在我们的语言之中,埋伏在像黄鹤楼这样的历史文物之中。不过,我仍然坚持认为,这只是隐姓埋名式的存在,因为我们大多数当代中国人对这个并没有清醒的意识。不错,我们现在用的汉字都浸透着古代诗人的心血,都留存着他们当初用来进行诗歌创作时的痕迹,但一个当代中国人说话时,其实并不知道现在的某字就是唐代某某诗人曾经如何如何运用过的某字。关于这个问题,章太炎也曾经讲过,但被鲁迅断然地否定掉了。鲁迅认为,章太炎说现在的某字就是古代的某字,这并没有错,错就错在章太炎要当代人在浑然无觉地运用这些字时必须知道对古人感恩戴德。另外,我们今天更多的人去看黄鹤楼,恐怕也就一般地把它想象成"名胜古迹"就可以了;一定要往那上面投射文化和情感的色彩,我看那大多数也只能是来源于当代生活,而不可能像唐代诗人那样去凭吊古迹,什么"江山留胜迹,吾辈复登临"呀,美是美,恐怕不是当代大多数人登楼览胜时的心理。我觉得,对于这个问题,一九八三年韩东写的那首《有关大雁塔》解决得很成功:"有关大雁塔/我们又能知道些什么/我们爬上去/看看四周的风景/然后再下来"——就是这样。如果这里面有什么故事,那么,大多数也是在如此上去下来的"我们"身上发生的、当代的故事啊。

## 用典与直寻

**王蒙**：我记得科林伍德曾经说过类似的话，他认为，一切词语的意义，除了词典上固定的含义之外，还有围绕在这个基本的固定含义之外的一个意义的光环，这个意义的光环，是一个民族长期的语言运用特别是文学写作所垒加上去的。文学家，特别是诗人，他的高明之处就在于，首先是通过自己的写作赋予词语以新的、别人意想不到的含义和色彩，其次是善于在这个意义的光环中大胆地周旋，也就是说，能够巧妙地借用前人在词语运用方面所取得的成就，而这种借用，也有赖于读者对于这个意义的光环的熟悉。我觉得，科林伍德的意见很可以用来解释中国旧体诗的"用典"——这里我说的是胡适之所谓的广义的用典——与从诗人当下的经验中直接赋予词语以新的意义即所谓"直寻"之间的辩证关系。光是"直寻"，那是你所列举的韩东《有关大雁塔》的手法。这个手法好是好，可如果诗人只知道这一手法而完全不知道广义的用典的妙处，岂不是也很单薄，也很单调吗？而且，如果韩东，如果读者，大家都不知道大雁塔的哪怕一点点的历史，那么，他这种"直寻"的办法，恐怕就不会有如此强烈的效果。

**郜元宝**：对。用典，特别是广义的用典，能够和直寻相辅相成，应该更好一些。不过，我仍然强调，这种用典和直寻相结合的办法，只能是一般意义上的创作方法。同样的创作方法，在旧体诗和现代白话诗中，将会遇到很不相同的问题。旧体诗的写与读，不是孤立的，写者与读者同在一个相对稳定和封闭的文化空间，只要诗人的花样不要玩得太过火，一般稍有知识修养的读者，还是可以理解的——不必非要等到伯牙和钟子期那样的一对绝配。现代白话诗就不同了，白话诗的写与读是在比古代社会远远开放的现代文化的空间中进行的。在这个圈子里，大家彼此可以相悦而解的一个典故，换了一个圈子,就可能会叫人家感到是一团雾水,找不到北了。比如,卞之琳先生在二十世纪三十年代中期写的那首轰动一时的《距离的组织》,短短十行诗,他自己就给加了七个注脚,你要一边读诗的正文,一边看下面七个注脚,才勉强可以寻绎出诗人的意图。我很佩服卞之琳的大胆和奇思妙想,而且我也很喜欢《距离的组织》这首诗的意境,但是,就卞之琳一个足矣,如果大家后来写白话诗,都在后面拖上十个八个注脚,那将会是怎样一种局面!

说到现代诗歌,其实优秀的作者也真是不少,如艾青、穆旦、冯至、徐志摩、戴望舒,包括刚才讲到的卞之琳等,也包括鲁迅、郭沫若等。其中,对郭沫若的评价最富于戏剧性,有人说以前是抬之过高,而我看现在是有点贬之过低了。建国以后,郭沫若确实写了一些不太好的诗歌,但他的《女神》还是不可替代的,也无法超越。他的剧诗更是前无古人,恐怕也会后无来者。

**王蒙**:他们生活在大时代,诗作也比较大气,但太大了,又有可能大而无当,难矣哉! 不管怎么说,他们的历史地位都是无法抹杀的。但是,现在不是从文学史研究的角度,而是从普通阅读欣赏和爱好的角度读他们的诗的人,我看已经不太多了。我还觉得,什么时候能够更加理性地评论郭沫若等各位大师,我们的文论也就会更加可信了。

## 现代诗歌的传统

**郜元宝**:是的,大多数人都不是以一个普通读者的身份去和一位现代诗人相遇。一位现代诗人在当代被谈论,多半还是由于文学史研究内部的某种力量的推动,因此不能不在这种重新谈论乃至重新发现的活动中,打上学者们的学术烙印。你比如说发现穆旦,重新肯定穆旦,这是近年来诗歌界和现代文学研究界的一个热门话题。但因为毕竟是学术界的事情,所以也就没有普通阅读那样地平静、自然,而或多或少,甚至被描写得过于神秘了。我觉得,穆旦也许被拔得过高了。其实,穆旦的诗歌也不是篇篇都好,二十世纪四十年代的《赞美》《诗八首》等比较精彩,但还是有许多做作的痕迹,他的成熟期恐怕是在晚年,即七十年代末,《冬》《智慧之歌》等一些诗作可以说是近乎完美了。我觉得,穆旦在四十年代的文坛,也不像某些研究者所说的那样是一个横空出世、完全孤独的天才,他的思想其实是很左翼也是很流行的,只不过用了一般左翼作家所不熟悉的现代的形式表现出来而已,而这在现代西方是很普遍的事情。就是说,在现代西方,"左翼"思想往往就被放在激进的、探索性的、非常现代的文学形式之中。我觉得,可以用施蛰存的一个说法来概括穆旦四十年代诗歌的特点,即左翼的思想和自由主义的形式。施先生的这个说法,本来是概括二十世纪三十年代《现代》杂志周围的一班作家的,我觉得也适用于穆旦。他的《玫瑰之歌》中有这样的句子:"然而我有过多的无法表达的情感/一颗充满着熔岩的心/期待着深沉明晰的固定。"在我看来,这就是对他当时诗歌的思想与形式最好的表述。至少他当时还是一个尚未"完成"、尚未"成熟"的诗人嘛。

**王蒙**:这与对沈从文、张爱玲的突然热衷是一样的。前一段时期被冷淡了的作家,现在都红;前一段时期太红了的作家,现在则冷一点。中国人喜欢一窝蜂,在同一个时期做不到多元制衡,只能"三十年河东,三十年河西",真正独立思考的人几乎找不着,而且,谁要是真的独立思考,谁就会付出重大的代价,不是说领导不容你,而是说"人民"也不容你。

**郜元宝**:比较起来我倒觉得,在现代诗人里,艾青的诗最为成熟。上大学的时候,我很不喜欢艾青,觉得他的诗歌不够华丽,不够丰富,缺少波折,有点平板、枯索。这可能与当时的文学风尚有关吧。在我当时求学的那个小环境里,特别在那个由朦胧诗的热心读者所组成的小世界里,你要是艾青艾青地闹个不休,那"人民"也就容不下你了。

**王蒙**:那时候你最喜欢谁?

**郜元宝**：舒婷。

**王蒙**：那就怪不得了。

**郜元宝**：确实是这个样子的。现在，虽然我不忍心说舒婷的诗歌不好，却再也没有兴趣去读它了，而艾青的诗歌，无论是自己读还是在课堂上给学生读，都时时会有一种兴会，似乎觉得发现了一些新的东西。他的思想未必多么深刻，形式也未必多么先锋，但作为一个诗人，他能够赋予自己无论怎样的思想以一种正好与之相称的形式。他的语调、句式和用词，特别是那种低沉、婉转、压抑而时时可能迸发的调子，最能吸引读者。其次，我觉得他善于用那些大字眼，如"中国""东方""母亲""土地"和"北方"等，这些字眼在别的诗人那里可能会显得很勉强、很直露，但艾青能够成功地将它们转化为自己诗歌的内在意象。他确实善于吟咏这些大字眼，这是别的诗人吟唱不好的。

**王蒙**：艾青的诗是"火把"，是"光的赞歌"，而舒婷的诗是青春，是应该抄到青年人的笔记本上的。

**郜元宝**：现在的"新新人类"谈爱情，恐怕也不会把舒婷的《致橡树》之类奉为楷模了吧！其他还有一些优秀的诗人，郭小川、何其芳、陈敬容、曾卓等。我列出他们的名字，当然只是出于个人的偏好，其实，要说好的诗人，又何止这些！

**王蒙**：郭小川很有诗人气质、诗人情怀，他拼命地使自己的诗人感受同革命的需要结合起来，造就了他的诗特殊的张力和思想性、思辨性。

**郜元宝**：对，郭小川的特点可能就在这里。没有这种张力，或者偏于诗人自己的感受，或者偏于所谓革命的需要——或者说是郭小川自己对于革命的想象，那就没有郭小川了。我当初读他的《望星空》时，曾经暗自想，哎呀，要是郭小川把那些政治上的术语去掉，一个人与辽阔神秘的星空相对，任凭自己的想象在无边的天幕翱翔，那不是有希望赶上《天问》了吗？现在想来，我当时那种对于郭小川的希望,是多么可笑。这样来要求郭小川是不可能的啊,而且,就是屈原,他在向着高天进行了那一连串的连珠炮式的发问之后,不也是没有忘记他的现实吗?他在《离骚》里上下求索,但自始至终不总是纠缠于那些个疙疙瘩瘩,不总是拉着一副"忧谗畏讥"的苦脸吗?

王蒙:何其芳的诗很美,他有一种贵族气。在中国,贵族气不如流浪汉气、痞子气受欢迎。

郜元宝:所以,何其芳作为你说的有贵族气的诗人,也就像彗星那么闪了一下子就熄灭了。臧克家、贺敬之的诗,也很有意思,还有张光年的。

王蒙:这些名字也令人唏嘘不已,令人顿生今昔之叹。

郜元宝:这些革命英雄主义和革命浪漫主义的诗人,如果和郭小川比起来,就可能像你所说的,在个人的诗情和革命的话语之间缺乏那么一种张力吧?他们太自觉地把自己的感受会同到集体的理想主义的豪情壮语里去了,就像叶赛宁批评马雅可夫斯基时所说的那样,是"为了"什么而写,不是"由于"什么而写。我觉得,北岛以及整个"朦胧诗派",包括早期的"白洋淀诗群",在精神气脉乃至诗歌用语上,都与革命浪漫主义和革命英雄主义的诗歌有着直接的渊源关系。比如说,食指(郭路生)的《相信未来》,北岛的《回答》,多么富有革命浪漫主义和革命英雄主义的气度!然而,在二十世纪七十年代末和八十年代初,由于朦胧派诗人同一些革命的老诗人关系紧张,大家就都看不出他们之间的父子血缘关系,其实,关系再紧张的父与子,他们身体里流动的血还是一样的。

王蒙:可能正因为甩不开上一代的影响,所以更加痛恨上一代的羁绊吧。

郜元宝:确实是这样。卡拉马佐夫兄弟不就是因为看到了自己身上流淌着那个丑恶的父亲的血,而益发憎恶他们的父亲吗?最近上海评奖,授予潘婧《抒情年代》"长篇小说一等奖"。这部小说有一个重要的说法,就是以自己的亲身经历和对"文革"中地下诗人的零距离了解,指出他们中间的大多数人在二十世纪七十年代末崛起于文坛时所写的东西,并不符合他们那一代人真实的生活体验,有一种力量把他们扭曲了,连他们自己也不能感知,更不可抗拒。是一种什么力量呢?潘婧没有明说。我觉得,从文学写作的传统资源来说,可能就是他们血管里流淌着的父辈的那种革命浪漫主义和革命英雄主义的激情和理想。他们自己以为是在与父辈决裂,其实仍然处在父辈的文学传统之中。他们后来被新生代诗人所指责、所超越,并不是偶然的。

**王蒙**:这也是以其人之道还治其人之身。决裂的口号,是《共产党宣言》中严正提出的,所谓两个彻底决裂。"文革"中有一个影片《决裂》,你还记得吗?

**郜元宝**:当然记得。但是我觉得,政治上不妨决裂,而对文学来说,决裂了之后,恐怕还要理解,还要包容,这样才不至于从自己所批判的那一方的偏狭迅速滑进自己更加可悲的偏狭里头去。在新生代诗人中,我比较喜欢"莽汉"与一些主张口语体的诗人如韩东、朱文和于坚。当然,他们的诗歌也有不少问题,这主要是局限于当下的经验,无法依靠一个更加有力的传统,也就是不能超越自己的偏狭——不过,我想进一步地指出,这其实并不都是他们的错,中国文学的传统,其破碎性、漂浮性、复杂性,实在不是好谈传统的 T. S. 艾略特之流所能理解、所能想象的——我觉得,他们的经验更加值得重视。比如韩东的《大雁塔》,比如于坚的《尚义街六号》,他们从自己的、日常的个体真实的生活体验出发挖掘诗意,从日常的口语中提炼诗情,所取得的成就对其他的文学样式也有一定的启发性。最近,韩东把他们多年来的诗作结集出版了,我发现很受大学生的欢迎。有些人自称"知识分子写作",而贬低他们的口语体为"口水诗",我觉得那显然是失之粗暴的。

**王蒙**:文学批评上的粗暴、刻毒等,也是源远流长的。

**郜元宝**:相比之下,所谓"知识分子写作",就惨白许多。我也不太喜欢杨炼、海子等人的创作。

**王蒙**：令人感到悲哀的是，出现了那么多红极一时的诗人，却没有留下多少首好诗。

## 关于 kitsch 的问题

**郜元宝**：目前，诗歌的衰微是明显的事实，但对于诗歌何以衰微，以后是否还会继续衰微下去，各人的理解就不同了。许多人喜欢引用阿多诺那句"奥斯威辛之后再有诗就是罪恶"的话，试图以此来取消继续呼唤诗歌创新的合理性。我觉得，这是不太合适的，也是有点矫情的。说这种话的人似乎认为，人类的相互屠杀和惨绝人寰的种族灭绝，只有到了纳粹德国才登峰造极，这种论调要么是别有用心，要么就是出于对历史的无知。其实，奥斯威辛之后一直有诗。诗歌是脆弱的，但最顽强的也还是诗歌。

**王蒙**：阿多诺的话也是诗的夸张，不是论断，其实更大的论断一直没有中断过，例如说文学正在灭亡，因为有了电脑多媒体等。诗是最最文学化的一种文本。真实与虚构，这是一个根本性的悖论。搞电影、电视剧可以按真实发生过的故事，找生活中的真实人物来"演"一遍，有时比专业演员的演出效果还要好。诗就很难还原到日常生活中；日常生活中用诗对话，用诗演讲，用诗写申请补助的报告，太酸溜溜了，反而小家子气。这样，对于诗歌的评论也就更富于主观性，而机械的、片面的现实主义条律对于诗歌的损害就比对于别的文学样式更大，或者反过来说，越是诗，就越是容易吸收口号、大话、表决心、痛斥等政治泡沫。七步可以为诗，但不可能八步成小说。激情会变成反激情或伪激情，热烈会变成假热烈、热烈秀。诗本身也在生产自己的对立面，就是那些伪诗、反诗、倒胃口的诗，同时也产生了对于诗的各种嘲笑、轻蔑、疑惑，直至唱衰诗歌、唱衰文学。这也是世界公例。从诗的命运里，我们可以看出语言文字的命运，语言文字的滥用会造成语言文字的大贬值；文学太自我夸张，太自恋自爱，太爆炸了，就会出现对于文学、对于语言文字的冷淡。中国古代已经把"厚重少文"作为优点来讲了。"敏于行而讷于言"，是极正面的评价；而花言巧语、滔滔不绝、口若悬河、天花乱坠等，则变成了贬词，个中学问值得深思。

**郜元宝**：现在的许多流行歌曲，也很像"口水诗"，其中不乏精品佳作，但大多数则俗不可耐——不是真俗，不是粗俗、村俗、野俗，而是假俗、恶俗——媚俗。据马泰·卡林内斯库《现代性的五副面孔》中的说法，"媚俗"（kitsch）最早是由德国剧作家和诗人弗兰克·维德金德在其未完成的剧作《媚俗艺术》（1917年）中提出来的，我们这里一般只知道是米兰·昆德拉的发明，这恐怕也有点媚俗了吧？

**王蒙**：我查过 kitsch 这个词，它主要是表达一种矫情的、伤感的意思，其最大特点是失去本色。我为此还写过文章。看来，装腔作势的自命不凡，比干脆通俗化更像是 kitsch。一个卖炊饼的人说"炊饼一块钱半斤"，这何来 kitsch 之有？就是说，不论是武大郎还是潘金莲，都没有什么 kitsch 的。而一位小作家见到卖炊饼的就向人家推销自己的精装诗集，人家不买，就叹息人家的素质低下而吟叹自己的孤独，甚至作悲愤交加与热泪盈眶状，显然是后者更 kitsch。

**郜元宝**：鲁迅在《文坛三户》中讲的俗气，即不知道何谓雅而装雅，害怕别人看出自己的俗而装出不俗，一句话，不敢示人以自己的真诚和真相，就像你刚才所说的矫情，失去本色，可能就是现在所谓的 kitsch 吧？

**王蒙**：至少在目前的中国是如此，装腔作势的悲情秀是 kitsch 的一大特点。

## 诗与宗教归趋

**郜元宝**：kitsch 的东西多了，就让人感到厌烦、无聊、空虚。说到空虚,我还是想谈一谈诗的宗教归趋问题。这个题目,我们在前面曾经提到过,但我觉得搁在这里谈,也许更为合适。

**王蒙**:怎么从"空虚"一下子跳到"宗教归趋"的问题上来了呢?

**郜元宝**:我觉得,对诗人来说,最重要的是"向谁述说"。在任何一个诗人的自我意识中,都有一个与之对话的"你",还有一个在对话中不断地涉及的"他"。而"你"和"他"往往不断地换位,成为同一个诉说对象。中国诗人的最高境界是向"无"诉说。陈子昂的《登幽州台歌》,"前不见古人/后不见来者/念天地之悠悠/独怆然而涕下",是向谁诉说?许多注本都相信写过《陈氏别传》的卢藏用的话,说陈子昂是向他所崇拜的、知贤任能的燕昭王诉说。这个说法,我实在不能接受。我觉得,他是在向着一个巨大的"虚空"诉说。因为想象着巨大的空无,所以就简直不想作诗,把诗、把渺小的自我,都压缩到不能再压缩的地步,以此敬畏(至少是惊叹)那个"虚空"的巨大。但是,"虚空"是非人格的,所以没有交流,没有慰藉,没有温暖,唯有"怆然"。再比如《春江花月夜》,闻一多先生说那是写出了"宇宙的孤独",我觉得实际上也可以理解为无神论的、东方的永恒孤独。对于任何一首古诗,我们以前都竭力寻找它的人民性因素,结果像闻一多先生所讲的东西就很自然地被排斥在视线之外了。我们的诗歌,变成了都是抽象的"人民诉说",但其实这是不自然的,起码不会总是如此。西方诗人除了向朋友诉说,向自然诉说,向爱人诉说,向亲人诉说,向古人诉说,向孩子诉说,向君王诉说,向中国诗人曾经呼唤的所有对象诉说之外,他们最终还向他们的上帝诉说,并且就一直那么诉说着。这是东西方诗歌抒情方向的不同,也是它们的宗教归趋之异。向上帝诉说,向神诉说,这是西方诗歌一直就有而中国诗歌一直就没有的言述结构。一旦"有"某物存在,就不可能变得"没有",而始终"没有"的历史很可能突然中断而变成拥有某物。在这个意义上,我觉得中国诗向西方诗的融入,是极有可能的。

**王蒙**:如果认为世界的终极是"无","无"便是此人的上帝。如果认为物质、大自然就是本源,那么向着大海、向着月亮都可以诉说出好作品。问题不在于中国人的宗教意识,而在于诗人的心胸与气度,在于诗的追寻,在于感受与表达的广度、深度,在于是不是有了真正的诗人。有了吗?会有的,也许已经有了。我相信,我们终究会在同时代人的诗作中找到一点消息,找到新的激动。等找到了以后,也许我们会惊奇自己过去为什么竟然没有发现!

**郜元宝:** 我也极希望如此。也许就在我们这样坐而论诗的时候,这样长吁短叹的时候,新的李白与杜甫已经在外面敲门了呢。我是抱着这样的希望的。也正因为我们谈论的是诗,而诗是与"别才""别趣"联系在一起的,所以,一讲到诗,就不妨希望在诗歌中出现一些或者至少一两个奇迹!

# 后　　记

郜元宝

　　这本小书,是在我和王蒙先生三次对话的基础上加工整理而成的。王蒙先生太忙,我们的时间很难碰到一块去,所以最后一次关于诗歌的对谈只好借助于 E-mail。

　　事先我拟了一个提纲,临时又作了不小的修改,使重点从原来谈王蒙本人的生平创作变成了主要谈中国文学。这个变动是他的意思,我觉得也挺好,读者可以从比较集中的谈话中了解王蒙先生关于中国文学以及一般的文学的见解。他创作的作品俱在,不妨两相对照,而如果将来他的自传出来,也就不失为一种补充。

　　二〇〇二年初冬的一个下午,我正在参加一个座谈会,知道他到了上海,就中途溜出来赶到他下榻的宾馆,聊了两个小时。回来后发现录音效果不好,有些话题第二天上午不得不重新聊。在上海的两次谈话不超过四小时,却占了全书三分之一的篇幅。

　　二〇〇二年年底,我出差到北京,王蒙先生正好从外地回来。二〇〇三年元旦那天,我们就在他家从上午九点开始一直聊到下午三点半,除了简单的午饭,各自小憩了一会儿,算起来一口气竟聊了五个多钟头!这一次谈话整理出来的文字量,大概占了全书篇幅的二分之一。

　　王蒙先生原来还准备谈戏剧和电影,但我对戏剧和电影一窍不通,提不出问题,只好作罢。这是很可惜的。

我们的效率不可谓不高,但实在太仓促,许多问题没法从容琢磨,还有许多问题想谈,却根本来不及。不过也有好处,所有的谈话都冲口而出,应该较接近于各人平时真实的想法。

短时间内弄出这么一个还不算太寒碜的对话录,主要归功于王蒙先生。所谓对话,实际上是我提一些问题,让他说;考虑到时间宝贵,我自己的一些话可以在整理时加进去,所以说得较少,录音带上主要是他的话——读者可以想见他的谈锋之健。

王蒙说话一如他写文章和写小说,思维敏捷,出口成章,连绵不断,沛然而至。许多作家朋友都说中国作家里头王蒙最会说话,这是真的。

王蒙说话时经常爆发出各种各样的笑声,这是文字无法记录下来的。对他的纵声大笑,我印象尤其深刻。那是全身放松而毫无顾忌的倾泻式的笑,兴奋、爱慕、惊讶、解脱、超然、优越、憎恶、蔑视、顽劣、喜悦,和盘托出,涓滴无遗。特别是他以为不值得一哂可又觉得挺逗因而不妨幽他一默的事物,他的笑更是无遮无挡的毁灭性的掊击,似乎能够让你看到大风过后的虚空与萧瑟。

但更多的是从容,是宽厚,是智慧,是镇定,是认真,这时候他就像西绪弗斯,耐心而又徒劳地推动着中国文学的巨石。

我一向重文字而轻语言,现在发现,有些人的语言也可以如此地丰富多彩,可惜其魅力的核心仅存于现场空气的振动,无法完全复现于文字了。

读者现在所看到的,当然只是纸上的声音。对于记录了这些声音的七八盘录音带,任珊小姐不辞辛劳,一一将它们变成文字,她为此而付出了许多脑力和时间,在此,谨表示衷心的感谢。

2003 年 7 月 23 日

苏州大学出版社 2003 年初版